刘汉俊 ○ 著

在江之南

图书在版编目（CIP）数据

在江之南 / 刘汉俊著 . -- 杭州：浙江文艺出版社，2022.11
 ISBN 978-7-5339-6903-5

Ⅰ . ①在… Ⅱ . ①刘… Ⅲ . ①散文集 – 中国 – 当代 Ⅳ . ① I267

中国版本图书馆 CIP 数据核字 (2022) 第 113118 号

责任编辑	金荣良	封面题字	吕 行
责任校对	牟杨茜	装帧设计	象上设计
责任印制	张丽敏	营销编辑	汪心怡

在江之南

刘汉俊 著

出版发行	浙江文艺出版社
地　　址	杭州市体育场路 347 号
邮　　编	310006
电　　话	0571-85176953（总编办）
	0571-85152727（市场部）
制　　版	成都象上品牌设计有限公司
印　　刷	浙江新华数码印务有限公司
开　　本	880 毫米 ×1230 毫米　1/32
字　　数	272 千字
印　　张	11.75
插　　页	4
版　　次	2022 年 11 月第 1 版
印　　次	2022 年 11 月第 1 次印刷
书　　号	ISBN 978-7-5339-6903-5
定　　价	82.00 元

版权所有 · 侵权必究

作者简介

刘汉俊,中央某机关干部。中国作家协会会员。出版个人作品集十余部。

主要作品

文学类

《一个人的河流》

《午夜的阳光》

《千年的桨声》

《文化的颜色》

《评说历史人物》

《南海九章》

《乡愁深处》

《烟波江上》

《在江之南》

《尼山的月光》

《楚字是这样写成的》

理论学术类

《缔造精神》

《塑造形象》

《党政干部传统文化学习丛书·重民本》

《民惟邦本》

《百炼成钢》

目录

上 篇
大江铺长卷

有一个故事，叫乌镇　002
水乡乌镇，是温润的江南玉，任由风雨刻刀精心地雕、细细地磨。

乌镇的早晨　021
彩笔当空舞，色板随意涂，乌镇把春的生机、夏的苍翠、秋的艳丽、冬的清新全画在墙上。

乌镇的味道　032
她的历史文化像一坛老酒，韵味醇厚而绵长。她的故事耐人寻味，经得起咀嚼，像一缸陈酱。

乌镇春秋　043
乌镇的故事是江南的记忆，乌镇的人物是历史的风流，乌镇是一个民族的文化标点。

1

千年的桨声　054

只听得自己的梦，在静谧的秋里，振了一夜的翅。朦胧中，有桨声在远处响，悠扬如天籁。

中国，只有一条长江　068

天地一根弦，江河日夜流，长江是时间的刻痕、地球的史记，用古老的涛声谱成了永恒的澎湃。

我家住在长江边　084

它把一江浩荡送到你的眼前，壮阔你的视野，壮阔你的胸怀，又义无反顾地送你冲开峡谷，奔向诗和远方。

江南的背影　101

他让我们看到了400多年前乃至更遥远的中国，中国的容颜、中国的骨骼、中国的血脉。

一个人能走多远　116

没有思想的民族走不远，没有精神的民族立不住，没有科学思想和科学精神的民族不会有力量。

一江清水向东流　135

他们是封建官场泥沙俱下中的一脉清流,是传统文化浩荡长波里的一支源流。

下 篇
日月舞椽笔
▶

谁的宋朝泪在飞　140

一个没有血性的民族是难以自尊、自立、自强的,一个不崇尚英雄的国度是没有筋骨、没有脊梁、没有精神的。

江南满江红　160

每遇腥风血雨,必有豪杰挺立。英雄是民族的骨骼、国家的脊梁、社会的中坚,是人类历史的传承者和历史走向的引领者。

剑胆琴心　194

赫赫武功成其英名,灼灼雄文成其风采。一国之难,寸心难支,只手难撑,岳飞的文字是纸上的刀枪心上的箭,只为护卫大宋的江山社稷。

III

南宋的最后一位忠臣　　252

天地英雄气，千秋尚凛然。南宋的最后一位忠臣倒下了，中华民族历史上一座英雄的丰碑，从此立起。

风帆起江南（上）　　300

航路波涛汹涌，文明相互激荡。郑和饮风餐浪，耕海牧波，一路播撒友谊的种子、文明的种子。

风帆起江南（下）　　316

悲剧不会重演，历史重新落笔。中华民族的风帆，永远没有落下的那一刻。

赤壁的天空　　332

老城老巷深，古街古道长，深的是历史，长的是故事，深深长长的是赤壁的情思。

"楚"字是这样写成的　　342

忍字头上一把刀，忍天下难忍之事，是磨炼心性。世事维艰像磨刀石，楚人在砥砺中强健，楚国从荆棘中站起。

上 篇

大江铺长卷

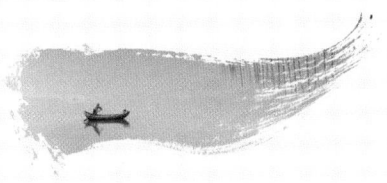

有一个故事，叫乌镇

做了一夜的水之梦，古镇在橹声中醒来。

这一觉睡了近7000年。考古告诉我们，这一带属于新石器时代的马家浜文化圈，是先民的家园，文明的摇篮。

这一觉睡了2500多年。这里是春秋时期吴越两国交界处，一些著名的战事发生于此，是历史的切片，中国的从前。

这一觉睡了1100多年。这里在唐朝咸通年间正式建镇，几度起落，几经枯荣，是江南的化石，文化的标本。

几千年的中国，风尘仆仆地走来，在杭嘉湖平原一处小桥流水人家美美地歇了一宿，留下一段美丽的故事，故事的名字，叫乌镇。

此处忆江南

乌镇美,美在水。

一条河从春秋时期流来,南北贯穿乌镇,河的本名叫车溪,今天的名字叫市河,她被分出两条支流,名字分别叫西市河、东市河。京杭大运河途经乌镇,从西北角注入西市河、护城北河,储满了港汊水巷。一直往前走是河,略一分神就成了港,稍一住脚便成了湖,七拐八弯地织成了水网。乌镇正是这水网的女儿。

乌镇具吴越之风韵,备东南之形胜,地势平坦无奇,依水建街、傍水设市。沿西市河而走的西栅大街,随水而形,汲水而生,家家有临河阁楼,户户是枕水人家。放眼碧水清荡,似乎有鱼儿在游,看得见的是绿意,软泥上有青荇在招摇,望不见的是这个水乡的根有多深。从制高点鸟瞰乌镇,房屋林林总总、挤挤密密,老街高高低低、曲曲折折,满眼尽是紧凑与生动,像茂密的藤萝做自然的舒卷。

西市河宽仅20多米,鸡犬之声相闻。隔河人家,轻轻一唤,对岸便探出头来应一声儿。西栅大街的石板路一走到底,像漫长的老胶卷,每一格都是故事。墙根躺三两排木椅,支三两根木柱,沿三两面码头下八九级石阶,便有渡船荡着波儿在候着。河埠系舟,水畔勒马,随处有码头,到处是水口,出门便上船,起岸就进店,乌镇人随时可以出发,哪里都能生根。船工或者船娘慈和地坐着或者蹲着,不吆喝你,只等你的借问,或者谦和地纠正你,这不叫乌篷船,乌镇不是一切都姓乌。独自一个人坐在平顶的摇橹船中,你什么都可以想，什么都可以不想，让绿波和着你的心波，轻轻荡。乌镇是一个可供你发呆的地方，直到你呆若木鸡，凝成一幅壁上画、岸边图、水中景。水乡乌镇，是温润的江南玉，任由风雨刻刀精心地雕、细细地磨，不是一夜之间能编圆的故事，不是一笔能画成的美图，要在时光流水中软软地沁养。

有水一定有桥，乌镇是桥的博物馆。据《乌镇志》载，乌镇的桥始建于南宋，到1900年有大小桥梁39座，据说今天已经增加到70多座。桥是乌镇的书签，乌镇是桥的故乡。

乌镇夜色

世上没有两片相同的树叶，乌镇没有两座一样的桥。单孔桥、三孔桥，石拱桥、木制桥，造型不一，各成风景。或庄严持重，结结实实，披一身斑驳的绿苔；或纵身跃然，寥寥几笔，如国画里一勾灵巧的飞白；或朴素平坦，简简单单，像老农民的汗巾，随意搁在河腰上。通安桥，万兴桥，如意桥，迁善桥，咸宁桥，平安桥，延嗣桥……一串儿寄寓乌镇人价值观和审美观的桥名,读得你慈眉善目眯眯,仁心佛意满满。建于明朝万历年间的放生桥,因了西栅寺庙香火旺盛,常年有信众买了鱼虾来桥头放生而得名。通济桥与仁济桥呈垂直夹角,桥相连,水相通,从这个桥洞能望见另一座桥,这处景观叫作"桥里桥"或"洞中桥"。古桥新桥,石桥木桥,有水就有桥,有桥就是路。正月十五"提灯走桥"是乌镇的习俗,点一盏老字号"张炟兴"的灯笼,热热闹闹地穿街过桥,有"走十桥祛百病"之说。人生如过桥,步步有境界。一座桥便是一只砝码,增加着乌镇的重。

倚桥顾盼,凭栏张望,一秒钟的邂逅,一百年的守候。中国的爱情多与桥有关,桥乡乌镇该是发生故事的地方。桃红李白青石条,斜风细雨青石桥,乌镇是青色的雨巷里行走的江南女子,着一袭蓝印花布旗袍,撑一柄软软的青伞,最是那一低头的温柔,把个袅袅娜娜留在空蒙凄迷的水墨画里。软软的风,牵起江南的衣角。画外音,有心在轻吟。

驿动的心需要安顿的窝,江南的亭台楼阁是最好的去处。乌镇的建筑有南梁时期寺庙建筑的影子,"九寺十三庵,东西两宝塔",历史上曾有庙、观、塔、寺、庵、堂、殿、祠达50多处,佛教、道教、基督教、天主教在这里开坛布道,庙宇教堂廊腰缦回,檐牙高啄,钟磬相闻,让乌镇有了几分宗教的神秘感。南朝的风,唐朝的派,南宋的雅,明清的颂,民国的韵,流转在乌镇的屋宇檐角,似凝固的音符发着往昔的回响;而镇上的民居各色各样,幢幢不同景,款款不重样,或大方朴素,或精巧细致,列队走在乌镇长长的T台

清晨的乌镇

上，展示自己的颜值。

乌镇的房屋大多是砖木结构，河中生柱，水上架阁，结构密集但有章法，紧凑中常有闲笔。角角落落的创意，里里外外的匠心，像一幅幅工笔画。高墙深宅，绿影婆娑，爬墙虎苍苍地攀到窗棂，窥视江南园林的风情。每一户的窗牖都很讲究，大窗套小窗，扇叶微启，似清风在小叩、快门在美拍。进门有梯，楼上有阁，虽然逼仄却有满满的舒适感、妥妥的安全感，不会堵塞，没有磕绊。屋挨屋，墙跟墙，进一家门做千家客。枕水人家，千家一条枕，万人不同梦，各有各的温柔乡。

最具人气的民居，当然集中在只有两三米宽的西栅大街。遍地是茶馆，满街是客栈，沿岸是餐馆，可以接南北客，谈东西事，每一句都那么实在、谦和与妥帖。从从容容，软软服服，乌镇的日子散淡而恬静。

清晨的乌镇，从曙色里钻出来那么多的船儿，或撑一支长篙，或摇一柄烂桨，聚向景行桥和栈桥之间的水村渔市。夸着自家的瓜果菜蔬、鸡鸭鱼虾，你让我推，讨价还价，从容和气不争吵。水岸上的人儿，依旧在茶座、酒肆、餐馆、商铺里论古说今，神情闲逸地进美餐或者茶饮什么的，一个个像桃花源的主人，是水乡晨曲鲜活的音符。

不尝乌镇小吃，不算到过乌镇，舌尖上的乌镇让你垂涎三尺，又回味三日。有嘉兴粽子蜜糖糕、春卷茶食杭白菊、鲜肉包子、姑嫂饼任由你选，梅干菜烧饼、三珍斋酱鸡令你唇齿留香，更有吴妈馄饨、沈记花生糕、茅老太臭豆腐让你生出几分乡情。点一道乌镇的红烧羊肉,喝一口乌镇产白米、白面、白水制成的"三白酒",让你"醉卧春风深巷里,晓寻香旆小桥东",如痴如醉,似梦似醒。

乌镇人家喜欢逐水草而居,在烟雨中寻梦。青砖青瓦青石板,木门木船木桌椅,虽然有些斑驳,却是岁月留痕,是李杜苏白留给水乡的唱片,是乾隆皇帝六下江南遗落的诗稿。河边修竹丛丛,箬叶蓁蓁,芦花依依,乌镇的雨季是水草的天堂。河暗雨欲来,浪白风初起,一会儿便是细雨湿衣、闲花落地,草在水中舞了。烟雨中的乌镇韵味绵绵,静水微澜,夜雨滴篷牵牵扯,残风打头习习凉,乌镇是泊在淡烟疏雨里的一条船。冬季的乌镇残荷凄草水清冷,凝住了霜桥雨阁风楼,冻住了寒树乳燕孤桨,只有斜阳穿柳,枯树歇鸦,一缕青烟生动地飘向天外。

哪一块是唐宋的砖,哪一片是明清的瓦,哪一片青叶是南梁太子心碎的诗词在低吟,哪一滴水珠是吴越士子心酸的泪滴流到今?江南是中国的乡愁,乌镇是江南的愁乡。那一滴滴雨、一缕缕风,是满天的诗词在飞;那一爿爿粉墙黛瓦,一湾湾河港水巷,走进明信片,把自己寄给了远方。寻亲乌镇,你会倚桥而立、枕河而眠,立起的是思念,躺下的是愁肠。乌镇是天界馈赠人间的一幅水墨画,飘落在江南的一隅,让你徜徉其中,直想卷起带走。

带走是奢念,冥想却是长长的巷子,探不到底,钻不出去。古镇是该有巷子的,斑斓故事,锦绣文章,全藏在这百转柔肠里了。记忆的残片,被拾掇起来,四通八达地变得幽深或者遥远,让你牵肠挂肚却又看不尽、想不清、思无期。没有巷子的老街,是没有历史的;没有巷子的人生,是没有风景的。

小巷深深，一定要有灯来照亮，但乌镇的街灯常常被人忽略。铁皮白罩，简洁、端庄、秀美、素朴，挂在街角或者小巷深处，不夸张，不挡道，不遮视线，却是青砖粉墙上不能或缺的一笔，是乌镇的缩影。曙色初上就隐退，似有若无，只装点你的风景；夜幕一降便上岗，在该亮处发光，引导你的脚步。月读天，风读地，灯读人。巷口处遥遥相对的，是一只陈年的灯笼，轻轻地晃悠，敲着岁月的更。

几处小巷的交会处，平视是一片空旷，仰视却以为是高扬的风帆。长长的蓝印花、红印花布从天而降，飘飘荡荡地晒着，是秦汉的画笺、唐宋的插图，是从千年之外快递给乌镇的一枚邮票。

历史是最好的设计师，时间是最好的泥瓦匠，窘迫的步履焦虑的心，紧巴巴的念想皱巴巴的情，来乌镇一憩，这里能修复一切。

但是，我们还能修复被撕碎的乡愁吗？当一栋栋高楼利剑般地拔地而起，把历史的天空伤得支离破碎的时候，当一处处古镇古村被风蚀、被蚕食、被污染得面目全非衰景凄惶的时候，当一堆堆奇形怪状的建筑垃圾、富丽堂皇的文化败笔充斥我们眼帘的时候，乌镇为我们提供了一个乡愁样本。

城镇化的脚步是不可逆转的，一如乌镇流淌到今不回头的水，但要尊重建设规律、生态规律、文化规律。建新不一定要拆旧，守护不一定是守旧，修旧如旧更是一种愈合；保护不一定是保守，守望是一道风景，怀旧是一种美丽；尊古而不泥古，仿古而不造古，疑古而不非古。以建设的名义捣毁一切，就是一种破坏。文化血脉干瘪就会贫血，没有文化根基等于造假，文化价值是唯一的判断标准。唯有文化，能修建我们的心灵家园。

没有乌镇，怎能忆江南？

没有江南，何处寄乡愁？

往事越千年

乌镇的风雨长廊悠悠地走着，从春秋的月夜走进明清的雨季，挡得了霜雪，记得住岁月，是乌镇的历史数轴；长长的车溪河静静地流淌，河道上刻痕深深，烟尘蒙蒙。

春秋无义战，诸侯竞交兵。鼓角铮鸣，刀光剑影，乌镇自古为兵家必争之地。吴、越两国隔车溪河对峙，河西"吴驻军以备越"，叫乌墩；东岸则属越国，称青墩。公元前496年，在楚人伍子胥、齐人孙武的帮助下，国富兵强的吴王阖闾起兵伐越，以报积怨，越王勾践率兵拼死抵御。当双方在一个叫槜李的地方短兵相接时，都按剑不动，静立对峙，突然间勾践军中列在前三行的死罪囚徒齐刷刷刎颈自杀，这一悲壮之举看得吴兵目瞪口呆，越兵趁机发起猛攻，结果吴王阖闾脚受重伤，不治而死。《春秋·定公十四年》记载："五月，於越败吴于槜李。"这就是历史上著名的"槜李之战"，"槜李"就在乌镇一带。两年之后，为报杀父之仇的吴王夫差发动"夫椒之战"，越国大败，最后的五千越兵被围困在会稽山上。吴王夫差不听伍子胥"今不灭越，后必悔之"的谏告，同意了越王勾践的求和，罢兵而归。勾践在经历了三年当人质、马夫的屈辱之后回到越国，开始了"卧薪尝胆"、励志图强的长远大计，十年后大败吴国，夫差被逼自杀，越国终成一时霸主。

"槜李之战"是越国以弱胜强的精彩战例，"夫椒之战"中吴王夫差的表现，被明朝的冯梦龙讥为"有妇人之仁，而无丈夫之决"，而越王勾践的"卧薪尝胆"，成为2500多年来中国最经典的励志故事之一。静悄悄的乌镇水，满是历史的嗟伤，满是文化的波光。

除了春秋争霸时期的英雄，乌镇还见证了不同时期的刀光剑影。五代十国中吴国奠基者杨行密曾驻兵乌镇，北宋方腊的农民起义军在这里驰骋，元代蒙古的铁骑战刀从这里横扫，明太祖朱元璋派徐达在这里鏖战，清朝时太平军与清军在这里激战，民国时江浙两省军阀在这里混战，国共两党两军的民族英雄在这里抗击日本侵略者……蒹葭泽国，温柔水乡，激发了多少雄性的比拼，又引无数英雄竞折腰。白露轻霜，在水一方，乌镇让男人接受检阅。

车溪河流淌到南朝的南梁，驻足在乌镇一处幽静的书院。它的名字叫"昭明书院"，是为纪念梁武帝的长子昭明太子而设的。梁武帝萧衍是中国古代最高寿的皇帝之一，活到86岁，也是在位时间最长的皇帝之一，干了47年。早年政绩显赫，但晚年佞佛，疏于朝政，南梁趋向衰弱，"侯景之乱"给了南梁最后的一击，使南梁在随后大规模的动荡中终结。但梁武帝对南梁文化事业是有贡献的，他自幼饱读诗书，满腹经纶，是作为文学青年走上皇帝宝座的。他的文学梦一直不泯，且寄梦于太子萧统（501—531）身上，聘请自己的文友、《宋书》作者、梁朝著名文学家、南梁光禄大夫兼尚书令沈约为太子师。沈约有宅第在乌镇，每年回来为父扫墓时小住一段时间。梁武帝怕太子耽误了学业，便命太子随行读书。据说，昭明太子在乌镇的白莲寺住过，还筑馆读书。太子喜好读书，成年后主持编纂《文选》，选录了先秦至南梁八九百年间100多个作者、700余篇经典文学作品，是我国现存最早的诗文选集。今天的昭明书院，虽然人去物非、时过境迁，却幽静安谧如昨，书架上摆放了些典籍，历史的沉香和思想的芳香，给古朴的乌镇增添了几分文气。

乌镇昭明书院

乌镇码头繁多，但只有一处是以人物命名的，叫乌将军庙码头。乌将军叫乌赞，甘肃张掖人，唐朝时授左司马，为湖州镇将，驻守乌墩。元和二年（807），镇海节度使李锜反叛，兵犯乌墩，乌赞与副将吴起率兵抵御，在乌镇车溪河激战，因寡不敌众，乌赞战亡。副将吴起后来将乌赞就地安葬。由于乌赞恰好也姓乌，所以乌镇人对他更加多几分敬重和暖爱，特地另建了乌将军庙来供奉，镇上人宁愿相信，乌镇得名于乌将军。殿中供奉着乌将军的青铜像，一身盔甲，满脸英武之色，扬眉出剑，隐约间虎虎有声。冬日的阳光穿过窗棂映照着将军的剑眉美髯，忠诚、坚毅与顽强的精气神仿佛复活了。一棵象征乌将军忠勇智德的古银杏树苍然挺拔于西市河畔，护佑了乌镇1200多年。

乌镇的兴盛始于赵宋南渡之后。这个离南宋首都临安仅几十公里的外围重镇成了后花园，达官显贵们纷纷来圈地置业，官宅私第便如雨后春笋般地冒出来。这里自然条件好，土地肥沃，雨水丰沛，物产丰富，交通便利，手工制造业发达，商贸活跃，家家会养蚕，户户善缫丝，酒坊勃兴，染坊红火，成为鱼米之乡、丝绸之府、舟车之都、通商之埠，富甲浙北一方。但随着南宋的灭亡，乌镇也逐渐衰败，元末时屡遭兵燹，镇上的民居、书馆、寺院、园林十不存一。

进入明代的乌镇，一度重现生机、走向隆盛，各种手工作坊复兴，商贸辐射苏杭闽粤，"富商大贾数千里辇万金而来，摩肩接袂如一都会"，但又深受倭寇侵扰、宗教冲突之害，大量房屋馆舍被焚。清初之际的乌镇也在很长时间里深陷战乱之苦，康熙年间才有所复苏，出现"市肆商贾汇集，蚕桑编织甲他县"的盛景，但清末时战火又起，店铺被毁、商路中断，虽然有过昙花一现，但好景不长。

乌镇现存的建筑群中，明清时期官宦人家、富庶之家的深宅大院居多，豪华、气派、精美，审美价值高，如位于东栅区观前街的翰林第是清代高官夏同善的继母之居所，有七进院落、八个大厅，高墙大院，城府深深；而殷实之家多内敛、简洁、明快，实用价值高，如位于西栅区的朱家厅只有五进院落，这在民居中已是最多的了。

民国时期的乌镇增添了一些官绅商贾的宅院，但一直饱受军阀混战之苦、屡遭水匪洗劫之难，经济凋敝，破坏严重。1937年11月，日军进攻嘉兴地区，乌镇沦陷。侵华日军烧杀抢掠、无恶不作，杀害无辜群众200多人，出动飞机对乌镇狂轰滥炸，上千间民房被毁，血流成河，殷红的乌镇水呜咽哀号。

千年乌镇，三起三落，浓缩了一段民族的历史，是风雨江南的一个愁。

从史料上看，乌镇不少古迹原址和风景早已在战火中荡然无存了，如乌将军庙原址、唐丞相裴休府第、宋代"八景"、明朝"八景"、清朝"八景"、谢灵运别墅、阿育王塔、密印寺、分水墩、桃花寨、百花庄、唐园、颐园、庸园、宜园、琪园等等，这是乌镇永远的痛。从历史的碎片中翻拣出残黄旧照，建旧如旧，仍然是一件有价值的事情。西栅大街上的乌镇邮局，便是一个范本。这里自商朝就有邮驿，秦朝建有邮亭，唐朝邮驿昌盛，元朝马驿、水驿发达，明朝在驿站之外又设递铺，清光绪年间正式设乌镇邮局，但战火摧毁了千年邮路。如今修旧如旧的乌镇邮局古朴幽静，似乎正回放着民国年代家书拥塞、邮差匆匆的旧景。

古镇不能没有古塔。乌镇的西头，运河的岸边，矗立着一座白莲塔。塔建于宋朝，毁于元朝兵灾，经过明朝嘉靖、万历、崇祯年间三次重修，如今仙风道骨地立在潋滟水光之中。白莲塔是乌镇生动的眼，看过风，观过雨，见证过小镇春秋，是乌镇的身份证。有风铃声从塔尖传来，像江南的晚钟，又像是昭明太子的祷课铃声。

风在念经，月在读史，乌镇让人读了一遍想重来。

互联网上读乌镇，却是可以由着你的性子。水网中的乌镇，如今已是互联网上的热词，吸引了全世界的鼠标点击。世界互联网大会把几千位互联网大佬聚集到这个美丽小镇，昔日古战场成为今天的互联网战场、互联网市场，年轻的创客们在这里品咖啡，资深的 CEO 在这里论剑，前沿技术在这里合纵，神奇资本在这里连横，未曾见过、不曾想象的奇妙景象令你眼花缭乱目不暇给。乌镇堪称"世界互联网小镇"。在这里，你无须带一分钱的现金，只要手机开通了支付功能，一机在手，你可以搞定一切。

西栅大街的钱氏竹器店，年过六旬的钱鑫明师傅是钱氏家族第五代竹器手艺传人，祖上在乾隆年间给宫廷制作贡品，如今钱师傅亲手编织一个直径五米的大蚕匾，挂在自家外墙，这个画面还上了中央电视台。受过高等教育的儿子也干上了这个手艺活儿，通过互联网传播中国竹编文化，与国内外艺术家交流，给学生们上课，儿媳还在镇上开了一家英语学校。一个驶上互联网高速路的古老小镇，生机无限，魅力无穷。

乌镇的旅游价值是毫无疑问的，但文化价值有待彰显。乌镇的商味不可谓不浓，如果再增加一些书卷气、书香味，可能会更醇香更经典，走得更久远。文化乌镇，还刚刚开题。

到乌镇寻根，这里是江南的根。

到乌镇解愁，这里是中国的乡愁。

谁不忆江南？

小镇人物

幽深说往事,斑驳写古色,小小乌镇,留下了不少影响过中国历史和文化的足迹。

据统计,自宋至清上千年里出了贡生160人、举人161人、进士及第64人,另有136人荫功袭封。乌镇古老的石街上,行走过南朝山水诗派的奠基人谢灵运(385—433);南朝的沈约(441—513);中唐时期写过著名诗作《悯农》的李绅(772—846);晚唐宰相、书法家,佛学造诣深厚,把自己的儿子培养成法海大师的裴休(791—864);南宋翰林学士、参知政事,留下"青墩溪畔龙钟客,独立东风看牡丹"名句的爱国诗人陈与义(1090—1139);南宋资政殿大学士、"中兴四大家"之一,咏叹过"青堆溪上水平堤,绛瓦参差半掩扉"的田园诗人范成大(1126—1193);对孔孟儒学和程朱理学研究精深,提出治学当"祖述孔孟,宪章程朱"主张的明末清初理学家张杨园(1608—1674);清朝藏书家、著名学者鲍廷博(1728—1814);著名报人、学人,主办上海《新闻报》副刊达30多年的严独鹤(1889—1968);现代著名银行家、爱国实业家卢学溥(1877—1956);享誉海内外的当代文化人,在绘画、音乐、史学、诗词及文学创作方面成果甚丰的木心(1927—2011);当代国画家、上海市美术家协会原副主席徐昌酩(1929—2018);等等。文化乌镇,因人而文。

乌镇,是中国文化的一道风景。

嘉兴南湖,因为中共一大在这里完成最后的议程而闻名,那艘在中国革命史上有着特殊意义的红船,实际上与乌镇有着某种关联。

1921年7月的某一天,这条在当时看起来再普通不过的画舫,却聚集了一群了不起的人物,探讨着一个伟大的话题,而船头却端坐着一位戴眼镜的知识女性,看似优雅赏景,实际上却是异常警觉地巡察四周,一有异常情况,她便会哼起嘉兴小调报警。这位文静清秀的女子,正是中共创始人之一、一大代表李达的夫人王会悟。

当时,党的一大代表13人在上海石库门秘密开会,被法国巡捕觉察,正是负责会务工作的王会悟提出转移到嘉兴船上开会的,她的家就在离南湖不远的乌镇。

王会悟的父亲王彦臣,是晚清秀才,在家乡开办私塾,王会悟6岁开始接受文化教育,15岁时这位心灵手巧的小绣女考入嘉兴女子师范学校。父亲"老王先生"病故,小会悟便接过父亲的教鞭办起一所女子学堂,成为受人尊敬的"小王先生"。1918年,20岁的王会悟到湖州一家教会学校攻读英语,经常阅读《新青年》杂志,接受新思想新文化的教育,还用白话文给陈独秀、李达、恽代英等写信。五四运动爆发后,王会悟到上海从事妇女工作,后与李达相识、相恋,二人于1920年在陈独秀上海的家中举行了婚礼,王会悟也因此成为中共一大的见证人和服务者。

1993年10月,这位陪伴过党的创始人、对党的创建有功而无名的乌镇女儿,在北京走完了96年的人生。乌镇没有忘记自己的女儿,在放生桥旁的灵水居辟出了王会悟纪念馆。洁净、雅致的庭院里,那一幅眼含笑意、娴淑秀丽的肖像,定格在20岁离开家乡时的如花青春，让你感受到一种温柔的力量，来自乌镇。

王会悟的父亲王彦臣先生开办的私塾，还出了一个了不起的学生。当年这个家住乌镇观前街的小顽童，在私塾里接受了启蒙教育，新思想使他走出了乌镇，走向了北平、上海，一直走上了中华人民共和国第一任文化部部长的岗位。他便是沈雁冰，笔名茅盾。论年龄，他比王会悟长两岁；论辈分，王会悟是他的表姑。

茅盾走出王家私塾，进入镇上的植材小学，很快就表现出写作才能：12岁那年写出《大丈夫当以天下为己任》的作文，表达了心怀天下的志向；13岁时以庄子《逍遥游》为题材，写出《志在鸿鹄》一文，表明了少年壮志，被先生夸赞"将来能为文者"。茅盾14岁离开家乡，但与故乡联系从未中断，二三十年代几乎每年要回乡一两次，参与了第一幅用西方方法绘制的乌镇地图，1919年还与胞弟沈泽民等在乌镇组建了进步青年组织"桐乡青年社"，从此走上革命道路。1933年，茅盾在散文《香市》中部分地描述乌镇的风土人情。乌镇是这位中国当代文豪的成长地，如今也成为以他名字命名的、中国最具权威文学奖之一的颁奖地。

茅盾不但自己从乌镇走向了中国革命的前沿，成了一代文化名人，还带出了一批人。其中就有他的胞弟沈泽民。沈泽民1900年出生，6岁那年父亲病故，沈泽民跟着哥哥沈雁冰在母亲严格要求下开始读书，后来也进入植材小学。在哥哥影响下，沈泽民积极追求进步，协助哥哥组织"桐乡青年社"的活动，从事先进思想传播和革命斗争。1916年夏天，考入南京河海工程专门学校的沈泽民决心投身政治和文学，开始创作活动，接触马克思主义。1919年，在南京读书期间与同窗好友张闻天一同创办进步组织和进步刊物。1920年7月,他俩东渡扶桑求学,回到上海后,开始传播马克思主义。1921年,沈泽民成为我党正式成立前的第一批党员。他与蒋光慈、恽代英、萧楚女一道成为新文化运动的战士,写了大量抨击封建文化的政论文章和文学作品。1926年,他与张闻天、伍修权、王稼祥等一起,被党组织派往莫斯科中山大学学习。后经周恩来安排,沈泽民绕道法国回到上海。1931年1月,在党的六届四中全会上,沈泽民当选中央委员,并被推选为中央宣传部部长。同年3月,他和夫人张琴秋被党中央派往鄂豫皖革命根据地工作,沈泽民担任鄂豫皖省委书记,这期间他与张国焘展开了激烈的斗争。在艰苦恶劣的环境中,沈泽民不幸染上重疾,一直得不到医治。1933年11月,沈泽民把到上海向党中央汇报,并且能够治病的唯一机会,让给了自己的同学、同样身患疾病的成仿吾,自己却病逝于湖北黄安的工作岗位上,年仅34岁。在生命的最后时刻,他把给中央的报告写在一条白色裤衩上,请成仿吾穿上躲过了敌人的搜查。乌镇永远记住她的优秀儿子。

乌镇还有一位名叫孔另境的革命者和文化人。他是孔子第七十六代孙,原名孔令俊。公元1128年,为躲避战乱,孔子第四十八代孙、衍圣公孔端友随宋高宗赵构南渡,到了浙江衢州。孔另境祖辈移居乌镇。孔另境追随茅盾、沈泽民等人,参加了桐乡青年社,积极参加政治活动,从事工人教育。1922年,孔另境考入上海大学,与施蛰存、戴望舒是同学。他于1925年入党,在五卅运动时散发传单而被巡捕拘捕。后来赴广州参加国民革命,随军北伐。后再次被捕，经鲁迅、李霁野、台静农等营救出狱。孔另境协助茅盾、鲁迅做了大量工作，成为鲁迅的挚友。1936年10月鲁迅不幸病逝于上海，孔另境第一时间赶到鲁迅寓所，组织治丧悼念。新中国成立后，孔另境在上海文化出版社工作，"文革"中受到冲击，身心俱受折磨。退休后，备受煎熬的孔另境悄悄地回到阔别已久、日夜思念的故乡乌镇，却不料又被抓捕。可以想见，一位曾经满腔热血的文化人是怀着怎样的归心回到故乡，来寻找温暖和保护的，又是怎样落寞和悲愤地被押走的；可以想见，他是怎样满怀歉意、很不情愿地让故乡瞧见了他这个游子的狼狈与尴尬的。1972年，饱受摧残的孔另境含冤病逝。后来，人们用这样一副对联来评价他，"坦荡胸怀不脱文人本色，宽宏气度长留达士高风"。但愿，在故乡乌镇的最后一瞥，多少能够给这位游子一丝温情柔意。

我想说的是，在那个特殊的年代，不仅故乡保护不了孔另境，连亲人也保护不了他。他的亲姐姐叫孔德沚，正是茅盾的夫人，当年他追随姐姐、姐夫走上了革命道路，但此时的茅盾身处围攻之中，自身难保，没有力量保护自己的小舅子，而他的胞姐孔德沚因急恼交加得了重病，更无力保护自己的骨肉兄弟，甚至比弟弟还早两年病逝。默默流淌的车溪水，似一声长长的叹息。

乌镇，是中国历史的一个标点。

风，软软地吹；水，依依地淌。千年的水乡，浸润着一段不老的故事，涵养着一丛文化的根。人在小镇，梦在水乡，怎不忆江南？

（原载《人民日报》）

乌镇的早晨

夜宿乌镇，秋波入梦，依稀鱼密语，朦胧鸟谈天，鸟鸣是水乡最动听的 morning call（叫早电话），不知道从何时响起、哪里传来。"起起，起起！""哥哥！哥哥""你起床没有？你起床没有？"叽叽喳喳，唧唧啾啾，以合唱为主、独唱为辅，乱唱是常态。鸟鸣林愈静，梦醒夜更长，早起穿行在微明的庭院，惊起的鸟儿东西南北翩翩飞，上下左右蹦蹦跳。"乌镇"多一点就成了"鸟镇"，这里是鸟的天堂、鸟的国。晨鸟穿花语，梢头隔岸歌，乌镇的鸟鸣有一丝淡淡的桂花香。发一声叽喳，散一缕花香；叫一声唧啾，衔一丝阳光，半个太阳被叼出地平线，一轮薄月还挂在天幕。鸟语花香秋月朗的小清新，只等太阳的隆重出场。

听得有脚步声在石板街的那头响起，咔嗒咔嗒如空谷足音，俄顷消逝在遥远的天街，不知道走进了水乡的哪一片曦光。人闲千花落，夜静万巷空，乌镇适合夜泊、飘零、流浪。夜来还乡梦，西风客棹寒，移泊烟渚，不会侵扰任何人；橹桨轻扬，却摇得醒所有枕河人家的梦。这里的黎明静悄悄，宜独行，而不是聊天喧哗；宜缓行，而不是步履匆匆。烦躁的心情合不上乌镇的从容，急促的脚步对不上乌镇的节拍。虾戏草，鱼读月，水底青荇是最好的森林。西市河水绿如蓝，寒烟淡淡紫气凝，何须春夏来。有鱼儿在吃露水，吧嗒吧嗒，一有声响便倏地无影无踪；遇有船来，鱼儿们却不慌不忙不躲不闪，想必是老相识了。和谐是万物的本原，自然是人类的老师。嘈杂过后有安宁，人生需要适度归零。乌镇是一座禅房，适合潜隐默修，自己给心灵放个假。

石路没有起点，胡同没有尽头，从乌镇随时可以启程，到处都是远方。这里自古蚕桑茂盛、商贸兴隆、舟楫便利，是江南富庶地、水国温柔乡，哪来都是客，谁走都不惊。西市河就这么古老地流着，微澜轻漾，水波不兴。在霞光微曛的乌镇踱步，不知道自己要走向哪里。回头是岸，移步即景，把晨光踩在脚下，一步一道闪闪亮。乌镇的拐角很多，多得你不知道下一个拐点在哪里。踏在木栈道上，咚咚响声有一种远古洪荒的年代感；一脚踩偏，木板便吱呀吱呀扭起来，一缕乡愁从脚底升腾到心底。世上没有过不去的坎、蹚不过的水，窄处通宽，逢水搭桥，乌镇没有死胡同、半截路。深一脚浅一脚，都是岁月的屐痕；高一脚低一脚，全是人生的哲理。石板路高高低低磕磕绊绊，却不会撂倒你；老街巷曲曲直直宽宽窄窄，却总能过得去。趾高气扬难免有闪失,眼高脚低一定有磕碰。没有比脚更长的路,只有比路更深的道。曲与直、高与低、阴与阳、动与静、明与暗,逼仄与畅达,量变与质变,对立与统一,在这里找到解答,乌镇的河水泛着哲学的波光。

乌镇的波光

　　乌镇常给你意想不到的灵感,也是一个可以让你发各种呆的地方。石凳呆、木椅呆、廊桥呆、水榭呆,你呆若木鸡,什么都可以想,什么都可以不想;河岸边、石级旁、拱桥上,到处可以把自己站成或坐成一道风景,暖暖秋阳给你打主光,粼粼波光做底光,拿白墙当米波罗板补光,再扯一把天上云做你的顶光板,只等人来帮你摁快门了。

人在乌镇，前瞻是景，顾盼也是景。蓦然回首，一壁的爬墙虎扑生生地贴在黛瓦白墙上正看你。你迎面看去，目光从街心穿过厅堂，望得到河里的水、水上的波，再一眼便穿越了对岸的庭院，落在一墙的绚烂或者一窗的青葱上，才发现春天从未走远。爬墙虎贴墙疯长，紧紧密密，像一张张陈年的迷彩蛛网，又像一幅幅苍老得无以辨识的老地图，经脉分明却又走向莫辨，把乌镇装扮成一个万国地图展览馆。彩笔当空舞，色板随意涂，乌镇把春的生机、夏的苍翠、秋的艳丽、冬的清新全画在墙上，是江南的水墨、乡愁的油彩，是天界飘落的一张画笺。怔怔地这么想着，猛然发现，对窗也在望你，目光与目光在黎明的河上邂逅，心情被秋风拂拭、秋水浣洗，满眼是绿瞳，满心是欢喜。

被染绿的还有庭院深深千丛竹。秋不尽，春长在，乌镇没有夏燥冬寒。檐角朝飞春秋燕，垂帘暮卷吴越霜，乌镇曾属于春秋时期，是历史遗存的一段醇香。公元前496年，吴、越两国在乌墩、青墩隔河对阵，吴师败于槜李，吴王阖闾受伤殒命，夫差替父报仇大败越国，越王勾践从此卧薪尝胆。汉代司马迁在《史记》里记载了这场"槜李之战"。一河春秋水，半部吴越史，千年的成语敲响万代的警钟，在如铁的长风中回荡。逢源廊桥上斗拱紧扣，木雕紧凑，人物刻画风骨苍劲，衣袂飘然，大约是为了遥祭唐朝时乌镇守将乌赞将军。拱门上的题名"铁衣""心源""危躯""金鼓"，串得起血色黄昏中的历史烟阵。乌镇不只有慷慨悲歌，也有柔板情歌。南朝梁武帝萧衍是金戈铁马之君，又是笃信佛教之徒，南朝四百八十寺，便是他的政绩与佛心。昭明太子萧统是梁武帝的长子，却无意于宫廷政治而独钟文学,两耳不闻事、一心只读书,曾随父王的幕僚、尚书令沈约到乌镇筑馆读书。他编辑出了中国历史上现存最早的诗文选集《昭明文选》。一次,他奉父命到基层检查建寺的情况,邂逅才貌双全的民女慧娘,二人论书言诗共剪西窗烛,相交甚欢如梁祝,数月后不得不洒泪相别。慧娘凝噎无语,凄然望君,良久紧攥一物放在太子手心,打开是两颗红豆,"奴今红豆付予君,何日君早归",言罢涕泪长流。离别后慧娘望穿双眼,以泪洗面,相思成疾而终。等到太子寻觅而来,见到的已是荒冢一隆、衰草稀落了。他凄惶相对,黯然伤感,亲手种下两棵红豆树,以寄思念,不久也戚然离世,年仅31岁。昭明太子种下的相思树后来长大长高,虬枝龙盘,绿叶茂密。相传二百年后王维路过,见此百感交集,赋诗曰:"红豆生南国,春来发几枝?愿君多采撷,此物最相思。"逸闻不必当史,真情却可唏嘘。曙色微蒙中的昭明书院,是晨读的好去处。四眼大方井连通外河外港,波澜不惊;读书之余可以踱步吟诵,依井观天。不羡权势富贵,不闻刀光剑影,人在桃源心游世外。太子的高贵、学子的矜持、才子的温情,学问的广博与精微,全收藏在这宽硕、素朴、静雅的书舍之中了。春秋的战场、南梁的书院、唐朝的祭台、宋城的花园、民国的后院,乌镇是历史连环画,一个有故事的地方。

其实,乌镇也可以只是一个养眼、养神、养心的地方。乌镇把弄、里、坊、栈、巷、园、馆、舍、院、居、堂、庭等一堆家什泡在水里,把自己的岁月年轮,自己的绰约倩影、风韵故事,把廊桥、木桥、石拱桥,摇橹船、高竿船、公交船,还有染坊古井、戏台楼阁、寺庙祠观，一股脑儿地摊开在清澈澄碧的水里，洗洗涮涮，沁养得水灵灵、绿汪汪，让你分不清哪个是物、哪个是景，哪个是虚、哪个是实。只觉得自己在画中走、景中游、云中翔、绿中浣。乌镇养淡了你的焦躁与局促，养宽了你的视野和胸怀，养高了你的境界

一个养眼、养神、养心的地方

和气质。

柴扉晓叩轻声启，翠楼凝妆柳色青，南宋的乌镇梨园教坊、戏院书场密集，是昆曲的摇篮、南戏的家乡。乌镇水剧场的木栅栏关着一园的绿丛幽篁，柳垂金丝，藤挂银钩，古朴朴、生脆脆，宛若杏树坛边，仿佛桃花源里。一回头，两层小楼的窗棂上竟然探出一张笑盈盈的鲜活脸儿来，木窗黑瓦，背景古老而苍翠，让你惊乍之

余生出一分感动、九分惆怅。渡头风瑟瑟，溪畔雨萧萧，拥岸芦花雪成团，不知道是哪朝哪代的江南风江南雨江南曲；凉风袭面，秋水伊人，不知道这是庄子的秋水还是王勃的秋水或是王维的秋水，只把那满河的秋波、满园的秋愁，掩藏在那惊鸿一瞥、莞尔一笑的温度里了。乌镇的历史江南的雨，春秋的故事吴越的曲，槜李战的壮烈乌将军的鼓，在一板三眼咿呀啊哦中韵味绵长。你敲你的锣，我听我的戏，你哐喊哐喊热闹你的，我若痴若醉欣赏我的。剧场外，是溪边青青草、荷池田田叶、吴越软软风，直教你不晓得自己是在春秋还是在唐宋，是剧中人还是画中人。往事这么演着，像河就这么淌着。

历史的水榭歌台，文心是永恒的主题。乌镇是江南的植物园、水泽国、芳草地，更是水乡的诗心词眼曲牌名。藤萝连水，飞桥卧波，有群鱼来嬉，捣乱你镜头里白墙黑瓦飞檐的倒影；三秋桂子，十里荷花，有秋风来袭，把你卷回唐诗宋词元曲的故乡。二十四桥明月夜，一觉醒来到乌镇，大运河在杭嘉湖平原布下密密的水网，只等捕捉你的目光。七十九条巷弄七十多座桥，乌镇如罾网密织，车溪是纲、四栅为目，纲举而目张；到处是口，随时是结，浩渺水乡密密缝。不知道哪里是刘禹锡的乌衣巷、陆游的杏花巷、戴望舒的雨巷，分不清哪个是张继的寒山枫桥、柳永的烟柳画桥、徐志摩的沉默康桥；找不到一瓢颜回的陋巷、五柳先生的对门、南梁太子的读书处、徐霞客的书款归还地、茅盾的林家铺子。经年的文心，被刘勰的秋风在乌镇打了一个千千结，让你解不开、放不下。

你纠结你的，唯美的乌镇却给自己留出许多闲散，像国画里的枯笔飞白。处处有空地，时时有闲居，随意搁几盆花草，落笔无意、闲章随心，留下韵味点点、余香串串。深巷里的芭蕉叶撑一柄华盖，只等江南烟雨那款款的迟到，那不忍离舍的缠绵。人约黄昏后，信步闲庭中，秋日寻芳，曲径探幽，堪称闲时、闲心、闲散人。

乌镇人可不真的就闲情逸致。临河人家，楼台近水，早起的菜农摇着自家的船儿沿河叫卖，一船儿水灵灵的瓜果菜蔬。水上阁上，讨价还价，吴侬软语像对歌。远水的一侧还在酣睡，庭院深藏，往往好几进，石库门墙、砖雕牌楼、雕梁画柱上满是渔樵耕读、文魁先贤、梅兰竹菊的图饰，取向高远，意趣高洁。风灯依旧在千年古庙的青砖墙上高悬，映照斑驳的街面，在晨曦中淡出。闲云潭影日悠悠，物换星移几个秋，时间白驹似乎不曾来过，一观二塔九寺十三庵，仙风宛在、道骨如昔。善男信女们信什么不重要，图的是洗个心。白莲塔凭水临风、高瞻远瞩，是乌镇的制高点、望天眼，祈福千年，护佑万民，迎接乌镇每天的第一缕阳光，鸟瞰京杭大运河的波光远去。漫步塔下的寺院，心在匍匐，每一步都不敢放肆轻狂。钟磬远去，香烟飘散，敬畏与虔诚尚在。白莲塔旁边是八角形的如意廊桥，像一柄硕大的如意，供在河腰上。桥上八角窗通天，四方井观水，坡廊凌水卧波，连通河的两岸。此岸到彼岸，只一河之隔、一步之遥，桥如人生，人生如渡。

寺院无经声，古街稀行人，早起的乌镇最本色，一切都是原生态。家家户枢在吱咂，户户楼板在咯吱。两岸人家隔河应答，街市小铺卸板开门，谁家的锅碗瓢盆先是稀落落再是密切切地响起来。街市的早行人，是三两着青色灰色对襟布衫的当地居民，是灵动的古朴、凝固的时尚。小船荡波，单橹轻摇，有早起的船工在保洁，64 岁的老船工告诉我，他姓沈，沈雁冰的沈，本地的大姓，每天的任务是打捞河里的浮叶，乌镇容不得一片垃圾。"秋天风雨时，河里落叶多""一月三千多，家里还有田"，老人干活不觉累，说话像唱歌。乌镇人适应了当风景，不知道哪个巷口、哪个对岸、哪个窗棂，会有长短镜头对焦过来，不知道是拍景还是拍人。晨扫老人的节奏像钟摆，勤劳的背影如剪影；船娘摇着橹啊扭着腰，婀娜随你拍。你在桥上看景，窗后有人看你，咫尺之间鼻息相闻，嫣然一笑，报然颔首，算是交换了名片。路人街遇，客商招呼，劳驾问个路，帮忙拍个照，全凭一张笑脸。乌镇不需要美颜，经得起高清，一切可以浓缩来品味，也可以放大来赏析。最普通的摄影者也能拍出最美的乌镇，再美的照片也拍不出真正的乌镇，拍了就失色、过时、落俗套。乌镇只让你看，不许你带走。

门掩万户事，窗推一色青。斑驳的粉墙和推开半扇的窗，说着乌镇昨晚的夜话。每一面墙上都是晓窗半启，不止是一扇窗，是一排窗、一片窗，夜不闭窗是乌镇的习惯。人走巷南北，家住水西东，乌镇客栈民宿的木墙木门木窗上，披挂一长溜的鲜艳，月季、紫竹、绿茶、一串红，色彩如锦襕袈裟；吊兰、绿萝、铁树、大青丹，枝叶如猿臂舒展；藤蔓成团，像亲密爱人在相互缠绕，一路攀缘、成蓬成荫，像人生路上的某些故事。没有花草头饰的门窗，像没有黛眉的眼睛，乌镇的窗眼美呆了你的望眼。

当一扇扇的门窗很生动很气派地全铺开，你才知道什么叫乌镇式的热情。沿古街的早点铺热气腾腾地招徕你，吃乌镇菜，品家藏酒，一碗小锅面能吃得你斯文扫地却心满意足。吃的是味，品的是道，乌镇家家有陈酿，户户有祖传，小锅面便是传自梁武帝时期的美食。乌镇素有"穿百衲衣，吃百家饭，得万福护体"的传统，左邻右舍互相赠布赠食送小锅面，一家人送面一族人围聚，一人一碗，换一次碗就换一个锅，扎肉、汪刺、牛肉、黄鳝味，私人定制，任由人选。锦绸工艺品小店门掩半扇，有美女在梳妆，吴侬普通话告诉你还没有开门，但你可以进来看，一扭腰就响起了小调儿。乌陶乌酒乌布乌染各色门店咿呀作响，在霞光中依次敞开。西栅筷子铺里，紫檀、花梨、黄檀、酸枝、鸡翅、铁木、毛竹，以及镶金嵌银不锈钢等各种材质的100多种筷子们，直挺挺地等待你的检阅和垂询。铺里的筷子妹妹告诉你，筷子造型简单却寓意深刻：一双两只，一静一动、阴阳相谐；上方下圆，为人处世既要讲原则又要灵活；一方到底，刚正不圆滑；三个指头捏筷子，象征《易经》里天地人三才；筷长七寸六分，人有七情六欲；用筷子送礼，祝新人成双成对、好事成双，与朋友平等互助、缺一不可，愿老幼快快乐乐、幸福平安。一双筷子，满腹哲理。美食有了，筷子有了，乌镇在等候你的享受。拿捏的是筷子，把握的是人生，品尝的是生活的况味。一柱穿荫过巷的光辉，朗照你的餐桌，天上朝阳正晴。

  阳光灿烂，生机盎然，几经毁损但风骨底蕴犹在的乌镇，经过近些年的翻修打造，创意无限、风光无边。复古像古，古得不能再古；装老像老，老得不能再老。画梁勾芙蓉，雕饰亦天然，复的是古，留的是根；仿的是旧，为的是今。处处互联网，事事二维码，穿越年代的阳光正串起乌镇的新风景。

我曾在《有一个故事，叫乌镇》一文中说，乌镇是先民的家园、文明的摇篮，是历史的切片、中国的从前，是江南的化石、文化的标本。没有乌镇，怎能忆江南？没有江南，何处寄乡愁？

今天我想说，乌镇的早晨是江南的缩影，是中国的曙色。唯愿一觉醒，处处是乌镇。

乌镇的味道

乌镇是一个有味道的地方。

她的历史文化像一坛老酒,韵味醇厚而绵长。她的故事耐人寻味,经得起咀嚼,像一缸陈酱。她的景色多样颜值高,各种色彩在这里绽放,可是打印给你的,却是一幅古青色的画,像乌镇染坊里的蓝印花布,有一种古朴朴的味道。

是的,乌镇是一口酒缸、酱缸、染缸。

早起看乌镇,天光澄碧,空气澄净,河水澄清。放眼车溪河上,只见水阁相连、梁柱错落,曲曲折折不见尽头。窗是乌镇的眼,枕水人家晓窗半开,民宿客栈街窗半掩,沿河一顺望去,水上满是鳞次栉比的窗棂户牖。落地长窗、滑板短窗、对开推窗、半开天窗、窗连窗、格对格,或闭或启,有呼有应,乌镇是窗文化的博物馆。驻足细看，家家窗扉上是胶漆桐油，户户槅扇里有雕花画图，花草虫鸟尽入画，神鬼人物皆灵动，进一样的门，看不同的窗，千姿百态各呈风景。庭院深深，绿树阴阴，窗含吴越千年史，门涌秦楚万里客，珠帘暮卷春秋雨，画栋朝飞战国云，乌镇的窗为中国的历史按下过快门、记录过画面，是史记的一叶书签。微风穿堂过，斜阳依窗尽，梦觉隔窗残月冷，五更秋虫依稀鸣。谁家的深秋帘幕千丝雨，谁家的落日楼台一笛风，谁家的寒窗先知春乍暖，谁家的蝉声早鸣绿窗纱？乌镇的窗为中国的乡愁打了一个结，乌镇的故事尽在窗眼里。

乌镇落日

　　古山云树密，雪水风帆稀，双溪皓月白，两墩苍烟青。南郊春色尚浓，西林秋高气爽，忽闻仙桥野笛远，又听佛寺晨钟近。这是宋代的乌镇。光明莲社梵音杳,芙蓉旧浦忆当年,车溪祖关释子在,上智鼋潭鱼伏渊。昭明书馆文在选,绿野遗庄诗正觅,双溪浸月低头看,二塔凌云抬眼望,这是明代宣德年间的乌镇。砥柱危洲分水墩,通泉古甃深;文石流觞犹兰亭,解嶷丛桂香。双潭舞凤、一水回龙,万竹秋声急,长林石径斜,这是明代万历年间的乌镇。梁苑胜迹书声琅,丛林古道幽思长,六桥风景今安在,九曲回澜不兴波,溪亭幽涧深,禅阁梵音渺,萧寺钟声晨起,灵水山居晚红,这是清代顺治年间的乌镇。不同的时代同一个乌镇,同样的乌镇有不同的味道。

车溪河有数不清的河埠,沿河有走不到底的帮岸,帮岸上有望不到头的廊棚,廊棚下有算不过来的靠背椅、靠背凳,那叫"美人靠"。船行的码头、人走的渡口是水乡的河埠,归航的船要有帮岸,远行的人要有廊棚,归去来兮需要美人靠,一憩解百忧。河埠、帮岸、廊棚、美人靠,是乌镇的风景,是乌镇人的撑篙点。如此这般,假如感觉乌镇好有诗情画意,那你一定是观光客、路人甲。日子是用来过的,不光是用来看的,乌镇人家没有艺娱的闲心,只有素朴的本心,觉得一切是那么自然、舒适、妥帖,无须雕饰、夸张、炫耀,这是艺术和生活的最高境界。你是画外音,他们是画中人。

乌镇美,乌镇的夜更美。灯光秀,秀出了她的轮廓、她的线条、她的亮点,柔化了你的心性,温暖了你的心灵,让你的眼里秋波荡漾、春心萌动。乌镇的夜晚是水之梦、梦之乡,是灯的夜市、船的港湾、桥的今宵。邀一位船娘,渡你在西市河上的夜里,橹声欸乃,桨声咿呀。你在看夜,窗在看你,桥在度你,你会有穿越时空、翩跻梦境的幻觉。夜深人静,天光未暗,我独自走在青石板路上,一遍遍地听自己的《有一个故事,叫乌镇》,沉浸在乌镇的语境与心境、情境与环境里,文不醉人夜醉人。听着南梁昭明太子与民女慧娘的缠绵故事,自己给自己当惆怅的解说员、伤感的倾听者。正好迈进昭明书院,一脚便踏在1500多年前的温柔乡里了。

月光下的乌镇,有脚步声响起,在街的那头或者河彼岸的青石板路上。嘀嘀嗒嗒,或急或缓,不是踩或者踏,是轻轻敲,节奏像贝多芬《月光奏鸣曲》中的慢板、急板或者小快板,声声慢,影幢幢。不知道走着的是唐宋诗人、明清商贾,还是民国女子。秋分看月,那是分不了的月、尽不了的秋。你在月中央,月在水中央。移目天地间,天上月看水中月,月在水底看自己。等到乌镇从黎明中醒来,情景便真切起来,弯月勾勾,挂在蓝天,淡远而静安,留给你一个昨晚的念想。听自己的《乌镇的早晨》,感觉每一个清晨都美好,太阳正从东栅的河水里起浴,闪闪亮。

乌镇处处可回眸,时时能张望,街巷到处分岔,道路随时交会。混沌中迷途于老街古巷,随便问路,都有热情的应答或者温婉的向导,甚至陪你走一程。急急匆匆逛一圈,发现回到了原点,但天色已明朗,青天亮闪闪。镇上风景无限,镇外风光无边,田园牧歌,万木葱茏,植物在疯长。荷塘宽宽起,莲叶亭亭立,不知道是朱自清的荷塘,还是周敦颐的莲花。秾艳之间,有水牛悠闲地踱着持重的步,等你来参观或者合影,抑或旁若无人地低头吃河边草,偶尔抬头高看你一眼,等着你对它弹琴。

车溪河一贯到底,风雨长廊一贯到底,青石板路一贯到底。其实都没有到底，比底更深的是根，比道路更长的是乌镇的历史。

乌镇地处杭嘉湖平原的中心、桐乡的北端。乌镇先民加入这个名为马家浜文化的朋友圈已有近 7000 年了，但取名"乌镇"，却是在 1100 多年前的唐朝咸通年间。属于马家浜文化的谭家湾遗址，离今天的乌镇仅有 1500 米，从考古发掘的釜、罐、盆、钵等陶器标本和麋鹿、水牛等动物遗骸看，乌镇在新石器时代早期就绽放出了文明的曙光。

春秋无义战，天下竞争霸。春秋时期是乌镇的第一个发展期，这里是吴越两国的边境，是交锋交战地，更是交流交融地，吴国在乌墩驻兵防越，越国在青墩引兵对峙，上演战争大片。吴国始自周太伯与仲雍创立句吴，到公元前 473 年被越国所灭；越国为夏朝君主少康之庶子无余所创立，越人作为大禹的后裔，固守越地、剑指东吴，到约公元前 306 年被楚国所灭，吴越之间交集 600 年。在最后的 70 年间，两国"以船为车，以楫为马"，金戈挥舞、铁马嘶鸣，打得不亦乐乎、精彩纷呈、惨不忍睹，上演了中华史记中争霸战的高潮部分和精彩片段，留下一堆成语典故。最高光的战争就发生在乌镇一带，卧薪尝胆的越王勾践最终打败吴王夫差，成为春秋五霸之后崛起的最后一个霸主。

乌镇是历史的切片、文化的乡愁，是中国的从前。

历史的厚度决定了乌镇文化的高度，积淀的丰富成就了乌镇文化的多样。乌镇是错壤之地，风物民俗丛生之地，形成了开放、包容、自强、博大的文化性格和丰富多彩的文化方式。

乌镇爱过节。乌镇人月月有节日、天天像过年，美食是节庆的

主题。走进一家名曰"羊肉烧酒"的小店，点一盆红烧湖羊肉，斟两杯黑白老酒，羊是本地的羊，酒是乌镇的酒。一杯是用本地黑糯

乌镇酿酒作坊

米酿造，以纪念为平定叛乱、护佑百姓而战死的唐朝乌墩守将乌赞将军的"乌酒"；一杯是用本地白米、白面、白水酿制，受到明朝开国皇帝朱元璋青睐的"三白酒"。黑酒黑得乌紫泛亮、甘醇醉人；白酒白得晶莹剔透、清香沁心。两杯老酒下肚，半部史记穿越，美在唇齿间，醉在眉眼中，有道是不知有汉，无论魏晋。醉眼回看，那门联上分明写着：盛唐乌酒晚清窖，宋时湖羊明时灶。"明月楼"

的肚包鸡、酱凤爪、手工香肠,卤制酱腌,咀嚼啃啮有味;"江南徽宴"的臭鳜鱼、毛豆腐、炭烤鸡、太白鱼头,文火慢炖,鲜香弥漫无边。嘉兴粽子青团子,萝卜丝饼姑嫂饼,桂花方糕定胜糕,小吃胜大餐。在水上早市油煎铺买一份油条油墩,或者沈记花生糕、茅老太臭豆腐,边吃边走边看船;再在木码头上寻个座儿,点一份笋尖馄饨、鲜肉烧卖、葱姜豆腐干,或者洋葱鳝丝面、猪油渣面、小锅面,赏水中倒影、河上紫烟;然后在永泰米糕店占一处临窗的桌椅,点一碗百合莲子凉汤,要两块鲜肉方糕、豆沙方糕,悠闲地欣赏水上戏台正"侬鹅阿拉咿耶啊呀"的桐乡花鼓戏以及越剧,唱得有味儿,听得有味儿,吃得更有味儿。寻味乌镇大街,不同的餐馆不同的风味,绝无重样;同一样菜品同一个价格,绝无二价。独特与公平,是乌镇的真味道。

酒入肚,味入心,江南水乡烟入画,乌镇茶香味入肠。"水包皮"泡澡堂,"皮包水"喝茶忙,是乌镇的市井风情。闲淡之人茗中品味,忙碌之家茶里悟道,都是时光的节奏、岁月的颜色、生活的况味。茶楼茶肆生意兴盛,茶商茶客心诚意切,茶香茶道韵味绵长。传说茶圣陆羽曾两次造访乌镇茶馆老板卢仝,"访卢阁"因此而得名、成名,众多茶馆亦是宾朋满座、香溢四方。绿茶红茶乌龙茶,白茶黑茶青砖茶,在这里能找到最好的井水、最好的时辰、最好的茶客,以及最美的茶具。客从南北来,话分东西说,茶在一桌喝,茶越喝越淡,情越聊越浓。舟子喝茶温中有暖,君子品茗情中有性,士子寻味苦中有甘。要想苦尽甜来,可以酌一杯菊茶,乌镇人会告诉你,杭白菊的原产地其实是在嘉兴、在桐乡、在乌镇。隐菊东西栅，黄花分外香，乌镇是菊花的家乡，菊花是乌镇的女儿。寒夜客来茶当酒，竹炉汤沸火初红，一壶煮三江，片叶知春秋。菊茶温润在口，馥郁醇浓在心，喝的是茶，养的是心，品的是人生。当然，最具特色的是乌镇三道茶，"镬糍茶"甜甜蜜蜜，"熏豆茶"香香咸咸，"淡水茶"清清爽爽。客进乌镇家，请喝三道茶，先甜后咸终平淡，这是乌镇告诉你的生活哲理。

乌镇的味道是喝出来的，也是晒出来的。农历六月初六，是天贶节，从宋代流传至今。"六月六，晒红绿"，烈日当空，热力四射，适合曝晒万物。士人晒书，僧尼晒经，舟子晒桨，乌镇人家晒衣物，晒虫晒霉晒一地旧事，洗物洗娃洗一河流光，满镇是阳光的味道。

热烈的季节是晒酱的时光。乌镇最早的酱园是乌镇人陶叙昌创立于清朝咸丰年间的叙昌酱园，先是自产自销，后来远销他乡，畅销杭州、嘉兴、湖州、苏州一带。同治年间，清军在乌镇围剿太平军，叙昌酱园毁于战火，陶叙昌含恨而殁。两个儿子成人后继承父业，勤苦劳作，重振往昔辉煌，到了民国时期达到鼎盛，分蘖出多家分号，产业链不断拓展。1937年11月日本侵略者进犯乌镇，烧杀抢掠，穷凶极恶，叙昌酱园被烧光捣毁。劫难过后，叙昌酱园惨淡经营，但勉强能维持。新中国成立后，几经改造、几度发展，这家有着160多年历史的老字号老树发新枝、陈酱酿新味。走进乌镇西栅通安桥南的叙昌酱园，前店后坊大晒场，紧紧挨挨，环环相扣。作坊里摆放着大缸小罐，高高低低挤挤密密。一切的味道、所有的故事，都发生在这光线不甚明亮的神秘园里。清明一过，家家制酱。黄豆制成酱，要经过浸泡、蒸料、拌料、制曲、入缸、晒露、压榨、打磨等多道工序。上好的黄豆磨成面,调好的豆面拌均匀,装入竹匾发酵制曲34天,落缸后进入酱醅期,须经过长时间的翻醅,尤其是六七八月份的晒露才能成熟。作坊外有一处360多平方米大晒场,正晒着200多口酱缸,阵势列队像兵马俑,阳光灼人,满庭生辉。白墙青砖竹栅栏,尖笠纱盖大酱缸,斗笠是为了防雨水,纱盖是为了防蚊蝇,美好的味道需要呵护,阳光的味道最好。生活是个大酱缸,只要你是一粒豆,就能把你酿成酱,要想成为一个有味道的人,打磨、曝晒、压榨是少不得的过程。乌镇的豆酱有滋有味,家家离不开,顿顿少不了;上得了豪宴,进得了寒门,与山珍海味同桌,与白菜萝卜相伴,是富人家的调味品、穷人家的主打菜。叙昌酱香,是乌镇的味道、江南的味道、乡愁的味道。

乌镇要晒的,还有乌布乌染乌颜色。镇上有"宏源泰""草木本色"等老字号染坊,以乌镇本地的花草林木为原料,提炼色浆,生产的印花布以蓝色为主。这是乌镇的颜色。采自然万木之精华,集天下颜色之缤纷,化作那一条条一方方花布,从高高的晒布架上垂下,通天达地,铺天盖地,气势豪迈而壮观。给点颜色就开染坊,给点阳光就灿烂,乌镇尽显草木本色。乌镇青睐青色、不慕艳丽,像结着丁香一样愁怨、透着丁香一样芬芳的江南女子,着一袭青色旗袍,撑一柄青色雨伞,袅袅娜娜默默彳亍在青色的石板、青色的桥上,只等待那一抹,那一抹青色的江南雨了。

秋天看乌镇,像是读一本有味道的画册。秋雨涂抹,秋云着色,秋风翻页,画册的名字叫《秋色乌镇》。空蒙蒙,雨霏霏,清冽透着清冽,愁意轻抚愁意,一阵秋雨一阵寒。你若出发,古木为廊、为棚、为亭,给你遮风挡雨;石板做门前阶、河上渡,给你铺路搭桥。在秋风秋雨中启程,在古风古道中行舟,乌镇是通向远方的驿站。你若归来,所有的目光在这里打结,所有的焦躁在这里复归温柔,所有的步履在这里变得舒缓。阁楼不高却有登高的感觉,楼梯不宽却无逼仄之虞,石板路高高低低却不会绊倒你,一切妥帖舒适熟稔,恰到好处,可以温润你那颗游子的心,心上的那个秋。苔痕上阶绿,草色入帘青,不是让你穿越历史,而是教你尘心复古、秋心滋润、初心不改。你这么想着,迷蒙的街那头,有青衫女也这么想着,低头行走,悄无足音,唯秋声瑟瑟。你沉浸在古境里,把心变静,把岁月看老,把沧桑看尽、长河看冷,乌镇是秋雨的味道。

乌镇有老味道,更有新味道;有水网渔网,更有互联网。世界互联网大会让这个江南小镇亮相于聚光灯下。乌镇走在世界的T台上,走进第四个发展期。前沿技术在这里角逐,世界巨头在这里论剑,乌镇之光是世界之光。5G技术、云计算、人工智能、区块链抢滩圈地;智能汽车、数字教育、网上医院、网络公益风生水起;开源生态、数据治理、数据与算法、下一代互联网、网络空间国际规则,在这里切磋探讨;数字减贫、全球抗疫、网络安全、数字"一带一路",在这里谋求合作。当今世界,网络相联、命运共通,互联网改变生产关系,计算力决定生产力;新理念、新业态、新模式成为网上新风景,信息化、数字化、网络化、智能化是大势所趋;谁掌握了平台谁就把握了先机,谁占领了终端谁就占据了制高点。网罗天下,天下互网,数字乌镇,是算力小镇、超算中心,乌镇联世界无远弗届,世界看乌镇高光时刻。数字化浪潮拍打的江南水镇,一声鸟叫能唤起世界的嘈杂,乌镇之光点亮世界,网味十足。

有味道的人生,有味道的乌镇。乌镇的味道,越陈越醇,咀久弥新。喜欢乌镇的味道,你就是有味道的人。

(原载《浙江日报》)

乌镇春秋

乌镇是历史的切片、文化的乡愁,是中国的从前。

乌镇地处杭嘉湖平原的中心、桐乡的北端。大约在 7000 年前,乌镇先民便在这个名为马家浜文化的朋友圈活动,磨石取火、休养生息,成为新石器时代的一缕曙光;2500 多年前,乌镇是春秋战国时期的重要战场、吴越两国的分界线,吴国在乌墩据兵抵越,越国在青墩引兵抗吴,隔车溪河对峙。吴越之争的一些经典战事就发生在这里,卧薪尝胆、韬光养晦、槜李之战,留在成语典故和史记之中了。春秋无义战,天下竞交兵,却使乌镇迎来第一个发展期。从那时起,乌镇所辖的乌墩、青墩先后归属会稽郡、苏州府、湖州府、嘉兴府,被今天浙江、江苏两省的桐乡、石门、秀水、乌程、归安、吴江、震泽七个县所统辖，直到1950年两墩合一镇，定名"乌镇"，归属浙江嘉兴的桐乡。

乌镇物华天宝、人杰地灵。一方水土养一方人，养的是文化、文明和文人，是情感、情怀和情结。

据乌镇史志记载，从宋朝到清朝，乌镇走出了贡生160位、举人161位、进士64位，武举7位，另有荫功袭封者136位。南宋建都临安，乌镇成为后花园，南宋时期长三角经济文化的发展和海洋意识的复苏，使这个江南小镇活跃起来，进入第二个发展期，来乌镇讲学求学、经商休养的达官显贵、文人墨客、行商坐贾络绎不绝，这里成了贵人的逍遥宫、商人的交易场，是僧尼的讲经堂、布道所，更是文人的精神家园、游子的心灵港湾，文化的芳香因此而弥漫飘远。

东晋山水诗派开创者谢灵运在这里造屋隐居，他居住的西林仙气氤氲、文气弥漫，被称为乌青一景；南梁文学家、梁武帝时期的尚书令沈约在这里守孝、研学；南梁昭明太子萧统在这里跟随老师沈约读书，他编纂的《昭明文选》是我国现存最早的诗文选集，文质并重，"丽而不浮，典而不野"的《昭明文选》与《古文观止》《唐宋八大家文钞》成为读书人必备读本；唐朝诗人李绅在这里游学，与普静寺住持唐抱玉结成莫逆之交，他的《悯农》诗妇孺皆知，"谁知盘中餐，粒粒皆辛苦"教育了所有中国人；唐朝宰相裴休在这里修学，他信佛教、善文章、工书法，在乌镇建造了一座大规模的私家园林；宋朝文史家沈平在这里治史，寓居乌镇东皋园，他编纂的《乌青记》四卷和《乌青拾遗》是关于乌镇最早的志书，也是中国最早的镇志之一；宋朝诗人陈与义在这里流连，他与黄庭坚、陈师道并称江西诗派"三宗"，卜居乌镇期间与当地文士僧侣交往甚密，他的"简斋读书处"是乌镇的一道文化景观；南宋诗人范成大在这里怀旧，他与陆游、杨万里、尤袤并称"中兴四大家"，乌镇离他的家乡吴江仅咫尺之遥，激发了他创作田园诗的灵感，让他留下诗作《乌戍密印寺》；南宋安定郡王赵伯泽在这里逍遥，他的府第就在乌镇顾家桥，关于南宋宗室墓群的考古发现，正在日渐揭秘这个王室与乌镇的关系。身是异乡客，愿做乌镇人，是一份情怀，是乌镇魅力的体现。

方圆百里，远近为家。乌镇不仅以热情广宴八方宾朋，还用温暖的怀抱欢迎那些走四方、归故里的游子。曾担任岭南横州通判的明代文人王济，辞官回到乌镇，依然风雅不改，专攻金石书法，常邀文徵明、祝允明等名士到乌镇相聚，王羲之的《兰亭序》真迹上还留下过钤印"王济赏鉴过物"；明朝文学家、藏书家茅坤回到乌镇，满怀书生意气，他不但主编过《唐宋八大家文钞》，还为家乡编著了乌镇分署建制的史志；明朝担任过江西巡抚、工部尚书、刑部尚书的潘季驯回到乌镇，他曾仗义执言，被认为是袒护张居正而遭革职，复官后任右都御史，总督河道，受命治理黄河有功，成为"千古治黄第一人"，后因病辞官，回乡后三年而卒；明朝冶炼专家沈东溪回到乌镇，开办起沈记冶坊，炼铁铸锅，生意兴隆，当倭寇围攻桐乡城时，沈氏献计巡抚，在全城收铁锅铁器，熔化成铁水，从城墙上往下泼洒，毙敌无数，城中百姓受到保护，他也因此受到巡抚表彰，被尊为"飞火将军"；明末清初著名理学家张杨园回到乌镇,终其一生,他"祖述孔孟,宪章程朱",编纂二程、朱子遗书等几十种典籍,被官方立碑为"理学真儒",还将务农经验著成《补农书》,被后世誉为农学方面的"伟大著作",在今天依然有其独特的价值;清朝著名藏书家鲍廷博回到乌镇,办起"知不足斋"藏书楼,闻名江南文化界,他读书、集书、编书、藏书,嗜书成瘾,爱书如命,他曾刊刻蒲松龄的《聊斋志异》,使之名播天下、广泛流传;现代著名学人、乌镇立志书院山长,北洋时期的银行家,茅盾先生的表叔兼恩师卢学溥回到乌镇,修葺名胜,修编镇史,续写乡邦文献。漂泊计无期,游子归有期,家乡的情结是系泊心灵的缆桩。

江南儒士多,乌镇为甚。这里还走出过一门三代拔贡、四代诗人,家风传承百年的吴氏家族,可谓书香门第绵延、文化世家繁衍,诗书传家久;走出过清朝进士,授翰林院庶吉士,后任刑部主事,为官为文为史留下耿耿英名、昭昭业绩的严辰;走出过清末文化学者、翻译过《易经》,在拼音文字改革方面做出杰出贡献,担任过交通大学、浙江大学、北京大学三所大学前身校长的劳乃宣;走出过我国现代妇女解放运动先驱和著名的诗词家、书法家,国学大师章太炎先生的夫人汤国梨;走出过现代文化名人、中国新闻界前辈,曾做过张学良、张恨水、秦瘦鸥、蒋经国、荀慧生等人老师的严独鹤;走出过现代著名农学家,培育过多个农作物改良品种,去世后令冯玉祥、李德全、邓颖超、史良、冰心、董必武、费孝通等社会名流痛悼哀婉的女中豪杰沈骊英。车溪河潺潺,乌青墩穆穆,尽管这些乌镇的儿女一去不复返,但乌镇没有忘记他们,或设馆以祭,或修史以记,为他们树碑立传。乌镇,永远是望穿双眼等候他们的老母。

  我在《有一个故事,叫乌镇》一文中,曾写到乌镇一家人的故事,他们分别是茅盾、王会悟、沈泽民、孔另境、孔德沚。王会悟是中共一大代表李达的夫人,正是她建议一大会议转移到自己的家乡嘉兴南湖去开,并为会议承担联络和警戒任务;1927年10月、1930年12月,张闻天还随王会悟、李达、沈泽民两次到乌镇,在王会悟家小住。王会悟为中国共产党的创建做出了特殊贡献,她还是茅盾、沈泽民兄弟二人的表姑、同学,她比茅盾小两岁、比沈泽民大两岁。茅盾,字雁冰,是新中国第一任文化部部长、著名作家,1981年3月14日,在生命最后时光的他致信党中央,请求党组织严格审查他"一生的所作所为、功过是非"后,考虑追认他为中共党员。中共中央迅速做出决定,恢复他的中国共产党党籍,党龄从1921年算起,他是最早的共产党人之一。沈泽民是茅盾的胞弟,是我们党的早期重要领导人,担任过中央宣传部部长、鄂豫皖省委书记、代理中央分局书记,为了革命工作积劳成疾,于1933年11月20日在湖北黄安以身殉职。孔德沚是茅盾的夫人、忠诚伴侣,按照周总理的指示协助茅盾处理工作,她也从一位目不识丁的农家女成长为知识女性,茅盾的长篇小说《子夜》就是由她一笔一画抄写后交给出版社的。孔德沚去世后,茅盾将她的骨灰安放在自己的卧室陪伴,一放就是11年,直到自己溘然长逝。孔另境是孔德沚的胞弟,是著名作家、出版家、文史学家,有着达士高风、文人本色,青年时投身革命,参加过北伐战争,跟随毛泽东、鲁迅、茅盾开展工作,三次被捕入狱,"文革"中屡受冲击、饱受摧残,于1972年

9月18日病逝。一家五人,都是从乌镇走出去的革命者。乌镇没有忘记她的孩子们,本世纪之初,乌镇被联合国教科文组织关注,迎来第三个发展期,一批建筑物被修旧如故,一批纪念馆择地而建。乌镇在灵水居设立了茅盾纪念馆、王会悟纪念馆、孔另境纪念馆,三馆紧紧相依,五人事迹同展,你中有我,我中有你,还是相亲相敬的一家人。乌镇,是他们人生的起点,是革命的出发地,也是永远的纪念地。

小镇故事多,充满喜和乐,有两个故事值得展开讲述,他们与乌镇的两座建筑物有关。

清朝"四大奇案"之一,是发生在同治年间的杨乃武与小白菜案。杨乃武是浙江余杭人,以种桑养蚕为业,家道殷实、疏财仗义,是乡试举人,腹有诗书、风流倜傥;毕秀姑是葛家媳妇,长相白皙秀丽,因爱穿绿衣白裤,被邻里称为"小白菜"。杨乃武夫妇与小白菜家关系密切,杨乃武还教毕秀姑识字学文,街坊中有"羊吃白菜"的闲言碎语。没承想,小白菜的丈夫葛品连暴死,平日里与杨乃武有过节的知县刘锡彤,心生羡慕嫉妒恨,想公报私仇,断定是杨乃武和小白菜合谋用砒霜毒杀,将二人屈打成招,押送杭州府审理。被买通的杭州知府陈鲁再次动用严刑逼供后,即判"杨乃武斩立决,葛毕氏凌迟处死",上报浙江按察使。杨乃武的胞姐杨菊贞不服,为弟弟喊冤,通过浙江籍官员终于将案卷辗转送到军机大臣兼总理大臣翁同龢手里。慈禧太后下旨重审,并遣监察御史私访,但浙江巡抚倚仗湘军势力,以维持原判复奏。朝廷再次指派浙江学政胡瑞澜为钦差大臣重审此案,但胡的不作为、乱作为,加之知县刘锡彤重金贿赂办案官员，胡瑞澜仍以维持原判上奏。次年，杨菊贞二次进京告状，30多名浙江籍在京官员联名指陈此案黑幕，要求重审，朝廷再次要求刑部尚书桑春荣亲审此案，经过周密调查所有疑点线索，并开棺重新验尸，确证葛品连是因旧病复发而死，与杨乃武、小白菜无关。至此，震惊朝野、历时4年的"杨乃武与小白菜"案宣告终结，二人无罪出狱。此案导致30多名官员被革职查办。一起普通的民间命案几经周折、多次反转，引发了一场大清朝廷与地方官员之间的权力斗争，出身湘军的"两湖派"势力与出身科举的浙江派势力的激烈较量。最后慈禧太后葱指翻覆定乾坤，既昭雪了奇冤，主持了公道，平息了民愤，又借机打压了湘军势力，一箭双雕。这个惊天奇案中有一位重要人物起了关键作用，他叫夏同善。夏同善自幼饱学四书、熟读典籍，一试中举、进士及第，被钦点翰林，文章卓越超群，有"在曾国藩、左宗棠之上"的美誉，慈禧太后曾命他和翁同龢为光绪皇帝侍读。夏同善后来担任过大清朝廷的兵部右侍郎、江苏学政等职务，正是这位京城高官，得到浙江籍官员的联名信和申冤状纸后反复端详，发现案件疑窦丛生，断定有蹊跷，便与翁同龢商量后再报慈禧太后，获恩准派得力者重审，终于使真相大白。这位夏同善，正是在乌镇长大的。他年幼丧母，父亲续娶乌镇女萧氏，继母视夏同善如己出，百般呵护。在乌镇，夏同善度过了快乐的童年，遍读外祖父萧麟的藏书，学业精进，终有大成，被钦点翰林后，他将所赐"翰林第"匾高悬在萧家大厅上，并请得圣旨恩准，将翰林第改造成萧家厅，以答谢萧家如山一般厚重、像海一样深重的养育之恩。家乡的情结，朴素的情怀，铸就了他博爱的胸怀和正直的秉性。关于杨乃武和小白菜奇案,还有一个传说,说当年某个亲王有感于一介小女子案件的传奇色彩,便召见了小白菜,问有何要求。小白菜说出了在牢狱里许下的心愿:谁能帮我洗冤,我愿侍他终生。但这不符合判令小白菜进尼姑庵安度余生的圣旨,亲王想出一个办法,命小白菜赴乌镇翰林第侍奉三个月,但不得见天日,于是这座萧家厅的后门便有一间屋子没有窗户。一个弱女子以一种最凄美的方式完成了知恩图报的义举,让人感动;一桩惊世大案在乌镇静谧的翰林第,找到一个最完美的谢幕,令人唏嘘。当年的剑拔弩张、刀光剑影、惊涛骇浪,在乌镇的翰林第尘封雪藏、一夜归零,个中人情冷暖、世态炎凉,令人回味。

还有一个故事,是发生在当代的。熟悉木心艺术的人多在国外,国内知道木心的人不多,业界对木心感兴趣的人都想去乌镇看看。木心,本名孙璞,1927年2月出生在乌镇东栅,自幼学画,曾求学于杭州艺专、上海美专,师从刘海粟、林风眠;"文革"中遭受打击,1982年旅居纽约、游学欧美;本世纪之初,乌镇实施保护性开发,迎来第三个发展期,文化的主题被刷亮。木心应家乡人之邀于2006年9月回归乌镇故里,定居东栅财神湾186号孙家老宅花园,直到2011年病逝。乌镇人专门辟地建木心美术馆。在西栅景区的元宝湖面,现代感极强的木心美术馆依水铺陈,像一叶睡莲静静地醒着,不张不扬,不艳不俏,却吸引了众多慕名者的目光。馆长兼设计者是他的学生陈丹青。馆内陈设讲究,深蕴艺术哲理情思,满是静心归根的意象,一心只等来读懂木心的人。木心才华卓越,学贯中西,创作领域涉及绘画、诗歌、散文、小说、评论、戏剧、音乐、书法，而且多有标杆性成就。他是文学家，出版散文、小说、杂文、诗集、随笔、俳句等著作30多部，遗留手稿40多册。他创作的《上海赋》以奇特的写真方式，讲述了上海从小到大、从简而杂的历史，众生百态形神毕现，把老上海市井风情描摹得惟妙惟肖、入木三分，读得人拍案之余三分叹、震撼之余三分汗。馆内大小屏幕上一遍遍地回放木心先生的视频，人生妙语、艺术哲理，字字精当，句句经典。"你认为这个世界是你的，这个世界就是你的"，这是木心的豪迈；"哲学的乡愁是神学"，这是木心的深刻；"文学是可爱的，生活是好玩的，艺术是要有所牺牲的"，这是木心的感悟；"你不是省油的灯，我也不是省灯的油"，这是木心的个性；"生活的最佳状态，就是冷冷清清地风风火火"，这是有炎有凉的内心世界；"荣辱万事过，贵贱一身兼"，这是漂泊归来的沧桑；"从前的日色变得慢，车、马、邮件都慢，一生只够爱一个人"，这是对岁月痛彻的体感；"你再不来，我就要下雪了"，这每一片"雪"，都是炽热的火。木心是音乐家，擅作词作曲、弹钢琴，他的词《从前慢》被谱成曲，被刘欢唱上了2015年的央视春晚。看木心的作品，你像面对一页五线谱，满纸是谱号、音符、节拍线，有一种你意想不到的灵动与意念之中的和谐美，所有的艺术都指向音乐，画里有声，画外有音，是米勒的《晚祷》钟声在西天的远处和灵魂的深处隐约地响起。木心是美术家，多部绘画作品被欧美日的博物馆等展出、收藏，他是文学界的音乐家、美术界的魔术家，工于石版画，精于彩墨画，长于拓印画，擅长表达人与自然的主题。蜀道林泉、竹松云、远山钟声、秋色斑斓；画山画水、画日月，自然即我，我亦自然。看似自然,实为人文。先生说,"凡钟声,都像是一句句肺腑之言",我想说,先生的钟声催醒了许多人的依稀梦、未了情,让人感受到现实的质感和骨感。先生的一些画作像壁画,天高远、地苍茫、意空蒙;山中有字形,石里有人影,嶙峋奇异,一钩弯月渺茫,构图奇幻,气势拔山撼岳。先生却说:"世上有多少墙壁呀,我曾到处碰壁,可是至今也还没有画出我的伟大壁画。"幽默中透着智慧,洒脱中露出酸楚。先生何止是势如壁画,几乎是壁立千仞、令人高山仰止了,一度的"木心热"曾热晕了许多人。木心说:"塞

木心美术馆

尚、凡·高,这几位生前未成大名的艺术家,在世之日常年郁郁寡欢,他们的人生境界,我想,唯一的快慰,就是在于自信,知道将

来是荣耀千秋。"这是对塞尚、凡·高的解读,何尝不是木心的内心独白?他在木心艺术馆找到了最好的归宿,所以在审阅陈丹青的设计图后,他欣慰地说,"我可以去死了"。有一种味道,是留给后人回味的。木心是调味大师,把品尝过的酸甜苦辣提炼成金句警言,让你咀嚼品尝。木心即是文心,是乌镇车溪水沁养过的一颗晶莹剔透的心。

车溪河从时空深处走来,把乌镇的时钟拨回到远古,拨回春秋,拨回古典,拨回青色。乌镇的故事是江南的记忆,乌镇的人物是历史的风流,乌镇是一个民族的文化标点。

(原载《经济日报》)

千年的桨声

夜宿江南古镇同里,只听得自己的梦,在静谧的秋里,振了一夜的翅。朦胧中,有桨声在远处响,悠扬如天籁。干脆早起,舍不得睡了。

依街角望去,曙色如黛的古镇,像一叶睡莲,或一朵浮萍,静静地铺陈在烟波浩渺的湖面,千年一梦,香舃如酿。古老的晓月千年的秋风,把尘世的一切都归零,归于同里一宿的静,一如隐居深山不染凡间半根游丝的庵寺。但这种静不是失落了生机的寂寥,而是一种淡泊从容、处世无惊的定。

只有渐近的桨声,是这幅水墨佳作的画外音,千年不变。

月在月光中走,风在风天里行,我在听自己的心跳。循了依稀桨声,我轻轻地走在同里披了黛色外衣的晨里,一任自己的心,从容地在古境里散步。巷路上的条形石横排竖镶,两侧的云片石挤挤密密,拥向光线不甚明晰的远处。悄悄地,我生怕叩在石板上的足声和沾着的红尘,侵扰了古镇的宁静与圣洁。无意间张望,却发现同里早已醒来,像一位抚掌静坐的村姑,娴淑而顽皮地眯着眼,看我的幼稚与惶然。而我感觉不出她的绰约,就像她也不嗔怪我的唐突。

同里古镇

记得昨夜,投宿在古镇明清老街上的世德堂,只见深深庭院里的石桌石椅静冷如雕,曲桥亭荷旁的石榴灿灿灼灼地挂在空中,低眉顺目,枝掩叶捂。偌大的五进院落69间房,楼对阁、户对窗,只住进同伴和我。他有些怯怯地问:"是不是有点儿冷清?"我说庭院冷清,湖水清冷,既冷又清,恰是静心养性的曼妙仙境。清冷是一种意境,无论你是达官显贵还是凡夫俗子,来就来了,走就走了,同里的水依旧清冷如许、清冷如许,微澜不兴,轻波不扬,千年如此。

记得昨夜,踟蹰在灯火阑珊处,见到一位老者躬身在幽黄的店灯下,对着一盘堆尖的湖蟹,蘸着比酒还醇的夜风,抿着比夜还香的老酒,就着葱姜蒜酱油醋,专心而安详地剔着咂着。秋风起,蟹脚痒,被湖风浪起的蟹们,性急地爬进渔子们早已张着的蟹池渔网,钻进早已等候在湖边或者潜藏水底的蟹箱,以及湖中央高脚屋下泊着的渔船,被渔夫们吱呀吱呀地摇着,浪着,就拢了岸,装了车,坐了飞机,去北京、上海、广州、香港、台北,急急去填塞那些本已膏油满贯的肚子。也有的就近上了寻常百姓的餐碟,驱除水上人家一天的辛劳。问多少钱一只,老人头也不抬地答:"侬吃哦?15块一只。"轻醉微醺,恬静淡泊,秋风不催,千年如此。

记得昨夜,依河港的边街行走,石板高高低低,咔嗒咔嗒,如空谷间的山石萌动。民居静寂安宁,前街后坊,开门做店,闭门为家。临街的门缝里,偶尔透出点儿光亮和窸窸窣窣的家语。有用旧报旧书页糊了窗玻璃的,定睛一瞥,恰是一幅倒贴的"躲进小楼成一统,管他冬夏与春秋"漫画。偶有一两盏灯笼高高地亮起,却又被夜色浓浓地围住,光晕下一桌麻将正静静地推来倒去。不争不抢,不紧不慢,默无声息,千年如此。

一个快意的嚏喷打过去,长长的幽巷那头,久久地激起一个更加响亮的回应。天凉了。天也渐亮了。

有户枢咿呀地响起清晰的音符,此起彼伏,唱和无序,从唐宋唱到明清,婉转如歌到今天,该有1000多年了吧!

同里的早晨特别悠扬，舒展得像港汊一样没有尽头；温婉的光景被同里抻长，长得像里弄一样找不见尾巴。柳垂金丝，叶泛青光，幽径通向千年的古藤。苔痕上阶绿，草色入帘青，葱绿的地上草，齐着岸线蔓延滋长，同里的秋像春一样苍翠。不知道是林荫抹绿了港里的水，还是碧水泼绿了岸边的柳，只想把心掏出来淘漉洗涮。侧身在仅一人宽却长达300多米、苔藓斑驳的穿心弄中穿行，才知道什么叫"小巷深深"、什么叫"一线天"。巷口外是一溜清一色的两层木板店铺，濒河有门，临街有窗。随街摆放马桶的旧景不再，飞檐走角、古朴典雅的公厕嵌在街景里，像一块璞玉、一个盆景。阳光穿行在岸上苍老的林间，斜映横照，光影迷离。街巷里锅碗瓢盆声和远处河街菜市的嘈杂声，奏响古镇千年如一的晨曲。街里套街，店后有店，客气的招徕，温情的应答，炸油糕和油条的飘香，让人涎滴三尺三。路旁有小狗小猫摇头摆尾汪汪咪咪，怡然自得，蹦蹦跳跳，是晨曲五线谱上生动的音符。不时有渔船靠上来叫卖，讨价还价，一团和气。船上栖着的鹭鸶或叫鱼鹰，一副完成了早功课的得意和懈怠神情。同里湖丰沛的鱼虾菱藕，滋养着水岸人家，锅里炖着沸着熬着煮着蒸着炸着的，全是鲜美香艳，让隔湖相望、以特色风味闻名的苏州人不得不惊叹"吃在同里"。

　　千年的长河在同里歇了歇脚，继续前行，把个江南古镇的韵味，全留在一桥一水一人家之间了。

　　河街曲折而行，走到一处，忽然就停住了。这个地方，叫作桥。

　　桥是同里的筋骨。同里是桥的博物馆。

　　同里的桥无处不在，就像同里的水无处不有。水乡的桥文化与桥乡的水文化一样蓊郁葳蕤。十五条河，五十座桥，河不同形，桥不重样，桥上叠桥，桥里套桥，或有林荫掩蔽，两岸葱茏，或平街凸起，玉雕粉砌。拱桥吐日，霞光万道流金；卧龙映月，玉盏千樽泻银。高高低低大大小小长长短短的桥，如弯月卧波，蜿蜒曲折互联互通，被时光拂出一片又一片的苍痕与陆离，各有景致，瞅一眼

同里的桥

就知道有故事。

枕河人家，有水就有路，有河就有桥，从无迷津。在人与人之间、此岸与彼岸之间、历史与现实之间，同里人逢水搭桥，几乎没有过不去的堑。心从桥上走过，走向迢遥无垠的远方。同里的桥座座有名字、个个有历史，桥们的故事构成同里的全部历史。

古镇西侧,野草丛生、青藤蔓绕中的思本桥以其800年的桥龄雄居桥祖之位。南宋诗人叶茵因不满朝廷昏聩,告退还乡,捐造思本桥以明志,警醒为官者当"万事民为本"。桥是一代诗人的心碑,也是他生命的里程碑和生命价值的标签。雨打风吹,形容衰老,但思本桥风骨不改,寓意绵长。

后来我又去过与同里毗邻的水乡周庄,才知道画家陈逸飞先生是属于周庄的。他的确很著名,连周庄港汊边晒日头的老太太都知道他。20世纪80年代初,陈先生来周庄写生,画家的慧眼发现了一横一竖两桥一体、当地人称之为"双桥"的奇观。他拍了据说有37卷胶片,遂往返于上海与周庄之间,作成油画《故乡的记忆》。此画被美国石油大亨哈默先生高价收藏,改名《双桥》后转赠给邓小平先生,寓意中美友谊之桥。画作价值连城,周庄也因此闻名世界。其实画家是浙江镇海人,之所以把周庄喻为自己的故乡,是因为双桥连起了他久抑的乡情。当他猝然离去的消息传到周庄,古镇上的人们伤感地立起石碑祭之,在夜幕下的双桥上燃起无数的蜡烛,如果作成画,也会令人动容。与其说是逸飞先生发现了双桥胜景,不如说是温柔之乡收留了陈先生。一位艺术家被如此秉烛以祭,不能不说他是属于大众的,桥联通了情感。不知道陈先生是否来过一水相连的同里,我相信更有故事的同里桥牵动的不止艺术家的情缘。

桥是心,心亦桥,同里的水柔波含情,同里的桥如月印心,同里的人淳朴儒雅,好把异客当故交。在官升桥旁已住了60多年的81岁老人冯君言,在晨风中低声向我说着桥的故事,浓重的吴语像千年古钟幽远地响起,余音缭绕。怕我听不懂,老人执意要过我的笔记本，高高低低轻轻重重地描起来。一旁78岁的潘老太太拄着拐杖，过来搭话说："我会说普通话，我跟你讲。"苍老的口齿，热情伶俐得如翩燕翻飞，只是软软促促的吴音让我依然一头雾水，有一种在欣赏评弹的幻觉。风情万种的吴侬软语本身，也是一座别致的文化桥。

一位早起的老人横坐桥栏，拉着一杆声音低得几乎只有自己才听得见的二胡，流畅如斯，喑哑如斯，像从千年的古井底打捞上来一样的苍凉。在秋日里翻晒那锈蚀斑斑的钩沉，引了匆匆路人想起历史的某个片段，让你产生一种莫名的、绵长的，却深刻得无以言表、近乎木讷呆痴的感动。

同里家家临水，户户枕河，是水做的村庄、水养的女儿。居太湖之畔、古运河之侧，同里因天然丰沛的水系而具有旺盛的生机。舟楫之便，可以四通八达，桑蚕丝绸、米盐商行连成的商路延伸到十里八乡，交易辐辏为市，因水而兴，富甲一方。门前是街，前门是店；后门是家，门后是河，河里泊着小篷舟。从这家到那家，从这港去那港，全凭吱呀吱呀一支橹。随便找个系缆石拴个绳儿，上鱼行街或者穿心弄做半响的勾留，在河边林荫下寻一处石椅读一会儿小报，在水边小餐桌上的美味中撒些油盐酱醋小葱花，抻长的日子便有滋有味起来。河里有鸭鹅凫在水面，偶尔有机帆船突突地荡着大波过来过去，像大脚女人在气势磅礴地赶大路。河边有石，一沉到底，有浣女晨起，在垂柳起舞中婀娜地扭着显露的腰肢洗洗涮涮，节奏轻快从容，心中轻狂欢愉。

同里的水静若处子，没有湍湍潺潺、汩汩滔滔，而是若隐若现，似有似无。你感觉不到她的存在,更觉不出她的炫目,却能悟出她的尊贵。不因无人问津而伤感,不以人声鼎沸而喧嚣,来去自然,从不猖狂,也不缠绵,只用她温婉的水,洗却你的心尘,就是浮尘一粒,也让你晶莹剔透一回,像一颗玻璃的心。善莫若水,利万物而不争,水改变不了山形地貌,就改变自己的形貌,却在改变自己的岁月里,悄悄地改变了自然的容貌。怒潮拍岸、惊涛裂耳是一种伟大,微波不漾、静澜无语也是一种力量。不错,水上什么也立不住,哪怕是一根针,但承载过浪迹帆影和天光云影的同里水,让你感觉到,她立得住一段沉重的历史,那是一个千年村庄的根底。

同里人都愿意相信这样的故事,说是同里原名"富土",明朝时怕因富招灾,便把"富土"二字拆了重装,"富"字去点不露头作"同"字,"田""土"合二为一成"里"字。富不露头、田地为本,精明的处世哲学和深奥的人文思想提炼成"同里"二字,实在高明。

同里人的这种人生哲学,在镇上一处私家花园找到了注脚。与晋商大院、徽商深宅相比,这个名为"退思园"的宅第多了几分葱郁、精致和儒雅,更像是工笔画。移步入景,洞天层出,生出无限的人生意境来。

园的主人任兰生,是清朝同治、光绪年间的安徽兵备道,官至正四品,因涉嫌贪污遭弹劾被革职,回乡后他自感冤屈,便请当地著名园艺师设计营造此园以解心。解甲归乡的任兰生从《左传》的"进思尽忠,退思补过"中选取"退思"二字为园名,是想表明心志,也警示后人,反思在中国传统文化中的高贵与难得。园内面积九亩八分，不取十亩，意为留有余地，这大概是他的官场心得。园中四季景色显然，广玉兰挺拔直上，翠竹叩窗，瑞雪盖松，梅桂飘着忽淡忽烈的香，楹联上有"种竹养鱼安乐法，读书织布吉祥声"。徜徉其间，的确是退而思之的好去处。隐退文化是中国传统文化园中寂寞开放的一枝，陶渊明、李白等都留下过大量明志之诗词。大隐隐心，小隐隐形。窃以为，任兰生只是表面的退，并非真隐真退，因为园名是"退思园"，而不是"退园"，退而不思谓之退，退而思之谓之进。退思园不仅仅是急流勇退者静思补过的地方，更是逆流奋进者日三省吾身的地方。退而思过、补过，固然是一种美德，但进而思过却是更难得的品格。胜不骄、败不馁、进而无争、美而不满、隐而不退，凡事须留有余地，退是为了更好地进，是人生的超高境界。进则为儒，讲入世；退则为道，讲出世。进中有退，退中思进，儒道合一，内外和谐。人们来到退思园，多悟其"退而思过"单层意境，深入分析才能发现任兰生极具隐蔽性地把"退而思过""进而思过""退而思进"三层意境统一于一园一宅之间了。把一个如此深刻的人生诠释，掩藏在花红柳绿的逍遥美景中，这才是他的腹中锦绣和肚里乾坤。我的推测果真没有错，任兰生身在江湖，心系庙堂，在退思园尚未竣工时就获准捐复，匆匆上任去了，最终殉职任上，客死他乡。从这个意义上讲，退思园的哲学价值要远远高于其文物价值。

其实任兰生并不是第一个想隐退同里的人，前文所述建思本桥的叶茵算是一位彻底的隐退者。与叶茵同时代的还有一位官员张元幹也有这个意思，但他是福建人。张元幹是朝廷里掌管基建的官员，这个职位不管是在当时还是现在都是一个肥缺,但张元幹不恋钱财、力主抗金,遭到宋高宗、秦桧等投降派的打击报复,被削去官籍。某年秋日,这位曾发一声"要斩楼兰三尺剑"长啸的汉子,恰好路过吴国的都会苏州一带的湖面,大约在同里、周庄附近吧,遥望故国沉沦,悲情顿生:"梦中原,挥老泪,遍南州",萌发了"举手钓鳌客,削迹种瓜侯",隐退江湖的念头。可见这一方温柔水乡确能让血性冲天的赳赳斗士抛却功名,与世无争,找到心灵的慰藉。

退思园

同里,是一盆洗脸水、一杯解忧酒。

还有一位退居同里的文化人,叫陈去病。他是近代著名诗人、戏剧评论家、爱国志士,是鉴湖女侠秋瑾的战友。他出身商户,留学日本，担任过进步刊物上海《警钟日报》主笔、广东《中华新报》编辑，与柳亚子先生等共同发起成立反清的文学社团——南社，后追随孙中山先生参加革命，历任黄兴先生的秘书、护法军政府参议院秘书长和北伐大本营前敌宣传主任，成为辛亥革命时期的风云人物。孙中山先生逝世后，陈去病不满蒋介石的独裁统治，拒任江苏省政府主席一职，退出政治舞台，曾担任上海持志大学教授、南京博物馆馆长、苏州古物保管委员会主任。晚年陈先生告老回乡，回同里居绿玉青瑶之馆专注于文史研究，著作颇丰，常遁迹于苏州报恩寺研习佛经。如此说来，陈先生算得上是一位急流勇退的智者。在当时政治社会环境下，如果一味地进，要么同流合污，要么玉石俱焚，退一步海阔天空，至少可以明哲保身，保全人格和心境。陈先生悟出此道，在佛界寻到了清净地。这种退，算得上比较彻底。

没有人文的景观是没有底蕴的风光，不消失的历史必定有不朽的人物，一个村落的历史，实际上是人物的历史。江山易改，容颜易衰，唯有人文思想是古镇同里生命的永续。漫步同里的街巷宅园，如阅苍黄的史册，被一种弥漫经年而依然香馨缭绕的古风所袭。同里因商而兴，却以文而彰，有着浓郁的勤耕苦读尚文的传统，甚至有一座桥的名字就叫"读书桥"。文人墨客们乘辇至此，赏景吟风，题诗作画，更有红袖添香，熏炽了同里古镇的儒雅书香。这种丰富的人文和教育资源，使得同里名作迭映、人才辈出。密如蛛网的小桥上，先后走出过1位状元、42位进士、93位举人，这在古代中国是不多见的。除此之外，还走出过诸如明代著名园艺大师、世界上第一个为园林艺术著书立说的计成，他是常州、扬州、镇江、仪征一带名园的设计和营造者，所著《园冶》一书被日本和西欧诸国视作珍藏宝典。清末民初国学大师、诗人、教育家、爱国志士金松岑先生，他是蔡元培先生、邹容先生、章太炎先生的战友，陈去病、柳亚子、潘光旦、费孝通、范烟桥、严宝礼等人的老师，金先生的晚年正值日本侵华之时，老先生忧国忧民，寝食难安，作为一代名士，虽然生活穷困潦倒，以变卖同里的家产为生，但决不苟且偷生，多次严词拒绝日伪当局的出请，并作《论气节不讲足以亡中国》以警世人。新中国第一任财政部副部长王绍鏊，是章太炎先生的战友、金松岑先生的学生，早年因积极投身于爱国进步和革命活动，屡遭曹锟、孙传芳等反动军阀的通缉，甚至被国民党中统特务头目徐恩曾逮捕入狱，他与邓演达、冯玉祥、吉鸿昌、邹韬奋、沈钧儒、柳亚子、徐铸成、雷洁琼、陶行知、周建人等人士交往甚密。值得一说的是，1933年就秘密加入了中国共产党的他，遵守党的纪律从不暴露身份，暗中从事联络国民党的高层人士和社会知名人士的工作，新中国成立后他以民主人士身份做了大量的统战工作，连子女也不知道自己的父亲是共产党员。同里还走出过上海《文汇报》和香港《文汇报》的创始人严宝礼。1937年"八一三"事变爆发后，身陷"孤岛"上海的文化商人严宝礼为抵抗日本侵略者的新闻封锁，约集几位爱国知识分子，毅然于1938年1月25日创办了《文汇报》，不屈于日伪的手榴弹袭击、恐吓信和毒汁水果等威胁，坚持办报，后来在党组织的帮助和领导之下，加上徐铸成等人的加盟，《文汇报》走上民主进步的道路，并团结了一大批党的知识分子。在国民党当局的多方刁难和迫害打击下，《文汇报》被迫停刊，严宝礼与徐铸成等人又创办了香港《文汇报》。上海《文汇报》复刊时，严宝礼又出任副社长兼总经理一职。还有，柳亚子先生是附近黎里人，常来同里研习，同里诸多文人与他交游，有诗文吟诵唱和。冯英子先生幼年时曾在同里生活，还专门撰文忆及同里的桥。

一个小镇出了这么多有影响的名士，不能不说是地灵人杰了。从近代以来的人物成长经历来看，书香盛炽是最主要的环境。书里有思想，书中有洞天，书生求新变，纵观古今中外的变革，没有哪一场不是由知识者发起和参与的；同里古镇的舟楫便利，使得深汲这方儒风雅水的读书人视野洞开，在桨声帆影中触摸到最先进的思想，居前沿则不闭塞，思想旷达；同时他们师承关系紧密，乡党观念浓厚，团聚意识强烈，思想交流频繁，容易形成有感召力的领袖人物和一呼百应的效果；他们尚读但不拘泥古板，尚文而不迂腐讷行。进则文为武备，武以文兴，文武兼备，为经国济世之用；退则思过，以文养性，研文习字，自成一说，为文化景观再添新绿。像一幅涂了一千年，还要涂一千年的水墨画，同里的古今人物以身为笔，挥就了自己的绚丽与沧桑。

乡村是城市的母亲。近些年大城市的人挈妇将雏携猫带狗地奔来乡村，想必是寻根归朴来了。同里用舒缓的节奏，放慢了世人急促的步履和急切的心跳，一扫风尘世故，是现代社会一处天然的"疗吧"。达官显贵、文人士子、渔妇耕夫，都能在这温柔水乡停舟歇桨，找到一处心灵皈依的芳草洲。古镇以她博大的文化包容性和普适性，成就了自己历千年而依然蓬勃的生命力和永不凋谢的魅力。

同里是历史的博物馆，是江南的化石，是文化的标点，是《诗经》的故乡,是一支苍老的桨。

那桨声,从容地响起,千年不变。

(原载《光明日报》)

中国，只有一条长江

长江是中国第一大河、世界第三大河，全长6300公里。长江之长，不仅在长度，而且也在她的历史，比古老还要古老；长江之大，不仅在气势，而且也在她的流域，更在她的胸怀。千回百转，千难万险，长江流淌到今，需要我们重新审视。

——长江是生命的长河，养育了中华儿女。长江的生命来自神奇的自然，她是地球的孩子，是造山运动的产儿。她来自哪里，高耸的唐古拉山，遥远的通天河？是，但也不是。比高山更高的是气质，比遥远更远的是永远。

远古洪荒的中华大地，东高西低，东水西流。西部是辽阔的古地中海，今天的青、甘、藏、云、贵、川等濒海而居，尽赏海景、自成风景。大约在两亿年前，青春萌发的地球突然间发起猛烈的造山运动，顿时山崩地裂、惊尘蔽天，沉睡的海底被托出水面，隆起、升高、横成岭、侧成峰，石破天惊，气势恢宏，宛如一部令人惊悚的世界末日大片。古地中海携一海的淤泥浊水、惊涛骇浪，一路西迁，越过今天的中亚、东欧、西欧，定居在今欧、非、亚大陆之间。许多年许多年后，它的岸边，陆续围聚了一个个群落，它们的名字，叫法国、意大利、希腊、西班牙、土耳其、叙利亚、塞浦路斯、黎巴嫩、以色列、埃及、利比亚、突尼斯、阿尔及利亚等等；它的四周，次第绽放出一朵朵人文之花，名字分别叫古埃及文明、古巴比伦文明、波斯文明、爱琴文明、古希腊文明、古罗马文明；它最南岸的浪花，拍打着北纬30°线。许多年许多年后，一条长长的路，把这个仍然叫地中海的地方与它曾经的母体古中华大地连通起来。路的名字，叫丝绸之路。

斗转星移，沧海桑田，古中华西部地区不断增高，在大约7000万年前的燕山造山运动中，原地中海的海沟深褶再次被完美抬起，三峡和它的巫山十二峰横空出世、卓然无立。水落石渐出，海枯石不烂，神女峰的山顶至今遗留着海底古生物的化石。从此，三峡以西，东水西流，形成西部古长江；三峡以东，西水东流，形成东部古长江。至此，我们知道，远古的中国曾经有两条长江。这是造山运动大片的2.0版。

大约在三四千万年前，地壳运动中的印度板块与欧亚板块撞击，暴发出更为剧烈的喜马拉雅造山运动，把整个儿古中华西部再一次高高抬起，珠穆朗玛峰成为"世界屋脊"和"地球第三极"。喜马拉雅山脉、阿尔泰山脉、昆仑山脉、天山山脉、阿尔金—祁连山脉群峰雄起,青藏高原、云贵高原联袂并立,中华大地从此呈现西高东低、众水东流的格局,是谓"地不满东南,故水潦尘埃归焉"。此时,造山运动大片的 3.0 版算是杀青,但还没有剧终。数万年来,

三峡航拍

位处高势的西部古长江向东发起猛烈的撞击,终于冲破七百里厚度的石壁,东西古长江从此贯通汇合,一路浩荡东进,万里长江由此形成。天地一根弦,江河日夜流,长江是时间的刻痕、地球的史记,用古老的涛声谱成了永恒的澎湃。

地球给长江以能量,长江给人类以力量。博大而奔腾的长江浇灌了广阔大地,养育了世代中华儿女、长江子孙。她的主流经过青

海、西藏、云南、四川、重庆、湖北、湖南、江西、安徽、江苏、上海11个省级行政区，一路向东；她的支流经过甘肃、陕西、贵州、广西、广东、河南、浙江、福建8个省级行政区，辐辏四方。雅砻江、岷江、嘉陵江、乌江、沅江、湘江、汉江、赣江等八大支流、700多条小支流、3600多条小小支流，与长江主流连通；每一条支流有无数的细流，像毛细血管一样丰富又像蛛网一般密布，汩汩地向长江输送营养；洞庭湖、鄱阳湖、太湖、巢湖等五大淡水湖中的四个与长江相通，4万多个中小湖泊和水库星罗棋布连成长江水网。全长1700多公里的京杭大运河，由北向南纵贯北京、天津、河北、山东、江苏、浙江等6个省级行政区，在江苏淮阴以南、镇江以北的扬州段，通过里运河与长江瓜洲古渡连通。在此，长江与海河、黄河、淮河、钱塘江五大水系全部贯通，然后继续东去，从宽广的吴淞口汇入滔滔东海。小河有水大河满，大河满水小河盈，发达的长江水系，养育了大半个中国。

地球给长江以生命，长江给大地以生机。中国境内年代最早的直立人元谋人的化石，发现于长江上游地区的云南，其生存年代距今约170万年。水利万物，舟济天下，雨水丰沛的长江四季葱茏、物产丰富，通达江河湖海、东西南北的物流，使长江流域渐渐成为富庶之地、安居之所、庇佑之处。中国历史上至少出现过四次人口大规模向长江流域的聚集。西晋永嘉年间，社会凋敝腐朽、战乱频仍，旱灾、蝗灾、疫灾连年不断，中原地区民众流离失所，被迫迁移到长江流域的今湖北的江陵、松滋、武昌、黄梅、郧西、竹溪、襄阳、宜城、钟祥，安徽的芜湖，江苏的南京、扬州、镇江、常州等,过程持续上百年,人口转移数百万。唐代"安史之乱"时期,为躲避兵燹之祸,百万民众从黄河流域、中原大地逃至长江流域的四川、湖南、湖北、江西各地。北宋"靖康之乱"时期,金兵大举南侵,宋廷且战且和、边打边退,最后定都今杭州,深受战乱之苦的黎民百姓不得不从黄河流域、淮河流域向长江流域的今江苏、浙江、湖北、湖南等地迁徙。元末明初,朱元璋与陈友谅之战使湖南地区生灵涂炭、十室九空,人口骤减,明王朝控制湖南后,用行政手段从苏、浙、皖、赣组织大量民众迁徙湖南,其中邻近的江西移民最多,以至于有"居楚之家多豫章"一说。明末清初,张献忠发动反明农民起义,兵起陕北,鏖战中原,横扫长江,从川江入川,在成都称帝。张献忠杀人成性成瘾,一日不杀人就闷闷不乐,有"屠蜀"之恶名,加之先与明军战,后与清军战,杀人如麻、血流成河,导致四川人口损失殆尽,不得不从湖广地区迁入人口。一句"江西填湖广,湖广填四川",从元末到清初,血泪写就三百年。

从漫长的移民史角度看,政治因素、社会因素、战争因素、自然因素相互叠加,推动了人口流动,北人南渡,东人西进,促成了经济重心和政治中心的南移;"湖广熟,天下足",促进了生产力的发展和文化的交融。一部古代史,半部逃难史,广袤富饶的长江流域,相对稳定的长江腹地,富庶秀丽的鱼米之乡,以博大的胸怀、温暖的怀抱接纳了天下游子,养育了八方儿女,长江在中国版图上的分量日益加重。发展到今天,长江流域覆盖国土面积占全国总面积一半以上,人口数量超过全国总人口五分之三。江水奔腾不息,生命繁衍不止,长江是生命之河。

长江不歇脚，生命不停息。

——长江是文化的长河，滋养了中华民族。日月经天，江河行地，造物主有一双神奇的手。在长江的上游，源自沱沱河的金沙江与源自岷山南麓的岷江，在四川宜宾交汇成长江，从秦岭出发的嘉陵江在合川与渠江、涪江汇合，从重庆朝天门涌入长江。从这里起到宜昌段，也叫川江，它有一个代名词，叫神奇。

川江地势雄奇险峻，悬崖峭壁连绵如阵，巍比岱宗，险超西岳，稳若衡山，秀超匡庐。河道暗礁密布，水流湍急回旋，让你知道什么叫怒涛狂卷、轻舟千里，什么叫虎跃狮咆、马奔狼突，什么叫壁立千仞、无欲则刚。那悬棺，那古栈道，那岩上纤痕，那一道道深刻的崖上缝、壁中罅，有鬼斧神工之奇、天造地设之妙，让你想象亿万年前的江水是以怎样的力量冲击石壁，撞开夔门，荡出瞿塘峡，奔腾成一条长江的；教你懂得什么叫没有蹚不开的路、过不去的坎，什么叫开山劈地、所向披靡，一心只向远方的星辰和大海。

一抬头，一座航标灯在高处的山嘴上站着，如山鹰兀立，傲视苍茫。仿佛等了你百年千年，照亮你的人生，指点你的迷津。任你时来时往、云卷云舒、潮起潮落，它以静待变、处变不惊。漂流在川江，你会感到沧桑不已，自叹人如微波游丝，时如白驹过隙，逝者如斯。

但是，峡江之上，苍山之巅，云雨之间，还有婀娜和娉婷在等你，有望眼和轻唤在等你，有软软的风、柔柔的雨、幽幽的怨、暖暖的爱在等你。对了，是一位神女，传说中的西王母娘娘之女，她的名字叫瑶姬。瑶姬在这里栉风沐雨，坚守经年，一心等候治水的大禹，在这里霓裳羽衣沐浴嬉戏，在这里腾云驾雾播云布雨，在这里除妖驱虎导航指路。楚襄王梦之求之，屈原歌之赞之，宋玉、阮籍、郦道元、李白、杜甫、薛涛、刘禹锡、元稹、李贺、李商隐，或结对或排队，在神女峰的脚下献诗；从青城山、都江堰、峨眉山、乐山大佛下来的范成大，拿着去洞庭湖、赤壁、黄州、庐山的船票在峡口等候；还有卢照邻、杨炯、孟浩然、王维、岑参、孟郊、白居易、杜牧、欧阳修仰慕而来，远远地站在峡江滩涂上观望千里之外的长江下游；还有瓜洲渡口的王安石、陆游，金山寺的张祜，在眺望，在预约。但他们都没有打动神女的圣意芳心。此刻她以烟霞为轻纱，用晚照做柔曼，将满目秋波送给峡江崖上、嶙峋岩间的一群孤独的身影。

那是川江纤夫们。"脚蹬石头手扒沙，风里雨里走天涯"，踩着一亿年前的海底、一万年前的河床、一千年前的栈道、数百年前的鹅卵石，一队队、一步步、一年年、一代代，弯成力字形、伏作满弓状，逆水而行，向水而歌，是力量在行走、生命在唱歌。那岩石上深深的纤痕，那风吹日晒黑得像江中石一样的脸、手和臂膀，那打着旋涡在峡谷和江面回荡的川江号子，像动感的雕像、凝固的浪线，一根纤绳便把七百里三峡拉成了五线谱，一支旋律从古来，一溜音符向东去。但是，这只是长江的序曲。水道再曲折，奔流再遥远，长江却几乎围绕一根轴线做等幅运动，千回百转弯弯绕绕，最终精心地在轴线上选择了自己的入海口。这根轴线就是北纬30°线。

北纬30°附近，是一个奇特而神秘的地带，一道人类文明之谜。中国的长江、埃及的尼罗河、流经伊拉克的幼发拉底河和底格里斯河、印度恒河、美国的密西西比河等大江大河横跨这一地带；古埃及文明、古巴比伦文明、古印度文明、玛雅文明、长江文明等在这里聚集；佛教圣地尼泊尔，犹太教、伊斯兰教、基督宗教圣地耶路撒冷，道教圣地武当山、青城山等在这里发祥；珠穆朗玛峰等地球上的七座高峰，以及至今无人能登顶的梅里雪山在这里列阵；神秘的百慕大群岛等在这里隐现，最深的马里亚纳海沟在不远处潜伏。有人将这条纬线称为人类的文明线、地球的脐带。长江正是这条轴线上的一条线段，串联起了中华文明；是这样的一根脐带，紧紧地联结中华腹地，像一条能量强劲的巨龙，一往无前奔向东海。

长江流域是文化的故乡。上游地区的元谋人，中游地区的长阳人、郧县人、郧西人都是我们的祖先，他们在旧石器时代学会了制造和使用石斧石锛石犁石铲等工具，石矛石镞石刀石丸等武器，学会了钻木取火，告别了茹毛饮血。川鄂三峡文化、江汉屈家岭文化、湘鄂大溪文化，下游地区的河姆渡文化、马家浜文化、良渚文化等等，如盛开的花朵。长江流域大量稻谷遗迹的发现表明，7000年前这里就曾是稻菽千重浪、江南鱼米乡。

楚人是长江的主人。家住长江边，一住五千年，这群黄帝的后代举着祝融的火把，怀着焚荒的信念，告别夏民族部落，从黄河岸边迁徙到长江汉水流域。他们"筚路蓝缕，以启山林"，南征蛮夷，北抗中原，一路南迁，不断开疆拓土，逐渐强大起来。楚人灭殷，却把部落图腾由黄河先民的"龙"衍生为殷人部落的"凤"，使黄河文明与长江文明第一次在刀光剑影中绽放出文明的曙光；楚人灭巴，却保留了巴族对白虎的崇拜，先征服后融合，同生存共发展，一个发愤图强而豁达包容的先楚集团,崛起在长江上中游流域。龙飞凤舞,虎踞龙盘,非夏非夷,亦夏亦夷,楚文化与华夏文化、中原文化、苗蛮文化、东夷文化在长江边上找到温暖热烈的篝火和推杯换盏的酒桌,椒糈桂酒在这里找到琳琅的超市,琼枝香草在这里找到缤纷的花店,鸾歌凤舞起蹁跹,巴酒蜀茶醉成欢,一派吉祥景象。华夷杂居、强弱搭配,不拒南北,不问西东,兼收并蓄,使楚文化先天具有先进的因子。楚庄王等数任君王接续发力,对内改革图兴,对外用兵图强,楚国迅速国富兵强。战争是交流的另一种方式,周室伐楚、楚晋争霸、问鼎中原,是南北之战,更是长江文化与黄河文化的交流。周朝想把势力范围向南扩张,但遭遇南方荆楚势力的强力反抗,周昭王姬瑕三次伐楚,在长江汉水一带遭遇楚人顽强抵抗,在第三次征伐中全军覆没,周昭王"南巡不返",命殒江汉。楚人在楚地建立楚国,抢占到长江边上铜绿山的铜矿,炼就楚式剑的闪闪寒光,楚国从此剑指长江中下游及淮河流域。从刀耕火种到铁耕牛种,楚国创造和引领先进的生产力。公元前601年楚庄王下令开凿江汉运河,把长江与汉水连在一起。楚国北战诸国,东进下江,渐次拾掇地盘。公元前578年起在今安徽芜湖到当涂一带、前549年起在今安徽安庆附近,楚国两次发起舟师伐吴。公元前333年,楚威王打败越国占领长江下游地区,设置金陵邑(今南京城)。公元前301年,楚怀王派兵占领滇池地区,任命滇王。楚国势力西起川蜀、东到东海,南起南岭、北至淮海,天下几在囊中。春秋战国五百年,大小战事数千幕,楚国是从不谢幕的主角,先后跻身春秋三小霸、春秋五霸、战国七雄之列,据江峙立八百年;商周继夏，楚承商周，汉袭楚制，楚风焯焯五千年，创造了灿烂的楚文化和长江文明。此后，自公元229年起，先后有东吴、东晋，南朝宋、齐、梁、陈，南唐、明朝、太平天国、民国政府在南京定都，据江治国，倚险守国，故南京亦有"十朝古都"一说。

文化依水而生，文明因水而兴。世界大河流域大多单一民族聚居、文化信仰趋同，但长江流域诞生了青藏文化、巴蜀文化、湖湘文化、荆楚文化、徽赣文化、吴越文化、海派文化，各呈芬芳，和而不同，文化长江因而两岸葱茏。无数的帝王将相、英雄豪杰从这里走向历史舞台，抒写中华民族的史诗；数不清的政治事件、军事争战、文化现象发生在长江；无数的先哲巨匠、文人墨客在这里挥巨墨、舞椽笔，读不尽的雄文翰墨、诗词歌赋如长联披挂在两岸；腥风血雨里的殷红，风雨飘摇下的苍白，不忍卒读的条约、协议、和约上耻辱的落款签名，是长江体肤上那层层叠叠的伤口在结痂；无数的文化经典、文化遗存、文化标识、文化星宿从长江升空，辉映神州。儒释道共饮一江水，东中西同走一条道。长江两岸庙宇遍布，楼台林立，一路数来，长寿文峰塔、万州洄澜塔、忠县石宝寨、宜昌天然塔、武汉黄鹤楼、九江锁江楼、安庆振风塔、芜湖中江塔、南京鸡鸣寺、镇江金山寺、南通广教寺，各展丰姿又连线成景。极目远眺长江，从"两岸猿声啼不住，轻舟已过万重山"的迅疾到"江天忽无际，一舸在中流"的缥缈，从"绝壁横天险""夔门天下雄"的险峻到"回清倒影""清荣峻茂"的幽静，从"石势浑如掠水飞，渔罾绝壁挂清晖"的生动到"瓜洲古渡头，吴山点点愁"的超然，从"海日生残夜，江春入旧年"的惆怅到"古今斯岛绝，南北大江分"的豪迈,从"无边落木萧萧下,不尽长江滚滚来"的悲怆到"日出江花红胜火,春来江水绿如蓝"的旧忆,长江分娩了烟柳江南、水墨雨巷,雕塑了伟岸峭壁、险隘雄关,涂抹了湖光山色、水村山郭,是与黄河齐舞的两支画笔之一。长江且歌且行,让历代文人或倾倒或感叹或怅然,他们用跨越时空的续笔,接力描摹出多彩的长江。那一帆一浪一石一矶、一草一木一楼一台,都是长江的符号、文化的标点、民族的胎记。长江广纳百川,文化兼收并蓄,通过交换交流交战,长江流域的农耕文明与游牧文明、渔猎文明走向交融,长江文化与中原文化、岭南文化、燕赵文化、齐鲁文化、西域文化,甚至异域文化煮酒论道,互鉴互通。千山同根,万水归江,长江因此而壮阔。长江文明因此而与黄河文明一道,作为两支相生相伴又相互激荡的源流,一同构成中华文明的主体。

长江不歇脚,文化不停滞。

——长江是思想的长河,培育了中国智慧。长江是一道神奇的自然景观,更是一道深刻的哲学命题。每一片浪花都是试卷,所有的人生都可以在这里找到答案。长江的中下游让你领略了什么是广博,长江的上游则让你体悟到什么叫深刻,深刻得让你的思想行囊贮满厚重,让你的灵魂肺腑淘洗得空明澄碧。

日月千秋照,江河万古流,朗照的是思想的光辉,流淌的是哲学的波光。广纳百川而不捐细流,吸纳一切又输出所有,是长江的胸怀;开山劈岭、攻坚克难,百折不挠、勇往直前,是长江的性格。逼仄处动辄狂澜,港湾处静若止水,从不驻足,奔腾入海,是长江的追求。逝者如斯,不舍昼夜,生活在这样的奔腾中,你我都是一股澎湃的水、一朵跳跃的浪。如涓滴之于江海，安泰之于大地，人一旦远离社会、游离环境、背离大势，转瞬即逝，什么也不是。长江是奋斗的代名词、生机的同义语，是包容的标志、博大的象征，塑造了中华民族的品格。

历史峰回路转，水道九曲回肠，长江穿行在时光隧道，流淌至今，把一道历史性问题横亘在我们面前：今天，该怎样利用和保护长江？思想有多远，行动才能走多远。

一部长江史就是一部人与自然的共生史。长江流域土地、矿产、水流、森林、草原、湿地等资源丰富，科技、教育、文化、交通、产业、市场、人力等资源雄厚，是经济腹地、生态要地、创新高地、发展重地。优势集中、辐辏广阔是特点，生态优先、绿色发展是前提，区域协调、协同发展是关键，连通南北、沟通东西，并联水陆空、统筹江河海是优势。合理利用资源，人与自然和谐，唯有生态高质量，方有经济高质量；只有环境高质量，才有生活高质量。长江流域雨水丰沛、水系发达、水网密布，水资源总量几乎占全国的一半，是南水北调的水源地，东、中、西三线从长江取水。长江之水天上来，全程落差6600米，天然资源化作电力优势，巴塘、龙开口、观音岩、乌东德、白鹤滩、溪洛渡、向家坝、三峡大坝、葛洲坝等大型水电设施呈梯级开发，西电东送从这里出发，长江电力点亮了大半个中国。

一部长江史就是一部变水患为水利的奋斗史。年年水患，岁岁难安，涝则一片汪洋、民失所居，枯则一落千丈、舟不畅行，这是旧中国的长江留给人们的记忆残卷。潮起潮落，水丰水枯，今天的长江流域数以万计的水库湖泊,发挥着防洪、发电、供水、灌溉、航运、养殖、旅游效益,有效蓄水、科学调度,提升了长江流域的防洪能力和长江航道的通航能力,变年年水患为年年水利,变岁岁难安为岁岁安澜。丰富的水资源、优良的水生态、优质的水环境、可靠的水安全、灿烂的水文化,是长江永不干涸、永续流淌的保证。

一部长江史就是一部天堑变通途的发展史。100多座大桥横跨长江,沿江高速、跨江铁路纵横交错,民航航线密集交织,城市隧道、过江地铁、水面轮渡南北穿梭,与长江航运共同构建起纵贯东西、连通南北的立体交通网,激活了长江流域经济。如何让产业布局、交通布局更优化、更科学、更有效率,既有舟楫之便,又有水电之利,既有交通之功能,又有抗灾之功效,长江是一道题,正在考验我们的智慧。经济发展,交通先行,水陆并进是战略,通江达海是胸怀。把长江经济带建成生态文明建设的先行示范带、引领全国转型发展的创新驱动带、具有全球影响力的内河经济带、东中西互动合作的协调发展带,是新时代赋予长江的新使命。

长江不歇脚,思想不停步。

岁月抹不去历史的创痕,江河洗不尽身上的风尘,我们不能忘记自然的惩罚,不能亏待长江的回报。自从中国人口向长江流域大规模聚集起,对长江的破坏就开始了。北宋晚期到南宋早期,随着对长江的大规模开发,毁林开荒、伐木建房、围湖筑堤,长江流域植被受损、水土流失,江水的含沙量逐年增大。1500多年前的北魏郦道元笔下的三峡"春冬之时,则素湍绿潭,回清倒影",1200多年前的唐代李白笔下有"天门中断楚江开,碧水东流至此回""楚水清若空，遥将碧海通"，约 1200 年前的唐代白居易笔下有"蜀江水碧蜀山青""春来江水绿如蓝"，说明那时候的长江是一江清水。不光长江，那时的汉水也是一水碧波。欧阳修、曾巩不约而同用"清汉"来形容汉水，960 多年前北宋的苏轼笔下有"襄阳逢汉水，偶似蜀江清"，820 多年前南宋的陆游笔下有"十二巫山见九峰，船头彩翠满秋空"。他的好友范成大于 1177 年五月从岷江进入川江一路直下，只有惊涛骇浪的豪迈而没有空明澄碧的沉醉，漂泊到汉口岸边，才见到清澈的汉水，这位南宋诗人不禁怅然道："汉水自北岸出，清碧可鉴。合大江浊流，始不相入。"与范成大几乎同时期的另一位诗人袁说友则记录"荆江水涨，浊波涌急，逆泛洞庭，潇湘清流亦为改色"，可见长江干流已是浊浪翻滚且影响到上游的洞庭湖了，而支流汉水依然清纯。随着唐末宋初长江汉水流域气温升高，雨水增大，洪水对河床的冲刷力度加大，河水改道，泥沙俱下，两宋时期汉水开始变浑浊。就在范成大见过"清碧"的汉水不久，南宋进士陈造途经樊村，留下"汉江水黄浊，贪行不暇汲井""沙随秋涨漫川原"的描述，可见汉水含沙量在增大。到了宋末元初，汉水流域森林开始被大规模采伐。研读南宋以降的诗文，笔端难现清流，长江碧水不再。

文笔如史笔，江水如墨水，留存下长江的前世，也记录下长江的今生。亿万年的长江，千百年的沧桑，一路风尘仆仆，需要休养生息。渔网水中觅，江在网中泣，过度捕捞、疯狂猎杀、竭泽而渔，是暴殄天物、饕餮无度，导致珍稀濒危、鱼鳖无存，偌大长江已容不下人类的朋友；挖沙采石、围湖造田、大兴土木，长江已是千疮百孔、遍体鳞伤,在无声地流泪、泣血,连眼泪都已浑浊;高含量泥沙排放、高有害工业废水、高污染生活污水,把生命之源变成了垃圾池、粪水坑。危害长江就是戕害自己,祸害长江就是遗害子孙。保护长江就是拯救自己,善待长江就是善待人类。长江是中华民族的百年大计、千年文脉、万世根本。

重荷终究难负,疗伤尚需时日,长江保护当从头做起,雪山草

船过三峡

原三江源,唐古拉山昆仑山,没有源头的绿色,就不会有两岸的葱茏。牧民下山,策马扬鞭告别世代家园,只为源头活水滋润千秋。渔民退捕,一江两湖连七河,清江、清湖、清船、清网,还白鲟、江豚、白鱀豚、中华鲟、长江鲟等4300多种水生物一个安全的家。草长莺飞垂柳依,鱼翔浅底江豚跃,只有让生态充满生机,才能使万物蓬勃生长。长江无恙,苍生无虞。呼唤依法治江,重塑长江文

化,共抓大保护,不搞大开发,长江上下共饮一江水,左右同唱一首歌,终会"草秀故春色,梅艳昔年妆""一江清水向东流"。

母亲需要保护,长江需要呵护。中国,只有一条长江。

我家住在长江边

写下这个标题,便连通了我同长江的情感电路,我和长江的故事瞬间亮了起来。

我的家乡湖北赤壁是长江南岸一道富有深厚文化底蕴和历史积淀的风景,1800多年前的那场战火,烧沸了这片热土,塑成了它坚毅内敛的文化性格。摩崖石刻"赤壁"二字,临风斗浪、傲霜斗雪而风骨弥坚、锋芒犹存,依然横槊竖戟、撇刀捺剑,苍劲有力。三国的烽燧成烬,历史的烟尘远去,惊涛卷雪连天火,灰飞烟灭音尘绝,英雄豪杰虽然三分天下,功名荣耀终究如一江东去。赤壁,是中国历史上一个苍黄而鲜亮的标题,汨汨长江边一尊沧桑且坚硬的故垒。

我儿时生活在湘鄂赣交界的赤壁大田畈小山村

莲花塘刘家。向东,翻过大山"四十七拐"是江西修水;往南,从京广线上飞身爬车到湖南岳阳,只要几十分钟。我的游泳是在家乡的陆水水库里学会的,这片水域因东吴大将军陆逊曾在此安营扎寨操练水军而得名。陆水水库浩渺无边,空明澄碧的山泉水沁养着八百多座绿岛,清幽幽的库水流成陆水河,七拐八拐,坦坦荡荡地流进了长江。

真正把我的心系泊长江的,是我大学毕业走向社会的第一个码头——交通部长江航运集团。那一年,我21岁。

我分配到这个特大型央企的一个最基层岗位,一艘编号为长江22013的船。船队的任务是来往武汉—上海航线,承担长江沿岸钢铁、石油、化工、电力、煤炭等企业的钢煤油砂等物资运输,确保国家经济大动脉的畅通。一个往返航程,叫"一趟水",约莫十来天。长江22013轮是一艘2640匹马力的顶推轮,编组成装载上万吨货物的驳船队,一次载重量相当于250节火车车皮的运货量。偌大的编队在宽大的江面铺开一片,势如军阵,蔚为壮观。随着一声气贯长虹的汽笛拉响,我的船队就起锚出发了。经湖北境内的汉口、阳逻、黄石、武穴,过江西境内的九江、湖口,再经安徽境内的安庆、池州、铜陵、狄港、芜湖、裕溪口、马鞍山,过了江苏境内的南京、镇江、高港、江阴、南通,直抵上海的吴淞口,然后进入黄浦江。一路上既有潮平两岸阔、千里一日还的畅达,也数度航经莲花洲水道、马当阻塞线水道、太子矶水道、江心洲水道、戴家洲南水道等长江中下游著名的危险航道。庞大的水上编队,或在风高浪急中威风凛凛地挺进,或在莺飞草长中风情款款地奔走,或在暗礁险滩中小心翼翼地前行。

长江 22013 轮顶层一间四五平方米的通信导航室,是我的工作生活空间。头顶是 24 小时旋转的雷达天线和红绿信号灯、甚高频电话天线;室内无线电收发信机"嘀嘀嗒嗒""滋滋呜呜"地传递着来自总部和沿岸电台,以及世界各地海岸电台发出的莫尔斯信号。每天上午 10 点、下午 4 点、晚上 9 点,我必须准时对准频率抄收通电,内容多是总调度室发来的长江航道水位、重点险段情况、沿江气象报告、航标位置调整信息,以及行政命令、装卸货物通知等;定时或不定时地呼叫"xsf2 xsf2 xsf2 de bulm bulm blum"(汉口,汉口,汉口,我是长江 22013,我是长江 22013,我是长江 22013),向总部和前方港口发送船位报告。船上工作实行半军事化管理,命令如山,责任如山,不容错过任何一个信号,不敢漏收任何一道指令。

工作室的顶上,除了天线,还有船名。长航的船舶命名很有讲究,一眼能分辨出是哪个单位的船。大型客轮以"江"字开头,江渝号系列、江汉号系列、江芜号系列、江申号系列,分属重庆公司、武汉公司、芜湖公司、上海公司,如江渝 16 号、江汉 20 号、江芜 140 号、江申 8 号等。后来又有昆仑号、神女号、峨眉号、白帝号、巫山号、蓝鲸号等豪华游轮,一艘大型游轮就是一座移动的星级饭店,在水上走、画中行。再后来,引进了气垫船、水翼船。大型顶推货轮则以"长江"开头,后缀数字编号,重庆、武汉、芜湖、南京、上海各大公司的船名分别以 0、2、4、6、8 打头,第二个数字代表船舶的马力,"2"是指 2640 匹马力,"6"是指 6000 匹马力,

"8"是指800匹马力,比如长江02001、长江26002、长江4803、长江62004、长江82005等。除了船名,每艘顶推轮桅杆上还有一个船标,长江22013轮的船标是一匹金黄色的奔马,很容易在港里林立的桅杆中一眼发现自己的船。南京公司还有万吨级的远洋油轮,如大庆453号。长江港航监督局下辖大量的监督艇,如监督87号等。江面还有大量带编号的引航船、航标艇、疏浚船、巡逻艇、公安艇、交通船、供油船等。两船相遇,远远地从望远镜里看到对方编号,就知道是哪个单位的船,不少船长、政委、大副彼此熟悉,拿起驾驶室的甚高频无线电话,可以互相呼叫或者道个平安、提个醒儿。水上相逢无纸笔,凭君传语报平安,"一路平安"是最好的祝福。

在长江上航行是浪漫的,也是危险的,大水无情,人命关天。一个无线电话或者一份航行警告没接到,雷达屏幕上一个移动斑点或者一块礁石没发现,望远镜里一个航标或者一个不明物没看到,都有可能造成安全事故。江面烟波浩渺,但有的通航水道往往只有几十米宽。一到汛期,江水湍急如脱缰之野马难以驾驭,而到了枯水期,航道变窄,易发生碰撞、搁浅事故,有时不得不分段航行,停车等候。某年冬季,一艘大型客轮在九江张南水道搁浅,造成长江断航,两千多艘船舶和大量旅客滞留在长江水面;某一年,我所在的船曾因操舵指挥失误,庞大的编队直接撞向长江大桥桥墩,造成严重损失,船长被判刑;某年的5月8日,兄弟船队在长江南通江面令一艘地方客船翻覆,100多人葬身船腹下,震惊中外,航运史上称为"五·八"事故。

长江奔流，不舍昼夜。夜航时分，大地重寂寂，夜幄复沉沉，唯有值守的驾驶员、引航员、航道工在全神贯注，无数的巡逻艇、雷达、通信导航系统在保持警觉。江面上的航标灯、岸线上的信号台如睁大的眼，是长江的保护神。

我的保护神，却是一个人。那一年的2月8日，一个冬夜，船队逆水上行到上海吴淞口水域的宝山南水道2号红色浮标附近，突然风起浪涌，雨脚如麻，船身剧烈摇晃，有人已经开始晕船。天旋地转，倒海翻江，但每一个水手都是战士，每一副身板都像帆像桅一样挺拔坚定，迎着风、对着浪，向着正前方。船体之间缆绳绷得紧紧的，嘎嘎作响，船首两驳之间的钢缆已经绷断，超过十米高的顶浪和夹浪排山倒海地倾注进船体，船头在下沉。凌晨两点许，警铃大作，船长发出命令：驾驶部全体人员穿上救生衣，在前甲板紧急集合抢险！虽然这不是我的本职工作，但我也主动加入了抢险队伍。我们赶赴船首加固缆绳，扑上去用帆布盖住船间夹浪，用抽水泵紧急排水。天寒水冷，巨浪冲天，我的外衣湿透、内衣汗透，冻得直哆嗦。雪亮的探照灯光柱直射船头，晃得脚下一抹黑。随着一阵剧烈的浪起和抖动，我的脚突然被缆绳绊住，身体顿时失控，倒向两驳之间的夹缝。千钧一发之际，有人从背后一把抓住了我的救生衣！惊魂一瞥，是老舵工李绪豹，一位退役的海军战士。这一幕，至今让我惊骇不已，救命之恩终生难忘。

激流上危机四伏、险象环生，但船上生活常常让人感觉单调。日复一日、年复一年，似乎每天只做三件事：值班、吃饭、睡觉。无论昼夜，总有人在睡觉，总有人在瞭望、在掌舵。遇风遇雾或者水流过急，船队要选择锚地或者避风港扎风、扎雾、扎水，还扎过雪。途中接到加减驳船的任务，须到指定水域作业或者抛锚待命，有时候一等就是好几天。现代化的船舶有着高密封的空间，机舱里有高分贝的噪音，让人有置身孤岛之感，无身处桃源之怡。唯一的公用电视机放在餐厅，因为受航向变换、信号强弱、船上电磁波和雨雪雷电天气干扰等因素的影响，经常是有声无画、有画无声，有时候是满江雪花飞、满屏雪花舞，好不容易正常了，却是轮机轰鸣，浪涛喧天，啥也听不清。就这么在屏幕跟前守着，却也是一道风景。单调也是一种色彩，一种本色、底色。没有我们的单调，哪有世界的多彩？

一个人的长江是寂寞的。有一部世界名著叫《百年孤独》，书名特别像我当时的心情。长江海员生涯让我品味了黑夜，咀嚼了孤独，尝到生活的况味。水上建筑，钢铁世界，五面朝水、一面朝天，除了看水，就是望天。想跟人聊天，但对方不是值班就是睡觉；想与远山对语却无法连线，想跟远方的亲人通个电话却没有信号，想把满腹心思寄予江河却找不到信笺、纸笔和邮差。这里是男人的世界，清一色是基本色彩，粗犷豪放是主要风格。航行中偶尔望见微风细草四月天的江边伫立着一位裙裾少女，船上几乎所有的望远镜都向那里聚焦。长江上的夜晚那才叫黑，黑得让你不知道光亮在哪里，黑得能拧出墨汁来。白天不知夜的黑，夏天不知冬的冷。冬天雪夜里的航行，让你知道夜有多深、黑有多重，风有多冷、思念有多苦。

单调归单调，寂寞归寂寞，但长江是一个可以让你思考、让你发呆的地方。月点灯，风扫地，孤岛荒洲夜深沉，孤洲尽头，是航道工人的小屋。黑色的岸线连着幽暗的星空，在夜的最深处，灯塔在发光。夜行船离不开航标灯的指引，人生需要指点，尤其是在暗处、难处、险处。"星垂平野阔，月涌大江流"，迷蒙的夜空亮起心灯一盏，远远地映着你、照着你，永远不让你靠近、不让你走偏；不管你是万吨船队还是一叶扁舟，无论你是畅达还是滞塞，无论你是逆流而上还是顺水行舟，只要回眸，她都在那里映着你、照着你；等到一江野马归整成一湾止水或一池秋水，她依然在岸上映着你、照着你；等到春暖花开、春潮涌动，它把一江浩荡送到你的眼前，壮阔你的视野，壮阔你的胸怀，又义无反顾地送你冲开峡谷，奔向诗和远方。蓦然回首，她还在远远的最险处映着你、照着你。不要责怪长江泥沙俱下，是因为世间污秽太多；不要埋怨长江汪洋恣肆，是因为人间束缚太多，一丝幽幽的航标灯光，能透射你的混沌，让你清亮起来。一江忘情水，半世解忧汤，穿过夜幄的航灯，映照你心灵最坚硬的那一方礁石，最细腻的那一片滩涂，像温暖的爝火。如此想来，这样的人生之旅，还会寂寞、单调、孤独吗？

是的，长江上的航行生活可以是多彩而自由的。枕江而读，隔空对语，可以静思深悟。读史如观河，滚滚滔滔遍数风流人物；读经像悟道，曲曲折折尽是哲理金句。遥望千里江陵孤帆远影，你可以吟诵你的烟波江上、日暮乡关，咏叹你的思君不见君、共饮长江水。为了寻书买报，我熟悉长江沿岸许多城市的书店、报摊位置。南京下关的图书馆是我去得最多的地方，旁边有个绣球公园可以散步；九江诗意朦胧的烟水亭下、泰州高港空旷静谧的江堤上、江阴黄田港外幽静港汊的芦苇丛中,是我经常独自静读的地方。水上漂久了,需要在绿地上走走,这叫踩地气。长河落日圆,远山孤烟直,西塞山下铁锁横,小孤山头白鸥飞,长江处处可入画,人人能当摄影家。在镇江金山寺下的一家小店,我攒工资买了我的第一部照相机,记得是"凤凰牌"的,然后分别从上海的五角场、武昌的民生路、南京的鼓楼,买来洗晒照片的放大器、显影袋、显影罐、显影剂和定影剂,用床单、窗帘蒙住窗户,如痴如醉地冲洗自拍的胶卷。虽然常常通宵折腾,但瞧着满墙满地的杰作,仍然得意不已。能以长江作景、为天地留影,这是一种豪迈。大江铺长卷,日月舞橡笔,你可以照着山川岸线写生、临摹、画素描,青山绿如蓝,旭日满江红,每一笔都能经天纬地,哪一抹都是灿烂锦绣。不光可以读书、摄影、作画,还可以引吭高歌。你从雪山走来、从远古走来,向东海奔去、向未来奔去,千层浪涌起掌声,大江扬波作和声,一个人的舞台气势磅礴,特有感觉;你还能以长江为弦,以浪迹为弓,把起舞的长波碎浪当作五线谱和音符,随波逐流地拉小提琴或者二胡。一曲江河水,满江交响乐,天地之间一声震,那是巨轮在长鸣,像挺进的号音。

于是,所有的夜晚变得明亮起来,沉寂的生活变得鲜活起来。舵工王国柱、轮机员程开诚、三副吴路明、加油工王国顺和我一起,创办了一份油印杂志,名字叫《绿岛》,自写自编自画自刻自印,忙得不亦乐乎,一条条报道、一篇篇诗文、一幅幅画作、一个个安全数据,从本船传到了友船、基地、机关,引起了关注。休息时间里,三管轮兰青、舵工王民权、电工李双喜、餐务员胡军贤和我,吉他、竹笛、手风琴、口琴、二胡、小提琴，外加沙槌和碰铃，组成了一个小型乐队，自导自演自娱自乐，有波浪伴舞，有涛声伴唱，航行客不再孤单。

这是一个温暖的大家庭，我永远记住那些同舟共济、同船共渡的同事，他们是：船长邓长贵、政委陈家俊、轮机长潘向东，陈亚豪、安明清、王涌潮、陈世雄、彭长安、吴路明、李绪豹、王国柱、马和清、王民权、杨建刚、陈杰义、刘小飞、周运享、杨玉文、兰青、彭天才、李国志、程开诚、曹建忠、刘金陵、陈杰义、刘劲松、杜九强、王国顺、潘末郎、龙海生、龚志明、李汉花、王远东、刘斌、周开曦、平林、宋炎清、胡军贤、陈先富、李双喜、黄青山……整整五年后，我结束了水上生活，调到长航集团总部机关工作；再后来，我第二次踏进大学校园，毕业分配到北京工作。行色匆匆，一别数年，甚至连道别都没有。铁打的轮船流水的兵，不知他们是否都安好，我的长江22013轮是否还在。

长江五年，是我人生的第一个码头、第一个航段，是我一生的情结、永远的惦念。饮风餐浪的五年，通江达海的五年，是磨洗心灵、壮阔胸怀、塑造性情的五年，令我刻骨铭心。

岁月渐远，涛声依旧，长江从未走远。

一次次望断南飞雁、梦游长江水，几回回梦到我的长江22013轮，我的电键，我的雷达，我的呼号……长江总是悄悄地走进我的梦里，用宽阔的江缎铺就我的梦床，用微波细浪温柔地拍打我的思念，然后，然后用一条细流，挂在我的眼角。一觉醒来，只觉得鼻酸酸，心酸酸。

长江流淌进了我的血脉。

那蒙蒙江雾里粗犷辽远的轮渡汽笛,那长河落日处高扬低回的船工号子,那洄水港汊里咿呀吱咂的船娘桨声,以及长江两岸雨后春笋般疯长的楼群地标,那地铁城轨公交的呼啸声,时常涌进我的梦里,醒来不知身置京城还是江城。

这是我的长江情结,终生难解。

位于武昌余家头的长江船舶基地,是我浪迹天涯后的一个家。远航归来的大小船们停歇在这个避风港湾,检修、加油、补充物资、汇报工作。轮机无声,雷达不转,静默是常态。浪们舞着,船们摇着。靠泊囤船的船们船帮磕着船帮,靠把挤着靠把,缆绳绞着缆绳,桅杆挨着桅杆,砰砰哐哐,吱吱咂咂,夹浪滔天,激情澎湃,挤挤密密。起舞翻飞的江鸥,从长长的防浪堤坡俯冲到宽宽的波面,高难动作只在瞬间完成。每一次返航都是一次再出发,只等那一声长长的起航汽笛和一声短促的解缆汽笛。我们的船驶出很远了,鸥们还在追逐长长的雪浪花。

长江是有故事的。

沿江两岸,有星罗棋布或若隐若现的村落,芳草萋萋,风情丛丛,都是故事发生地。

旧时候江里的货船多是木质帆船,船小帆薄,抗风能力弱,"无风三尺浪,处处鬼门关",风高浪急,礁多滩险,能活着在岸上走一遭、港里猫一夜,已经知足了。两岸青山千顷泪,一江秋水万般苦,水手们浪尖求生,命处谷底。遇有风浪,一溜船儿便寻了岸泊着。锚儿扎在地里,缆绳系在桩上,心儿就飘向了梅村柳巷。摇晃

航行中的船舶（李茂松提供）

一月半月的水手们前前后后循了某条花径,叩响某些个门儿。于是川江深处某个曲折的梅花坞里,或者下江岸边的某个柳村,抑或港边偏僻处的某个酒肆客栈,便有了故事。

"船过回水滩,无风歇三天",不管是荒草丛生还是驳岸无边的村舍,都是船们的港湾、水手的家。宁静港,温柔乡,她们用温软的怀抱,迎接和慰藉那一片片游子孤帆、一颗颗浪子归心。软风轻拂,细浪轻拍,像老母,像新娘,拂去你的满身疲惫,拍出你的辛酸泪儿来。风口浪尖,浪里不死,你可以一枕长哭,无有尊卑,不问东西,不计有无。偶尔也打听彼此,得知某个名字在某个河段船毁人亡了,免不了要落下几行泪来,于是村头的某家便亮起一盏红灯笼。也有人家的女儿情痴痴意迷离,守在村口,守着誓言,生也等你,死也等你,等你三千年,直到水枯石烂、地老天荒。

村里总有一些孩子,没见过自己的生父,只是觉得村头那口铁锚有些亲。男孩子长大一点成了水手,女孩儿长大也学会了点灯笼,村里村外总荡漾着一股子惦念、纠结和张望。新中国成立后,第一部《婚姻法》实施,工作人员找到一位名震长江的老船长说,从嘉陵江到黄浦江,您有五个家,您自己选一个吧。老船长老泪纵横:哪个家都收留过我,于我都是恩山情海,哪个家都是一群儿女,你让我跳江吧。

甲板上的老水手长讲述这些故事的时候,遥指隐约的岸线,那些隐约的村落,苍老的眼里流淌出柔情万千。他说,有一位码头工人出身的作家,叫鄢国培,写过长篇小说"长江三部曲",还原了长江船员的旧生活,很真实。如今长江上驰骋的是吃水深、航速快,抗风能力强、续航能力强的现代化巨型船队，不可能再靠泊那些浅湾，但那一声声远山的呼唤隐约，温情依稀。

长江情是不了情，世世代代心系之，生生死死身许之。长航是大单位，说起来武汉人都知道，许多家庭或亲或远都有人在长航的各种机构就业，武汉人对长航也就有一份特殊的情感。

一位年轻的水手出航前，买了一条黑鱼留给妻子，叮嘱她独自在家要好好吃饭，不要凑合。男人出了港，女人把鱼养在脸盆里，等男人回家一起吃。思念远航的男人了，便看鱼。那鱼活蹦乱跳强劲有力，有点儿像自己的男人。可几天下来，那鱼儿变瘦、颜色变浅了，她好失望。喂了各种食，可鱼儿不碰，女人焦虑得寝食难安了。约莫半个月过去，丈夫船公司的船期公告却显示，船改航线去别的目的港了。有些失落的女人回到家，又织了一只绳结。这是她跟丈夫的约定，他出航的日子，她每天手工编一只红绳结，一趟水下来，一串绳结送给丈夫，随身出航，挂在船舱的床头。改航的日子里，女人天天去看船期。终于显示在归途了，女人欣喜起来，可眼望着鱼儿越养越瘦小，鱼背上色泽越来越淡，她好生难过。第十五天的早上，正要欢天喜地去江边码头等候，门被叩响。来人是船公司的领导，她顿时蒙了，只依稀听见"……不幸落水，失踪了"。醒来，没哭，她对陪护的女工委员说："我要去接他……"一群人跟着，女人端着脸盆，里面游动着那条小鱼儿。她缓缓地走向江滩，把脸盆轻轻地按在水里，水渐渐地漫进来，鱼儿顿时欢实起来，冲了出去，女人好不舍。那鱼儿游出几尺，忽然往回游了两下，像是跟女人道别，然后一头扎进了长江。女人的两滴泪，落在了江里。船靠在码头，所有的人默立在船舷。等她上了甲板，船向江心开去，在那个她不知道眺望过多少次的锚地停下。女人跪倒在锚链绞盘前，掏出一团丝线，颤抖地缠在锚链上，编织好那第十五只绳结。"呜——"一声汽笛响起，"哗哗哗"，那只绳结随着长长的锚链，扎进了江心。女人哇的一声，哭倒在甲板上。根据同事讲的这个真实故事，我写成小小说《女人与鱼》《第十五只绳结》，发表在《武汉晚报》和《中国交通报》上，其中一篇还得了一等奖。其实，海员之家这样的故事很多。家住长江边，情系长江人，一滴江水一颗心，一条大河满江情。

长江是一个故事新说的地方。旧时候的水上生活有不少禁忌。比方说，跑长途的船员一般都是男性，忌讳女人跟船，但新中国成立后这个禁忌被打破。长江上有一位赫赫有名的船长，叫石若仪，是新中国航运史上第一位女船长，在川江和长江中下游航行了近30年，多次指挥驾驶客轮安全运送毛泽东、刘少奇、周恩来、朱德、董必武、陈毅等老一辈无产阶级革命家视察长江。长江还培养出新一代女船长王嘉陵，她行走川江，履波踏浪，一直当到了公司的总船长。再比如，在船上吃鱼，吃完一面吃另一面，用筷子"顺过来"，不能叫"翻过来"，忌讳"翻船"。江上两船相撞，叫"擂船"，被撞个大洞或者搁浅失控，被风浪一摇会翻沉，因此有的船主或者货主忌讳船老大姓陈或者姓雷。但是，长江航线恰有两位声震上下游的船长，一位姓陈，一位姓雷，"上有陈安荣，下有雷祖阶"。陈安荣老船长是我熟悉的，也是有故事的。

陈安荣14岁就上洋火轮当了西崽，28岁开始当船长，饮风餐浪60年,驾驶过100多条船,对川江上的每一块礁石浅滩、每一处旋涡激流、每一面危岩陡壁都了如指掌。1988年4月,台湾女作家琼瑶乘坐陈安荣的"隆中号"游轮走三峡,灯影峡、黄牛峡、神女峰、牛肝马肺峡、兵书宝剑峡、金盔银甲峡、大宁河、小三峡……这位让无数少男少女痴迷的女作家,此刻陶醉在风情万种的川江美景中,也深深地敬佩这位叱咤川江却儒雅俊逸、鹤发童颜的老船长。听到老船长笑谈自己的言情小说,琼瑶戏谑道:"您要第二次恋爱哦!"回到台北后,琼瑶写下《剪不断的乡愁》:"从别后,盼相逢,几回魂梦皆相同;滚滚长江东流水,卷我乡愁几万重!山寂寂,水蒙蒙,断续寒砧断续风;今宵坐拥长江水,犹恐长江在梦中。"我曾跟随老船长工作了一个航次。每逢险处,他必亲临驾驶室指挥;放松的时候,则和我在他的船长室兼卧室,讲述他的水上故事。讲得最多的,是那满室的鹅卵石们,那是他在靠泊三峡时,从无边的滩涂上那无数的石头中,精心挑拣淘洗出来的。那是亿万年前造山运动的遗存,是三峡岩与川江水撞击磨洗而成的化石,一个个溜光滚圆、千形百态,或像神女,或像地图,或如屈子行吟,或如大江东去。茶几上、窗格边、书柜里,一排排一摞摞一堆堆一桶桶,随便掂起一枚,都像一封来自远古洪荒的信笺。侧耳一听,似听见千秋的惊涛万世的骇浪在震响。老船长给鹅卵石们涂上各色的釉,用毛笔摘写上诗词锦句,便成了文创产品。许多中外游客以向老船长求得一枚鹅卵石为幸。把李杜韩柳带回家、带出国,鹅卵石是川江的礼物,老船长是长江的信使。有一位台北姑娘,名字叫张晓芳,读到我写的陈安荣船长的故事,慕名而来,满意而去,把老船长赠送的鹅卵石们大大小小地摆了一书屋。第二次来到大陆,她在长江边上守候老船长,不料船期未到,而她的归期已至,只好约了我去岳阳见面。在洞庭湖君山柳毅传书的井口合了影,托我将她的惦念和专门带给老船长治胃病的药,一定带到。陆岛同根,江海连心,小小的川江石,浓浓的长江情,把三峡与海峡连在一起。

对长江,我永远心存敬畏和感恩。从这里,我走向社会,走向人生的一个个港口码头。无论落寞与明亮,不管畅达与曲折,长江都是我的乡愁。逆水行舟,不进则退,长江的浩瀚壮阔了我的胸怀,长江的澎湃鼓舞了我的斗志,她是奔涌在我血管的一脉力量、一段温柔。心里有长江,永远不懈怠。路途常有曲折,人生总有拐点,不管走在哪个拐、哪道弯,想想长江,望望前方,总有入海处。更广阔的大海,在遥远的地方,等着所有的江、河、湖、溪。

家住江边,开门见水,水中有道。家住长江边,心有千千结。疫情期间,乡愁情结益发浓郁。武汉"封城"76天,我身居北京,但每日惦念着住在汉口江边的父母和弟弟妹妹们,牵挂着我的湖北、我的武汉、我的长江。身不能至,心向往之,满腹惆怅满心乡愁化作笔墨,我以每十天写一篇的频率,一连完成了七首长诗和两篇散文。"封城"当天挥泪写下《致敬武汉人民》,最末一篇诗名为《站起来,我依然英雄的武汉》,所有的字面都向着遥远的南方、遥远的长江,每一个笔画都是我呼唤家乡、拥抱亲人的手臂。几乎每一篇里都有长江,结集出版的名字就叫《烟波江上》。疫后第一个国庆中秋双节,我终于回到武汉,见到一年未见、90多天不曾下楼的年迈父母,看到他们依然坚毅、依然顽强、依然乐观,我的泪一下子涌了出来。早起去过早，漫步武汉街头，走在沿江大道，觉得处处透射出一种令人战栗的力量。看到晨色中开门启窗的店主摊主们，那亲历大劫后而依然坦然的神情；看到大大小小馆子里，依然挤挤密密地排列着供不应求的热干面糊子酒欢喜坨糯米鸡面窝油条们；看到江面南北穿梭的轮渡和东西航行的船们，在重现往昔的忙碌与生机，我有一种想落泪的感动。长江复活了一座城。

湖北九头鸟，栖息长江边，饮过风、餐过浪、踏过波，不惧夜的黑，不怕活着的艰难，还有什么力量能够打败一个冒死也要站起的战士，还有什么困难能够阻挡一个含泪也要微笑的民族？这是长江赋予的性格。

只要回武汉，我总会去看长江。伫立江边，是一份思念的遂愿，是一颗心灵的着床。那天秋风秋雨，那天蒹葭苍苍，那天倚栏看水看天、看你看我。你在水一方，我在你对岸；我在你面前，你在我心底。删繁就简水天一色，走南闯北天地一人，长江是《诗经》的故乡，是我心底的一幅水墨画，一个有故事的地方。

喝过长江水的人，心里永远流淌着一条长江。

（原载《光明日报》）

江南的背影

公元 1608 年的江南四月天,21 岁的徐霞客挥别莺飞草长的家乡江阴,开始了他一个人的科考之旅。

这一走,就是 30 多年。

他孤独地跋涉在崇山峻岭,足迹遍布今天 21 个省级行政区的 100 多座城市,留存下来的文字有 60 多万字。

这些文字是游记散文,是科考笔记,是地理发现、地质勘定的记录,400 多年来历久弥珍、价值永恒。他测定的一些地理高度至今被引用,他指正的一些地理位置至今得到肯定,他描摹的许多山川地貌仍然可以作为今天生态文明建设的参考和生态修复的样本。

徐霞客(1587—1641)是明代的旅行家、文学家、地质学家、地理学家,他让我们看到了 400 多年前乃至更遥远的中国,中国的容颜、中国的骨骼、中国的血脉。

那是中国的从前。

但如果仅仅把徐霞客作为一位游圣和作家,是对他的浅读和误读。

徐霞客离世 300 多年后的 1959 年 4 月,伟人毛泽东说,他想去走黄河、长江,想学明朝的徐霞客,可以从黄河口沿河而上,搞一班人,包括地质学家、文学家、生物学家等,只准骑马,不能坐车,一直往昆仑山到猪八戒去过的那个通天河,翻过长江上游,再沿长江而下,从金沙江一直到崇明岛。

在毛泽东眼里,徐霞客不仅仅是一位旅行家、作家。

徐霞客首先是一位自然科学家。

他研究考察的领域集中在地质学、地理学、生态学。《徐霞客游记》是文学著作,更是科学著作、哲学著作,是一部绽放出生态理念思想光辉的经典。

徐霞客是中国古代科学精神的集大成者,也是中华文化精神标高的确立者。

今日黄山客,当谢徐霞客。

公元 1616 年二月、公元 1618 年九月,徐霞客两次到达黄山,是最早游历、考察并记录黄山的地质学家之一。

他脚踩危峰,是第一个发现并记录了光明顶、鳌鱼背等处的人。他指出,那里是黄山最高处的古夷平地。

他登高望远,考证出黄山是长江水系和钱塘江水系的分水岭。

他脚踏实地,是第一个详细、系统勘测并记录下天都峰、莲花峰、光明顶、飞来峰等诸多标志点地形地貌的人。

黄山风光

他以身为尺、以脚为度,得出莲花峰是黄山最高峰的结论。这一伟大发现至今令地理专家们啧啧称奇,因为现代化技术测定,莲花峰海拔为 1864 米,天都峰海拔为 1810 米,两峰高度相差 50 多米,而两者相距 1100 米。在那个年代,一般人是很难通过目测发现这一差距的。

他巨笔描势、妙笔状景,为我们留下最壮美的图景。他笔下的天都峰是"万峰无不下伏,独莲花与抗耳";登顶莲花峰,发现"其巅廓然","四望空碧,即天都亦俯首矣","峰居黄山之中,独出诸峰上"。

徐霞客的英名，当镌刻在黄山之巅，成为中华民族的标记。

当今天的我们把山川地貌当作风景欣赏、当作背景留念的时候，我们应该感谢徐霞客。

他是最早系统考察丹霞地貌、喀斯特地貌的专家之一，不仅是中国之最，更是世界之最。

湖南茶陵"灵岩八景"、浙江天台赤城山、福建武夷山接笋峰、江西余江马祖岩层、广西容县都峤山等25处典型的红层盆地丹霞地貌，留下了徐霞客的足迹。他对山川地貌、火山溶洞、动植物生长、村落形成及变迁等做了实地考证、详细记录。

中国南方多溶洞，徐霞客涉险履危、身临其境，探究喀斯特地貌的成因、特征、分布等，发现岩洞是由于"水冲刷浸蚀"而成，得出溶洞中的钟乳石是由含钙质高的水滴蒸发凝聚而成等结论。

外国学者认为，徐霞客关于喀斯特地貌的考察，比欧洲科学家要早150到200年。法国洞穴联盟专家让·皮埃尔·巴赫巴瑞说："徐霞客是早期真正的喀斯特学家和洞穴学家。"美国科学家甚至以"近代喀斯特地貌之父""最卓越的地理地质学奠基者"来赞誉中国的徐霞客。

这是世界给予的点赞，是人类给予的桂冠。

当我们在游览长江、赞美长江，利用长江、保护长江的时候，不应该遗忘、不应该忘记躬谢徐霞客。

他一步一个脚印，通过实地踏勘，证明长江的源头是金沙江，而不是《尚书·禹贡》中记载的岷江。

他追根溯源，一处一处地辨明左江、右江、大盈江、澜沧江等多条水道的源流。

他所到必记、所闻有录，留下生动详尽的生态记录，如"崖南峡中，箐木森郁，微霜乍染，标黄叠紫，错翠铺丹，令人恍然置身丹碧中"。

阅读《徐霞客游记》，如研读国土资源调查报告、百科全书、国情咨文。

梁启超说，中国实地调查的地理书当以《徐霞客游记》为第一部。

没有科学精神，就不会有科学成就。

徐霞客创造了中国古代科学精神的高峰。

实证意识、求是态度、批判精神、创新理念、求异意识，铸成了徐霞客的科学精神。

实证意识是科学精神的第一步。没有实证，就没有科学。

屈原的《天问》是对神秘世界的叩问，柳宗元的《天对》是试图对《天问》进行哲学回答，徐霞客则力图在自然世界里寻找科学的解答。他是古代的朴素唯物主义者。

他试图在某些山川地貌中，寻找无限多样性自然现象的统一存在、内在规律；他强调世界的物质本原性，尊重物质形态、物质本原、物质基础。

格物然后致知，穷理方能求真。不唯书、不唯古、不唯上，只唯实，开创了实证新学风，是对先秦以来学风的再批判。

他是中国的泰勒斯、赫拉克利特，是自然科学家、自然哲学家的代表。

百闻不如一见，实证必定身到。徐霞客每到一地，名山必登，名川必访，这些是地标，是考察的重点。目测山的高度，丈量洞的深度，探究江河的源头，描述地形的走势，必到实地勘察，追本溯源。登就登顶，"从石骂丛错中攀跻山顶"；到就到底，"直进东底，深峻不可下"。徐霞客30多年一以贯之。

徐霞客构架了具有永世价值的旅游观念。近游不广，浅游不奇，便游不畅，群游不久，他的"使命游""性灵游""科考游""生态游""人文游"值得今人借鉴。少年徐霞客就立下"五岳志"，走遍名山大川，16岁登上家乡江阴的君山。他每一次出发，不是盲目地出行、随性地游玩，而是有着严谨的设计、周密的筹划。30多年间，他长距离、大规模的考察有三次。第一次以家乡为圆心，在江浙一带就近展开，以游历名山江湖为主，如经过普陀山、首游天台山、三游雁荡山等，半径渐次扩大；第二次到了南方的福建、安徽等，北方的山西、陕西、河南、河北、北京、天津等，考察半径最大，范围最广，内容最丰富；第三次的游历范围包括今天的江浙沪赣湘桂粤，重点向西南方向展开，"西南万里遐征"，考察江河走向和地形地貌，行程最长，难度最大，专业性最强。

从最初的风光旅行到向科学考察转变，徐霞客的实践主题不断升华，对客观世界的认识与时俱进，科考成果也不断丰富，质量不断提高。

《徐霞客游记》中提及的桥有1000多处，每一座桥他都亲自走过；他攀登过 140 多座山，闻奇必登，登必登顶，经常出生入死于密林绝径危崖、虫兽出没之地；他深入过 376 个溶洞，哪怕深幽不知底、生死不可测，都要亲自俯身前行。那游记中的每一个字，都是他用脚写下的。

他通过实地比较两条溪流的速度，得出"程愈迫则流愈急"的结论，符合流体力学原理。

他通过周密实测，得出桂林七星岩"一山凡得十五洞云"的结论，与今天实地勘测结果一致。他在游太和山（武当山）时，把陕西华山与湖北武当山、河南嵩山的地形地势地貌、树木丛林花果等进行了比较并记载，在他的笔下，武当山"百里内密树森罗，蔽日参天"，从遇真宫向西便是"青紫插天""满山乔木夹道，密布上下，如行绿幕中"。虽然他当年与李时珍都描述过的榔梅果现在已不复存在，但当时记载的榔梅仙祠依然迎风峙立。

徐霞客为我们记录下历史的原生态，成为今天的参考样本。公元 1613 年和 1632 年，徐霞客前后三次考察浙江雁荡山顶上的湿地沼泽，留下"宿雁山绝顶，上有麋鹿千群""石笋参差，乱崖森立，深杳无底，鹿皆奔堕其中""鹿益啼号不止"的记载；公元 1628 年在福建，他遭遇到"忽雪片如掌""群峰积雪，有如环玉"。这些文字成为珍贵的回忆。

徐霞客是科考探险家和技术专家，发明制作了布带、铁杖等登山器材。

没有批判思想的武器缺乏力量，没有批判能力的学科不成科学。

徐霞客走出书斋，投身自然，甘于寂寞与清贫，不走官道、不慕繁华，是对传统学仕道路的反叛。这是批判精神的初显。

徐霞客创立了求真务实的学风。他尊重经典，但不迷信典籍，每到一地之前，先研究地理书、地方志等文献，再进行实地调查得出结论。他不唯先、不唯书，敢于"订补桑经、郦注及汉、宋诸儒疏解《禹贡》所未及"，敢于订正《大明一统志》等权威典籍中的一些差错；他尊重事实，但不满足于定论，认为"山川面目多为图经志籍所蒙"；他尊重权威，但不屈从权势，对官方结论敢于质疑；他敬畏生灵，但不迷信神灵，敢于登山入洞惊动"神龙精怪"；他坚持实事求是、身临其境、"足勘目验"，一个地方没有看仔细、记准确、想清楚，他会三番五次地再去，不放过一个疑点。

创新是科学的生命，求异是创新的向导。墨守成规是老路，闭门死读是死路，坐而论道是邪路。徐霞客"奇人无不交，奇事无不探"，而且"特好奇书"，遍览"古今史籍，及舆地志、山海图经"，他的山水之情、山海之志即蓄养自书籍；好走新路，只要听说前方有新的险峰奇洞、新的山川异象，他必定前往，一些考察点连当地人都不曾涉足、不敢问津，甚至闻所未闻，不敢当向导；探险误入歧途是常事，他"途穷不忧，行误不悔"，实践出真知，创新获新知。求新求异、履新履奇，是徐霞客专业精神的写照。

他倡导的认识论、方法论如新风扑面，开启了实践性学科和实用型专业的创新。

他书写的文本风格清新，文学的层峦中有科学的高峰，科学的丛林中有文学的大树，像一股清流注入人的心田，创立了人文科学与自然科学融为一体、双向互通的经典范式。

科学的思维、文学的情怀，有如凌空的光芒和高悬的朗月，始终照耀着他漫长而艰险的探险之路。

徐霞客把科学、哲学、文学有机地融合在一起，又辨章学术、考镜源流，把自然科学研究从社会科学研究中分离出来，形成独立学科体系，这是对学术思想的创新。

考证意味着勘正，确定亦是否定，重构必先解构，要面对阻力、反对，面对诽谤、诋毁。先行者往往是独行者，甚至是牺牲者。

在这个意义上说，徐霞客像伽利略、哥白尼、布鲁诺等一样，都是科学的先贤、先驱、先烈。

没有徐霞客和他的游记，中国文学史会缺少绿色的华章，中国科技史会黯然失色，中国哲学史会缺章少页，中国精神会缺筋少骨肌无力。

忽视、漠视、无视，甚至有意阉割徐霞客的科学精神、科学价值，是盲目自卑、妄自菲薄，是文化不自信。

我们应该恭奉徐霞客一尊中国古代伟大科学家的桂冠，一枚中华民族伟大英雄的勋章。

英雄不问出处，但英雄一定有出处。

掩卷深思，徐霞客的科学思想、科学精神、科学考察活动为什么会出现在那个年代？

让我们架设起两根坐标轴来尝试考察。

一根是历史的纵坐标。

明以前的中国，本就是一个科技成果丰富、科学巨擘众多的国度。古代四大发明无疑是世界科技和人类文明的高峰，中国古代神话传说和先秦以来的古籍经典中，保有大量科学知识、科学技术、科学思想、科学人物，许多科技成果世界领先，是人类智慧的代表。

譬如，关于光学力学方面。战国时期墨子和他的《墨经》，无疑是伟大的科学家和科学巨著，《墨经》通过《经上》《经下》《经说上》《经说下》《大取》《小取》等六篇论述，汇集了丰富的力学、数学、声学、光学知识，其中的光影现象、小孔成像、平面镜、凹凸镜等"《墨经》光学八条"，比古希腊科学家欧几里得的光学记载要早100多年。《墨经》通过对自然科学、逻辑学、认识论的论述，建立起中国古代早期比较完整的逻辑体系，成为当时的显学。墨子是科学家，更是哲学家，他比古希腊时期西方形式逻辑学鼻祖亚里士多德要年长84岁。20世纪研究中国科技史的英国著名学者李约瑟博士说："当希腊人和印度人很早就仔细地考虑形式逻辑的时候，中国人则一直倾向于发展辩证逻辑。与此相应，在希腊人和印度人发展原子论的时候，中国人则发展了有机宇宙的哲学。在这方面，西方是初等的，而中国是高深的。"这些评价是旁证，客观认可了中华民族对自然世界的科学认知，承认了中国智慧领跑了人类文明。

譬如，关于天文学。春秋时期有关哈雷彗星的描述是人类的首次记录，比欧洲早600多年，春秋时期形成的历法系统、原则比西方早160年；战国时期出现了世界上最早的天文学著作《甘石星经》；两汉时期的历书《太初历》《三统历》系统描述了日月星辰的运行规律，其原理至今还在沿用。中国最早关于太阳黑子的记录得到世界公认；张衡最早解释月食现象并发明制作了监测地震的地动仪，比欧洲早1700多年；唐朝制定的《大衍历》比较准确地反映了太阳的运行规律；这一时期还发明了测量地球子午线长度的科学方法；元代编定的《授时历》比现行公历早300多年。《乾象历》《皇极历》《崇祯历书》《时宪历》等还在被中外科学家们研究和应用。

譬如，关于数学。两汉时期的《九章算术》是世界上最早叙述分数运算的数学著作，《算经十书》中的《周髀算经》提到的勾股定理要早于公元前6世纪的古希腊数学家毕达哥拉斯的发现。魏晋南北朝时期数学家刘徽、祖冲之对圆周率的推算成果比外国早近1000年。

譬如，关于医学农学。享有"脉学之宗"美誉的战国时期医学家扁鹊，发明的"望""闻""问""切"四诊法，至今还在沿用；东汉神医华佗成为医术高明、医德高尚的形象代表。秦汉时期编定的《黄帝内经》《神农本草经》《伤寒杂病论》，南北朝时期的《本草经集注》，唐代的《千金要方》《四部医典》《唐本草》，明代李时珍的《本草纲目》等医药学著作都是医药科技成就的高峰。北魏时期贾思勰的《齐民要术》，明代徐光启的《农政全书》、宋应星的《天工开物》代表着中国古代最高的农学成果。

譬如，关于建筑学。先秦时期就开始修建的万里长城、都江堰、大运河等，是人类文明史上的恢宏巨构。隋朝建造的赵州桥是世界上最早的石拱桥，唐朝建成的长安城世界规模最大，北宋李诫编写的《营造法式》是我国最早的建筑学著作。辽代建成的山西应县木塔以及重建的木结构的河北蓟县独乐寺，至今有着重要的研究价值和实用价值。明朝建设的北京城、紫禁城更是世界建筑史上的奇观。

辉煌的科技成果背后，是伟大的科学家群体。

先秦时期的物理学家、数学家、哲学家墨子，东汉造纸术的发明家蔡伦，东汉天文学家、地理学家、数学家张衡，东汉医学家张仲景，西晋地图学家裴秀，东晋医药学家葛洪，南北朝农学家贾思勰、地理学家郦道元、医药学家陶弘景、数学家祖冲之，唐代医药学家孙思邈、天文学家僧一行，北宋活字印刷术的发明家毕昇，北宋天文学家、医药学家苏颂，北宋数学家、物理学家、化学家、天文学家、地理学家、水利学家、医药学家沈括，南宋数学家秦九韶、杨辉，元代天文学家、数学家、水利学家郭守敬，元代农学家王祯，明代医药学家李时珍，明代数学家、天文学家、水利学家徐光启，明代天文学家、农学家、生物学家、物理学家、化学家宋应星，明代地质学家、地理学家徐霞客，等等。

他们的名字，灿若星河，熠熠生辉。

他们是中国古代科学的巨擘，也是世界科学史上的高峰。

中国古代自然科学发展形成过三次高峰。

第一次高峰出现在魏晋南北朝时期，以贾思勰、葛洪、陶弘景、祖冲之、郦道元等为代表人物。

第二次高峰出现在宋元时期，以毕昇、沈括、秦韶九、杨辉、郭守敬等为代表人物。

第三次高峰则出现在晚明，以李时珍、徐光启、宋应星、徐霞客等四位最伟大科学家的出现为标志。

至此，中国古代科学思想、科技成果、科学精神、科学家代表的涌现，形成了新一拨浪潮，乃至一个既吐故纳新又纳故吐新的阶段。在社会运动、生活实践、学术进步、文明积淀、文化造就的多因素作用下，风流人物呼之欲出。

另一根是横坐标，是现实生活。

让我们回到徐霞客所处的晚明社会。

学术思想是社会转型、朝代更替的先兆、先声和先导。

朱元璋以严刑峻法整饬政风，初步扭转元末以来的官场流弊，"吏治澄清者百余年"。但随后，恶化的官风卷土重来，"士君子尚品养廉"之风不再，士风消极颓靡，学风空疏虚浮，因循之风、贪贿之风、空谈之风盛行。大明王朝尽管有海瑞、高拱、张居正等重臣试图通过改革和严治来挽既倒之狂澜、将倾之大厦，还关闭天下书院、严禁自由讲学，以禁锢人们的思想，使得不少文人学士噤若寒蝉、欲言不敢，但他们这些治国理政的措施和主张很多触及权贵集团的既得利益，因而遭到疯狂的阻拦和报复，改革先驱成为先烈，使得明朝衰势加剧，进入覆灭的倒计时。

就在这明廷气数几近、行将就木之际，各种思想虽被压制，但暗流涌动，异常活跃，中国近代史之前的第三次思想解放运动在悄悄酝酿，一种自由的气息正散发开来。

恰好，徐霞客闻到了这股气息。

在 54 年的人生里，他经历了万历、泰昌、天启、崇祯最后四任皇帝，他去世三年之后，大明王朝灭亡。

幸运的徐霞客虽然没有看到这最后的落幕，但他看到了夕阳西下的晚明社会那无可奈何的黄昏，看到了权贵们对文人们的戕害和杀儒、辱儒行为，于是"愈复厌弃尘俗""放绝世务"，既不愿随波逐流、同流合污，又难以熟视无睹、视而不见。徐霞客感到了失望，加之考试失利，无意于功名的他把兴趣转向了自然科学，史籍经典中的自然知识天地，为他打开了一个没有红尘的世界。

中国晚明社会有过开放的萌动。

西学东渐、中西文化碰撞，成就过短暂的风景。

1598年6月，意大利传教士利玛窦到达南京。由于明朝采取海禁政策，利玛窦苦于打不开局面，只好小心翼翼地传教，小心翼翼地与官府交往。但是，他发现中国有丰富的自然科学知识和科学思想，而且中国人渴望与西方人交流，于是找到两个打开中国的突破口：一个是与中国思想家、科学家徐光启合作翻译出版欧几里得的《几何原本》，另一个是与南京大报恩寺的大和尚雪浪展开了一场关于科学思想的辩论，一时间影响力大增。与此同时，利玛窦向人们广泛展示他带来的自鸣钟、三棱镜、地球仪、日晷、《坤舆万国全图》等，介绍西方的天文、地理、历算、建筑、造船、机械原理和地图测绘等知识，引起了中国社会的关注，也激活了沉睡的晚明社会的科学思想。

这一年，徐霞客11岁。

江南雨水好，芽苗长成树。

徐霞客成长时期，程朱理学已显陈腐僵化之势，源于王阳明心学派别的泰州学派，因其生动灵活、不囿于圣贤经书和理学教条，反对"空言之弊""不贵空谈而贵实行",反对圣贤偶像和摒弃封建礼教束缚的进步思想,深受学人士子追捧,渐渐成为当时中国社会的主流哲学思想之一。

距徐霞客家乡一箭之遥的东林书院十分活跃,以顾宪成为首的东林党人抨击朝政、针砭时弊,反对空幻虚无、谈空说玄,影响力日盛。

江南的微风细雨,浸润着求知的心田。

徐霞客经常参加他们的活动,与钱谦益、缪昌期、高攀龙、文震孟交往甚密,东林党人所倡导的经世致用的求实学风、崇实黜虚的实证思想、知行合一的哲学理念,追求理想、敢于牺牲的精神深深地影响着徐霞客。

历史的云卷云舒,现实的忽明忽暗,为英雄人物的出场铺设了光与影的场景。

江南走出的背影,长成了丰碑。

这是历史的必然。

一个人能走多远

常言道，众行远、独行快。

但只要意志如山、信念如磐，独行也能既快且远。

譬如明朝的徐霞客。

那么徐霞客的意志与信念来自哪里？

来自奋斗精神、人文情怀、实践哲学。

先说徐霞客的奋斗精神，这是徐霞客精神的本质特征。

徐霞客自幼熟读诗书、饱览史志，深受儒家思想的浸染。他立足于格物、致知，专注于诚意、正心，有志于修身、齐家，虽然没有平天下之志，却有走天下之心。

他践行北宋大儒张载的"横渠四为":"为天地立心",在天地之间描述客观的真实、揭示生活的真相、建树运动的真理;"为生民立命",遍察世态、广交草民、体恤苍生、针砭时弊,留下带有温度的文字;"为往圣继绝学",追寻"学"之本原、"学"之真谛,在实践中学,在基层中学,拜社会为师,做学问承前启后,建学科继往开来;"为万世开太平",不辞艰辛、探究真谛,为人与自然和谐相生描绘图谱,盘清家底、记录资料,为子孙后代留下生态基因和原始样本,以及敬畏自然、敬畏生灵的行为示范。

"霞客四为",是他的理想与胸怀。

"平天下",是中国自古神话人物、英雄豪杰、仁人志士们的政治理想,但实现理想的方式各有风采。

有荡涤寰宇威震天下者,如尧舜禹、汤文武,春秋战国诸多王侯,秦始皇、汉高祖、张骞、成吉思汗、郑和等;

有登高望远心忧天下者,如屈原、范仲淹、陆游、岳飞、李杜韩柳等;

有钟情自然走遍天下者,如郦道元、玄奘、鉴真、丘处机、耶律楚材、徐霞客等。

他们的壮举或改天换地、惊天动地,或震古烁今、亘古通今,构建和支撑着中华民族的天下观。

徐霞客的走天下,也是一种平天下。

20岁左右开启探险之旅;26岁到46岁完成第二阶段跋涉;49岁开始人生的最后一次出发,直到4年后因"两足俱废"而东归,回家一年后去世。

一辈子只做一件事,而且是特立独行的事情,需要顽强与勇毅。要奋斗就会有牺牲。

实现理想需要坚强信念,战胜困难需要坚定意志。

徐霞客过的是一种极限人生。

他是一位现代意义上的野外地质调查科学家,但是他没有必要的技术设备、安全保障、作业条件,缺乏足够的自救能力、避险知识、后勤供应。

"路棘雪迷,行甚艰"的山路上,踯躅着一个身影,那是徐霞客;"阔仅尺余,凿级其中,仰之直若天梯倒"的悬崖上,攀登着一个身影,那是徐霞客;"陷身没顶,手足莫施"的深涧里,匍匐着一个身影,那是徐霞客。

电闪雷鸣的西南夜雨丛中,一个衣衫褴褛的人,靠野果充腹,盼风歇雨停,这个人是徐霞客;风雨如磐的断路绝壁前,趴着一个瘦骨嶙峋,却咬紧牙关,胼手胝足而行的人,这个人是徐霞客。

这些画面,像扣人心弦的电影大片。

他生不怕苦、死不足惜,逢险必探,遇洞必涉。在株洲探险,洞深水湍,"归途莫辨",当地人"无敢导者""无肯为前驱者",但徐霞客毅然"解衣伏水,蛇行以进";他到过老虎"月伤数人"的梁隍山;深入过"豺虎昼行,山田尽芜""俱不敢入"的云嵝山"虎窟";在河南嵩山"忽见虎迹大如升",在湖北武当山"且闻虎暴";闯荡过"十人去,九不还"的广西北流"鬼门关";穿越过"瘴疠甚毒"的云南澜沧江畔;举烛进入柳州真仙洞,猛然发现"石下有巨蛇横卧,以火烛之,不见首尾",何等惊悚!

这些在今人看来，都是挑战极限。

山高水长，贼盗难防，危机四伏，性命难保。

一路上，他不知道经过了多少强盗劫匪出没之地，游记中多有"劫盗""盗警""多盗""群盗"等记载，而且至少五次遭遇劫匪。

《楚游日记》中记载，公元1637年二月初的深夜，徐霞客在湘江舟中夜不成寐，搦管写诗曰"箫管孤舟悲赤壁，琵琶两袖湿青衫。滩惊回雁天方一，月叫杜鹃更已三"，隐约听到岸上传来像小孩又像女子的啼哭声。舟中人害怕有盗贼之诈，但心善的静闻和尚不信，搭跳板上岸察看，发现却是一个男童在哭泣，便好心安抚。没想到他刚一回船，"群盗喊杀入舟，火炬刀剑交丛而下"，徐霞客方知果真是盗匪施诈来抢劫，赶紧将盘缠扔进水里。盗贼们"前后刀戟乱戳""贼戳不已"，多人受刀伤，徐霞客不得不"掀篷入水"，跳水逃命，"首先及江底，耳鼻灌水一口""水浸寒甚"，而他们乘坐的小船被盗贼们一把火烧了，"火光赫然"。所幸徐霞客本人在"乱刃交戟之下，赤身其间，独一创不及，此实天幸"，毛发未伤，但静闻和尚为了保护经书和徐霞客的手稿等，受了重伤。

科考的成果，代价是生命。

无数次履险临危，一路上穷困潦倒，甚至"卧处与猪畜同秽"，他留下"无可奈何"寥寥几字，便不再纠结。

长年过着"足泥衣垢""煨湿薪，卧湿草"的生活，饱受"足痛未瘥"，膝盖"肿痛不能升"的折磨。

"久涉瘴地，头面四肢俱发疹块，累累丛肤理间，左耳左足，时时有蠕动状……而苦于无药"，皮肤中毒的切身之痛，不堪之苦，彰然纸面，读来令人心痛。

心中唯有理想，一切置之度外。

时人评价徐霞客"途穷不忧，行误不悔。瞑则寝树石之间，饥则啖草木之实。不避风雨，不惮虎狼，不计程期，不求伴侣"，"亘古以来，一人而已"。

千古奇人，旷世神人，世之奇书。

奋斗之路，鲜花环绕，荆棘簇拥。

再说徐霞客的人文情怀，这是徐霞客精神的深厚底蕴。

科学精神是人文精神孕育的乳儿。

三十功名，万里遐征，博大深沉的人文情怀，是徐霞客最原始的精神底质、最本真的情感底色。

这种情怀体现在他对人与自我、人与自然、人与社会三大矛盾关系的处理中。

人与自我的关系，是徐霞客人文情怀的起点。

徐家先祖是东汉高士，北宋靖康之变后从河南开封移居江南江阴。南宋覆灭后，徐家拒绝做元朝的官员，归隐乡野，保持了"读书不仕""不染势利""务农为本""耕读传家"的祖风，四五百年来家境平安。徐霞客继承父亲"志行纯洁"和母亲"勤勉达观"的秉性，15岁就藏身书楼，遍览四书五经，尤好图经志籍，修炼了幽兰君子性、虚竹学士风。成人后他拜访家乡名儒和过往贤人，与钱谦益、陈函辉、文震孟、陈继儒、陈仁锡、缪昌期等名流交往甚密。

徐霞客与黄道周的交往被传为佳话。

黄道周本是明朝著名谏官、大学问家、书法家，后来成为抗清英雄。在福州辅佐南明隆武皇帝，官至吏部尚书兼兵部尚书，一直试图东山再起。对黄道周，徐霞客有"字画为馆阁第一，文章为国朝第一，人品为海内第一，其学问直接周、孔，为古今第一"的高评。

公元1628年二月，徐霞客考察漳州，首访在家守孝的黄道周，二人置酒对饮，惺惺相惜；公元1630年二月，黄道周从福建走水路经过常州进京，徐霞客从友人处得知后雇小船一路追赶，二人终于在丹阳道上会面，同游镇江金山、焦山；公元1632年春，得知两度遭斥、遭贬的黄道周途经无锡、镇江，徐霞客乘小舟赶去拜望，在太湖一同泛舟、举盏对诗；公元1633年，徐霞客借考察海上丝绸之路起点的机会，专程拜访在漳州老家的黄道周，互相以诗相赠；公元1640年，黄道周被诬陷入狱，两脚瘫痪已卧床不起的徐霞客，命长子携棉衣赴京师探监，听说老友深受陷害折磨，霞客悲愤交加，泪涕不止，"据床浩叹，不食而卒"。同样重情重义的黄道周出狱后，听闻挚友霞客因他而郁愤而亡，亲自赶来江阴，到霞客墓前吊唁，老泪纵横，称霞客先生乃"死生不易，割肝相示者"。

二位贤达儒士意气相投，心高志洁，有情有义，令世人感佩。

唐泰是一位戍边于云南的文化官员，工于诗赋书画，是晚明高官、书画大师董其昌的学生。公元1639年十月，徐霞客到了昆明，多次与唐泰等滇中名流把盏唱和、曲水流觞，谈笑有鸿儒，往来尽风雅。

吴苍臣是一位驻守腾冲的参将，虽然年长徐霞客近十岁，却十分敬重他,听说徐霞客到了腾冲,便派兵把守他的住地,一定要等到徐霞客返回,执意前来拜见,二人谈诗论字,相娱甚欢。

云南保山的刘北有是文化名人,徐霞客投宿他家书馆,考察劳累之余常在他家借书、读书、抄书,一笔一画地抄录下《南园漫录》《续录》等。

像这样的朋友圈,徐霞客一路都有、一生都有。

徐霞客在云南腾冲,写下"极边第一城"

徐霞客的科学考察也是富有成效的社会实践,一路都在寻访文人名士、探讨交流学问。

与高雅为伍,以贤德为友,与圣洁为伴,注定了徐霞客的人生不落俗套。

这是一种智慧的人生设计，是对高洁净土的坚守，更是他对自己的认知。

超然尘世的念想，造就卓然不群的境界。徐霞客开启了"说走就走"的人生模式，但他不是茕茕孑立、踽踽独行，而是志在天下、踌躇满志，创造了那个时代知识分子的新活法。

他不囿于蓬蒿之间，而是任性自由，如同庄子的"逍遥游"、列子的"御风而行"。他是逍遥之鹏、物化之蝶，翩然于万水千山。

他有一种孤独的高贵和高贵的孤独，静心、专心、尽心，不以物动，不为世惑，做到了完全无我、彻底物化。这是人生的梵境。

文如其人，文心如人。文字是心灵的镜像，心灵是文字的枝头，美好的心灵才能栖得住优美的文字。徐霞客的性灵文字有着净化人心的功效，抓狂的心态、浮躁的心理、尘染的心灵只要一经过它的筛网，立刻变得清悠悠、绿油油、青葱葱的了。

古往今来，浩繁卷帙，没有哪一个人的文字比徐霞客的文字更绿色，没有哪一颗文心比徐霞客的文心更纯洁的了。

人与自然的关系，是徐霞客人文情怀的亮点。

"天行有常"，是为古训。

如果我们忽视"常"、违背"道"，就会遭到天谴。今天的我们在尽情享受工业文明成果时，突然发现成果也是恶果——资源枯竭、环境污染、温室效应、森林锐减、植被破坏、土壤沙化、疫情传播等，它们正在侵蚀和损害人类，剥夺人类的生存权。

"人穷则反本"，我们需要重启人类发展的模式，重归人类文明的来路。

徐霞客以他30多年的艰苦跋涉,为我们留存了这样一个"本"、一条归途。

捧读《徐霞客游记》,如读范本。

徐霞客的笔下,是一幅幅精美的工笔画,崖壁皆骨骼,丛林皆毛发,川流皆血脉,是明代版的《富春山居图》《溪山行旅图》《芥子园画谱》。

他用生命的元素,描绘出传世巨制,点染了自然的灿烂。一部游记,遍地开花,菊花桂花桃花梅花兰花玉兰花山茶花山鹃花;满篇文字,到处生绿,山绿水绿树绿草绿崖绿山寨绿田野绿青苔绿。他用最精美的文字,描摹最奇妙的世界,表达出最深沉的情感。

尊重天人关系,崇尚道法自然,保有文化意蕴,是徐霞客的文化观、价值观。

无论是顺风顺水、依步借势,还是滞涩难行、困顿疲倦,他从不放弃对真、善、美的追求。钟情山水,礼敬自然,善待苍生,在人与自然之间结成了一条绿苍苍的生命纽带。

人与社会的关系,是徐霞客人文情怀的高点。

徐霞客对客观世界的考察,不限于自然界。

《徐霞客游记》是科学巨著,也是乡村调查笔记。

它实录了晚明时期的政治、经济、社会、生态、物产、文化状况,描述了江浙沿海地区工商、交通的兴旺景象,如"其市愈盛""米舟百艘""诸舡鳞次""货舟涌下"等;记录了南部地区农村的生产生活,如湖南上堡开采锡矿、广西南丹冶炼金银、云南昆明开采铜矿、云南大理开采大理石等,以及"烧石""种鱼""造粗纸""界北诸山皆出煤""种姜芋茶竹为业"等;描述了内陆地区农耕社会的凋敝景象,如"溪田如掌""城中荒落殊甚""盖衡城甚卑,而西尤敝甚",还有"城中甚寥寂""岭荒多盗""为流寇所扰"等社会现象。

市井生活,众生百相,宛如明朝版的《清明上河图》。

公元1630年八月,徐霞客考察福建沙县,记录道:"城南临大溪,雉堞及肩,即溪崖也。溪中多置大舟,两旁为轮,关水以舂。"这个"大舟"是水陆两用的大船,还是运水灌溉的水车,或者两者兼备?令人称奇。

公元1636年十月,徐霞客考察浙江金华北山三洞的讲堂洞,记录道:"岭下坞中,居民以烧石为业,其涧涸而无底流,居人俱登山汲水于讲堂之上。"对百姓生活景况充满同情和怜悯。

在云南丽江考察,他发现当地流行天花水痘,百姓闻之色变,"极畏出豆……故每遇寅年,未出之人,多避之深山穷谷,不令人知。都鄙间一有染豆者,即徙之九和,绝其往来,道路为断,其禁甚严",这个办法就是我们今天说的"隔离",是我们老祖宗的法宝。

在广西边境考察,徐霞客了解到我边民饱受外夷侵扰之苦,对"中国诸土司不畏国宪,而取重外彝"的现象进行了批评;在云南腾冲边境考察,他掌握到缅甸阿瓦势力不断袭扰我边民的情况,大声疾呼:"目今瓦酋枭悍称雄,诸彝悉听号召,倘经略失驭,其造乱者,尤有甚于昔也,为腾计者慎之!"这种忧国忧民、爱国爱民之情溢于言表、力透纸背。

徐霞客的爱心,缘自他有一颗善心、佛心、圣心。

30多年的远足，无论是风雨孤旅，还是临危涉险，总有僧侣护佑、佛光照耀，总会受到无需回报的惠赠。

他广结善缘，与宗教人士相交甚多、甚深、甚久。

30多年间，他到过许多佛教圣地、道教名山；他入佛出道、出佛入道，一路上与僧侣为伴，以寺、庙、观、斋、庵为居，得到佛道人士的热心帮助。《徐霞客游记》中叙及的僧侣道人150多位，"寺"一词出现1100多次，有寺名205个、庵名230多个、庙名120多个。

寄居寺庙道观庵，研究佛教、道教之经书教义，洗涤了心灵，修养了佛缘圣心。

公元1639年四月，徐霞客翻越云南高黎贡山，到达腾冲，发现这里道教兴盛。他在《滇游日记》里记道："他处皆释盛于道，而此独反之。"没有圣心，难有慧眼；不悟佛道，难悯苍生。

在江西弋阳的龟峰，他遇到倾盆大雨，"衣履沾透"，他慌不择路地躲进一个寺庙，寺中僧人贯心和尚赶紧将自己的衣服解下让徐霞客换上，还烧火为他取暖、做饭。离别时徐霞客为贯心和尚留下感激的诗文。

在宜黄曹山寺，徐霞客与"通儒释之渊微，兼诗文之玄著"的僧人观心和尚相遇，一见"即有针芥之合"，有相见恨晚之意，二人"设供篝灯，谈至丙夜，犹不肯就寝"。

他与江阴城里迎福寺的高僧莲舟法师、浙江天台山国清寺的云峰和尚、昆明城里的体空和尚等，结下深厚情谊。

儒家的仁爱、释家的智慧、道家的天性，一路关照，一路温暖。

最让人动容的，是徐霞客与静闻和尚的友谊。

他在游记中 240 多次写到这位和尚。

静闻本是江阴城里迎福寺的和尚，敬佩徐霞客的执着，甘愿一路随行。他血书《华严经》，随身携带，想跟随徐霞客到云南大理鸡足山寺的迦叶菩萨道场供奉，那里是西南地区重要的佛教中心。

一路上，静闻坚守清规戒律，服从服务于徐公，既是旅伴、向导，也是仆人、保安。佛心相吸，生死相托。

那次湘江遇盗，见证了静闻和尚的高尚品格，他挺身护主与歹徒搏斗，护住了徐霞客的经书和手稿，自己却受了严重刀伤，到达广西南宁后一病不起。

二人相约，徐公继续前行，静闻原地等候。

临行前，徐公专往崇善寺惜别，本已十分拮据的他留了些钱，托寺里高僧照顾和尚，"别时已恐无时见，几度临行未肯行"。静闻自知来日无多，恐一去永诀，便讨得徐公的布鞋、茶叶等留作纪念。

75 天后徐公返回崇善寺，方知就在分别的几天之后，静闻即长辞人世。徐公悲痛不已、愧疚万分，"拜而哭之"，一连写下六首《哭静闻禅侣》，"含泪痛君仍自痛，存亡分影不分关""黄菊泪分千里道，白茅魂断五花烟"，可谓痛断肝肠字字血。

徐公遵从静闻的遗愿，背上他的遗骨匣和血经，历时一年，护送到鸡足山的悉檀寺安放。生死之交，情动天地。

正是因为一路上有僧侣为伴，徐霞客始终行走在"物我两忘""不觉俗仙""与太虚同游"的仙境，养成宁静致远、清高致深的"出尘之胸襟"。他有诗自证："春随香草千年艳，人与梅花一样清。""壁上叠梅花,壁下飞香雪。""绕屋梅花香更清,当窗竹影云俱轻。梅香宜月竹宜雨,一时雅致谁与并?"

如此冰清玉洁、丽质傲骨的人格,造就超凡脱俗的圣心佛缘。

徐霞客不仅将爱心播撒在佛之山、道之路上,也钟情于民族兄弟。第三次远足中,他从江苏到安徽,经江西到湖南,过广西到贵州,再达到云南,这里是考察的终点。

一路上,他考察过湖南、广西、贵州、云南四地的十多个少数民族,记录下当地的民情民俗,开创了我国民族学实地调查之先例。现存63.9万字的《徐霞客游记》中,多篇涉及少数民族,仅记录粤西、黔、滇三地的文字,就达48.7万字之多,超过总篇幅的70%,可见分量之重。

瑶族同胞是徐霞客最早接触到的少数民族兄弟。公元1637年他考察湖南时,在九嶷山夜宿瑶寨,受到热情款待,"始知瑶犹存古人之厚也"。

徐霞客在云南考察长达三年之多,是他一生中除家乡之外,滞留时间最长的地方。《徐霞客游记》中记录的少数民族风情也最多、最丰富、最详细,除了介绍少数民族地区经济社会状况,还对少数民族地区的干栏式竹楼等特色民居建筑文化,对少数民族同胞不同颜色、不同样式、不同材质的服饰文化,对不同地区不同习好、不同风味、不同礼仪的饮食文化等,都有生动形象的描述。

用词唯美、考究、多彩,读得出徐霞客的敬重、喜爱和欣赏。

徐霞客与云南丽江纳西族知府木增的友谊成为后世佳话。

公元1639年二月,这位纳西族首领在丽江以最隆重的礼仪迎接了徐霞客。两人相见恨晚，多次促膝交谈。木增请霞客教授诗词文章和汉族语言，请他帮忙修《鸡足山志》，还请他教木增之子撰写范文、鉴赏文章。木府也成为徐霞客考察滇西各地的大本营。二

云南丽江玉龙雪山

人结下兄弟般的深厚情谊。

后来徐霞客因腿疾加重卧床不起，木增派人用滑竿抬着，花了150多天护送徐霞客回江阴。

近400年前的这一份旷世友情，至今感染、维系着两地的人们。

没有对少数民族风情风貌的倾情描述，《徐霞客游记》就会黯然失色。

没有少数民族地区相识或不相识朋友的接力援手，徐霞客的科考之旅无法延续。

没有少数民族兄弟的帮助，徐霞客甚至可能回不到家乡。

这份民族友谊，不仅令霞客铭记，也应该为后世，为千万"霞客迷"，为所有捧读《徐霞客游记》的读者记起，不敢忘怀。

从这个角度说，徐霞客在处理人与社会的矛盾关系中，虽然放弃了功名利禄，远离了原有社会关系，但他把自己置于更广阔的社会舞台、更深入的社会环境、更生动的社会活动中。

科学的最高境界是哲学，科学家往往也是哲学家。

实践出真知。

《徐霞客游记》可以当作哲学著作来读，用心品味，你有一种行走在哲学王国的春风小道上的感觉，领略那文字背后的思想之重、科学深处的哲学之力。

徐霞客的哲学思想体现在实践中。

他试图在山形地貌的本原中，发现特殊的因子、共同的要素，从多样性中提炼同一性，在特殊性中发现普遍性，这是一个"求是"的过程。所以，读《徐霞客游记》，你常有似曾相识之感，甚至有重复往返之感，这正是他要强调的因子、要素。

这些实践特征，符合恩格斯对朴素唯物主义的描述。

他的科考成果是哲学成果，是实践哲学的生动展示。

徐霞客有异域隔世知音，我在前文《江南的背影》一文中提及两个人，一个是泰勒斯，一个是赫拉克利特。

公元前7—前6世纪的古希腊，有一位思想家、科学家、哲学家叫泰勒斯。他被誉为"希腊七贤"之首、"科学和哲学之祖"，是西方思想史上第一个有名字留下来的思想家。他也是一位行走者，足迹遍布地中海，到过东方许多国家。他有两个著名观点：一是"万物生于水，又复归于水"，认为世界的本原是水，是物质的；二是"万物皆有灵"。对比徐霞客对山川景象充满灵气的描述，二人有着跨越两千年时空的呼应。

比泰勒斯稍晚，公元前6—前5世纪，古希腊有一位叫赫拉克利特的哲学家。他认为，万物的本原是火，世界是一团永恒燃烧的活火，火转化为万物，万物又转化为火，这是古代朴素唯物主义的另一种表述。他还有一句名言："人不能两次走进同一条河流。"河水是流动的，川流不息，你看到的永远是新的水流，此所谓"万物皆动""万物皆流"。如果没有对河水川流的注视、思考，能得出这样的哲思吗？这是徐霞客与他的隔空对语。

无论是泰勒斯的"水论"，还是赫拉克利特的"火论"，还是中国古代的金、木、水、火、土五行学说、"气一元论"，或者是古代印度所认为的宇宙万物皆由水、风、地、火构成的观点，同徐霞客的"山水论"一样，都是古代朴素唯物主义思想。

实践是检验真理的标准。没有实践，就没有发现；没有标准，就无从检验真理。

徐霞客的科考之旅揭示了世界的本原是物质，而非超物质、超自然神力这一真理；揭示了世界是运动的结果、变化的产物，静止是相对的、运动是绝对的这一规律，具有朴素的辩证法思想。

徐霞客远离尘世环境并非远离现实生活，他是超越现实的思想者、实践哲学的探索者。

客观世界本来是和谐有序、存亡有法的，伴随新物种的出现，旧的平衡被打破，新的平衡在建立。儒家认为"天"是一切道德观念和处世原则的本原，而"人"则因为受到名利欲望的蒙蔽，需要修行才能回归本原。人要不受蒙蔽，须远离红尘、隔岸观火。

如何修行？徐霞客选择的方式就是行游探险。

佛教禅宗认为，人性本来就是佛性，只要祛除世俗的观念、欲望，就能达到成佛的状态，进入自在境界。徐霞客的自然行走，正是一种拒绝诱惑的"见性成佛"，即"识自本心，见自本性"。

回看当时，徐霞客的生活与身背行囊、蓬头垢面的古印度苦行僧没有太大区别，但苦行僧讲求摆脱自我心灵的痛苦，而徐霞客追求的是人与自我、人与自然的契合统一，这是一种更宏阔的胸怀和更高远的境界。

道家认为，天地乃万物之父母，天之道在于"始万物"，地之道在于"生万物"，而人之道在于"成万物"，徐霞客寻"道"于山水之间，以求"天地与我并生，而万物与我为一"的境界，这种求道，是求真、求本、求是。

道法自然，天人合一，儒、释、道关于天人关系的哲学思想，在徐霞客身上得到了完美的统一。

徐霞客是实事求是、知行合一的践行者。

他一改中国传统知识分子的人生道路，不做"藩中雉、辕下驹"，志在"朝碧海而暮苍梧"，把生命付予神山圣水，边知边行、知中有行、行中有知、知行相长，走出了古代知识分子成长成才的新路。

"今朝九钟抵岸，行七十里，宿银田市……一路景色，弥望青碧，池水清涟，田苗秀蔚，日隐烟斜之际，清露下洒，暖气上蒸，岚采舒发，云霞掩映，极目遐迩，有如画图。今夕书此，明日发邮……欲以取一笑为快，少慰关垂也。"

这是徐霞客写的吗？不是，是毛泽东。

这是他于1916年6月写给朋友萧子升的一封信，读来颇有霞客之风。

毛泽东是有徐霞客情结的，前文《江南的背影》有所提及。

1959年4月，在上海召开的中共八届七中全会上，毛泽东说出了自己的一大心愿：想去考察黄河、长江，想学明朝的徐霞客。

这种共鸣，不是突发奇想、灵感一闪，一定是两种情况的碰撞。

毛泽东是读过《徐霞客游记》的。可以相信，徐霞客的实证考查方法，启发了毛泽东考察中国现实社会的想法。从徐霞客的知行实践到毛泽东的《实践论》，从《徐霞客游记》到毛泽东的《湖南农民运动考察报告》《寻乌调查》等，我们能读到跨越几个世纪的文脉传承。

徐霞客的知行实践，也深深地影响了一代中国知识分子。

1937年，为纪念徐霞客350周年诞辰，西南联大曾组织过一支有300多人的"湘黔滇旅行团"，沿着当年徐霞客考察西南的路径，跋涉1700多公里，历时69天，不但留下大量珍贵的考察日记，还走出了一大批优秀知识分子，如著名学者任继愈、火箭专家屠守锷、化学家唐敖庆、物理学家洪朝生、地质学家宋叔和、计算机专家陈力为等数十位各领域的泰斗级人物。

他们是徐霞客科学精神的继承者。

徐霞客不是一个人在走。

他号令和引领了一个民族的脚步,尽管稍稍嫌迟。

没有思想的民族走不远,没有精神的民族立不住,没有科学思想和科学精神的民族不会有力量。

历数先贤,不应该忘记作为科学家的徐霞客、作为民族英雄的徐霞客,400多年前的中华大地万山丛中,那一个孤独而高贵的背影,那一尊身披万道霞光而静立不言的丰碑。

这是我们的民族自信、文化自信。

一江清水向东流

走出山道,沿着西小江的河岸前行。

上任以来,他扶持农桑,兴修水利,革除苛政,轻徭薄赋,改善了百姓的生活;他微服私访,体察民瘼,公正廉洁,禁止扰民,赢得了百姓的信任。今天奉调离任,他真有点儿舍不得离开这块土地了。

转过山谷,对面走来五六位老农,皆龙眉皓发,忽见各人手捧一百文钱,行至跟前,双手置顶,俯身恳求道:"大人,我等乃山里野民,不懂官场讲究。往日当官的时常来乡下扰民,鸡犬不宁,夜不得安。大人上任之后,百姓安居乐业,贪官恶吏不见,狗也不叫唤了。活到这把年纪,能遇到大人这样的好官,三生有幸啊!万望大人收下这一点点心意!"

老人们说着,流下泪,跪下了。

"啊,我何德何能,得如此褒奖,有劳各位父老了!"躬谢再三,却之不恭。他只好从他们手里各取了一文。

挥别老农,行至江边,他将钱一枚枚抛入水中。

顿见江水清澈起来,碧波荡漾,一路东去。

从此,老百姓称这条江为"钱清江",称他为"一钱太守",后世在江边立"一钱亭"或曰"钱清亭"以记之,建"太守祠"以祭之。

浙江绍兴"钱清亭"

他,就是东汉末年的会稽(今浙江绍兴)太守,一位因熟读经书而被举孝廉,官至司徒、司空、太尉,一生"清约省素,家无货积"的贤臣刘宠。

刘宠不是个例。

古代官场确有浊水横流之怪象，但修身文化的清溪依然源远流长，碧波荡漾，两岸葱茏。

春秋时期齐国大夫晏婴，曾经辅佐齐灵公、齐庄公、齐景公三朝，历时50多年。他廉洁从政、清白做人，主张"廉者，政之本也"，齐景公赠送他一千两黄金、豪车宝马以及豪华府第，他都谢绝了。连国君的赠礼都敢拒，需要何等的境界。

宋国有一位主管建筑工程的大臣叫子罕，有人给他献玉，说经过玉匠鉴定是真宝。子罕坚辞不受："你把玉当作宝，我把'不贪'当作宝，如果我收了玉，我俩都失了宝。"于是有了"子罕弗受玉"之美传。

战国时期楚国的屈原忧国忧民，"长太息以掩涕兮，哀民生之多艰"，宁愿沉江以明志，不愿"以皓皓之白，而蒙世俗之尘埃"，留下千古一叹，司马迁在《史记》中赞屈原曰："其志洁，其行廉。"

鲁国宰相公仪休喜欢吃鱼，有人想投其所好，但他坚决不收任何人送的鱼，道理很简单："如果我贪赃枉法被法办，我就没有鱼吃了；如果我不贪别人的财，我就永远有鱼吃。"

西汉太史令司马迁以"人当如白璧之无瑕"为由婉拒"无瑕之白璧"，再好的东西也不贪。

东汉南阳太守羊续把来客送的鱼悬挂风干，警示送礼者，"悬鱼"以明志，故有"悬鱼太守"之美名。

蜀汉名臣杨震面对故交趁夜色送来黄金十斤和"暮夜无知"的耳语，以"天知、神知、我知、你知"自律，留下"夜畏四知，严拒私谒"的故事。

东汉贤臣诸葛亮为国尽忠，鞠躬尽瘁，死后"内无余帛，外无盈财"。

三国东吴郁林太守陆绩任期届满，两手空空返乡，为防止风大浪急行船不稳，不得不以重石压舱，留下"压舱石"（又称"廉石"）的美誉。

明朝巡抚于谦"清风两袖朝天去，免得闾阎话短长"，抄家的官员发现于宅竟"家无余财"。他的明志诗"要留清白在人间"被吟诵至今。

清朝总督、兵部尚书于成龙整顿吏治一身正气，狠刹贿赂之风，他本人清廉俭朴，死后财物仅有"一袭绨袍，几罐盐豉"，百姓闻讯"罢市聚哭，家家绘像奠祭"，康熙皇帝称他为"清官第一"。

清朝大臣林则徐"苟利国家生死以，岂因祸福避趋之"，忠肝义胆，清贫一生，廉洁一世。他写对联曰："子孙若如我，留钱做什么？贤而多财，则损其志；子孙不如我，留钱做什么？愚而多财，则增其过。"表达了高洁的人生观。

清朝县令郑板桥清廉刚正，改革弊政不糊涂，体恤民情，衙斋卧听疾苦声，当官十二载却是"床头金银无半文"，告老还乡时一头毛驴便驮走了全部家当。他的兰竹诗画意趣高洁、清风入骨，那种"幽兰君子性，虚竹学士风"令后人净心洗颜。

修身律己，务实清廉，古代清官廉吏的高德义行不胜枚举，他们是封建官场泥沙俱下中的一脉清流，是传统文化浩荡长波里的一支源流。

下 篇

日月舞椽笔

谁的宋朝泪在飞

中国古代历史总是在合与分、分与统的重组中前进。

一切的分,都是为了统;所有的统,都是分的合集。分是暂时的,而统是永久的。天下一统、长治久安,是中华民族世世代代的追求。

公元907年,唐朝最后一任皇帝唐哀帝被梁王朱温逼迫禅让,享国290年的大唐王朝寂然落幕。后梁政权随即建立,古代中国进入继春秋战国、魏蜀吴三国、东晋十六国、南北朝之后的第五个暂时分裂时期。一幕幕后浪大戏开始轮番上演。16年之后,后梁太祖朱温的战友李克用之子李存勖灭后梁建立后唐;又13年,大将石敬瑭灭后唐建立后晋;又11年,大将刘知远灭后晋建立后汉;3年之后,大将郭威灭后汉建立后周。

后浪的涛声一阵紧过一阵，历史的剧情一次又一次重演，中国的历史在翻来覆去中寻找一个适合的姿势。

后梁、后唐、后晋、后汉、后周这五个军人政权在中原大地依次登场拍前浪，又转瞬即逝；中原之外，前蜀、后蜀、吴、南唐、吴越、闽、楚、南汉、南平、北汉十国各霸一方，拥兵围观，割据对峙。

是为五代十国，存活半个多世纪。

天下分久必合，在等待新的主人。

后周建立的第9年（公元959年），世宗柴荣驾崩。年仅7岁的周恭帝继位。次年，后周殿前都点检、禁军统帅赵匡胤发起陈桥兵变，黄袍加身，周恭帝被迫禅让皇位。谁也不会想到，在位于今天河南商丘的赵匡胤部驻扎地宋州，一个长达三个多世纪、名称叫宋的朝代，在这里诞生。公元960年正月，赵匡胤登基，改年号为"建隆"。统一天下的战幕，在赵宋手上再次拉开。

作为宋朝开国之君，宋太祖赵匡胤是一位有雄才大略的皇帝。他胸怀天下，包举宇内，对外采取先南后北、先易后难的战略，平定荆湖，再灭南平、后蜀、南汉、南唐等，北御契丹，实现天下大部的统一；他吸取五代时期武将后浪们篡权的教训，对内采取重文轻武、强干弱枝的政策，"杯酒释兵权""不杀读书人"，这两件事是明证。对各方势力"稍夺其权，制其钱谷，收其精兵"，以收拢相权、财权、兵权的方式，加强中央集权、平乱削藩。强力整顿吏治，大力奖掖农桑，经济社会得到迅速发展。赵匡胤在位16年，长于文韬武略,工于深谋远虑,"建隆之治"是大宋王朝的第一轮辉煌。

公元976年11月,赵匡胤之弟赵光义在烛影斧声之疑中继位,是为宋太宗。宋朝继续将统一战争进行到底,保持强劲的发展态势。但在宋真宗、宋仁宗之后开始走向颓势,第六任皇帝宋神宗支持王安石变法,改革积弊,一度振兴,但变法中途停步、半途而废。宋哲宗继任后,新旧两党之间矛盾积深、水火不容,导致安内不力、攘外不举,为北宋王朝的覆灭埋下了祸种。

公元1120年,宋徽宗想收复被北方辽国占领的燕云十六州,便与崛起于东北的女真族大金国订立"海上之盟",共同灭辽。但唇亡则齿寒,联手变对手,宋朝很快感受到来自金人的刀剑寒光。

公元1125年10月,金王朝发起攻宋之战;公元1127年1月,攻陷汴京开封,宋徽宗、宋钦宗二帝被俘获,北宋灭亡,享国167年。

开封沦陷,封官在外的宋徽宗之九子、宋钦宗之弟康王赵构自立为皇帝,扛起大宋帝业。公元1127年5月,宋王朝由汴京开封府迁往位于今天河南商丘的南京应天府,是谓南宋朝廷。之后迁到扬州,经镇江到达建业金陵,几经周折后从温州进入临安。

公元1138年,流浪了十年的宋王朝,正式定都临安。

公元1232年,南宋偏居江南近百年,深受金兵骚扰之苦,有收复河南志向的南宋第五任皇帝宋理宗,接受了来自蒙古大草原的蒙元大军联合灭金的邀请。

公元1234年,蒙、宋联军一举消灭享国120年的金国。但南宋从此失去了金国这道防御草原帝国铁骑的屏障，二度感受唇亡则齿寒之苦。这一次，是冰寒彻骨之痛。

公元1276年，蒙元大军攻占临安，年仅5岁的南宋皇帝恭帝赵㬎被俘。赵㬎之兄赵昰、赵㬎之弟赵昺在大臣保护下仓皇出逃，在福州建立南宋小朝廷，年仅7岁的赵昰即位，是为宋端宗。南宋大臣文天祥指挥陆上军民奋起反抗元军，大臣陈宜中、张世杰、陆秀夫等从海上护送赵昰、赵昺等继续南逃。1278年春，小朝廷抵达雷州，但赵昰不幸去世，众臣又拥6岁的赵昺为帝。蒙元大军一路穷追猛打，势单力薄的南宋军民拼死抵抗，衣衫褴褛、惊恐万状的小朝廷进入了生命的倒计时。

公元1279年3月19日，南宋小朝廷被蒙元重兵围困在广东厓山孤岛，走投无路，回天乏术，一代忠臣陆秀夫背负幼主赵昺，从厓山一块奇石上一跃而下，投海而亡，大宋10万军民义兵血战而死。尸海无涯，血海无边。南宋覆灭，享国153年。

至此，大宋王朝终于走完了自己的时间轴。那上面的每一个刻度，都是一道成长中的足迹，也是一道走向悬崖的脚印。

北宋的结而未终，南宋的终于了结，都是异族所致，一个是女真族，一个是蒙古族。辽亡而宋危，金亡而宋灭。与异族联手灭掉另一个异族，自己又被联手的异族灭掉。

北宋从开国到灭亡，南宋从开张到落幕，历史的扇面打开又折叠，民族的悲剧重演又轮播。历史的版图像麻将牌，推倒又重来。

宋的眼泪在飞。

公元 1142 年 1 月 27 日，岳飞在大理寺狱中被杀害。

一代抗金名将没有战死在沙场，却被冷剑暗刀冤杀于牢狱。这一事件，严重地影响到南宋初期民众的社会心理、价值观念、精神状态。以此为分水岭，大汉民族精神基础的分化与弱化、虚化与沙化现象，导致大宋王朝气数趋尽。

这是政治的悲剧，更是文化的灾难。

溯其源、究其根，当然与宋太祖赵匡胤当初采取偃武兴文的立国之策不无关系。宋代的经济、文化、科技发展达到中国古代史上的一个高峰，这是宋代对中华文明的贡献，也是包括春秋以降儒家文化、先秦文化、汉唐文化在内，多元多种多样多代的优质文化累积而成的，是先宋文明高峰的延续。不可否认的是，抑武扬文政策促进了文化的繁荣发展，但也在一定程度上导致了主流精神的阴盛阳衰、文化风骨的渐弱渐软，这是中国古代治国史上的一次深刻教训。尽管有微弱的呐喊与弱小的抗争存在，有爱国的火花在迸放、爱国的热血在澎湃，但总体上缺乏坚定的国家意志、刚强的国家精神、雄健的国家战略。权力机构和社会系统缺乏足够的自信，缺乏对外部事务的整体性、一致性、对抗性、持久性应对。一旦外遇强敌，朝政不力、官风不正，就会导致民心不稳、精神不举、战事不利，结果是一触即溃、一溃千里。这是宋朝屡屡遇到的尴尬。

一个碌碌无为的昏君，几个欺上瞒下、专权自私的奸臣宦官，几位忠不见用、谏不被纳且结局悲惨的贤臣良将，加上几个位高权重却无所作为的昏官庸才，这是中国古代许多朝廷的官僚结构。宋朝没有逃脱这个模式，并为这种模式的后果增添了典型的例证，尤以两宋交替之际为甚。

宋徽宗在位25年，后世有"北宋六贼"之说，他们分别是蔡京、王黼、童贯、梁师成、朱勔、李彦，都是宋徽宗时期的重臣。

宋徽宗画像

宰相蔡京写得一手好字，却不擅治理朝政，奸猾欺主，误国误君；宰相王黼不务国政，专门服侍皇上花天酒地吃喝玩乐；童贯是宦官出身，朝中地位仅次于蔡京，与蔡狼狈为奸，流毒四海，宫中称蔡京为"公相"，称童贯为"媪相"；梁师成官至检校太傅，权势倾朝，卖官鬻爵，连蔡京父子和王黼都不得不巴结讨好他，人称"隐相"；朱勔受蔡京、童贯提携而成为宋徽宗的宠臣，他善于投机钻营逢迎皇上，不惜动用国库重金搜刮天下的奇花异石，供宋徽宗玩赏，导致民怨鼎沸，方腊起义打出的旗号之一就是"诛杀贼臣朱勔"；李彦身为大内总管，搜刮百姓良田 34300 余顷，据为己有，还仗杀良民千余人，激起百姓群起反抗，后被赐死。这"北宋六贼"各有嘴脸，但有共同的脸谱，都是结党营私、排斥异己、贪赃枉法、荒淫无度、滥用权力、鱼肉百姓之徒，而面对外强进犯，无心抗战、无力迎战。是他们，合力葬送了 167 年历史的北宋王朝。

北宋之末、南宋之初，有两个被金人扶立的伪皇帝。一个叫张邦昌，一个叫刘豫。张邦昌本是北宋宰相，却接受金人册封，当了 33 天的伪楚皇帝，卖国求荣，成为大汉奸之一，后被宋廷处死。刘豫本是农家出身，官至宋朝殿中侍御史、河北提刑，因不满宋朝的任命而投靠金人，被金朝扶持为伪齐皇帝。他残暴压迫民众，疯狂聚敛财物，甘为金朝鹰犬马卒，滥杀宋朝爱国将领，曾率 30 万重兵帮助金人攻打南宋防区，后被金人所废。这两个"皇帝级"的汉奸，是插向宋王朝心脏的两把利刃。

北宋末期、靖康之变时的宰相杜充，本是受宋高宗信任的重臣。公元 1128 年，靖康之难第二年，正值君忧觅良臣、国难思猛将之际，东京（今河南开封）留守、著名抗金英雄宗泽以身殉职，杜充被任命为东京留守，但他惧怕金兵，消极抵抗，判断战事不准，指挥作战无能，还执意分解抗金主力，不相信民间抗金力量，民间有"宗泽在则盗可使为兵，杜充用则兵皆为盗"之说，结果屡战屡败、无一胜绩。公元 1129 年六月，在未经朝廷许可的情况下，杜充擅自弃守东京，逃往扬州，开封从此落入金人之手，宋军防线被迫从黄河以北退至长江以南，再无北伐阵势和前沿阵地。不得已，宋高宗只好命令杜充留守建康（今江苏南京），这是逃难中的朝廷好不容易找到的一块立足之地。面对金兵的凌厉攻势，杜充不听副将岳飞的多次苦谏泣告，深居简出、拥兵不出、临阵观望，不敢交战，最后在金人许以高官的诱惑下，开门降敌，一代大宋宰相摇身一变成了金朝官员。一个败将，葬送了一个王朝的百年基业；一个叛将，打击了一个朝廷的自尊与自信。杜充，是大汉民族的又一大败类，中华民族历史上的反面教员。

但秦桧无疑是南宋最大的奸臣。

靖康之难，秦桧随宋徽宗、宋钦宗一同被掳北去，奇怪的是，同行的宋朝命官中坚贞不屈者甚至以死抗争、以死明志者不少，唯有秦桧在敌营升官至金朝参谋军事、随军转运使等职，虽然官级不高，却创造了囚徒升官的案例。有史料指称，秦桧参加了金人攻陷宋军楚州城即今天江苏淮安的战斗，甚至说金兵对宋军的檄文、劝降书即出自秦桧之手。

匪夷所思的是，金兵攻陷楚州的当天，秦桧一家老少竟毫发无损地回到了南宋。在朝野上下质疑的目光中，秦桧重返朝廷，并得到宋高宗的宠信，一再为相，在位19年，权重一时、言重一朝，开创了俘臣归来依然为国相、受重用的先例。

秦桧自有秦桧的秘籍，他是金、宋两国讲和的重要棋子。在对金讲和的问题上，秦桧奉行割地、称臣、纳贡的政策，与宋高宗一唱一和呼应甚洽，左右了整个朝廷的政局。从政治背景上看，秦桧在金朝高层建立的关系网和积累的资本，加重了他在宋朝高层的分量，直接影响着宋朝对金国的政策走向，甚至在某些问题上成为金朝的帮手。南宋皇帝无内朝，臣民言相不言君，皇帝的权力被虚化、被架空，秦桧官至副相、宰相后，权力迅速膨胀，他的主张虽遭忠者痛斥、为千夫所指，但他一意孤行、每每得逞，政治地位登峰造极，最终身置一人之下、万人之上，有一言九鼎之权、一锤定音之效。

比较宋高宗与秦桧的对金政策，虽然都想议和，但有本质的差异。

从战略上看，宋高宗是一手讲和、一手备战，毕竟国仇家恨犹在，国破政息人亡的惨剧就在昨天。南宋朝廷不能丢，兴盛赵宋国祚的使命在肩，没有退路，这一点宋高宗是清醒的。但战是为了议和，和是为了苟活，这一条也是明摆着的。而秦桧则不同，江山不是他的，脚踩宋、金两只船，无前倾之险，无后顾之忧，但宋军一旦成功打回中原老家了，秦桧会身价贬值，甚至性命难保，所以他逢战必反、求和议和，以各种方式消磨宋朝君臣的抗金斗志，将投降主义进行到底。秦桧推行"南自南、北自北"的政策，即凡原籍在北方的军政官员、黎民百姓一律回到被金人统治的北方地区，凡原籍在中原地区的君臣则回到伪齐境内，只要家里有人在金国任职的，家属一律被驱赶到金国。这无异于送子入虎口，不少人举家皆灭于虏，哀号不绝于途。如此结果，等于承认了宋、金、伪齐三国分治的局面，分散了军民的斗志，瓦解了军力的硬核，更伤害了民众的感情，可谓自解武装、釜底抽薪。秦桧此策荒唐至极，但满朝官员竟然鲜有挺身而出的反对者。甚至连宋高宗也产生了疑虑："朕是北人，将安归？"秦桧的行径被时人和后世视为"名事宋、实为金""明奉宋、暗侍金"，不无道理。

从用人上看，宋高宗与秦桧君臣异心，自打自的鼓，各敲各的锣。在对待主战派代表人物的问题上，宋高宗主张用，且用且压，做到可掌可控；秦桧则主张除，压制、打击抗金官员，逼退韩世忠，罢免刘光世，收买张俊，毒死岳飞部将牛皋、民间抗金首领邵隆等，除之而后快。在这样的政治环境下，爱国将相受排挤，一些官员满足于眼前的虚华、苟且的安宁，甚至苟合秦桧的图谋，不愿说话、不敢执言。当武将们功高难除时，秦桧就拨弄是非挑拨离间，找遍借口甚至以"莫须有"之名，直戳宋高宗的痛处，借皇帝之手除掉一己之心患。掐苗掐尖，斩草除根，株连九族，最终主战派被一一排除，眼中钉被一一拔除。拔掉的是钉，抽掉的是根，灭掉的是魂。

对待岳飞，宋高宗与秦桧有着本质的不同。起初宋高宗对岳飞是赏识的，亲自召见过从杀敌前线回朝廷禀报工作的岳飞。面对岳飞抗金的烈烈斗志和赫赫战绩，面对金人不断加码的压力，宋高宗且喜且忧。喜的是手下有将、手里有牌，与金人谈判有筹码。但又有三忧：一是怕真的激怒了金人，把押作人质的父兄送上不归之路，自己背上千古骂名；二是怕真的逼着金国归还徽、钦二帝，尤其是长兄还朝，他这个现任皇帝不好办了；三是怕武将势力坐大，功高盖主，难以驾驭。皇上之忧，随着抗金形势的好转而愈发沉重，尤其是随着岳飞的兵逼金都、捷报频传而与日俱增。而秦桧对岳飞是不喜只忧：一是担心岳飞的复兴中原之举一旦大功告成，他的精心盘算就泡汤了；二是恐惧岳飞的抗金战绩过甚，金人迁怒于秦桧自己；三是害怕一旦武将得志，自己将陷于灭顶之灾。他一切从自己出发，所以心忧如焚，欲除之而后快。佞言似忠，奸言似信，秦桧以自己在朝廷的勤勉、对皇上的效忠，蛊惑圣心、误导朝政。当君臣二人的忧虑感渐渐达到同频共振时，联手除掉岳飞就是不可避免的一致行动了。

关于秦桧的奸佞行为，历史上一直有人质疑其因。秦桧曾经也主张过抗金，但被金人释放后，态度立刻转向，变得刻意惧金、哈金、奉金起来。金朝曾经命令南宋不得随便罢免首相，这表明秦桧在宋王朝的政治地位似乎受到金王朝的保护，这种赤裸裸的干涉内政的行为，居然被宋王朝默许。秦桧两度为相，是君之近臣、朝之权臣，又是国之奸臣。他践踏国格、卖国误国的祸心，指鹿为马、颠倒是非的恶行，拉帮结派、沆瀣一气的龌龊勾当，陷害贤能、戕害功臣的险恶残忍，恶化了政治生态和官场文化，毒化了国民心态和社会风气，解构和谬构了民族精神和民族心理，贻害到当时社会理想信念的确立、价值理念的构建、道德观念的塑造。秦桧是中国古代汉奸文化的始作俑者之一和最有代表性的人物，他主政时间长、权力大，对南宋朝廷的危害之大、对大汉民族的祸害之深，是一般奸贼难以比拟的，是古代中国历史上最大的贼臣，千古罕见，人间少有，是永远的反面教材。秦桧在杭州西湖边上的一跪，是对江南河山、中原故国的谢罪，更是对中华民族精神文化的悔罪。

两宋的奸臣叛将远不止这些，在官僚机构和军事系统中还大有人在。南宋晚期权相贾似道，以好寻花问柳、斗玩蟋蟀闻名，他徇私舞弊、内外勾结，在危及南宋王朝生命的几场大仗中失利，加速了南宋的灭亡，等等。大宋王朝与金国王朝的对峙，从公元1125年宋、金联手灭辽，到公元1234年宋、蒙联手灭金，持续了109年。

打打谈谈、和和斗斗，你据我扰、你跑我追，构成宋金历史剧的主要情节。宋王朝对金政策或战或和的论争，竟然能持续上百年，这不能不说是一大奇观。北宋末期、靖康之变前后，宋朝官场政风不正、朝纲不振，帮派林立、朋党猖行，敛财成风、贿赂公行，佞贼无道、败类横行。位高权重者无心报国、有力不支，满朝文武忠者见谤、能者被贬，充满乌烟瘴气、颓废戾气。文官爱财，猥琐低眉

杭州岳庙秦桧夫妇跪像

没有风骨，无忠无信，无谋无智；武将怕死，贪财惜命拥兵自保，丧失了攻击能力、自卫能力，满朝文武多无血性。一线将士虽有斗志，却无英雄用武之地，羁绊太多、缰绳太紧，没有挥戈舞枪的空间和策马驰骋的天地。为君者不贤，为臣者不忠，为将者不敢拼，为卒者不敢死。君臣之间互相猜忌、互相挖坑，文武之间互不支持、

互相拆台，各种怪象丛生。这种官场文化和社会价值观，对社会信心的解构和精神斗志的衰减，是大面积的、根本性的、彻底的。每有战事，或闻金色变、闻风而逃，或临阵缴枪、引狼入室，甚至竞相成建制降金，为金人灭宋出谋划策。一些宋朝官员充当金国使者、间谍，以金朝官员身份往来于宋，议和谈判、讨价还价者有之，刺探情报、出卖秘密者有之。这些行为，无异于家贼自盗、长城自毁。官德如风、民德如草，上行而下效，草随而风行。尴尬中的宋朝世风日下、动荡不安，主流社会忠奸不分、是非莫辨、好坏无常，民间社会一度汉奸如蚁、败类成群，无义无勇、无节无贞者众。公元1130年3月，南宋主将韩世忠率8000人把金军首领兀术的10万人围困在长江镇江段的黄天荡港湾达48天之久，本已胜利在望，但宋朝一名汉奸为重赏所诱惑，悄悄向金人献计，使之一夜之间打通港湾的淤塞河道，全部成功逃脱；而另一个汉奸则献计用带火的箭矢飞射宋军船队的篷帆，火烧连营，韩世忠反胜为败、功亏一篑，可谓万里城墙倒于隙缝、千里之堤溃于蚁穴。倾覆之力不在大而在巧，卖国之人不在多而在有。

物必先腐，而后虫生，大宋王朝之大厦訇然中塌，必有国蠹巨奸。大汉民族的内奸并非始于两宋，却是兴于斯、盛于斯，像一个幽灵、一个毒瘤，潜伏在社会肌体的深处。每逢国难当头、每遇危亡时刻，总会有一些奸贼小丑跳将出来，兴风作浪。这是一种难以言说的隐痛。一个朝廷，能有这么多的官吏变味变质变节，误国卖国害国；一个社会，能出现这么多怪象、流弊、逆行，这是宋朝的悲哀。臣民的不坚定缘自高层的暧昧或者摇摆，不要指望芸芸众生会为一个昏暗、软弱的朝廷去卖命甚至送死。皇皇大宋，汉唐余脉，何以落得如此凄惶？不能不引人哀之思之。

烟柳画桥，风帘翠幕，景色醉人人亦醉；羌管弄晴，菱歌泛夜，歌舞迷人人亦迷；夜听琴瑟箫鼓，不闻马嘶鼙鼓，醉生梦死死亦狂，这是自赏，更是自刎。"山外青山楼外楼，西湖歌舞几时休？暖风熏得游人醉，直把杭州作汴州"，这是批评，不是欣赏。在北方的汴梁河边滋长的浪漫情怀，在江南的西湖边上找到了恣意生长的水榭歌台。过度的歌舞升平与深度的纸醉金迷，使宋朝渐渐失却了阳气、麻酥了筋骨，只等着被宰割、被蹂躏了。割地求和犹如抱薪救火，摇尾乞怜像与虎谋食。两宋之际，高层政治上的取向软弱，决定了对外战略上的走向摇摆，造成了思想的混乱和灵魂的扭曲。大敌当前，国难当头，必定引发社会价值观的聚变与嬗变，要么万众一心同仇敌忾奋起战死，要么分崩离析树倒猢狲散坐以等死。何去何从，谁主沉浮？

一个被阉掉男根、挑断脚筋、折断腰杆的朝廷，有何血性雄风可言？一个沉迷于媚词艳语的国度和男欢女爱的社会，如何面对刀光剑影风卷残云的强悍？一个忘记了忧患、不知道危机，甚至在国难当头还沉醉于淫靡郑音、不知道觉醒的民族，能有什么抗争斗志？一个屡遭异族凌辱、肢解而无力反抗的国家，能有什么斯文、体面、尊严可言？一个内斗内行、外战外行，喑哑盲聋、专制僵化的政治集团和武装力量，怎能应对如虎豹环伺的列强群盗？一个没有海晏河清、风清气正政治生态的政权，何来感召力、向心力、战斗力？一群无可寄望、人心涣散的乌合之众，何来奋斗精神、牺牲精神，谁会"将军百战死，壮士十年归"？是人，就当有几根骨头、几分骨气。一个没有血性的民族是难以自尊、自立、自强的，一个不崇尚英雄的国度是没有筋骨、没有脊梁、没有精神的。我们可以没有疆土、没有衣钵，没有金尊玉贵，但不能没有精气神。有了精神，便有了一切。

大宋王朝，缺的正是精神。

殷鉴历历，警钟浩荡。

最大的奸贼，不是那些宰相权臣。

板荡唤良将，国殇盼明君。宋徽宗昏聩胆小，亲近奸贼佞臣；宋钦宗懦弱无能，重用国贼昏官，排斥忠良、打击异己；宋高宗身边的黄潜善、汪伯彦、王渊、秦桧等奸臣贪官，更是不择手段地借皇帝之手逞一己之私欲。越王好勇、民多轻死，楚王好细腰、朝中多饿人，有什么样的君王，就有什么样的臣民；近墨者黑，陷污者染，置身这样的朋友圈，也必定会抹黑群主形象、拉低精神高度、淤积污泥浊水。一朝之君、一国之主在对朝政环境和政治生态的营造上，影响力、作用力不可替代。如果把饱受内忧外患之苦的两宋，比作风雨飘摇中的一条船，那么宋徽宗、宋钦宗、宋高宗父子三人都不是好船长，他们航向不定、掌舵不稳、洞察不准、指挥不力，使这条船饱受颠簸之苦、倾覆之险。他们驭人无术、用人失察，无视甚至纵容身边的逆贼贰臣竞相凿船挖洞，而不是激励臣民齐心奋力划桨，是负有历史责任的。

事非经过不知难，得来全不费工夫，江山不是打来的，宝座不是抢来的，所以不珍惜、不爱惜，靖康前后的这三任皇帝同样缺乏进取意识、拼搏精神。宋徽宗原本有造福苍生、建功立业的志向，但沉迷于书山艺海而不能自拔，日疏朝政；宋钦宗本性怯懦软弱、优柔寡断，爱听信谗言，关键时候靠不住；宋高宗恭俭仁厚、好文喜墨，但缺乏治国理政、拨乱反正的才能。这三人什么角色都可以干，唯独干不了皇帝一职。平日里不专朝政，危难时不敢担当，是他们的共同缺点。金朝大军长驱逼宋时，宋徽宗似乎浑然不知，照样过着花天酒地的生活；金兵铁骑饮马黄河时，宋徽宗不是排兵布将一决生死，而是请道士郭京作法以驱敌；金军兵临城下将东京城团团包围时，惊惶失措的宋徽宗连皇帝也不想当了，把皇冠当锅，甩给早已被吓得六神无主的太子赵桓，自己则以烧香敬佛之名，一溜烟逃往长江下游。而宋钦宗赵桓也是一个既刚愎自用，又贪生怕死的皇帝，当北宋军民浴血奋战抵挡住金兵以赢得喘息之机时，他乐而忘忧，又过起荒淫奢靡生活的 2.0 版，金人一旦进攻又卑躬屈膝，企图以割地求和。公元 1126 年，不懂战术乱指挥的宋钦宗临阵罢免抗战领袖李纲之职务，不信任智勇俱全的主战老将种师道，还暗里派人携重礼到金营乞和求饶。到了宋高宗时期，这种弱主状态并无根本改观，虽然皇帝本人的日子过得逍遥，但亦无尊严可言，更无担当可说。退让议和，奴颜婢膝，不惜自残以悦人、对敌俯首称臣，对丢失的大片河山不言收复、不敢收复、无力收复，是南宋初期政治生活和外交格局的总基调。无德无能的君主是最大的国贼朝蠹。他们对人民、对民族的背叛，对列祖列宗、江山社稷的背叛，是最大的背叛。

一国之气在其君，一朝之勇在其主。君主目标坚定、信念如铁、意志如钢，将相们便勇毅前行、赴汤蹈火、生死不惧；君主意志软弱、首鼠两端，必定造成满朝文武无序、举国上下异心，必定导致政治生态恶化、国民心态崩溃，忠者痛心疾首，奸者投机求荣。两宋之际的朝野景象，与这三任皇帝的政治表现不无关系。大宋王朝，在黑暗的巷道里匍匐爬行了漫长的岁月，历史的样本涂满黑色与血色。

国运不兴，帝业难继。宋朝徽、钦二帝命运之悲惨，是中国历史上所罕见的。靖康之耻，汉之奇耻；靖康之难，国之大难。这一年初春，乍暖还寒，泱泱大宋、巍巍王朝的两位皇帝宋徽宗、宋钦宗，连同两宫后妃、亲王、内侍，包括徽宗的皇后郑后、钦宗的皇后朱后及几十名妃子，徽宗的几十个儿子、女儿，共3000多人，连同15000多名宫女、民女，以及无数的国宝家财，被金兵用牛车押解北上，从此踏上不归路。离别开封的那天，万民夹道相送，哭声震天，泪流成河，庶民布衣装束的二位皇帝一路磕头求救，一路跪地谢罪。每经过一座昔日宋朝城池，悲戚落寞的丧国之君与闻讯而来的无主之臣们，几乎都要抱头痛哭一场。天寒地冷，山高路远，可怜的皇帝贵子们风餐露宿、饥寒交迫，食不果腹，病不得医，不时得乞求金兵赐饭给水，还经常挨揍挨骂。为防止有人逃脱，夜晚睡觉时还被金兵把手脚捆绑起来，求生无门、求死不得。残暴的金兵当着两位皇帝的面，尽情调戏污辱皇后嫔妃们，两位皇后先后被折磨致死，诸多嫔妃被瓜分哄抢一空。等到最终到达位于今天黑龙江依兰的金国五国城时，徽宗已经双目失明、两耳失聪了。徽宗擅长书法，首创漂亮的瘦金体，工于诗词，写得一手好诗，多有传世佳作，其中很多却是蘸着家国泪、民族血、亡国恨写成的，一字一滴血，一句一行泪。悲伤没有尽头，痛苦没有终点，丧魂落魄、形销骨立的徽、钦二帝泪眼欲穿，望断南飞雁，度日如年地等待宋高宗的营救，但终于没能等到那一天，身死他乡。

一切的悲剧，都是自己写成的。

纵观宋朝320年的历史，先是在辽、金、西夏的围追堵截中仓皇奔突，后是在蒙元大军的凌厉攻势下一路南奔，在亡君之哀、亡亲之痛、亡国之怨中颠沛流离、苟延残喘，最后被蒙古铁骑碾为齑粉。厓山之战的惨烈和集体跳海的悲壮，令后世长叹。厓山无门，奇石不奇，是无可逃脱的命运劫难，是历史道路的必然终点。厓山一跳，是一代耿耿宋子的集体壮烈效忠，也是一具数度被践踏的沉沉僵尸那寂寥而悲愤的海葬。一轮宋月从海上升起，苍白无语。

呜呼两宋，千古悲歌，是汉民族一次艰难的呼吸，中华民族一个长长的喷嚏。艰难行走的宋，是中国文化的痛。

当然，评价一个朝代、一段历史，要有科学的世界观、方法论。不能仅盯着朝廷，甚至是那几任帝王、那几个阶段。历史是由人民创造、由人民中的英雄推动的，这是唯物史观。纵观历史，要客观公正开放，看波澜壮阔的社会运动中，谁是主体、主流、主力，谁对历史的贡献更大；要全面系统辩证，看哪方面成就最大，给后世留下什么遗产。尽管人们认为宋朝多数皇帝没有太大作为，饱受西夏、辽、金、蒙古等异族的侵犯，尤其是南宋小朝廷被赶得到处跑，可谓斯文扫地；但打不赢就跑，也是一种战略战术，对手逞强，我便示弱，丢了北方还有南方，失了江河还有沿海。中国政治中心和经济重心的南移，开创了中国古代的新篇章。南宋朝廷海上奔逃的经历，唤醒了中华民族沉睡的海洋意识，激发了南宋社会经略海洋的动力。

[宋]张择端《清明上河图》（局部）

当然，宋朝是一个闪烁着文化光辉的朝代。虽然屡遭外侮，历史却一天也不曾中断，是中国封建社会里国祚最长的朝代之一，它的坚韧程度、抗打击能力、自生能力、自我修复能力值得后世反思。宋朝的经济、文化、科技成就可圈可点、可赞可歌者繁多，一些成就形成历史高峰，一些成就创造世界顶峰。但是，经济的繁荣、文学的灿烂、哲学的辉煌、科学的兴盛，不代表精神的高度，没有精神的支撑，是难以为继、无以长足发展的。历史不能假设，但历史可以推演、可以反思。人类精神的高度，没有最高，只有更高。

当然，尽管宋朝国运多舛、世事维艰，但仍有劲草风中立、忠臣乱世起。无论是抗辽、抗西夏、抗金、抗元，每一次战斗都有宁死不屈的将士，每一个战场都有血战到底的军民，他们用鲜血和生命凝成的无畏气概、凝结的爱国精神，在民族的血脉中偾张，在历史的血脉中延续，熔铸进中华民族精神的主体和核心。以北宋抗辽英雄杨业，南宋抗金英雄宗泽、李纲，以及"中兴四将"中的岳飞、韩世忠，还有刘锜、吴玠、杨沂中等抗战名将，南宋抗元英雄文天祥、陆秀夫、张世杰等"宋末三杰"等为代表，他们是抵御外侮的英雄，是挺立在北宋凄风中的脊梁，翱翔在南宋苦雨中的雄鹰。厓山一战，打出了血性，奇石一跃，维护了尊严，南宋末代君臣以带泪的长号、带血的忠诚，给了哀婉多难的大宋王朝一道血色的黄昏、一个血性的落幕，像一尊巨大的感叹号，砸向死一般静寂的黑暗和没有血色的苍白。血祭苍天，天日昭昭。浪激千仞，涟漪千年。折断的脊梁仍然是脊梁，受伤的翅膀依然是翅膀，他们不仅仅是那个朝代、那个时段的英雄，更是中华民族永远的丰碑。

　　江南的雨，*丝丝如泣*；宋朝的泪，滴滴在心。

　　一个民族，在沉思。

江南满江红

中华民族自古以来就是一个英雄辈出的民族。每逢风云际会，必有骁雄当空；每遇腥风血雨，必有豪杰挺立。英雄是民族的骨骼、国家的脊梁、社会的中坚，是人类历史的传承者和历史走向的引领者。中华民族的历史就是一部英雄弄潮、英雄谱写的历史。

衡量一个人物是不是英雄，至少要有几个标准：一是看他是否出现在重要时刻，如重大历史事件、重大转折关头、重要时代变迁；二是看他是否有伟大壮举，如攻坚克难、改造世界的行动，顽强奋斗、敢于牺牲的行为；三是看他是否有重大贡献，如参与历史大势，改变历史进程、走向和格局的思想文化，影响社会进步、人类发展的财富和成果，彪炳史册的精神遗产和物质遗存。

毫无疑问，宋代的岳飞（1103—1142）就是符合这些标准的伟大英雄人物，一位改写了历史进程、书写了英雄史诗、创造了伟大精神的政治家、军事家、文学家。

解读岳飞，从他那惊心动魄的短暂人生中，能管窥中国宋朝那一段惊涛骇浪；从民族历史那一段壮阔波澜中，能感悟他的壮怀激烈。

第一次辉煌

辉煌往往与苦难相连。

先说说宋朝的苦难。

公元907年唐朝灭亡之后，中国历史进入五代十国，这是中国的第一个大分裂时期。公元960年，后周的禁军统帅赵匡胤在陈桥发动兵变，黄袍加身，建立了宋朝。公元1127年，金兵攻陷北宋京城开封，俘获宋徽宗、宋钦宗二帝，北宋灭亡，历经九任皇帝167年；开封沦陷后，宋徽宗九子康王赵构于公元1127年在南京（今河南商丘）自立为帝，建立起南宋朝廷。公元1138年，南宋正式以临安（今浙江杭州）为都。公元1232年，收复中原、北归心切的南宋朝廷接受了蒙古联合灭金的要求，与蒙古大军一同于公元1234年灭亡了金国，但南宋政权也从此失去了金国这道防御大元帝国铁骑的屏障。公元1276年，蒙古大军攻陷临安，年仅5岁的南宋皇帝宋恭帝赵㬎被俘获。恭帝之兄、年仅7岁的赵昰在文天祥、陆秀夫、张世杰等宋臣保护下南逃至福建后登基，即宋端宗，却不幸于两年后落水染病而死；随后，赵昰之弟、年仅6岁的卫王赵昺登基，再立南宋小朝廷，被蒙古大军一路穷追猛打。公元1279年3月，在厓山（今广东新会）一战中，上十万南宋军民战死，南宋忠臣陆秀夫背负幼主赵昺携800人在厓山集体投海，以身殉国。厓山战败，标志着经历了九任皇帝、历时153年的南宋政权终于收将余晖、彻底落幕。

一个民族的苦难往往成就一位英雄的辉煌。

公元1103年3月，岳飞出生在今河南汤阴一个普通农家，名飞，字鹏举。岳飞出生时宋朝的皇帝是宋徽宗赵佶（1082—1135），中国古代杰出的画家、书法"瘦金体"的创始人，一位优秀的书法家，却是一个窝囊的君主、北宋倒数第二任皇帝。岳飞出生24年后，北宋灭亡。

岳飞年少时喜读《左氏春秋》《孙吴兵法》等书。曾拜周同为师，骑射高超，能左右开弓。后拜陈广为师，刀枪之法精湛，神力巨大，武艺无敌。

岳飞曾四次从军。

第一次投军是在公元1122年，岳飞时年19岁，在两次抗击辽兵的战斗中表现突出，当得知一股"拥众数千"的兵匪进犯相州（今河南安阳），岳飞主动请缨，率二百人迎敌，经过一番血战，大获全胜。第一次出战，岳飞就表现出非凡的战斗力和军事指挥才能，并得到提拔。后因父亲病故而离开军队回家守孝。

岳飞22岁那年,即公元1125年,金朝灭掉辽朝,转而大举攻宋。宋徽宗禅让皇位于长子赵桓即宋钦宗。金兵渡过黄河后包围了开封,宋钦宗抵挡不住,选择了求和、奉金、割地。公元1126年,宋钦宗反悔割地于金,遭到金兵二度围攻,宋廷招募兵士准备应战。目睹金兵暴行的岳飞在母亲姚氏的鼓励下,前往设在相州的河北兵马大元帅府报名,投身抗金战场。这是他的第二次从军。因作战勇猛,屡建战功,被擢为修武郎。岳飞转战曹州(今山东菏泽),以双锏直贯敌阵,击退金兵,被提拔为武翼郎。

24岁那年,岳飞第三次从军。公元1127年四月,金兵攻下开封后俘虏徽、钦二帝,北宋灭亡,史称"靖康之耻"。惊惶失措的宋高宗赵构打算南迁,岳飞不顾人微言轻,写下数千言的《南京上皇帝书略》表示反对,指责宋高宗赵构"有苟安之渐,无远大之略",因此被指"小臣越职",遭"夺官归田里",被逐出军营。

返乡途中,目睹被金兵踏碎的河山,岳飞心忧如焚。公元1127年八月,当看到招募抗金健儿的榜文,岳飞毅然报名,因为关于河北、河东、燕云十六州战略重要性的宏论与抗金名将张所"适偶契合"而被招至麾下,被破格任命为统制。这是他的第四次从军。从此,岳飞一直奋战在抗金第一线,直至生命的最终。

公元1128年1月,金兵南侵,镇守汴京的开封府尹宗泽命岳飞前往孟州汜水关侦察,岳飞以仅五百人的兵力一举击败金兵,被宗泽任命为统领。同年八月,金兵再次南侵,岳飞奉命赴竹芦渡迎敌,用疑兵之计打败金兵,被授武功郎。公元1129年,岳飞因多次战功而转任武略、武德大夫,授英州刺史。

公元 1129 年六月,宋高宗赵构南迁,担任开封府留守的杜充借"勤王"之名撤往建康,岳飞反对朝廷的南迁避战的举动,苦谏曰"中原之地,尺寸不可弃",但无果,只好从命南撤,开封随即陷落。

公元 1129 年秋,金兵向南进犯,完颜挞懒进攻淮南,金兀术进攻江南,直捣临安,企图一举灭掉南宋。十一月初,金兵沿长江北岸东进,离建康不到百里。岳飞闯进负责长江防务的主帅杜充寝阁,泣求出战,终于获得批准,受命配合统制陈淬、王燮等苦战马家渡。后陈淬战死,王燮脱逃,诸将皆溃,唯有岳飞孤军死战,而杜充再次撤逃,最终叛国投敌,导致建康失守。

金兀术占领建康府后,亲率主力追击躲在临安的宋高宗赵构。高宗急忙由越州逃向明州(今浙江宁波),随后乘船逃到温州海面避难。金兵以水师在海上追击宋高宗赵构三百里未获。但宋军已溃不成军,唯有岳飞率部追袭金兵以救其主,并连克多城,收复溧阳、广德、宜兴等地,六战六捷。

公元 1130 年二月,岳飞奉命从宜兴赴常州阻击金兵,四战皆胜,后受命配合抗战主将韩世忠收复建康,在黄天荡与金兵鏖战。岳飞率兵在清水亭、牛头山围袭金兀术,找准战机攻城,经过半个月的血战,终于收复建康,岳家军战绩显赫。

公元 1130 年五月,岳飞亲自押解战俘到越州,第一次见到宋高宗赵构,并上奏守卫建康的重要战略意义。宋高宗赵构采纳了岳飞的建议,并赏赐岳飞金带、马鞍等物。

公元 1131 年至 1133 年,岳飞先后平定游寇李成、张用、曹成等，升为神武后军统制。宋高宗赵构赐御书"精忠岳飞"，将牛皋、董先、李道等所部划归岳家军。

英雄生乱世，乱世出英雄。

至此，岳飞达到人生中第一次的辉煌。

四次北伐

公元1134年春天，岳飞上奏《乞复襄阳札子》，提出收复被金人和伪齐政权占领的襄阳六州，"恢复中原，此为基本"，得到朝廷许可；但宋高宗赵构画地为牢、欲纵却收，命岳飞不得提"北伐"或"收复汴京"等关键词，只能以收复六州为限。

公元1134年四月，岳飞率军从江州出发前往鄂州屯兵，鄂州成为岳飞北伐的大本营。

五月，岳飞发起第一次北伐。

他亲率岳家军从鄂州武昌城乘船出发，连克郢州、随州，攻下襄阳。伪齐政权刘豫、李成等在金兵支援下集30万大军反扑，岳飞率部一一击破，并攻克邓州、唐州、信阳。到同年七月，岳飞胜利收复襄阳六州，为南宋朝廷赢得了继收复建康之后第二次战略主动，这一消息令南宋朝廷震动惊喜，宋高宗赵构素闻岳家军纪律严明，没想到这么能破敌。岳飞也因战功卓著被任命为清远军节度使，湖北路荆、襄、潭州制置使，与韩世忠、张俊、刘光世、吴玠并列为五大帅，成为有宋一代最年轻、最有战功的战将。

公元1136年秋天，岳飞发起第二次北伐，这也是宋、金开战12年来最大一次攻击战，也是靖康之耻10周年的日子。迫于国内军民抗击金人、收复失地呼声的压力，宋高宗赵构不得不宣布备战第二次北伐，并做了打大仗的战役筹谋和兵力部署，抗金主将韩世忠、刘光世、张俊、岳飞等分几路进发，岳飞从鄂州出发，一马当先，直面金兵、伪齐兵，连克汝州、虢州、商州以及洛阳周边重镇，逼近西京洛阳，但因钱粮短缺，不得不回军鄂州。

秋季攻势虽然没有达到预期目的，但岳飞战果显赫，名声再起。公元1136年冬天，岳飞发起第三次北伐。冬天的北伐是被动展开的。秋季北伐之后，金兵与伪齐联军兵分五路，大举进攻岳家军防区。岳飞从鄂州起兵，同时禀报朝廷：自己"目疾虽昏痛愈甚"，但"深惟国事之重，义当忘身"，于是"躬亲渡江，星夜前去"。岳家军的主力秦祐、王贵、牛皋协同岳飞作战，先后粉碎了金、伪齐联军的五路进攻，取得反攻的胜利。这一次北伐虽然规模不大，但进一步巩固了宋军的地盘，为第四次北伐做好了准备。

公元1140年，岳飞开始了拼尽全力的第四次北伐。这是一次特殊背景下，产生了特殊结果的大规模战役。之所以说特殊背景，是因为公元1138年，宋、金两朝订立和约，堂堂大宋朝廷甘愿对金朝俯首称臣。但是"盟墨未干""口血犹在"的一纸和约，被旋风般的女真族铁骑踏了个稀烂，毫不设防的黄河之南一片血海。被逼无奈的大宋朝廷只能一拼，但是拼命的本钱已经不多了。面对金朝统帅金兀术的20万铁骑狂飙，宋朝只有岳飞、刘锜、张俊三军能正面迎敌，岳家军成为抗金主力，独扛大旗。与前三次北伐主要与伪齐作战不同，这次岳家军面对的是金兵主力部队。岳飞精心布阵，亲上战场，杀开血路，连克敌军前卫、据点重镇，掌握了战略主动。但正在两军对垒、鏖战犹酣之际，宋廷却派员前来制止岳家军继续北上。岳飞坚持挥师向北，但发现刘锜所部被命令按兵不动、侧援不力，张俊所部班师南撤、无援可依。此时的金兀术也发现了宋军的破绽，重点突袭岳飞军营所在的郾城、岳飞副手王贵所在的临颍。岳飞没有退路，亲自披挂出城，"鏖战数十合"。王贵同样打得十分惨烈，"人为血人，马为血马"，终于大败金兀术的反扑。岳家军乘势推进，中原在望，但没有想到宋高宗赵构连下金字牌御诏，命岳

岳飞塑像

飞班师。功亏一篑的岳飞不得不饮恨而归，结束了第四次北伐。

收复中原心愿未遂，但岳飞的四次北伐沉重地打击了金兵的气

焰，极大地牵制了金兵主力，减轻了江南宋廷的军事压力，也让宋廷内外、金朝上下看到了岳飞的赳赳气概和岳家军的勇猛威武，从此"撼山易，撼岳家军难"之誉响彻朝野，以至于岳飞被害20年后金帝完颜亮攻宋时还心有余悸："岳飞不死，大金灭矣。"

四次北伐，战绩卓著，声名显赫，成就了岳飞的第二次辉煌。

眼光与胆识

岳飞时常深陷眼疾之苦，行军打仗时更是痛苦不堪，严重影响到他的战斗力，但他仍然坚毅勇敢，所向披靡。山东枣庄青檀寺附近有一座"岳飞养眼楼"，传说岳飞曾住过这里，请寺里高僧来帮忙治疗眼病。

岳飞视力不好，但目力深远，不仅能征善战，还能谋善断，表现出战略家的眼光与胆识。

——譬如，他看到皇帝继承问题存在的隐患，是第一个敢于建言大宋皇帝应该早立继承人的武将。宋高宗赵构生有五女一子，但女儿们都被金兵所害，或被虏或死亡或失踪，一个儿子在战乱中夭亡，他本人也在南逃过程中丧失了生育能力。一代承担着北宋、南宋转接继承重任的赵构，面临断子绝孙之患，他一直心存希望，但无奈力不从心。后继无人，对于一个皇室、王朝来说，不只是家族问题，更是一个政治问题。皇帝隐痛，宫禁秘闻，国家关切，但朝野噤若寒蝉，无人敢言。后来赵构听人之言，从宋太祖而不是宋太宗这一系的后裔中挑选了两个孩子入宫按皇子培养，分别改名为赵瑗、赵璩，但宋高宗赵构又迟迟不宣布立皇储，引发朝野议论纷纷。文官多赞成皇帝立储，但武将中只有岳飞一人主张，他在专供皇子们读书的资善堂与后来成为大宋第十一任、南宋第二任皇帝的宋孝宗赵瑗有过一面之交，彼此留下很好的印象，这为他后来力主立皇储增添了信心，也为后来宋孝宗下诏为岳飞平反打下了基础。绍兴七年，即公元1133年，岳飞在上朝觐见赵构时当面提出立储的建议，遭到皇帝斥责，但岳飞的进谏是"为朝廷计"的大事：一是当时岳飞根据谍报得知，金人有可能立虏去的宋钦宗之子赵谌取代伪齐皇帝，一旦这个傀儡政府成立，南宋朝廷的合法性会大打折扣；二是皇储不立，朝廷不稳，政治格局充满变数，不利于天下安定；三是如果皇子不尽早参与政事，得不到历练，就很难积累政治经验和智慧。在重文轻武、扬文抑武，猜忌武将、贬低武将的宋朝，岳飞作为武将议政是有风险的，没有一位武将敢言，也没有一人敢附言岳飞。因此，岳飞此举不被赵构待见，遭当面呵斥，认为岳飞是别有用心，同僚甚至也认为"鹏为大将，而越职及此，其取死宜哉！"。岳飞上言建储一事，也成为后来赵构、秦桧谋害岳飞的导火索之一。立储之事，虽经赵构再三犹豫、秦桧再三阻挠，但终于办成，对稳定南宋社会起到"定心丸"作用。岳飞的眼光和胆识非凡夫俗子所能及。

——譬如，他第一个看到燕云十六州对大宋王朝、对中原的战略重要性。燕云十六州是指幽州（今北京）、顺州（今北京顺义）、儒州（今北京延庆）、檀州（今北京密云）、蓟州（今天津蓟州）、涿州（今河北涿州）、瀛州（今河北河间）、莫州（今河北任丘北）、新州（今河北涿鹿）、妫州（今河北怀来）、武州（今河北宣化）、蔚州（今河北蔚县）、应州（今山西应县）、寰州（今山西朔州东）、朔州（今山西朔州）、云州（今山西大同）。公元936年，后唐节度使石敬瑭举兵叛变，在契丹族辽国的扶持下建立后晋，并被契丹人册封为大晋皇帝。按照事先的约定，石敬瑭把燕云十六州拱手送给了契丹辽国。从《晋献契丹全燕之图》看，这十六州是横亘北方的险要高地，地势高峙，易守难攻，是中原大地的天然屏障，失去这道防线，北京、天津、山西及河北北部直抵长城一线都处在契丹人的战刀之下，山海关、喜峰口、古北口、雁门关等长城要塞岌岌可危。

公元960年，后周禁军统领赵匡胤在出兵北伐途中，策划陈桥驿兵变，黄袍加身，建立宋朝，登基当了皇帝，随后发动了统一战争，先后消灭兼并了多个割据势力，但只有燕云十六州坚如磐石，难以攻取。宋朝后来的皇帝接着打，40年未果，燕云十六州宛如悬在头顶的巨石，始终威胁着大宋的安全。公元1004年秋，辽朝萧太后同辽圣宗亲率辽军大举南下攻宋，宋真宗在宰相寇准的力劝下上阵督战，终克辽军，但得胜的宋朝为了宋、辽和平，与败者辽朝于公元1005年1月签订了和约，确定宋、辽两朝为兄弟关系，勘定边界，建立贸易市场，并约定大宋朝廷每年给辽朝进贡银10万两、绢20万匹，史称"澶渊之盟"。宋、辽友好相处百余年，边声宁静，经贸繁荣，为两朝两国创造了发展机遇和边境稳定。公元1115年，崛起于白山黑水之间的辽朝臣属女真族首领完颜阿骨打起兵反辽，建立起大金王朝。10年后金与宋联手灭辽，再过两年灭北宋。

在长达近200年的宋、辽、金先后对峙中,燕云十六州一直是被争夺对象,它们不仅是大宋的心患,也是大汉民族的牵挂——直到公元1368年明朝开国皇帝朱元璋从蒙古人手里夺回,这片丢失了长达430多年的土地才重回大汉。这一地带的战与和、争与让、攻与守、汉化与胡化、拉拢与排斥,或暗流涌动,或惊心动魄,历代宋、辽、金的皇帝们精心运筹的政治算盘噼里啪啦打个不停。战争状态影响政治生态,政治生态影响社会生态,这一地区的"燕云汉人"上从官吏下到黎民百姓的政治立场和文化立场也一直在宋、辽、金之间摇摆,都不忠心,也不依附,更不独立。这一社会特征牵动三朝的爱恨情仇,主导着三朝的关系,左右着中国北方乃至天下的政治格局。

对北宋王朝来说,北方游牧民族的嘚嘚铁蹄声,如滚雷疾响,贯穿于九位皇帝、167年的梦魇,他们能想到的唯一招数,就是在汴京城附近拼命地种树,以期阻断可能在一夜之间疾驰而至饮马黄河的辽金铁骑。但是,那脆若蝉翼一捅即破的防护林只是一道好看的风景而已,林带挡不住风沙,岂能拦得住疾风般的铁骑?心患不除,威胁未已,建宋160年之后,仍然怵于"燕云十六州"之患的北宋政权,悄悄地派人到山东蓬莱一带与金人订立"海上之盟",约金灭辽,甚至还畅想了新的行政机构。金人佯装支持,与宋联手灭辽,将部分洗劫殆尽的空城交给宋,燕云之地像一个永远无法赎回的抵押物,令宋朝怒不敢言。金朝在与宋盟约和灭辽过程中看清了宋朝的军事实力和政府腐朽无能、胆小怕事的本质,于公元1125年向这位盟友发起全面进攻,兵分两路进入山西、河北,不但重新占领了燕云十六州,还最终长驱直入灭掉北宋政权,劫走徽、钦二帝。宋高宗赵构不但无力反抗,反而派人到金朝乞和,将黄河以北拱手奉上,导致中原沦陷,自己还南逃江浙。

北方防线失守,江南底线脆弱,岳飞看到了问题的严重性,主张收复中原、力图燕云。公元 1127 年 6 月,24 岁的岳飞上书指陈皇帝"有苟安之渐,无远大之略",呼吁皇帝要"亲帅六军,迤逦北渡,则天威所临,将帅一心,士卒作气,中原之地指期可复",还把矛头直指黄潜善、汪伯彦等朝廷权臣的投降行径。岳飞的上书行为被指是"大忤用事""越职""非所宜言"行为,导致了被"夺官归田里"。听说监察御史张所主张抗金,便前往北京投奔张所。张所早就知道岳飞的武功,十分赏识岳飞对军事形势的判断,尤其是对河北、河东、燕云十六州重要性的分析,认定岳飞"殆非行伍中人也",遂把岳飞留在"帐前使唤",使得岳飞有了一展报国之志的机会。张所的欣赏使岳飞增添了自信,只可惜后来张所为朝廷投降派弹劾,被叛军劫杀于流放途中。岳飞对燕云十六州战略形势的认识与判断,促成了他后来的四次北伐。北伐之战,打出了宋朝的威风,令金人寒怵。

——譬如,他看到金朝图谋大宋的本质,是抗金意志最坚定、战斗时间最长、抗金决心从一而终的南宋大臣。当年金兵在岳飞家乡制造的灾难令他铭刻在心,使他萌生了从军抗金,为抗金而生、为抗金而死的决心。金朝统治者在与宋联合灭辽的过程中,看到了宋朝政治上的腐败、统治者的怯懦和军事上的软弱,而岳飞在与金兵的多次较量中,认识到金人的强悍凶狠,认清了金朝势欲吞灭宋朝的本质，因而始终保持高度警惕和坚定意志。

细数南宋初年的抗金名将还是有不少的，除岳飞之外，还有李纲、宗泽、韩世忠、刘光世、张俊、张浚、刘锜、吴玠等人。从战功和军事才能来看，无论是前面几位重臣老将，还是后面几位新锐猛将，都各有功勋和建树，但结局、下场、晚景均不好。

老将宗泽年纪最长，早年受到赏识，但后来坐了多年冷板凳。公元1126年八月，金兵大举攻宋之际，宗泽以年近古稀之龄临危受命，在众多河北官员纷纷借故推托不敢赴任的情况下，慨然出任已被金兵包围的河北磁州知州，组织了有效防御。宗泽最早识破当时的康王、后来的皇帝宋高宗赵构的畏敌避战心理和退避求和政策，但面对金兵强势、宋军不堪一击的现实，宗泽仍然孤军奋战。在金人劫走徽、钦二帝，另立张邦昌伪楚政权，奸臣黄潜善、汪伯彦弄权的情形下，宗泽上书向康王赵构提出五条建议：一曰近刚正而远柔邪，二曰纳谏诤而拒谀佞，三曰尚恭俭而抑骄侈，四曰体忧勤而忘逸乐，五曰进公实而退私伪。这一番"血诚痛切"之言表达了宗泽的忠诚和对康王的规劝，是需要勇气的，非忠臣不敢为。赵构登基后，宗泽入朝觐见时，"气哽不能语，涕泗交颐"；与同为抗金忠臣李纲会面时，"忠义慷慨，愤发至流涕"。他尖锐地抨击黄潜善、汪伯彦等奸贼的卖国行为，批评宋高宗赵构的软弱无能和虚情假意，对国运军势忧虞深沉。在金人兵临城下，连皇帝都不敢回京都的情况下，经过时任宰相李纲的力荐，宗泽受命担任了开封知府，而后任开封尹、东京留守等职务，一位从未领兵打仗的文臣，担任起抗金最前沿的军事统领，建立起一支抗金铁军。但是不久李纲遭贬，宗泽失去朝廷内援，上有黄、汪奸佞国贼百般打压，外有强敌难挡，但老将宗泽依然坚贞不屈，以风烛残年之躯战斗到生命最后一息，致使金兵始终难以进逼开封城。宗泽在生命的最后一年，连续上报二十四份奏表，请求宋高宗赵构还都，主持北伐大计。公元1128年五月，心力交瘁、心灰意冷的一代抗金名将、老将宗泽上了平生最后一份请求圣驾回銮奏后，"忧愤成疾，疽发于背"，一病不起。他临终前长吟"出师未捷身先死，长使英雄泪满襟"，最后连呼："过河！过河！过河！"宗泽之死，使宋朝小朝廷失去了支撑危局之独木，李纲撰挽诗曰："梁摧大厦倾，谁与扶穹窿。"之后，宋军节节败退，金兵大面积攻占了两河的州县，"失天下者大半"。

早期抗金名将中，官阶最大的当数李纲。宋钦宗赵桓登基后，命李纲担任尚书右丞之职。宋金对抗中，金帅完颜宗望见开封强攻不下，遂施行诱降之计。李纲力主抗金，竭力支持宗泽的抗金主张和在前线的战事，"绥集旧邦，非泽不可"，坚决反对向金割地求和，因而被宋钦宗免官。由于开封军民愤怒示威，迫使宋钦宗收回成命，李纲这才又被起用。在李纲领导下，开封守卫战获得胜利。但是，金兵一撤，李纲即遭到朝廷投降派的诋毁，被一贬再贬。公元1126年底，金兵再犯开封，宋钦宗想用李纲，但为时已晚。公元1127年5月，刚即位的宋高宗赵构起用李纲，命李纲为右相。李纲赴任途中，即着手考虑重整朝纲，向皇帝上十议，研究对金政策，组织力量抗金。他坚决反对投降，提出"一切罢和议""能守而后可战，能战而后可和"；主张严惩张邦昌等为金兵效劳的宋朝变节官员，以整风气；提出矫治时弊、加强战备的举措；力荐老将宗泽出任东京留守、张所担任河北西路招抚使,重整抗金队伍;颁布了新军制二十一条,着手整顿军政,并建议在沿江、沿淮、沿河建置帅府,实行纵深防御。但是李纲的一系列利国之举与意欲同金和议的宋高宗赵构想法相左,黄潜善、汪伯彦趁机阻挠和破坏,他们怂恿赵构排斥异己、打击忠良,多方牵制李纲,破坏李纲的抗金部署,逼迫李纲辞职。万般无奈,当了75天宰相的一代忠良李纲只好"再章求去",赵构自召礼部侍郎起草了罢相制词,编织罪名将李纲流放到海南岛。不仅如此,敢于上书提议挽留李纲、罢免黄潜善和汪伯彦的爱国志士陈东等人也遭诛杀。公元1139年,宋、金议和,宋向金称臣纳贡,李纲积忧成疾。宋高宗赵构欲再次起用李纲,李纲坚辞不受,翌年病逝于福州仓前山。

张俊、刘光世、韩世忠与岳飞一同被列为南宋抗金"中兴四将",但他们最后"同途殊归"。韩世忠曾任建康、镇江、淮东宣抚使,官至枢密使。他力主抗金,反对乞和,曾救过宋高宗赵构的命,指挥了两场最著名的战斗。第一场是公元1130年的黄天荡之战,韩世忠在建康之北,创造了以八千之宋兵围堵十万之金兵48天的战绩,虽然最后金兵在汉奸的帮助下凿江而逃,但韩世忠成功地阻击并将金兵赶出江南,使之不敢轻易渡江,为全面战场赢得了战略主动。如今江苏的丹徒、江阴、常熟、宜兴、张家港等沿长江的古河道、古井中,时有陶罐"韩瓶"出土,据说"韩瓶"就是当年韩世忠部队的军用水壶,当地以"韩瓶"之称来纪念抗金名将。第二场是公元1134年的大仪镇之战,韩世忠在扬州、镇江一带,以十几万人战金兵统帅兀术和金将聂儿孛堇及伪齐刘豫的50万之敌,成功地伏击了金兵的骑兵部队,俘金将士200多人,歼灭其大部。韩世忠也因此被誉为"中兴武功第一"。但是后来的几次北伐,他没有取得重要战果,得而复失、进而又退,被宋高宗赵构罢兵权前的最后一役是淮西濠州城之战,还吃了败仗。最后致仕赋闲,闭门谢客,绝口不再谈兵事政事。

同为"中兴四将"的刘光世和张俊,起初的抗金态度是明确而坚定的,但随着宋高宗赵构怕战求和、压战保和态度的日益明显,金兵军事上的凶猛、政治上的高压,两人脚跟发软、心底生变,或屯兵不出,或倒向变节。刘光世参与平定苗、刘兵变有功,但一贯畏惧金兵、贪生怕死,奉诏不前、骄惰不战,还多次虚报军额、多占军费,"沉酣酒色,不恤国事"。官至枢密使的张俊因为支持宋高宗赵构的降金求和政策而深得宠信。在岳飞冤案中,张俊先后陷害韩世忠、岳飞,成为赵构、秦桧冤杀忠良的帮凶。

官至宰相的张浚主战心高,曾令金兵统帅粘罕、兀术,金主完颜亮闻风丧胆。他在陕州富平保卫战中领兵血战,但他志大才疏、刚愎自用,听不进军事幕僚们的建议,最终失去陕西战区,使整个南宋面临危局。张浚后来还指挥过淮西之战、符离之战,均以失败而告终。在朝廷内主和派的排挤下渐渐失势,北伐失败后被罢相,病死途中。抗金名将刘锜指挥顺昌之战,以不足万人之兵牵制金兀术的几十万人马,威震全国,但后来在金主完颜亮的凌厉攻势下节节败退,最后缩守江南。吴玠是一位战功卓著的猛将,他在富平之战后,成功指挥了和尚原之战和仙人关之战,用劲弓强弩与健骑重甲的金兵血战,死守陕川咽喉,连续取得大捷,在宋金之间当时唯一的战场撑起南宋朝廷的半壁江山。起初吴玠的威名是盛于岳飞的,但他攻不如守,尤其是在组织大规模的战略反攻方面,他不如岳飞,有人认为吴玠是南宋军事成就仅次于岳飞的军事家。所以当时有人列"韩世忠、刘光世、张俊、吴玠、岳飞"为南宋绍兴时期"五大帅",誉"韩世忠、张俊、岳飞、刘光世"为南宋"中兴四将",还有人将韩、岳并称,陆游诗曰"堂堂韩岳两骁将,驾驭可使复中原"。这说明在南宋历史中,军事成就唯岳飞首屈一指。

——譬如,他看到襄阳六州对大宋朝廷安全的重要性,是南宋立朝以来第一个收复大片失地的功臣。公元1133年十月,金兵向宋守军发起进攻,侵占了襄阳府、邓州(今河南邓州)、随州(今湖北随州)、郢州(今湖北钟祥)、唐州(今河南唐河)、信阳军(今河南信阳)等六个州郡。这片土地连接关中平原、江汉平原、豫东平原、长江中下游流域,是接通东西南北陆路水路的咽喉之地,是守护湖湘之地、收复中原的前沿据点。但是,这一地区也是情势最复杂的地带,金兵占领、伪齐抢据,且相互争斗,宋军残余武装、土匪占山为王,各种势力既较量争斗,又勾结暗通。兵荒马乱之下,这一带民生凋敝,"或被驱虏,或遭杀戮","残破为甚","城郭隳废,邑屋荡尽","长涂莽莽,杳无居民","百里绝人,荆榛塞路","墟落尤萧条","虎狼肆暴"。由于襄阳六州被金兵占领,大宋王朝的长江防线在中游被撕开一个巨大缺口,如果金兵从这里沿江东下,攻入江西、安徽、江苏、浙江腹地,失去江南屏障的南宋朝廷就如瓮中之鳖。公元1134年,岳飞奉命收复襄阳六州,但宋高宗赵构命令"不须远追",更不得"提兵北伐,或言收复汴京之类",意味着这是一场欲纵还收、很难拿捏的军事行动,分寸稍有不当就容易成为政治问题。事实上从岳飞的结局看,北伐成了金人和宋高宗赵构、秦桧共诛除之的隐因。岳飞从江州(今江西九江)起兵,以三万之兵迎战十万之敌,先后收复郢州、攻占襄阳、拿下随州、抢占邓州、占领唐州、收回信阳军,苦战两个多月,襄阳六州终于全部收复归宋,这是南宋八年第一次全面大捷。宋高宗赵构喜出望外,说:"朕素闻岳飞行军极有纪律,未知能破敌如此。"

收复襄阳六州之战,也是岳飞发起的第一次北伐战争,它的胜利结束了南宋被拦腰截断、首尾难顾的被动局面。收复襄阳六州之后,岳飞致力恢复民生、发展经济,很快使这里成为南宋立足江南的北部屏障和立国的基本地盘,是北御金兵、势逼中原的前沿阵地。守住襄阳中线,意味着南宋朝廷掌握了战略主动权,东可守护江南朝廷,西可扼制西北金兵,南可震慑湖广游寇,北可随时进兵中原,这一战略位置堪称南宋之命门。守住襄阳六州就守住了长江,三年前金兵的铁蹄尖刀正是从长江撕开一道口子,扫荡北宋汴京,逼得宋廷南逃,又沿长江一路追击,建康屠城,扬州血洗,把宋廷赶到了临安。岳飞收复襄阳六州139年之后,元帝国大汗忽必烈亲率元军铁骑,在襄阳苦战六年打开缺口,刀指长江中下游和长三角,进逼南宋行在临安,导致大宋王朝的最终覆灭。

生为抗金,死为抗金,保家卫国血战到底,遍数朝廷唯有岳飞。只有岳飞,才是抗金斗争最重要、最具有代表性的人物。

岳飞以敏锐的目光洞察到宋、金之间的民族矛盾不可调和,以深远的眼光看到了南宋的前途在于以战促强、以武保大,以大无畏的英雄气概敢打敢拼,为南宋王朝赢得了战略先机。但是,岳飞目力有余而心力不足,在朝廷昏聩与奸诈、愚昧与短视、胆怯与心狠相交织的统治下,只能是"怒发冲冠""空悲切"。

杭州岳庙忠烈祠

战神岳飞

岳飞在军史上的地位,是毋庸置疑的。

纵观岳飞的战斗生涯,他是一位为战争而生、在战斗中成长的战神。岳飞公元1122年第一次被招募为"敢战士",先是投身抗辽,但从公元1126年起就转向了抗金战斗。参加河东抗金,跟随康王大元帅后招降吉倩等,率铁骑前往李固渡抵挡金兵,跟随宗泽救援开封,跟随刘浩战于曹州,追随张所、王彦新乡抗金,再次归属宗泽投入开封保卫战,表现出非凡的军事才能和战斗实力。克复建康,夺回常州、镇江，镇守淮东，平定王善、张用等乱军，降服戚方，征讨李成，击破曹成，镇压吉州、虔州之乱，剿灭杨么，以及四次声势浩大战绩辉煌的北伐，岳飞渐渐成长为大宋王朝最优秀的军事家、战略家。

　　岳飞既是征战冠军又是常胜将军。他是中外历史上打仗次数最多、打胜仗最多的将领。岳飞之前，战国时期在鲁、魏、楚三国任过职的政治家、军事家吴起是打仗次数最多的，他事魏26年光仗就打了70多场，但总数加起来不会超过100场；三国时的曹操打仗50多场；成吉思汗从18岁进攻蔑儿乞人开始，一生打了60多次仗；拿破仑一生打过60多次仗。而岳飞打了多少次仗？28岁那年，岳飞率兵苦战收复了建康，他兴致勃勃地拜访江苏宜兴张渚镇读书人张完，兴之所至，在张家墙壁上题写了一文，言"总发从军，大小二百余战"。这还只是从军头8年，就打了200多场仗，不包括未来岳飞人生最关键的10年，四次北伐战斗更加密集。38岁那年，岳飞领军北伐，收复大片失地，几抵金兵大本营、昔日北宋首府汴京，但被宋高宗赵构、秦桧从凤凰山皇宫连发十二道金牌，以日行四百里、"过如飞电"的速度，强令班师。这一阶段战斗不计其数。当然，我们不能用简单的加减乘除来还原历史，许多战役的规模、时长无法类比。从史料来看，岳飞几乎每战必捷，出奇制胜，场场精彩。他第一次参战就表现出非凡战功，著名抗金战将、河北招抚使张所第一次见到他时就说"闻汝勇冠三军"，说明岳飞当时的名气已很大。抗金主将宗泽称赞岳飞"勇智才艺虽古良将不能过"。他无疑是古今中外世所罕见的百战将军、常胜将军。

岳飞既是军事战斗员又是军事理论家、军事战略家。他打仗的最大特点是身先士卒、一马当先，英勇善战、从不怕死。他敢打硬仗、苦战、恶仗，每次朝廷遇到最严重威胁、遭遇金兵最猛烈攻击、战场形势最紧急时刻，岳家军总是被宋高宗赵构首先使用的精锐兵力。每次做战斗动员，岳飞都是慷慨激昂、富于感染力；每次出战，岳飞都是斗志高昂，寨营森严，战旗猎猎，战马萧萧。公元1130年二月开始，岳飞奉命阻击疯狂追杀宋高宗赵构的金兵，常州鏖战四战四捷，为南宋皇帝赢得了逃跑的时间，也使南宋王朝度过了最大的危机；四月，岳飞为配合与金兵在水路上对峙已48天的抗金战将韩世忠，与金兵在距建康城仅三十里的清水亭展开激战，杀得金兵陈尸十五里，为"直捣建康"杀开一条血路。而几乎在同一天，韩世忠的水师在建康府附近水面遭到金兵火攻而大败，岳飞孤军迎敌，率岳家军乘胜追击金兀术，夺回备受金人蹂躏的建康；收复襄阳六州，鏖战郾城，四次北伐，岳飞都是披坚执锐冲锋在前，令金兵闻风丧胆；扫荡李成等游寇土匪，岳飞屡出奇兵，引得各方士绅纷纷上书朝廷赞赏岳飞之功。这些战斗打得惨烈，也打得漂亮，堪称世界战争史上的经典战例。岳飞也凭借自己无可非议的武功不断升迁，创造了以一介平民因战功而屡屡擢升至相当于国防部副部长高位的奇迹。岳飞深具战略眼光，深刻地认识到燕云十六州对中原的重要性，认识到放弃汴梁对朝廷的不利，认识到失去襄阳六州对长江防务和川陕通道防守的致命影响，认识到在长江中下游地区阻击金兵对南宋朝廷的保命作用。他最早提出通过北伐守住北方阵线的战略构想，虽然不为朝廷所采纳，但遏制了金兵吞并中原、统治长江流域的企图；他最早提出"连结河朔"的战略方针，得到黄河两岸军民的热烈欢迎和拥戴,忠义民兵纷纷相约以"岳"字旗为号，响应岳家军，形成了一支庞大的官民共同抗金力量，体现出人民战争的军事思想和人民观。

岳飞自幼熟读《孙吴兵法》，排兵布阵深谋远虑，战略战术运筹精当。在独立担任统帅之前，他先后跟随过刘浩、张俊、张所、王彦、宗泽、间勃、杜充等上级，与韩世忠、刘光世等抗金名将配合过，博采众长，在战争中学习兵法，在实战中积累经验。他的"兵家之要，在于出奇，不可测识，始能取胜""阵而后战，兵法之常，运用之妙，存乎一心"，成为经典的军事理论。岳飞深谙兵法战法，善用战略战术，灵活采取阻击战、伏击战、袭击战、合围战、突围战、间谍战、歼灭战、消耗战等方式，使用围点打援、中间穿插、分割包围、声东击西等策略，或明修栈道、暗度陈仓，或顺手牵羊、瞒天过海，或诱敌深入、围而不打，既隐蔽出击、虚张声势，又集中兵力、各个击破，稳扎稳打，步步为营，出奇制胜。岳飞改革传统的兵车战法，用装备重铠盾牌的防御性士兵保护步兵主战兵种；两军对阵时，先安排弓弩手在300米距离试射，如果弓力能及则万箭齐发；对付骑兵，采用超长钩枪钩挡马足，使敌方马阵崩溃；等等。熟练地掌握了这些战法的宋军打得金兵溃不成军。

岳飞既用兵如神又爱兵如子。他战时用兵、平时练兵，部队休整时亲率将士们练兵习武，穿着盔甲手持兵器进行实战演练；他把自己"能左右射，随发辄中"的高超的骑射武功传授给士卒，使得岳家军全员都能左右开弓，战斗力极强；岳家军纪律严明，军令如山，令行禁止，执法严肃，"众不敢犯"，使原本多是"四方亡命、乐纵、嗜杀之徒"的队伍"皆奉令承教，无敢违戾"。岳飞一向论功行赏、赏罚分明，"有功者重赏，无功者重罚，行令严者是也"。岳飞要求一切行动听指挥，"纪律严明，秋毫不犯"，在军事行动中不得侵犯百姓利益，"兵不犯令，民不厌兵"，"冻死不拆屋，饿死不掳掠""取人一钱者，必斩"。有的部队军粮用尽，将士忍饥挨饿，却不去扰民。一个兵士擅自用老百姓家的一束麻来捆绑柴草，被发现后按军法处斩；一个士兵趁救火之机偷了民家的芦筏，也被立斩无赦。在平定吉州、虔州叛乱过程中，岳家军始终保持严肃的军纪，士兵们寄宿民宅，黎明出发之前先为房东打扫门庭、洗刷盆釜。这在兵荒马乱、兵匪横行的日子里是很罕见的，连宋高宗赵构也不得不称赞岳飞"忠义之心，通于神明，故兵不犯令，民不厌兵"。岳家军驻扎过的江苏地区、湖北地区至今还有岳王庙等纪念遗址。部将张宪的亲兵郭进在莫邪关立下头功，岳飞立即赏赐金腰带和银器，并将他从普通小兵提拔为从八品武官。打虎亲兄弟，上阵父子兵，长子岳云在父亲的教育下敢打善拼不怕死，成长为战场虎将，多次立下重大战功，但岳飞从不向朝廷报功，张俊发现这个问题后要求上报，但岳飞坚决压下，改报其他将士；因战功受到朝廷犒赏，岳飞总是全数分发给将士，自己分文不留。岳飞爱兵如子，与士兵同吃同住、同甘共苦、同生共死，经常亲自为生病的战士调药，还让妻子慰问出征的将士家属。每当有将士阵亡，岳飞都安排抚养遗属、养育遗孤。

岳家军并非先天的战斗队，也不是先天就具有战斗力。同其他部队一样，岳家军也是部将来源多元、兵员来源多元，有朝廷派遣的，有慕名而来的，有游寇匪贼中被招安的，有从农民起义军或者忠义民兵中投奔过来的，还有从金兵中招降的。在强大的人格魅力感召下，岳飞的麾下聚集了一大批能谋善断、能征惯战的骁将，如声名显赫的"五虎上将"王贵、张宪、徐庆、牛皋、董先，还有姚政、徐庆、杨再兴、王刚、王经、李道、胡清、庞荣、梁兴、董荣、赵秉渊、李山、岳云等一批干将。据史料统计，岳家军拥有统制官22人、将官252人，其中正将、副将和准备将各84人，而同为"中兴四将"的张俊只有统制官10名，韩世忠只有统制官11名。岳家军阵营可谓猛将如云、强手如林。

常胜小将岳云12岁随父从军，15岁随父出征，苦练杀敌本领，武艺高强、胆气高昂，每当战争最残酷、最凶险、最危急的关头，岳飞总是让儿子岳云一马当先："不胜，先斩汝！"公元1134年，岳飞组织第一次北伐，15岁的岳云跟随父亲出征，在攻打随州、邓州的战斗中，岳云双手持铁锥枪拍马冲锋在前，锐不可当，第一个攻上随州城，后又收复邓州。岳飞针对金兵强大的骑兵队伍，决定利用缴获来的一万五千匹战马，组建宋军的骑兵部队。岳家军兵力鼎盛时期约有十万人，分为前军、后军、左军、右军、中军、游奕军、踏白军、选锋军、胜捷军、破敌军、水军和背嵬军等十二军。其中岳云任统制官的背嵬军是岳飞的亲兵卫队，拥有骑兵八千人。背嵬军力量精锐，作战勇猛，战术多变，配合紧密。公元1140年，金兀术率精锐部队在郾城与岳家军大战，岳云身先士卒，率背嵬军敢死队骑兵冲进敌阵，大破金兵精锐"拐子马"，大败金兀术的一万五千精骑及十万步军。随后,金兀术又集结三万骑兵、十万步兵再攻临颍,岳云率背嵬军八百骑兵决战,因为金兵人马巨多,主将王贵想撤退,但被岳云坚拒。经过鏖战,岳家军再次大破金兀术的精骑,杀得"人为血人,马为血马"。岳云先后十多次杀入敌阵,身披一百多处创伤。战斗中,金兀术的女婿夏金乌被杀,金兵78名首领被生擒。岳家军有一位猛将杨再兴,原本是盗匪曹成的手下,还曾杀死了岳飞的胞弟岳翻,但岳飞不计前嫌将其收在帐下。得到岳飞宽容的杨再兴从此忠心耿耿,不计生死。在攻打临颍的战斗中,杨再兴率三百骑兵与数万的金兵主力激战,在金兵枪林箭雨刀丛中冲杀,斩杀金兵万夫长以下两千余人。他每中一箭,都折断箭杆继续战斗,最后被金兵射成刺猬一般,但杨再兴和他的战马依然挺立河中不倒。战斗结束后,人们找到了杨再兴的遗体,火化之后从中捡出的铁箭头足有两升之多。

有如此之主帅,有如此之战将,想不造就一支战无不胜、攻无不克的铁军都难。岳家军打出了威风和志气,让侵略者害怕,金兵几十万大军每遇岳家军都避而远之,奈何不得,金兀术不得不发出"撼山易,撼岳家军难"的感慨;也让百姓"举手加额,感慕至泣"地爱戴,箪食壶浆以迎,勒石刻碑以记,建起"生祠"、挂起画像,奉以香火,以示敬仰和拥戴。

岳家军是怎样炼成的?一靠教育,二靠纪律,三靠感情。岳飞以爱国、忠诚为主旨,以江山社稷和百姓福祉为根本,以"仁、智、信、勇、严"为理念,用保家卫国的理想来教育将士,用严明的纪律来约束将士,用苦练杀敌本领来提高战斗力,用关心体恤来增强凝聚力。无论是草莽英雄还是落魄流寇、散兵游勇，经过岳家军这一熔炉，都被锻造成了猛卒悍将、钢铁勇士。

理念建军、武功强军、纪律治军、感情兴军，岳飞把一群农民培养和训练成一支方向明确、信念坚定，忠于朝廷、热爱国家，奋发图强、决不妥协，具有先进理念的国家军队。岳家军是中国古代封建社会一支勤王之师、护民之师、卫国之师，一支正义之师、威武之师、仁义之师，一支战无不胜、攻无不克的钢铁之师、胜利之师，是"南宋第一强兵"。

岳飞虽逝，军魂不倒。岳飞和他的岳家军，创造了古今中外战争史和建军史上的奇迹；岳飞的治军思想是对中国古代军事思想的总结，为南宋以后建设武装力量确立了新的理论体系、质量标准、治军经验。岳飞和他的岳家军不但为南宋朝廷的江山社稷立下汗马功劳，也为中国古代军事思想和后世军队建设做出了历史性贡献，彪炳史册，功著千秋。

江淮做证

岳飞的显赫战绩，主要表现在两个战场：一个是中线防区，即今天的鄂豫赣一带，以鄂州为大本营；另一个则是东线防区，即今天的苏皖浙等江淮地区。从公元 1129 年被迫奉命撤离开封、驻守长江防线起，岳飞先后转战建康、溧阳、广德、常州、宜兴、镇江、通州、泰州、承州、扬州、楚州、湖州等地，多次以中级军官的身份孤军苦战，如取得广德六捷、常州四捷，清水亭之战、收复建康之战的胜利，还先后两次驰援淮西，以及执行其他临时性、突击性、配合性任务。如果说前者是保卫战、防御战、收复战、阵地战居多，那么后者是攻击战、阻击战、打援战、游击战居多，前者意在逐房，后者意在护君，两者都志在中兴。

在中国历史上，宋高宗赵构是一个可怜的皇帝，"匹马渡江""扁舟航海"，有很长时间过着居无定所、到处逃命的日子。公元1129年，宋高宗赵构被金人一路追赶，从开封到南京，到扬州、镇江，再到建业、金陵，后到临安。听说金兵在训练水军图谋江浙一带，赵构吓得从临安躲到绍兴、逃到明州，不久又登船逃往舟山，经温州，逃往福州，直到岳飞阻击金兵成功，金人放弃南下的企图，赵构才最后落脚临安。这一路上他还不断地派人持求和书到金营告饶。

南宋皇帝如此地卑躬屈膝反而被金人嗤之以鼻，金兵干脆以排山倒海之势一路狂卷，"搜山检海"穷追三百多里，吓得赵构屁滚尿流、斯文扫地、尊严全无。宋军各路兵马闻金色变，要么不战而逃、溃不成军，要么寡不敌众、孤军战死，战斗极其惨烈。连接替宗泽担任东京留守，后担任建康留守，最受皇帝信任的杜充都向金兵投降了。金兵打过长江时，只剩下岳飞一军死守南京紫金山。在皇帝怯懦、将帅叛逃、军心摇动、民众惶恐之际，岳飞召集士卒慷慨演讲："我辈当以忠义报国，立功名，书竹帛，死且不朽！"士兵无不被岳飞的爱国精神和敢于牺牲的勇气所感动，纷纷涕泪相誓，要与金人决一死战。岳飞用尽兵法，引兵死守、死战、死追，取得一系列重大胜利，频传的捷报给了焦虑惶惑的南宋朝廷巨大的也是唯一的希望。公元 1130 年春,在宜兴金沙寺,岳飞慨然题词:"拥铁骑千余,长驱而往。然俟立奇功,殄丑虏……使宋朝再振,中国安强。"不仅显示出岳飞的军事才能,更表现了他的政治担当。与岳飞和他的岳家军形成鲜明对比的,是宋朝一些官员的丑陋表现。在逃命的过程中,一些贪官奸佞还不忘发国难财。金兵攻陷扬州城前夕,一名叫王渊的渡江总指挥不是紧急转移国家重要物资和逃难民众,而是先调集上百条船转移自己的家财和眷属,导致十万军民蜂拥到长江北岸无船可上,坠江、踩踏而死者无数。而这样的昏官,却被赵构提拔成同签书枢密院事,相当于国防部副部长一职。更令人气愤的是,赵构身边还有近臣在扬州到杭州的水路上召集一帮宦官"以射鸭为乐",到了杭州居然先跑去钱塘江观潮。

岳飞冒死驰援楚州一事,足以说明岳飞的勇敢精神和大局意识。公元 1130 年,金兵横扫江南,把掳掠到的金银财宝通过运河源源不断地运往金中都北京,运河边宋军控守的承州(今江苏高邮)、楚州(今江苏淮安)是必争之地。是年八月,金兀术与挞懒合兵疯狂围攻楚州,宋军守将赵立奋起死拼,但势单力薄难以久持。承州守将薛庆急驰扬州,力邀守将郭仲威一同救楚州,但郭仲威置大宋江山于不顾,拥兵自重,拒绝出兵。欲返回承州的薛庆半道上被金兵追击,退到扬州城下时,郭仲威竟闭门不开,致使薛庆被金兵乱箭射死于城门之下,只剩坐骑从血泊中冲出,一路嘶鸣回家报信。在此紧急情况下,朝廷急命辖区大帅、御前右军都统制张俊救援楚州,没想到张俊竟以金兵"其锋不可当"而违命不敢出兵;朝廷又命守防镇江的刘光世急援楚州,这位拥兵五万之众的抗金战将竟然也"畏金人之锋"而不敢出战；万般无奈之下，朝廷只好急诏远在宜兴的岳飞驰援楚州。尽管当时经历了收复建康大战之后的岳家军精疲力竭，老弱病残加起来不过一万兵力，且短衣缺食粮草不济，但岳飞二话不说，挥兵救援，冒死从泰州、承州抵近楚州与金兵展开战斗，以一万之兵抵二十万之金兵，尽管打了多场胜仗，但最终寡不敌众、力不从心，楚州失守，岳飞身上还中了两枪。岳飞在众多宋将畏缩不前、隔岸观火的情况下，万死不辞，忠心耿耿，其忠其勇感古动今，宋高宗赵构以"节义忠勇，无愧古人"褒奖岳飞。

岳飞抗金护民、收复建康，拔掉了插在朝廷胸口的利剑，为江南地区经济社会发展、民众安居乐业创造了安定的环境，这是南宋抗金胜利的标志性事件。当地官员上书朝廷曰："飞能奋不顾身，勇往克复建康及境内县镇，为国家夺取形胜咽喉之地，使逆虏扫地而去，无一骑留者。江浙平定，其谁之力也？"

岳飞不但在江浙皖一带抗金有功，还剿匪有成。外患当头之时，内忧并起，一些隐迹江湖山寨、打家劫舍的旧官军占山为王，当上了土贼游寇，或盘踞一方，或流窜江淮，偶尔也与金兵一战，但大多以抢夺财宝为目的，甚至专门与官军作对，成为南宋政权的心腹之患。岳飞经常奉命剿匪，起到护国佑民、平定一方的作用，不少江浙军民踊跃投入岳家军。老百姓说"父母生我也，易；公之保我也，难"，以表达对岳飞的崇敬。

两次兵援淮西，是岳飞政治生涯和军事履历中的大事。一次发生在公元1134年秋，金兵与伪齐联军大举进犯淮南地区。当时宋军主力部队有五：吴玠军据守川陕，岳飞军据守襄汉，刘光世军、韩世忠军和张俊军据守长江下游、紧邻淮西,而后三人兵力远超前两人,但面对金兵进逼淮西,这三员宋朝大将怯敌不前,"刘光世退军建康府,韩世忠退军镇江府,张俊退军常州",隔江对峙、隔岸观火,尤其是身为淮西、江东宣抚使的刘光世临阵退避,更使人心恐慌。无奈之下,宋高宗赵构只好置中线防务于不顾,命岳飞"全军东下"。岳飞不敢放松襄汉防务,带领一半部队奉诏东下,出兵池州、攻克庐州,伪齐部队一见"岳"字、"精忠"旗,不战而溃。在岳飞指挥下,部将牛皋、徐庆一马当先,一一击破金兵与伪齐的联军。到十二月,金兵大举撤退。第二次支援淮西,发生在公元1141年。上年底被岳家军打怕了的金兵又一次在开封集结,组织九万兵力,准备第二年渡过淮河攻宋。当时宋廷部署在淮西的部队有淮西宣抚使张俊军八万、淮西宣抚副使杨沂中所部三万、淮北宣抚判官刘锜二万,总兵力超过十三万人,足以对付金兵,但赵构心里还是没底。公元1141年正月,赵构连发诏书给驻守鄂州的岳飞,命令他"星夜前来江州",意在让岳飞从背后袭敌,随后又接连快递手诏催促岳飞。尽管刚刚遭受北伐"十年之力,废于一旦"的痛苦,但岳飞还是以皇命为重、以国事为先,毅然亲率八千背嵬军前往指定地点。在岳家军赶到之前,张俊的部将杨沂中等已与金兵战于柘皋镇并获胜。战败的金兵转向进攻濠州,张俊、杨沂中等人却接连应战失误,不得不撤往江南。岳家军在途中即接到张俊的无须前往的"逐客令",后又接朝廷之令赶赴舒州、定远、濠州,但濠州韩世忠已败。至此,岳飞第二次援淮西,没能与金兵正面接战。淮西守军先胜后败,完全是因为张俊的瞎指挥,但后来张俊反咬一口,伙同杨沂中等诬蔑岳飞"逗遛不进,以乏饷为辞""不赴援",陷害岳飞。

长江做证,淮河有心,岳飞用自己的铁血丹心书写了对国家、对民众、对民族的忠诚。

剿匪英雄

动荡变乱的南宋,兵荒马乱的社会,老百姓一方面深受金兵之袭扰,民不聊生,一方面遭遇土匪武装到处横行、流寇惯盗打家劫舍。岳飞既置身民族战争的主战场,又不得不奉命剿匪平寇。

岳飞剿匪的战场,主要在河南、江西、浙江、江苏、安徽、湖北、湖南、广东、广西等地,地域宽广,地形迥异,情形复杂。他清剿的业绩主要表现在河南击破王善、张用的武装,平息内讧,后来又招降落草为寇的张用夫妇;在安徽池州,江西江州、饶州、洪州,湖北蕲州一带追击号称"李天王"的流寇李成;在浙江湖州安吉击败并逼降戚方;在湖南道州、潭州、岳州、永州、衡州、郴州,广西桂州、贺州、阳朔一带击破曹成;在江西吉州、赣州一带平定多方土匪武装;在湖南洞庭湖一带打败杨么;等等。这些匪寇聚众生事,少则三五万众,多则十多万人,水军、步军、骑军齐全,训练有素,他们或互相串通、到处流窜,或与金兵、伪齐相互勾结,向官军发起规模浩大、此起彼伏的攻击,破坏力甚大,弄得朝廷焦头烂额应付不过来,消耗了抗金的力量,成为朝廷的心头之患。朝廷经常下诏征讨,但许多重臣武将慑于匪寇的强悍,不敢应诏应战。岳飞认为,"内寇不除,何以攘外;近邻多垒,何以服远",可见他剿匪的主要目的是抗金。

岳飞剿匪有勇有谋,屡建奇功。公元1130年十二月,宋廷命令张俊为江淮招讨使,剿灭流窜于江西、湖南、湖北等地的游寇李成、张用、曹成等。李成号称"李天王",率十万之众横行池州、江州、饶州、洪州一带,杀得官军溃不成军。张俊怵于李成的十万流寇,向宋高宗赵构提出要岳飞协同作战。接到命令的岳飞立即从江阴领兵经宜兴过徽州直逼饶州。战斗打响,岳飞作为先锋军,亲自杀入敌阵,在友军支持下最终打败李成。

随后,岳飞又奉命围剿流寇张用。这个张用是岳飞的河南相州同乡,拥兵五万,自己敢打敢拼所向无敌,他的妻子"一丈青"更是女中豪杰,一人能敌千人。听说岳家军到,曾是岳飞手下败将的张用不免紧张,准备决一死战。张俊怕岳飞败阵,决定加派三千兵力给岳飞,但岳飞说,我徒手就能捉拿他!某天,被岳家军围困的张用接到一封信,打开一看是岳飞亲笔所写,信里抬头就问候,充满浓厚的乡情,接着晓之以理、晓之以利,劝他们夫妻二人弃暗投明、回头是岸。读罢此信,张用夫妻心有所动,决定率部投奔岳飞,后成为岳家军的主力。

岳飞的不战而屈人之兵,令朝廷上下大为佩服。湖南岳州、道州、潭州一带有多路土匪盘踞,其中以曹成拥十万之众为老大。当听说岳家军出动,曹成赶紧将兵力分散躲藏起来,但岳飞攻占重点,各个击破,曹成不得不投降了宋军。曹成手下有一位猛将叫杨再兴,能征善战不怕死,曾杀死岳飞的胞弟岳翻。杨再兴被俘后宁死不降,最后被绑来见岳飞。岳飞视之为人才,原谅了这个与自己有杀亲之仇的匪首,亲自松绑解缚。杨再兴深受感动,一为岳飞之威名,二为岳飞之宽容,毅然投在岳飞麾下,成长为岳飞手下的抗金猛将,最后英勇战死。

岳飞的剿匪平乱,得到朝廷高评、社会点赞。各地官府纷纷上奏朝廷,或陈情匪害,祈求派岳飞前来平乱;或力举岳飞的功绩,请求朝廷褒奖岳飞。不少地区的老百姓感谢岳飞为他们涤清了生存环境,立碑、建祠、撰联纪念岳飞。

岳飞剿匪,在一定程度上既剪除了内患,又平抑了社会动荡,使朝廷能够集中精力抗金。他以善治恶,施以仁政,收编了不少流寇散兵游勇,这些人后来大都成为重要的抗金力量。

剑胆琴心

谁家的黄鹤楼?

金碧辉煌的黄鹤楼,巍然屹立在武昌的长江之滨。这座千古名楼始建于三国时期的公元223年,自唐宋以来留下无数文化名人数以千计的题咏之作,成为中华民族历史长河上的一个文化符号。

物以文名,文以人名。那么,黄鹤楼是谁的?谁家黄鹤不复返?谁家有诗传千古?谁在楼中吹玉笛?谁人三月下扬州?

是唐代诗人崔颢(704—754)的。"昔人已乘黄鹤去,此地空余黄鹤楼。黄鹤一去不复返,白云千载空悠悠。晴川历历汉阳树,芳草萋萋鹦鹉洲。日暮乡关何处是?烟波江上使人愁。"经典流传,让人们记住了黄鹤楼,也记住了崔颢。传说不久之后的公元730年,比崔颢还年长几岁的李白也来到黄鹤楼,登楼后想题诗,却发现了崔颢的诗作,沉吟良久,发出感叹:"眼前有景道不得,崔颢题诗在上头。"没敢下笔。

传说归传说,李白还是写过"黄鹤西楼月,长江万里情""一忝青云客,三登黄鹤楼""黄鹤楼中吹玉笛,江城五月落梅花""仙人有待乘黄鹤,海客无心随白鸥"等诗句,后来还以崔颢诗为范本,写下《登金陵凤凰台》:"凤凰台上凤凰游,凤去台空江自流。吴宫花草埋幽径,晋代衣冠成古丘。三山半落青天外,二水中分白鹭洲。总为浮云能蔽日,长安不见使人愁。"此意此境,其韵其律,与崔诗可有一比。站在长江下游金陵城回望黄鹤楼的李白,用一个"流"字联通了崔颢,联通了长江中下游,联通了落魄江湖却西望长安的情感,一个"愁"字打了一个共同的心结。一直隐居于长江以北、今湖北孝感安陆的李白,与比他年长一轮的襄阳人孟浩然成为挚友,得知孟浩然要去长江下游的扬州,李白便约他在长江北岸的码头告别,遥望烟波浩渺的长江对岸,影影绰绰的黄鹤楼,心中升起无限的惜别和惆怅之情,于是有了"故人西辞黄鹤楼,烟花三月下扬州。孤帆远影碧空尽,唯见长江天际流"的诗句。眼望黄鹤楼,心有天际流,黄鹤楼也是李白的。

看来黄鹤楼自古就是一处出发地,文人雅士、凡夫俗子多在此道别离。李白在这里送客,孟浩然也在这里送客。好朋友王迥将去江东旅行,孟浩然到黄鹤楼下送别,赋《鹦鹉洲送王九之江左》:"昔登江上黄鹤楼,遥爱江中鹦鹉洲。"孟浩然在这里送客,白居易

湖北黄鹤楼

却在这里会客,他在《卢侍御与崔评事为予于黄鹤楼置宴,宴罢同望》中道:"江边黄鹤古时楼,劳置华筵待我游。楚思淼茫云水冷,商声清脆管弦秋。白花浪溅头陀寺,红叶林笼鹦鹉洲。总是平生未行处,醉来堪赏醒堪愁。"看来,黄鹤楼也是孟浩然、白居易的。

黄鹤楼还是贾岛的:"高槛危檐势若飞,孤云野水共依依。青山万古长如旧,黄鹤何年去不归?岸映西州城半出,烟生南浦树将微。定知羽客无因见,空使含情对落晖!"是杜牧的:"黄鹤楼前春水阔,一杯还忆故人无?"是陆游的:"苍龙阙角归何晚,黄鹤楼中醉不知。汉江交流波渺渺,晋唐遗迹草离离。"是范成大的:"谁家笛里弄中秋,黄鹤归来识旧游。汉树有情横北斗,蜀江无语抱南楼。"是刘禹锡的:"梦觉疑连榻,舟行忽千里。不见黄鹤楼,寒沙雪相似。"是王维的:"城下沧浪水,江边黄鹤楼。朱阑将粉堞,江水映悠悠。"

但是,我想说,黄鹤楼不是他们的。

南宋绍兴三年(公元 1133 年)十月,金朝傀儡刘豫军队攻占南宋的襄阳、唐、邓、随、郢诸州府和信阳军,切断了南宋朝廷通向川陕的交通要道,也直接威胁到朝廷对湖南、湖北的统治安全。岳飞接连上书,奏请收复襄阳六州。次年三月朝廷正式任命岳飞兼任黄复二州、汉阳军(湖北汉阳)、德安府(湖北安陆)制置使,从鄂州统军出征,打响收复襄阳六州之战,这也是岳飞率领的第一次北伐战争。由于军纪严明、斗志高昂,指挥有力、运筹得当,岳飞率领的岳家军以锐不可当之势在三个月内收复了襄阳六州,有力地保卫了长江中游的安全,打开了川陕与朝廷的交通道路。

没有岳飞夺回襄阳六州,就谈不上收复中原,遑论湖南、湖北的安全。

岳飞领兵十六载,驻守鄂州(今湖北武昌)达七年之久,四次北伐从这里起兵。襄、邓大捷使仅32岁的岳飞被封为侯(武昌郡开国侯),但他并未沉醉于功名利禄,而是念念不忘北伐大业,不断上奏朝廷要求收复中原失地,却屡屡被朝廷拒绝。

悲愤的岳飞登上满目疮痍中的黄鹤楼,北望中原,写下了这样一首词——

满江红·登黄鹤楼有感

遥望中原,荒烟外、许多城郭。
想当年、花遮柳护,凤楼龙阁。
万岁山前珠翠绕,蓬壶殿里笙歌作。
到而今、铁骑满郊畿,风尘恶。
兵安在?膏锋锷。民安在?填沟壑。
叹江山如故,千村寥落。
何日请缨提锐旅,一鞭直渡清河洛。
却归来、再续汉阳游,骑黄鹤。

千年名楼,千首诗词,但多是写景状物,发一己之私情幽情悲情,或怅然嗟叹愁思缠绵,而只有岳飞眼中无楼、心中有忧。这首词同他的《满江红·怒发冲冠》一样慷慨悲歌、深切忧思,两首《满江红》,一腔爱国血情。如果说"怒发冲冠"是仰天长啸,"登黄鹤楼有感"则是蹙眉低吟。一样地悲壮豪迈,一样地气吞山河,一样地忧国忧民,立意高远宏阔,家国情怀彰然,令所有吟咏黄鹤楼的诗词黯然失色。

黄鹤楼上诗千丛,不及岳飞《满江红》。

武昌古城,对岳飞来说具有典型的转折意义,他从这里走向辉煌,也从这里走向苦难,走向人生的终点——公元1141年四月岳飞被解除湖北路宣抚使的职务后赴临安,十月被诬告谋反,投入大理寺狱。岳飞驻守武昌七年里,先后被特封为武昌县开国子、武昌郡开国侯、武昌郡开国公,岳飞帅府就设在武昌司门口。公元1163年,即岳飞被害21年之后,宋孝宗赵昚迫于压力为岳飞平反,武昌的老百姓最早为岳飞建庙。乾道六年,即公元1170年,湖北转运司赵彦博上书孝宗皇帝,请求在今武昌大东门外为岳飞建庙,孝宗皇帝亲书"忠烈庙"为匾额,并拨建庙专款。宋朝皇帝在复岳飞为少保、武胜定国军节度使、武昌郡开国公,赠太师后,又追谥武穆,追封鄂王。湖北的老百姓深深地惦记岳飞这位矢志抗金,战功位列南宋"中兴四将"之首的忠臣战将,今天武昌城的岳家嘴、忠孝门、岳飞街、报国巷、报国寺、报国庵、洪山岳松等几百处纪念地和遗址,以及民间流传着的大量传说故事,都表明了人们对岳飞的崇敬与赞誉。今天的黄鹤楼,巍峨雄伟,楼前立着一尊岳飞的铜像,只见他勒马北望,忧思萦心。基座上是他的手迹:还我河山!

有着文化地标性质的黄鹤楼,从浩若烟海的历史人物中选择了岳飞来镇楼,不能不说是慧眼独具。

黄鹤楼是岳飞的。

剑胆琴心

岳飞戎装雕塑

岳飞是一位舞刀挥枪、意气风发的武将，也是一位舞文弄墨、豪情万丈的文人。他出身贫寒，却勤耕好读，刻苦用功，"涉猎经史"，"书传无所不读，尤好《左氏春秋》及《孙吴兵法》"，读书时"拾薪为烛，诵习达旦"；他学有所用，懂文法、习礼法、研兵法、立军法，自成系统，均有建树；他喜好诗词，留下不少文采飞扬的题壁、题记、题跋、表奏、诗文；他亲近文儒，有儒风雅趣，每有宾客相聚，必"礼贤至恭""商论古今"；他爱好书法，尤其崇尚苏轼的字体，"垂意文艺"而且"笔妙墨精"。文为心声，字表心意，我们可以通过岳飞的文与字，管窥他的博大、伟岸与高尚。

——读岳飞的文字，让你知道有一种情怀叫敢于担当。岳飞身处两宋之际，时值国家危急存亡之秋，羸弱朝廷、昏惑君王、弄权奸佞，宋朝危如累卵。以弱事强、割地纳币、称臣叫父，犹抱薪救火，和约换来的是不断扩大的战争和战争的成本，岁币反倒支撑了侵略者的经济，换得的是变本加厉的贪婪和永无休止的耻辱。疾风知劲草，板荡识诚臣，时代呼唤敢于担当的猛士。岳飞说，以身许国，何事不敢为？岳飞的政治志向、战略思考、战术谋略、治军原则、文化情怀、为人品格，充满舍我其谁、敢当大任的责任感、使命感和家国情怀，从他的诗文中可以管窥。他留给后世最著名的诗文，莫过于《满江红·怒发冲冠》，"三十功名尘与土，八千里路云和月"，让人感受到一种超越自我、跨越时空、逾越沟壑、飞越关山的豪迈、悲壮与炽热。"靖康耻，犹未雪；臣子恨，何时灭"是悲愤更是决心，是遗恨更是志气；"莫等闲""空悲切"是低声自叹，更是警世恒言。"驾长车，踏破贺兰山缺"，"待从头、收拾旧山河，朝天阙"，这是何等豪迈的英雄主义气概和浪漫主义情怀。有人说岳飞在乎"功名"，此言不虚，他的确在乎名声，说过"要使后世书策中知有岳飞之名，与关（羽）、张（飞）辈功烈相仿佛耳""勒功金石"，但岳飞追求的是为国立功、为朝廷立业，这种建功留名的志向是一种伟大的情怀。《归赴行在过上竺寺偶题》里的一句"恢复山河日，捐躯分亦甘"，是岳飞激昂人生交响曲最嘹亮的音符。

高亢可以表达情怀，低沉同样是情怀的表达。岳飞另有一首

《满江红·登黄鹤楼有感》为世人少知,"遥望中原,荒烟外、许多城郭""兵安在?膏锋锷。民安在?填沟壑。叹江山如故,千村寥落",两问一叹,如歌低唱,如诉轻缓,其心之切、情之深,长使英雄泪满襟。"十年之力,废于一旦",理想不展,国难未已,岳飞想报效朝廷与国家却屡屡受到掣肘与羁绊,常有悲凉之气爬上苍凉的额,暮气渐显,华发早生。岳飞应该是少白头、愁白头吧,要不为什么那么在意自己的白发呢?"无心买酒谒青春,对镜空嗟白发新","莫等闲、白了少年头","白首为功名",顾影自怜,扪心自问,岳飞有一种只争朝夕、时不我待的紧迫感和忧患感。奉命去南方平定土匪流寇,不愿意打内战的岳飞心里想的还是北伐中原驱逐金兵,所以在《题骠马冈》里轻声探问:"南服只今歼小丑,北辕何日返神州?"岳飞的《小重山·昨夜寒蛩不住鸣》是一首经典的低回曲,"昨夜寒蛩不住鸣。惊回千里梦,已三更。起来独自绕阶行。人悄悄,帘外月胧明",收复中原的壮志未酬,振兴大宋的雄心不已,醉不成欢,夜不能寐,在月下阶前绕行吟咏,当然只能是低声沉吟。逐字逐句地咀嚼岳飞的《小重山》,像品赏德国音乐家巴赫的小提琴曲《G弦上的咏叹调》,在低音区感受到那沉郁的旋律,读到宋夜的寒冷和宋朝的苍凉,更能体测到岳飞内心深蕴的温度。当然,也能听得到半拍惆怅的颤音,"知音少,弦断有谁听"。激越是一种情怀,低缓也是一种情怀;沉郁是一种情怀,惆怅也是一种情怀。两首《满江红》,如仰天长嘶;一首《小重山》,如俯首低鸣,一样的耿耿真情,一样的千千心结,一样的悠悠宋歌。岳飞彼时彼刻的咏叹,表达的是九百年前宋朝的情怀、宋朝的情调、宋朝的情感,是在辽、金、元三朝阴云覆围下,一支忧伤而优美了320年的长歌。

——读岳飞的文字,让你知道有一种力量叫力透纸背。《满江红·登黄鹤楼有感》里"何日请缨提锐旅,一鞭直渡清河洛",像一声长啸穿云破雾,如一记醒鞭裂空炸响。读《寄浮图慧海》里的"男儿立志扶王室","功业要刊燕石上",能感觉到一股理想与信念的力量、正气与志气的力量正吱吱地生长,直冲霄汉。《题青泥市寺壁》里"雄气堂堂贯斗牛,誓将直节报君仇。斩除顽恶还车驾,不问登坛万户侯",古代题壁多是即兴之作,天然去雕饰,但岳飞这一"雄"一"贯",一"誓"一"报",一"斩"一"还",用词讲究,有排山倒海、惊天动地之力。如此豪迈坦荡之作,岂是躲在犄角旮旯里的龌龊宵小所能抒发的?从《送紫岩张先生北伐》里的"号令风霆迅,天声动地陬。长驱渡河洛,直捣向燕幽",似乎能听得到岳飞指挥第一次北伐时的山呼海啸、万钧雷霆。中国历史上文韬武略功成名就的战将,甚至为君为王者大有其人,如刘邦、项羽、曹操、周公瑾、辛弃疾等,他们立马赋诗而不矫情做作,居功得意但不自傲自满,豪迈雄浑之气充实了中华民族的精气神。与他们相比,岳飞无刘邦《大风歌》之王气与张狂,无项羽之霸气与悲凉,无曹操之意气与骄横,无周公瑾之骄气与轻放,无辛弃疾之凉气与愁意,只留一腔热血、半卷清诗在人间。岳飞的字、文师法苏轼,诗词尤受苏轼豪放风格的影响,用词之雄浑,气势之豪迈,少有人能与之匹敌。征途迢遥乱云飞渡,使命在肩意气在胸,因此岳飞的诗词比苏轼的诗词更加激烈和深沉,更有厚度和力量,有万千之风月但无妩媚之风骚,有青春之风采但无少年之轻狂。芊芊宋词,苍苍蒹葭,因受晚唐五代诗词的影响而显得婉约、绮丽有余,幸亏有了范仲淹、欧阳修、辛弃疾、苏轼、陆游、岳飞,他们以刚健遒劲之力拯救宋词于淫词艳语之中,构筑了宋代文学的筋骨。提笔如挥戈,句句如枪,字字像刀,岳飞的诗文成就了宋词的阳刚风骨。

不光诗文,岳飞的书法也堪称经典。笔舞豪气,墨洒热血,字为心之声,看岳飞书写的《与通判书》、诸葛亮前后《出师表》、"还我河山"等墨宝,是墨迹更是心迹。《出师表》是一面镜子,岳飞路

岳飞书法"还我河山"石刻

过武侯祠,夜读《出师表》,在烛光壁影间与诸葛亮那跨越千年的忠肝义胆互相映照,不禁"泪下如雨","挥涕走笔",用若锥之毫锋书之,墨祭忠贤。岳飞笔法纵逸,跌宕起伏:或如风卷残云、劲草

狂舞，或如刀劈剑指、战马狂奔；严密处刀枪不入，疏朗时月隐人稀；如椽之笔踏石留印、落铁有痕，苏风颜骨凛凛然、铮铮然。文天祥称赞岳飞书法："云鹤游天，群鸿戏海……谁能及之？"岳飞虽然纵笔率性、信马由缰，却收放有力、神凝气聚，有一种直达心底的力量。鉴史思今，我们不难感悟两位先贤的思想魅力、人格魅力和艺术魅力。诸葛亮的文、岳飞的字，成就了千古之精品、旷世之经典，成为宋代文化成就的一个标志、一个高峰。宋代是中国文化的一个鼎盛期，宋代书法承唐继晋，意趣盎然，蔡襄、苏轼、黄庭坚、米芾"四大家"各领风骚；宋徽宗赵佶的"瘦金体"独树一帜，运笔灵动，风姿绰约；宋高宗赵构的《赐岳飞书》妍媚多姿，清和俊秀，亦为精品。细细品味会发觉，这些传世之作有文人自醉悠然自得之感，有谨言慎行抱残守缺之虞，没有岳飞书法的剑拔弩张之力、金戈铁马之势、慷慨激昂之气。陷害岳飞的奸贼秦桧也是书法名家，效法米、蔡，抄录了《楞严经》中的偈颂，但与岳飞书法相比，器宇逼仄，伪饰矫情，毫无坦荡之胸怀。文如其人，字如其心，岳飞的英雄气概见于文，大将风度形于字，赫赫武功成其英名，灼灼雄文成其风采。一国之难，寸心难支，只手难撑，岳飞的文字是纸上的刀枪心上的箭，只为护卫大宋的江山社稷。透过岳飞的文字，你能体感到那穿越九百年时空的国之殇、心之痛。

——读岳飞的文字，让你知道有一种高度叫高山仰止。岳飞的诗文彰显着一种高远、高深、高大。他诗词留存不多，表奏、书文若干，但字里行间回荡着忠君、报国、为民之志。从小父亲教他要做爱国忠臣的义士；投军时母亲在他背上刺了"尽忠报国"；他拜射箭高手周同为师，能左右开弓、箭无虚发……他的满腔志向、一身武功只为保家卫国。捧读他24岁时为反对朝廷权臣准备弃国南逃而给宋高宗赵构的建言书，"陛下已登大宝，社稷有主，已足伐敌之谋，而勤王之师日集，彼方谓吾素弱，宜乘其怠击之"，"愿陛下乘敌穴未固，亲率六军北渡，则将士作气，中原可复"，文章准确分析形势，提出建议对策，其价值不亚于南阳诸葛的《隆中对》。公元1136年，岳飞准备迎战金人扶持的伪齐傀儡政权刘豫三十万大军的进攻。他发出战斗檄文，历数刘豫作为朝廷叛将、民族败类、人民罪人，甘为鹰犬的行径，"乃敢背弃父君……甘事腥膻……想其面目，何以临人？……挂今日之逆党，连千载之恶名，顺逆二途，早宜择处"，铿锵有力，充满正义的力量和坚决的斗志。公元1139年，宋、金达成和议，宋朝对金朝俯首称臣、缴金进贡，宋高宗赵构特地给韩世忠、张俊、岳飞三大统帅加官进爵给予安抚。岳飞接到诏书，愤然挥笔写下《谢讲和赦表》，"窃以娄敬献言于汉帝，魏绛发策于晋公，皆盟墨未干，顾口血犹在，俄驱南牧之马，旋兴北伐之师"，痛心疾首地指出前车之鉴历历在目，誓言"唾手燕云，终欲复仇而报国；誓心天地，当令稽颡以称藩"，其报国之心、复兴之志，日月可鉴。岳飞39年的人生，像一部交响乐，它始终回旋着两个鲜明的主题，一个是忠君爱国，一个是护国爱民。它按岳飞的人生阶段分为四个乐章：第一乐章是四次投军、初战即胜的丰富经历，第二乐章是首次北伐、收复襄阳六州的辉煌战绩，第三乐章是转战江淮、护卫皇帝、收复建康、剿匪平寇的宏大场面，第四乐章是第四次北伐十年功废、班师回兵、遭陷入狱、千古奇冤的悲怆结局。

其中当然还穿插着如歌的行板、抒情的奏鸣、轻快的舞曲和回旋的主题，都是岳飞多彩人生、高洁志趣的写照。一部"岳飞交响乐"，是一曲思想深刻、气势恢宏，反抗侵略、爱国爱民的壮歌。捧读岳飞遗文诗词，《送紫岩张先生北伐》《题池州翠微亭》《满江红·怒发冲冠》《登黄鹤楼有感》《小重山》《归赴行在过上竺寺偶题》《题翠岩寺》《寄浮图慧海》《题青泥市寺壁》《过张溪赠张完》《广德军金沙寺壁题记》《题鄱阳龙居寺》《题零都华严寺》等连而无痕、断而无缝，按主题或时序连缀成册，便是一部壮丽的"岳飞史诗"。"男儿立志扶王室，圣主专师灭虏酋""立奇功，殄丑虏，复三关，迎二圣""宋朝再振，中国安强""行复三关迎二圣，金酋席卷尽擒归"，是为皇帝、为王朝而谋；"将士作气，中原可复""经年尘土满征衣""收拾旧山河""恢复山河日，捐躯分亦甘""归来报名主，恢复旧神州"，是为国家而战；"我来嘱龙语，为雨济民忧""叹江山如故，千村寥落"，是为人民而忧，站位高远，视野广阔，格局宏大。这些作品没有儿女情长百媚千娇，没有局促狭小一己小我。宋代诗词少了岳诗则削其高，缺了岳词则减其雄。岳飞所有的文字，透射出崇高的国家观、民族观、人民观，构成他思想的高度。

岳飞的诗文体现着一种高洁、高贵、高尚。"满江红"词牌既出，填词无数，但大多为赋新词强说愁，故作激昂无底气，只有岳飞的词如金玉振声，气韵齐天，清远永久。夜读《小重山》，似英雄梦断、知音难觅，你能在凄凉处听见一位悲剧英雄诞生前夜的寂寞，一位末路勇士困顿惆怅的独白。静心倾听，你能感受到似小提琴独奏在G弦低音区的深沉浑厚和E弦高音区的纯净质感。岳飞有一个洁净的灵魂,"文臣不爱钱,武臣不惜死",除了报国,别无他图;"敌未灭,何以家为""誓期尽瘁,不知有家",只图故国山河、王朝中兴、百姓安宁;岳飞有一颗美好的心灵,"花围千朵锦,柳捻万株金""偶看菜叶随流水,知有茅茨在翠微""轻阴弄晴日,秀色隐空山""潭水寒生月,松风夜带秋",天人感应,触景生情。一行字一道景,一首诗一幅画,文字的美丽折射心灵的美好,岳飞通过妙笔美文营造高洁意境,抒发着对自然的钟爱,对祖国大好河山的挚爱,也表达了高尚的人生境界;岳飞有一种高贵的精神,他不图虚名、不贪浮财、不享清福,保持了洁净的灵魂、美好的心灵、高贵的品格、高尚的情操。与其他抗金名将如韩世忠、杨沂中、张俊、刘光世、吴玠等相比,岳飞没有居功自傲、拥兵自重、功高震主,没有大建豪宅、倒卖商品、贪婪无度,没有玉堂金马、妖妻艳妾、骄奢淫逸;他享受着淡泊清廉、谈笑有鸿儒的生活,不贪锱铢之利,几无家财可言;他把皇帝给予的战功厚赏分给了将士,千金散尽,有功同享。宋高宗赵构小看了岳飞,以为岳飞会贪图个人功名利禄,便提出想在临安为岳飞建造官府,被岳飞婉拒:"北虏未灭,臣何以家为?"没有小我,不计小家,举家移居九江,"仅有田数顷",还是按官爵受封的,"家无余财,衣不完采";面对查抄岳飞家财的清单,连秦桧都不相信有如此清廉之人,亲自刑讯逼供岳家的吏仆,查办的官员也不得不"恻然叹其贫"。如此廉官,在朝廷昏聩、贪腐盛行的南宋,确实罕见。岳飞义正性刚不趋炎附势,一身正气不搞歪门邪道,不在昏暗的朝廷和投降派高层中寻求政治"靠山""背景""后台"、搞团团伙伙;不苟且偷安、蝇营狗苟,以一己之正气，如贯世之长虹，用十足的正能量，激发了那个时代的本质和主流，点燃了风雨南宋那飘摇的夜灯。他重义守信、重情报恩，对有知遇之恩、教育之恩、提携之恩、护佑之恩的，相援之谊的、投奔之情的、拥戴之意的，点滴在心，涌泉相报。知岳飞者无不以心相许，随岳飞者莫不以力相拼。战斗力强大的岳家军靠的不是精良装备、不是富足粮草，而是上下同欲、官兵一心，是上行下效、生死相报！这就是高贵的力量。

岳高小重山，飞血满江红。几千年来，中华诗词浩如烟海，文化高峰雄奇魁伟，岳飞是其中一座挺拔高昂的巅峰。文如战马，笔似刀枪，岳飞也是一位风骨凛然的文化战将。

关于问号的问号

几百年来，岳飞的英名、岳飞的故事家喻户晓，广为流传，岳飞作为封建王朝忠臣良将的形象，作为抗金英雄的形象，矗立在人们的心中。每遇外侮，中华儿女必以岳飞精神为志、为帜，奋起抗争，拯救国家于危难。

岳飞，是中华民族的良心。

岳飞的形象，在他当时的社会，几乎是没有争议的。

但是近代以来出现了一些关于他的争议、争论、质疑，甚至非议、诋毁。梳理一下，大致包括以下问题：

关于岳飞的历史功绩——他的战功有没有那么大？是不是他

的后人造假?他对南宋初年的贡献有那么重要吗?是不是"在南宋的地位也不高,因为他生时太不显眼。当然除了他经常被皇帝骂和升官快"?他是不是军阀,有没有拥兵自重?是不是功高震主?"朱仙镇大捷"是否存在?岳飞洞庭湖平定杨么等军事行动是剿匪还是镇压农民起义,有没有正义性?史传和野史对一些战役时间、地点、线路的描述是不是真实的?岳飞有没有抗命违旨、见死不救的行为?岳飞是不是真的没有吃过败仗?岳飞是忠君还是为民,是愚忠还是抗君?岳飞是为国家利益一战还是为个人功名而战?等等。

关于岳飞的诗词书法——《满江红·怒发冲冠》是不是岳飞所写?词中的是磁州"贺兰山"还是宁夏"贺兰山"?是实指还是泛

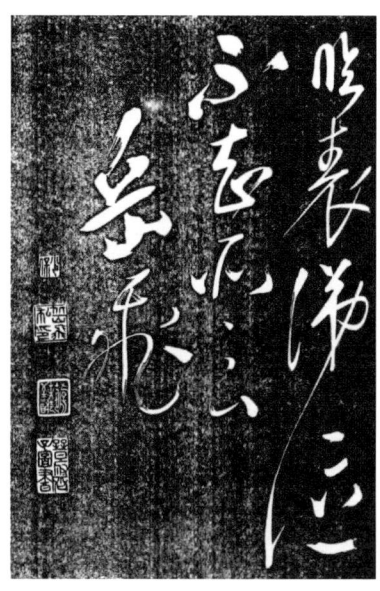

《前出师表》拓片(局部)

指?"三十功名"何所指?《满江红·登黄鹤楼有感》是不是存在?《满江红》与《小重山》是不是同一人所作,为什么风格迥异?前后《出师表》书法作品是岳飞真迹还是伪托?岳飞的一些诗词作品为什么在《金佗稡编》《鄂王家集》中没有收录?

关于岳飞的史料——岳珂编辑整理的《金佗稡编》中是不是有夸大的成分?《鄂王行实编年》值不值得相信?元人编写的《宋史》是不是"瞎说"?岳珂在整理史料中是否存在刻意为宋高宗赵构开脱的现象?岳珂回避是宋高宗赵构指使杀害岳飞这一事实的目的何在?有关岳飞的官方史料和有利于岳飞的资料,有多少被掌管国史编纂工作的秦桧,以及主持南宋国史编年体日历和实录的史官、秦桧之子秦熺所销毁或篡改?

关于岳飞的身世家事——岳飞的父亲岳和是在岳飞多大的时候去世的?岳飞是"幼失所怙"还是从军后离队奔父丧?岳飞真的从小乐施好善、仗义助人吗?他年少时是不是真的喜读《左氏春秋》和《孙吴兵法》?有没有受到良好的教育,有没有机会练得一手好字?他真的去周同墓前凭吊谢恩了吗?岳飞前妻刘氏是否"改适"过他人?岳云是岳飞的亲子还是养子?张宪是不是岳飞的女婿?

关于对历史的评价——宋、金和议是不是必需?宋、金之间的战争是阶级斗争还是民族战争?秦桧是不是金人卧底的奸细?秦桧是不是被冤枉,是不是南宋的有功之臣?岳飞是被赵构还是秦桧所杀?赵构不愿收复中原、迎回二圣的原因是什么?为岳飞平反的真正目的何在?

仁者见仁,智者见智,争议是正常现象,本身不是坏事。真相往往在争议中现身,真理常常在明辨中展露。争议是一种历史现象,更是一种文化现象。有关岳飞的这些争议,我无意纠缠于某些细节,但我想从三个方面谈谈一孔之见。一是关于对岳飞生平及经历的争议,二是关于对岳飞诗文的质疑,三是关于对岳飞事功的评价。

——关于岳飞的生平。我们不否认,岳飞生平史料中存在一些有待确证的地方,比方说家庭情况、受教育情况、从小聪慧仗义的故事等,但是,我们不能苛求关于岳飞出生、成长经历的资料完整准确,除了皇子,谁都不可能一出生就载入史册,何况岳飞只是一个普通农民家庭出身的孩子;也不能苛求关于岳飞从军从政经历的资料完整准确,岳飞投身战斗之初并没有想过身后之事、后世的评判而让人记录自己的经历以备查,何况是在戎马倥偬、南征北战的岁月,兵燹连年、疮痍遍地的两宋之际,更何况秦桧冤杀岳飞之后又疯狂破坏相关文字资料,令主战派噤若寒蝉。

岳飞的幼年、少年时期是否受过良好教育?这是岳飞生平中的一个重要问号,因为岳飞是否读过书、习过字,直接关系到有人对他创作诗词和书法能力的质疑。这种疑虑是可以理解的,但用历史的眼光回看900多年前岳飞生长的时代,这种担心不一定站得住脚。宋代是中国古代的一个文化高峰和教育的鼎盛时期,教育事业发达的程度超过汉唐。立宋之初,宋太祖号令天下"取士不论家世",打破了教育的门阀士族等级制度,惠及广大,泽被后世,使教育呈现出大众化趋势,寒门学子、平民子弟有了受教育的机会;科举制度完善,教育机构众多,管理制度严密,国家还专设"学田"以保证办学经费。宋朝官学发达,私学也十分兴盛,一些官场失意的官员或知识分子转向教育，利用唐末五代十国留下的书院旧址，或者在山林僻静处创立馆舍学墅，广招学徒，传道授业，私塾、义学、家塾、乡校、蒙馆、书院等遍布城乡，乡村教育和童蒙教育尤为发达。公元1102年，即崇宁元年，也就是岳飞出生的前一年，大宋朝廷下令"天下州县并置学……县置小学"，公立小学很快在全国普及。岳飞的家乡是相州（今河南安阳），神话传说中的"大禹治水"、商朝"周文王拘羑里而演周易"、商朝"妇好请缨"、战国"苏秦拜相"、战国"西门豹治邺"、战国神医扁鹊之墓庙等，或发生或坐落在境内，历史悠久，文化积淀深厚。岳飞究竟受过怎样的教育，现无从考证，但从他的父亲岳和、母亲姚氏对他的教育，尤其是岳母刺字、命他从军矢志报国的故事来看，他的父母对他有文武兼有、忠孝两全和儒家思想忠义观的教育，还安排岳飞拜武功高手周同为师。少年岳飞就练成了一位大力猛士，臂力过人，能挽三百宋斤铁弓、腰弩八石，惯使枪、刀、锏、箭术均无人能敌，有"一县无敌"之誉。岳飞一边勤练武功，一边勤奋读书，"家贫力学""天资敏悟强记，书传无所不读"，"达旦不寐，家贫不常得烛，昼拾枯薪以自给"。所以一些人断定岳飞家境贫寒，一定没有受过教育、没有文化，没研究过兵书，写不出诗词、不会书法的言论，是毫无根据的。岳飞是力大过人、武艺高强，但武人不一定是粗人，以此质疑他的文学艺术修养和成就，是一种偏见与臆想。

——关于岳飞诗、文、字的一些争论。我不想纠缠于细节，只想表明自己的态度——敬畏历史。有人质疑岳飞两首《满江红》词作、前后《出师表》书法作品是否为他本人所写，但搜罗的证据浮光掠影、底气不足。有人质疑《满江红·怒发冲冠》不同版本之间的文字差异,这可能是史实,但在数百年前靠手抄和雕版印刷传播的时代,许多传世之作都难免文字之差谬,这也是史实,所以我认为不必过度在意。捧读这两首《满江红》,试问,彼时彼刻,彼情彼景,有谁能怀如此之气魄、抒如此之大气?遍寻朝野,无人堪比。对前后《出师表》书法作品的质疑,我认为至今仍然缺乏有力的史据。凝视岳飞的书法作品,能感受到一种慑人的力量。字可摹但气不可贯,形能仿但神无以备。既不能证其伪,为什么要否其真?不能以"来历不明""查无此地""可能系伪托"来对历史做有虞推定。即使真有人模仿其笔墨、假托其英名,也反证了岳飞的价值。中国历史上有哪一个奸佞国贼贪官的字文能受如此之追捧?无据推论、猜疑、臆想并不是科学的态度,以讹传讹、标新立异、哗众取宠也不是严肃的历史观,宁信其无、不信其有是一种文化自卑与自虐。

——关于对岳飞事功的评价。岳飞指挥的一些战斗堪称战史经典,前文已有所述。还有一些战役史料不全,或者宋人、金人基于立场的不同而记载、评价不同,但综合文献资料不难察其全貌。比如,《宋史》记载,公元 1140 年金兀术破坏和议,率兵攻宋,在顺昌(今安徽阜阳)被宋军刘锜打败,随后韩世忠、张俊、岳飞三大宋军统帅联合进攻,把战线从淮河沿线推到黄淮之间,其中岳飞取得的胜利最为辉煌。这是宋、金之间最全面、最宏大的一场战争,也是最显岳飞军事才能和实力的一场战役,宋、金人各有记录,但详略不同,一向讳言失败的金兵统帅金兀术更是以飞白之笔寥寥几语记之,但由元朝宫廷编纂的《宋史》的记载则比较丰富。《宋史》

是公元 1343—1345 年元朝史官脱脱所修，500 万字之巨，是官修史书中规模最大、距宋朝时间最近的一部。《宋史·岳飞传》对岳飞进行了较为客观、翔实的记载，但是仍然有人否定《宋史》，贬低《宋史》中岳飞的战功。有人无视宋高宗赵构多次对岳飞的褒奖、诏书、信函等，无视岳飞收复襄阳六州、血战郾城、收复建康等史实，淡化、矮化岳飞。有人借口宋朝官方档案中关于岳飞的记载不多、不全、不突出，进而否定岳飞的历史地位，也是没有道理的。

岳飞的战功不光表现在抗金作战上，也表现在安定南宋内部上。战争是经济社会发展最大的敌人，缘起于北宋、加剧于南宋的连年战乱，加重了宋朝的经济负担，朝廷只好通过加大赋税来为战争买单，但横征暴敛必定激起人民的反抗，加之一些贪官污吏乘机搜刮民脂民膏，不可避免地逼民为盗，有的甚至引发大规模的农民起义。南宋政权视盗匪流寇如心腹之患，恐惧农民起义甚于金人的虎豹之忧，所以抗金形势一有转机，宋高宗赵构立即调刘光世、韩世忠、张俊、岳飞等大将剿匪。公元 1130 年，曾面对金人不敢出兵的刘光世却疯狂围剿信州（今江西上饶）农民起义，二十万人被杀光；抗金主力韩世忠血腥镇压建州（今福建建瓯）农民起义，十万人被杀光。作为朝廷命官和封建政权的维护者，岳飞也会身不由己地参加此类军事行动。公元 1133 年 7 月，岳飞奉命率两万多兵力抵达虔（今江西赣州）、吉（今江西吉安），经过多场激烈战斗，数万起义军被岳飞打败，光俘获人员就有两万之多，岳飞从马背上生擒了起义军首领，起义军余部逃往山区，岳飞命令全军"毋杀一人"，归顺的不少起义军精锐勇士，后来成为岳家军主力。当胜券在握时，宋高宗赵构传令岳飞血洗虔城，爱民惜民的岳飞坚拒不从，屡次上书抗旨，避免了屠城之灾，保护了无辜民众。为此，赣州民众在自己家中悬挂岳飞画像以示感恩，几年后岳飞被陷害致死，当地人民设忌日悼念他。因为剿匪有功，岳飞被宋高宗赵构召见。高宗当众褒奖岳飞的义举，赐予金线战袍、金带、手刀、银缠枪，还特授一面高宗手书的"精忠岳飞"战旗。这是当时的最高嘉奖之一，足以说明岳飞的功绩和他不可替代的作用。

史记资料的残缺是完全可以理解的，岳飞遭陷害，被秦桧抄家，家存文牍被没收，赵构写给岳飞的全部"御笔""手诏"被抄走；宫中文书被检审封存，"奏议文字同遭毁弃"；散落于坊间的文字不敢面世。岳飞死后，赵构活了45年、秦桧活了13年，历史显然是由活人写的。由于秦桧、秦熺父子篡改历史、销毁史料，抹杀岳飞的功绩，致使关于岳飞的文献资料失真或遗失，这是完全可能的。如岳飞获得清水亭大战、牛头山伏击战的胜利，但南宋官方史料只字未提，显然是因为人为删改。宋高宗赵构在世，时人对官史中存在的明显错谬和有意篡改不敢声张。

等到岳飞被杀20年后平反时发还文稿，"其佚篇盖不可殚数""散佚不知几何"。可以想见，担任史官的秦桧之子，一定会将有利于岳飞的资料搜刮一空焚之一炬，历史就留下如此这般的空白、谜团。因此，强求关于岳飞的文史资料的完整性，是吹毛求疵，不是实事求是的态度。我们只能从林荫渗漏的些许光斑来寻找昔日太阳的光芒，但从这些存留足以看到岳飞的伟岸和崇高了。好在历史不完全是宫廷描摹的，几百年来人们对岳飞的高评告诉我们，历史是由人民写的，也是人心写的。

关于岳飞的政治地位，我们还可以从另外一个角度进行考察，即几任皇帝对岳飞的态度。宋高宗赵构对岳飞是爱恨有加、喜怵兼有，自不必说了。绍兴三十二年（公元1162年）五月，也就是岳飞被杀害20年后，南宋第二任皇帝宋孝宗，也就是岳飞曾经在宫廷见过一面并彼此留下好感，岳飞力举立之为储的赵昚登基，即以宋高宗赵构的名义下诏，"追复岳飞原官，以礼改葬，访求其后，特与录用"，随后又追复岳飞"少保、武胜定国军节度使、武昌郡开国公"，享受"食邑六千一百户、食实封二千六百户"的待遇。宋孝宗还悄悄地说了一句公道话："天下共知其冤。"当时宋高宗赵构尚健在，以高宗之名下诏也算是表明他对昔日旧臣的态度。公元1178年，即淳熙五年，宋孝宗正式宣布岳飞谥号为"武穆"。公元1189年，即淳熙十六年，南宋第三任皇帝宋光宗赵惇继位，这位最惧内的皇帝只在位5年，但这期间岳飞之子岳霖、之孙岳珂搜集了大量官方和民间留存的资料；公元1194年，即绍熙五年，南宋第四任皇帝宋宁宗赵扩继位，公元1203年，即嘉泰三年，岳珂遵父命将父子二人历经几十年搜集、编撰的包括"高宗皇帝御笔手诏"和《吁天辨诬》在内的证据文献进献朝廷。公元1204年，即嘉泰四年，赵扩追封岳飞为鄂王，削去秦桧死后所封的申王，改谥"谬丑"，并下诏追究秦桧误国之罪。公元1225年，即宝庆元年，南宋第五位皇帝宋理宗赵昀，就岳飞一案颁布《赐谥告词》："夫何权臣，力主和议，未究凌烟之伟绩，先罹偃月之阴谋。"这是大宋朝廷第一次公开指出岳飞冤死是因为权臣和议所致，并下诏"可依前故太师、追封鄂王，特与赐谥忠武"。从"武穆"到"忠武"，这是有宋一代朝廷对岳飞的最高评价和最终结论。从以上叙述可以看出，大宋朝廷先后有五位皇帝是支持为岳飞平反昭雪，并有直接或间接行动的，包括在位时加害岳飞，但退位后有所悔悟的宋高宗，这足以说明岳飞的政治地位。古往今来，有哪一个人物享受过如此高的政治待遇？那些企图把岳飞贬得没那么重要的言论，显然是站不住脚的。

岳飞的历史地位、政治地位、军事地位、文化地位毋庸置疑、不可篡改。漠视历史，就是践踏祖先。

历史需要捍卫，英雄需要保卫。

中伤岳飞，有昧良心。

掌心里的岳飞

岳飞再有能耐，再能征善战，也不过是宋高宗赵构的掌中之物。是玩物，不是宝物。

岳飞如奔驰疆场的战马，而长长的缰绳一直紧紧地攥在宋高宗赵构的手里。

公元 1130 年，岳飞奉命协助抗金主将韩世忠在长江镇江到建康一带阻击金兀术过江。宋军八千兵力拖住金兵十万之众达 48 天，可谓奇迹。战线拉得很长，战斗异常激烈，几十场仗打下来，金兀术水路被韩世忠堵死，陆路被岳飞围困。在这关键时候，金兵张榜悬赏破宋之策，两个贪利之徒向金人献计。一个汉奸建议凿一条渠道，趁江水涨潮之机舟师绕开宋军，直通长江，但后来被韩世忠发现，火速尾追；另一个败类建议用带火的箭火攻宋船，结果使韩世忠大败。随后，金人对建康城进行了疯狂的报复，全城十七万人逃生者仅有十分之一。在关键时刻，岳飞挥师赶到，斩敌无数，收复了建康，也因此受到宋高宗赵构的嘉奖。韩世忠、岳飞的壮举，成功地阻止了金兵南侵，保护了江南地区的稳定与发展，也迫使金兵无法从海上追击宋高宗赵构，使南宋政权度过了最大的危机。

由于收复建康、勤王有功，加之后来威震土贼游寇再立新功，岳飞得到擢升，被任命为通、泰的镇抚使。岳飞以赫赫战绩仅被任命为镇抚使，与被自己镇压收编的游寇土贼官职相当，甚至要与他们共事，他感到委屈，隐隐觉察到朝廷对自己的不信任、不重用，上书欲辞。

公元1134年，金兵与金朝扶持的傀儡政府伪齐联手攻宋，湖北、江西中线一带告急，宋高宗赵构派岳飞兵出江州（九江）北上。这是南宋朝廷被赶到江南以来，宋军的第一次北伐，也是第一次主动出击，因此朝廷高度重视，做出周密部署，以岳飞为主将承担正面进攻任务，韩世忠、刘光世等老将从侧面策应，还派出一支劲旅出兵西线，以阻击援兵。30多岁的岳飞不负朝廷重托、不负军民众望，亲率猛将张宪、徐庆、牛皋、王贵、王万、董先及儿子岳云等人，强攻猛打，一路攻城拔寨势如破竹，只用了不到三个月时间就攻下郢州、随州、襄阳、邓州、唐州、信阳等大片城池，这是南宋立朝七年来首次收复故土获得大捷，这几个月的战斗，使南宋转入军事上的主动，喜讯轰动全国，上下为之振奋。尽管后来金人与傀儡汉奸政府伪齐联手攻宋，但他们宁可绕远路，也不敢靠近岳飞防区与岳家军遭遇。

正是在这一期间，岳飞登上鄂州黄鹤楼，写下著名的《满江红·登黄鹤楼有感》。从文中看出，他没有丝毫的得意与松懈，只有忡忡之忧国忧民的情怀，昭昭之收复中原的壮志，以及深深的隐忧。因为早在岳飞收复襄阳六州的战斗打响之前，宋高宗赵构就担心岳飞动作过猛、激怒金人，就浇了一瓢冷水，降下圣旨：不得出界、不得远追、不得声势过大、不得提出北伐或言收复汴京等等。战事一结束即诏令他屯军鄂州，按兵不动。岳飞的第一次北伐就此打住了。这瓢冷水让他心凉。他尚不知道，赵构还拎了一桶冷水在他的背后跟着。

公元1136年，也是靖康之耻10周年的日子，迫于国内军民抗击金人、收复失地呼声的压力，宋高宗赵构宣布备战第二次北伐，做了打大仗的战役筹谋和兵力部署，命抗金主将韩世忠、刘光世、张俊、岳飞等兵分几路进发。此刻因丧母在江西庐山守制的岳飞本不想出山，皇帝"三诏不起"，但最后仍然以朝廷大事、国家大事为重，墨绖出征，一马当先。尽管东线韩世忠的部队与金兵和伪齐兵的战斗呈胶着状态，张俊也不愿意出兵相救，刘光世屯兵不动，使得岳家军呈孤军深入之势，但岳飞仍率部愈战愈勇，连克陕、豫大片失地，一路凯歌高进、捷报频传。但当岳家军前锋抵达蔡州（今河南汝南），离金人所占领的汴京仅一箭之遥时，宋高宗赵构又浇了一瓢冷水，诏令岳飞立即打道回府，不得越轨。朝廷高官知道皇上意图，停止了对岳家军粮草的供应，岳飞孤军奋战了十七天，终于支撑不住，不得不回兵鄂州。第二次北伐又打住了。岳飞又一次被冷水浇得透心凉。

宋高宗赵构深知岳飞能征善战，故用其军事才能，但也深知他坚定的抗战主张，深忧且恐。他把岳飞放在长江防线，用其忠心与武略来保卫南宋朝廷，但又不提拔到贴近自己的位置，保持一定的距离。

血气方刚的岳飞并不知道，宋高宗赵构想要的不是中原故土，而是皇位稳坐，只是要摆出一个北伐的姿态，一来借以平复国内认为朝廷抗金不力的舆论，二来对金人秀肌肉，以相对优势增加与金人议和的资本。所以，当公元1138年金人提出愿意归还一部分地盘、归还宋高宗赵构的母亲韦氏及宋徽宗的灵柩，但条件是大宋朝廷必须向金朝政府称臣纳贡，成为金国的附庸国时，赵构竟然"喜而不寐"，欣然同意，感恩戴德。赵构、秦桧的卖国行为必然受到南宋朝野、军民的反对，大街小巷群情激昂，到处是反对的浪潮，有识之才撰文痛斥朝廷，"天下者，中国之天下，祖宗之天下……非陛下之天下"，指出赵构、秦桧等人没有权利出卖国家利益、民族利益、人民利益。此时，赵构意识到，要压制国内反对之声，必须打压主战派势力，减少对金作战的胜利，表现求和的诚意；此刻，金人判断出岳飞是最大对手和最强主战实力——岳飞便成了宋朝、金朝敌对双方共同的"眼中钉"。

如何拔掉这颗"眼中钉"？

作为皇帝，赵构是颇费了一番心机的。他权谋阴深，驭人有术，深知韩世忠、吴玠、刘光世、张俊等战将的优长和缺陷，以短制长，对贪功的赏以功名，对贪财的送以重金，对贪色的任其放纵，唯有对岳飞没有制约办法。赵构想在临安为岳飞建造官府稳住他，但被岳飞一句"北虏未灭，臣何以家为"婉拒。

明的不行来阴的，软的不行来硬的，赵构和秦桧绞尽脑汁对付岳飞。

就在一次北伐后不久，皇帝让岳飞到建康护驾，君臣之间有过一次极不愉快的谈话，让岳飞感觉到了一种距离感。赵构显然对岳飞收复中原的建议不感兴趣，只是想试探战将们对议和的想法，正是这次谈话使皇帝清楚地知道，他已不可能改变岳飞抗金的意志了。岳飞则是深感失望，但他并不十分清晰地知道皇帝的真实意图，更不知道皇帝及奸佞权臣准备动手"拔钉子"了。

赵构对岳飞的态度有着深刻而复杂的原因，既有宋朝对金朝政策的因素，也有南宋皇帝对前朝旧皇的态度。

赵构比岳飞小四岁，二人都出生于宋朝第八位皇帝宋徽宗时期，也是宋徽宗任用蔡京、梁师成、李彦、童贯、朱勔、王黼"六贼"乱国之时，被史学家称为北宋王朝最黑暗的时期。朝廷黑暗腐朽无能，内斗激烈手段残酷，少年赵构目睹过许多血腥斗争。成人并被封为康王之后，移居宫外，躲避了一些内斗。后来作为人质，在金营感受过金兵的残暴；被派往金营求和，体会过金人的傲慢。赵构上位之初是有抗金勇气的，但内心深处是怯忄金人的。后来一路狂逃到临安才安顿下一颗狂跳的心。一个"临"字体现了他仅以此为临时避难之处，仍心系东京，挂念旧府，不忘中兴故国的雄心，但一个"安"字也暴露了他安于现状之意。他既不愿意背着对父母见死不救的千古骂名,又不情愿兄长归来、自己不得不让出皇位,所以他始终在"临"与"安"之间摇摆、犹豫、冲突。说到底,赵构想得更多的是自己的皇位是否稳固,而不是江山社稷的安危。他任命抗战主将李纲为相、抗战名臣宗泽为东京留守,是为了守住朝廷,一旦动了南迁的念头,他就不要故土了。他不断地以钱财和割地来换取金兵不再进逼,与奸臣黄潜善、汪伯彦、秦桧勾结,密谋消解抗金力量,甚至敌视、围剿北方人民的抗金斗争,都是为了保皇位、保朝廷而不是为了保国土、保人民。在这样的指导思想下,整个朝廷投降派、乞和派成了大多数,他们只顾眼前利益、自身利益,把握着各种内政大权,决定着各种对外政策。因此,宋高宗赵构对岳飞的态度非常复杂,总是游移不定、变化无端,且疑且用。每遇危难,他必用岳飞。尤其是公元1137年二月,得知父皇宋徽宗在两年前即已被金人迫害致死的消息时,宋高宗恼怒,顿生报仇雪耻之心,他在寝阁召见岳飞,当面委以重任,准备把因临阵怯战的刘光世属下五万兵马交给岳飞统领,命他发起大规模北伐。岳飞信心大增,还上《乞出师札子》,制订恢复中原的宏伟规划。赵构大为欣赏,但没想到受到大臣张浚和秦桧的从中设阻,赵构收回了成命。这一举动表明,他对岳飞是用之有度、有所顾虑的。他既需要依赖岳飞抵御金兵,又害怕岳飞的胜绩激怒金人;既需要倚重岳飞以提高对金人谈判的筹码,又害怕岳飞坐大拥兵自重不听使唤。他深知只有改变代表性人物的立场才能有效影响抗战派的中坚力量,所以他恩威并施,多次通过晋爵加俸、下诏抚慰、褒奖赞美等方式拉拢岳飞,在给岳飞的诸多诏书中用了许多溢美之词,如"卿忠智冠世"等，也采取冷遇疏远、削权、训斥的手段威胁岳飞，甚至暗布杀机，欲除之而后快，企图改变岳飞反对议和的立场，但总不奏效。岳飞是南宋朝廷的一匹战马，但赵构始终把缰绳攥得紧紧的，他已经高度自信，无论岳飞怎么能征善战，都翻不出他这个如来佛的掌心。

聪明而敏感的岳飞也感觉到了宋高宗赵构的态度。富有武功文胆，有着武将豪气又有着文人意气的岳飞，一方面拍马挥刀杀敌，一方面又寄情山水排忧，进则所向披靡、驰骋天下，退则修心养性、独善其身。岳飞是一位能打硬仗、打胜仗的英雄，看到山河破碎，想到自己遭际，既悲且恨，常常在出世与入世之间痛苦地挣扎。他结交高僧隐士，常有隐遁逃逸之意，一曲《满江红》豪情万丈、旷达奔放，一首《小重山》却愁肠百转、婉约悲泣。壮士情、英雄泪、血性与柔肠，使他在矛盾中犹豫、纠结。从小受到的精忠报国、忠君爱民教育，使得他敢于抗击外侮却不愿抗争内辱。在一片反战求和的声浪中，岳飞只能是孤胆英雄、孤独战士，自然受到冷落、孤立、排挤、打击，乃至陷害、迫害、谋害。但是岳飞渐渐学会了忍，忍一时之气，免百日之忧，忍是为了待机而发、复兴中原。

而赵构对岳飞的态度转变愈发明显，从欣赏却不信任、放手却不放心，到用而有度、用而不信，再到后来基本上是疑而不用、欲除之而后快了。

在这样的心境和环境下，岳飞不可能对宋高宗没有怨气。君臣关系裂痕日深，为小人留下了缝隙。中国历史上，不乏这样的例子：大英雄往往败倒在小人之手，你出生入死浴血奋战，他脚下一绊或暗里一刀，就改写了历史。创造历史需要千斤之功，而毁灭历史却只要四两之力。

岳飞一生中遇到过几个小人。

第一个小人是杜充。他本是进士出身，后一路升迁，担任沧州知府、北京大名府留守。此人既志大才疏、刚愎自用，又贪生怕死、欺软怕硬，而且残暴成性。因怀疑沧州城里从燕地迁移来的居民是金人的密探、内应，遂采取屠城政策，无论男女老少一律杀光。为阻击金兵追击，他下令将黄河决口，一下子淹死二十多万老百姓，上千万人沦为难民，淮河地区从此荒芜一片。杜充与岳飞是相州同乡，很欣赏岳飞的才干，把岳飞当作重要部将使用。公元1128年七月，杜充取代去世的宗泽，担任东京留守，这是一个守护京城的重要角色，但杜充嫉贤妒能，与幕僚关系很差，部下经常造反或脱离，有人评价说"宗泽在则盗可使为兵,杜充用则兵皆为盗矣"。军中悍将张用因不满杜充而出现异动，杜充立即调集四路人马围剿张用，岳飞拒命不出，不愿意把刀口对准这位汤阴老乡、昔日同僚，但杜充再三命令岳飞出兵。杜充的进攻遭到张用几十万人的顽强抵抗，三路失利，唯有岳飞一支两千人的队伍奋勇当先。虽然这是一场南宋的内战，但岳飞仍然服从朝命，赴汤蹈火。通过这次战斗，岳飞也发现了杜充的无能、狭隘、怕死。最重要的是，杜充十分惧怕金人，尽量回避与金正面作战。他彻底放弃宗泽当初联合河北民间武装共同抗金的战略，把大片土地拱手送给了金人。后来杜充要放弃开封南逃，岳飞苦谏未果。杜充逃到长江下游，担任建康留守，整日深居简出、歌舞升平、不事防御，岳飞多次泣谏，杜充不听。金兵打过长江，杜充仓皇出逃，最终还是投降了金人。跟随杜充这个小人，让岳飞有一种蒙羞感，但也增强了收复故土舍我其谁的责任感。与杜充的小人品格相比，岳飞的高尚人格受到部将尊崇，在后来招降收编张用夫妇过程中发挥了不战而屈人之兵的作用。

第二个小人，也是岳飞遭遇的最大小人，当然是秦桧。不过我这里不是要评说他与岳飞之间的故事细节，而是想指出，秦桧不光是杀害岳飞的小人，更是南宋朝廷的小人、大宋之国的小人。

宋高宗赵构对金朝的政策，对徽、钦二帝的态度，对收复中原的想法，对主战派人物的真实态度，除了秦桧，天下无人可知。秦桧就是赵构肚子里的蛔虫，阴险狡猾，深谙皇心。他是一个结党营私、党同伐异、专权擅为的丞相，与金人暗通，一而再、再而三促成宋、金之间的和谈，严重损害宋朝国家和民众利益。他深窥宋高宗赵构的心宅，主导了南宋朝廷从主战到求和、从抗金到降金的政策转向。秦桧附和宋高宗赵构，扭曲自己的灵魂，出卖国家的利益，歪曲事实，构陷忠良。他对岳飞一直心存芥蒂和戒备，深恐岳飞获得全胜，"主和"是他的地位所在、生命所系，岳飞胜一仗秦桧忧一分。所以他才会在岳飞北伐战争即将取得全面胜利的关键时刻，借皇帝之命连颁十二道金牌催返岳飞。

中国历史上的许多英雄，不是迎面受敌战死疆场，而是死于背后的暗箭冷枪；不是牺牲在敌人的枪口下，而是倒在自己阵营的屠刀下。岳飞就是这样一位悲剧英雄。身边的小人往往比强大的敌人更可怕。

秦桧不光对岳飞使尽小人之心。被赵构称为"忠谏之臣"、两度为宰相的赵鼎力主抗金，曾说"祖宗之地不可以给人"，还曾竭力向皇上推荐岳飞，认为通晓上游利害的，没有超过岳飞的。秦桧对赵鼎极其妒恨，得势后极力排挤、诬陷赵鼎，并将他发配到海南岛。赵鼎以"白首何归，怅余生之无几；丹心未泯，誓九死以不移"之句明志，最后绝食而死。小人惑君，奸臣祸国。同朝参知政事李光因为当着宋高宗赵构的面反对议和政策，遭到秦桧的疯狂报复，秦桧针对李光大兴文字狱，使李光家族残破不堪。从这个意义上讲，秦桧不仅是坑害岳飞的小人，更是朝廷的小人、国家的祸害。

公元 1140 年，岳飞发起最大规模的一次北伐。为这一天，岳飞等了整整十年！

这一次北伐，并非出自朝廷的宏韬伟略，而是缘自金人挑衅。换一句话说，机会是敌人送上门来的。五月的某一天，金人突然撕毁墨迹未干的和议大规模南侵，女真族势如疾风的骑兵狂卷中原，幸亏从不敢天真的岳飞没有放弃战备，迅速提兵北伐迎敌，掌握了战场主动权。岳飞抵达洛阳，上书朝廷要求前去祭扫、拜谒和修整皇陵，但岳飞奏书中"往观敌衅"四个字再一次引起皇帝警惕，宋高宗赵构出尔反尔地否定了本已同意的圣旨。

郾城、颍昌一战，打得异常残酷，岳飞亲率 21 岁的儿子岳云出战，面对血腥战场阵前教子："如不用命，吾先斩汝矣！"岳云果然不负父命，率背嵬军英勇作战，"人为血人，马为血马"；骁将杨再兴单骑杀入敌阵，欲擒金兀术，遭金兵围攻，身中几十刀仍顽强战斗，几天后再战时陷入金重兵包围，杨再兴和三百壮士全部战死，从他一人身上取出的箭头达两升之多。这次大决战，岳家军以强悍威风震慑并击退了几倍于己的金兵,连不少金兵都主动来投奔,以至于金兀术这位金朝最善用兵的统帅、最强悍的战将都发出了"撼山易,撼岳家军难"的感叹。

但正在这节骨眼儿上,配合岳飞主攻部队的韩世忠部、张俊部、杨沂中部、刘锜部莫名其妙地被朝廷调防,岳飞隐约感觉到有一股来自最高层的政治势力在掣肘。

正面迎敌,岳飞以一当十、所向披靡,然而侧身防奸,却无心也无力。正当岳飞的北伐铁军稳扎稳打步步为营的时候,却频频接到宋高宗赵构不得"逾度"的警告。但兵锋既出,孤军也不能后退,只能勇往直前。

金兀术本畏惧岳飞,但他敏感地从几员大将的撤出发现了端倪,证实了他对宋高宗赵构与岳飞君臣之间存在嫌隙的判断。在岳飞取得节节胜利之时,赵构、秦桧等人的反制日见加重。赵构一怕得罪金人太狠,二怕岳飞功高盖主,三怕金人认输归还宋钦宗。他们合谋使了两招:一是给岳飞画定一个圈,令其不得越出半寸;二是精心设计,将其他主力撤防,拆除犄角,使岳飞成独角之势,孤木难支。这样的结果,很有可能借金人之手灭掉岳飞。如此祸国之君、卖国之臣竟与灭我之敌沆瀣一气,干出了自毁长城的勾当!没有想到岳飞这个独角愈发坚锐、愈发威猛,不败反胜。岳家军孤军深入,形成对金兀术的包围,胜券在握。当前锋直抵东京城前沿的朱仙镇时,宋高宗赵构终于按捺不住了,一连发出十二道金牌,以"过如飞电"的速度紧急诏令岳飞班师回朝。收复中原的梦想顿时幻灭,岳飞痛苦万分,不得不鸣金收兵,他仰天长叹:"十年之力,废于一旦!"长期在金人铁蹄下生活、盼望大宋光复的旧宋百姓得知岳家军要撤回,沿途苦苦哀求挽留,但岳飞不得不含泪告别,相约再来,留下千古遗恨。

此一战,令金人胆战不已,岳飞死后二十年金人还自叹:岳飞不死,大金灭矣。

此刻起,辉煌的北伐黯然落幕,南宋对金的战略进攻就此打住。岳飞也步入了人生最黯淡的底谷,进入人生的落幕时期。

岳飞深处矛盾和痛苦之中。在忠君与爱国二者之间,他毅然选择了忠于国家、以身报国,因而为君所不容。守护江南、保卫临安的功劳越大可能越受重视,但矢志北伐、收复中原的战功越大则越可能遭到宋高宗赵构的猜忌和不满。岳飞是擅长打恶仗的战将,而恶仗往往发生在中原战场。对赵构来说,把金兵赶出江南,让他能偏居一隅睡安稳觉就够了;北伐的辉煌战果就是埋藏在赵构内心深处的地雷,总有爆发的时候。因此,岳飞与赵构的关系从有距离发展到有很深的嫌隙,不是岳飞能控制的,这既是君臣之间的矛盾,更是主战派与乞和派之间的较量,不可调和。岳飞当年的立储建议,也为君臣关系埋下了深深的祸根,武将坐大,军人干政,本是宋朝的忌讳,胆敢对皇室大事发表意见,更是犯上越职篡权。尽管岳飞的立储之议是为了朝廷大计、赵氏长远,却让宋高宗赵构感到了不爽甚至潜在的威胁,他想除掉岳飞了。

皇帝昏聩,奸臣作祟,英雄注定要走上末路。

正在这时,有人递给宋高宗赵构一把刀。

这个人就是金兀术。

金兀术，即完颜宗弼，金太祖完颜阿骨打的第四子，金朝名将、开国功臣，是一位足智多谋的政治家和骁勇善战的军事统帅，对内勇于改革、发展经济，对外统兵打仗、战绩卓著，任左丞相兼侍中、都元帅，掌握金朝军政大权。金兀术多次率兵对宋作战，有勇有谋有胆略，骑射武艺高超、力大过人，惯使斧，在女真人反辽、灭辽过程中起到重要作用，金、辽之间，金、宋之间许多激烈战役和经典战例都与他有关，其中最著名、最惨烈的和尚原之战、仙人关之战、顺昌之战、郾城之战、颍昌之战，宋军的对手都是金兀术。打得最惨烈的郾城一战，就发生在岳飞和他之间。他屠城无数，杀人如麻，对南宋的破坏是摧毁性、灾难性的。他对建康、临安进行过毁灭性扫荡，使这两个古城生灵涂炭。

　　金兀术清楚地知道，自己最大的对手是岳飞。他尽量避开岳家军的锋芒，躲着走、绕着打。但是从南宋初年宋、金之间总的战场局势来看，以金兀术为代表的金朝完颜家族武装集团一直处在强势地位，把战场从东北、华北扩大到江淮、长江中下游和三角洲地区。大宋王朝尽管有刘光世、韩世忠、张俊、岳飞等武将与之抗衡，但整体局势并不利。宋朝地盘步步萎缩，军队节节退让，打不过就拖，拖不过就跑。大宋王朝尽管软弱无力，却有超强的抗打击力，在地域辽阔的中原大地、水草丰美的江南水乡、美丽如画的东南沿海，上演了一场农耕文明对抗游牧文明、充满血腥却也不无狼狈的战争。当时的大宋王朝、大汉民族幸亏有了岳飞等一批英雄，他们用血肉之躯阻击了金兵的铁骑，保护了农耕文明、儒家文明和汉族文明的本质和主流，使金人一直得不到对中原地区和长江流域完全的控制权，使金、宋处在战略对峙状态。对此，金兀术深为忧虑，尤其是郾城、颍昌之战他败给岳飞，还差点儿丢了命，他的女婿夏金乌毙命，令他决心不择手段除掉克星岳飞。

金兀术在对宋谋略中最精彩的一笔，应该是成功地使用离间计除掉了岳飞这个心头之患。他使用的手段主要是两个：一是利用宋高宗赵构急于与他议和的心理，致信后者提出"必杀飞，始可和"，逼南宋朝廷自己下手；二是通过操纵宋朝重臣秦桧，实际执行。

金兀术的这封信，成了宋高宗赵构手里的一把刀，而且来得正是时候。

金兀术的"定点清除""借刀杀人""斩首行动"，不费一兵一卒地除掉了令金兵千军万马闻风丧胆的大宋猛将。后来不少人争论究竟是谁杀害了岳飞，这实际上是没有意义的，杀害岳飞的凶手，少不了赵构，缺不了秦桧，也不能没有金兀术。

赵构和秦桧实施迫害岳飞的过程，显然是经过了长期预谋、精心策划、分步实施的。赵构心底的地雷，一直埋藏到了岳飞第四次北伐即将全胜的时候，宋廷连发十二道金牌终止了岳飞的北伐狂飙。随后，公元1141年二月，宋高宗赵构下诏令岳飞援战淮西；四月二十二日，岳飞接到命令赶到临安；四月二十四日，朝廷任命先后到达临安的韩世忠、张俊为枢密使，岳飞为枢密副使，明升暗降；四月二十七日，朝廷宣布撤销韩世忠、张俊、岳飞的宣抚司机构，把他们帐下官员全部解散。宋高宗赵构以高超的手法，重演了当年宋太祖"杯酒释兵权"的一幕。八月，岳飞父子被投入冤狱。十二月二十九日，朝廷以"莫须有"的罪名将岳飞和他的爱将张宪、爱子岳云一同杀害。

至此,宋高宗赵构攥紧了他的手掌,越捏越紧,像捏死一只蚂蚁一样,结束了岳飞的生命,解除了多年的心头之患。

岳飞的局限

准确地说,岳飞是死在自己手里。

赵构对岳飞是如此态度、如此手段,岳飞难道一直无所察觉?他对皇帝的做法是如何看待、如何作为的呢?

岳飞是存在局限的,有自己的软肋、自己的阿喀琉斯之踵。

——他虽然有气贯长虹之武功,却也有情思缠绵之文心。有"怒发冲冠"的热血,也有"凭栏处"的冷静;有"仰天长啸"的酣畅,也有"空悲切"的惆怅。两相牵扯,条条框框的束缚与羁绊使他既不可能是一个纯粹的纤纤文人,躲进小楼听蛩鸣,也不可能是一个彻底的赳赳武夫,整天渴饮饥餐。精神的高洁与现实的血腥,使他生活在两个决然无法苟合的世界,进退于庙堂与江湖之间,步履迟疑;出入于刀枪与笔墨之间,犹疑踌躇。需要特别指出的是,岳飞是一个武将,却有着政治家的胆识和眼光,有着"垂意文艺""礼贤至恭"的情怀,让有着高深文化修养的宋高宗赵构有所忌惮,这不能不说是赵构日后要除掉他的一个道不得的深层原因。但岳飞就是岳飞,是一个高尚的战士,既迎着前面的刀剑,也不避身后的冷枪。

——他虽然是战场骁雄，却不是官场高手。谙熟兵法却不擅权斗，考虑国家多、顾及皇帝少，考虑朝廷多、琢磨宫廷少，耿直不会迂回，率真不会掩饰，有保家卫国的壮志，没有安身惜命的小心。宋高宗赵构南逃，他冒"越职"之罪直谏，自认为是职责所在，但经过儒家思想熏染的他，忠君之本分始终不忘，抗议是为了朝廷，反对也是为了皇帝。杜充贪生怕死几次逃跑，岳飞不怕触怒上司几次泣谏，甚至闯进内室相劝。会带兵打仗，却不会架设朝廷路桥、拉关系、找靠山、搭后台，没有把打仗的心计用在当官上。

——他虽然秉性耿直清高，却难以脱离现实环境。有着儒家思想教养下形成的传统人格，但也有独立个性、清净志趣。面对皇帝，他敢犯龙颜，刚直不阿；面对奸臣弄权，他不愿意屈躬妥协；面对同僚帮派，他不愿意同流合污。他不屑与宵小邀宠荣，不愿与同行争战功。不愿厮杀于泥淖，对羡慕嫉妒恨一概不觉察，对别人的忌才贪功一律不计较。不在意物质贪图享受，不在乎功名个人恩怨。只瞻前不顾后，更不左顾右盼。有话不藏着掖着，敢直陈胸臆。心底无私，襟怀坦白。成了秀林之木、出头之椽也不顾忌，遭了杀身之祸、灭顶之灾也不屈服。凭良心做人，凭忠心做事，凭本分博名声，凭本事打天下。性情如岳，壁立千仞；志向若飞，扶摇万里。

——他虽然有金戈铁马之壮志，却也有率性无羁之意气。岳飞从文从武豪气冲天，难免意气用事，甚至屡触逆鳞，频犯龙颜。公元1130年，岳飞因收复建康、平定游寇有功，被宋高宗赵构授予通、泰镇抚使之职，尽管这是岳飞人生中的一次重大升迁，但他认为大功小奖、赏不及功，而且还与被他招安的土贼游寇成为同级同职、同事同僚，有一种鱼目混珠、与流寇为伍之感，心中不忿，便上书朝廷坚辞不受，并表示愿以母亲、妻儿为人质，请求让自己领兵北伐。这种情绪性表达多少令一言九鼎的宋高宗赵构有些不爽。岳飞好酒豪饮，酒后失态，醉且失言，受到过皇帝批评。每次北伐，他都按自己的意志和战况行事，不揣摩朝廷的真实意图，想打到哪里就打到哪里，能打到哪里就打到哪里，令不愿意与金人结怨过深的赵构心惊胆跳。在西渡黄河的战役中，他与主将王彦对战法和时机的看法不合，两次意气用事不服指挥，率部另辟战场。公元1137年，得知父皇已被金人害死，宋高宗意欲报仇，想把一向临阵惧敌的大将刘光世的淮西军调拨给岳飞，让岳飞准备北伐，但后来在秦桧、张浚等建议下作罢。岳飞一气之下向朝廷提出辞呈，未经宋高宗批准就擅自回到庐山为母亲守孝，被视为犯上行为。这也为宋高宗日后决意除掉岳飞埋下了种子。因此，南宋的官方判决书罗列岳飞的数条罪状，有"逗留不进""要蹉踏张俊、韩世忠人马"等。冤狱发生后，皇帝已赐死于他，他还不服气，写下"天日昭昭，天日昭昭"八个大字，以示不平。岳飞这些表现，是性情使然、情怀使然、秉性使然。撼岳家军难，撼岳飞更难！

也有人指出，岳飞最大的局限在于他的愚忠，认为他竭力为南宋卖命、维护其昏暗统治是一种历史倒退。对此，我们应该以历史唯物主义观点进行分析。岳飞固然遵从皇帝和朝廷的诏命，因为他是朝廷命官，他的政治抱负和军事目的只能通过皇权来实现，这不是愚忠而是大局观。作为封建专制机器上的一个重要部件，他必须依附于斯才能够施展其才，单打独斗只能沦为草寇游勇。他通过维护朝廷来实现自己的政治理想，通过挽救南宋政权来保卫自己的国家、保护自己的人民，通过自己的言行、战绩来激起人民对国家、民族、朝廷的信心。尽管在这个过程中他一次次地被明里暗里浇了冷水玩了"冰桶游戏"，但他无所畏惧，依然前行不辍，即使偶尔也发发脾气、闹闹情绪，但也只是通过有限抗争来引起朝廷注意，以表明自己不盲从、不苟同、不趋炎附势。苛责他对朝廷的忠诚是漠视历史与客观条件，不是实事求是的态度。

当然，与一切有作为的封建官吏、有力量的英雄豪杰一样，岳飞真正的局限在于他无法挣脱封建专制的束缚，也就是宋高宗手里的那根缰绳。所有文臣武将，无论是才高八斗学富五车的文豪，还是武艺高强天下无敌的英雄，都无法摆脱那个时代的阴霾笼罩。岳飞没有能够超越那个时代，没有陈胜、吴广的完全彻底，没有刘邦、项羽的无所顾忌，没有朱元璋的恢宏野心。

这些局限，决定了岳飞必然是宋高宗、秦桧等当权者和那个朝代、那个时代的牺牲品。终于，宋高宗把手里的那根缰绳挽了一个结，牢牢地套在岳飞的脖子上，轻轻地那么一抻，结束了一位英雄的生命，却立起了一座精神的丰碑。

千古英雄

岳飞是英雄。这是毋庸置疑的。

英雄的出现有其偶然因素，但英雄的成长却有其必然。

少数民族政体与汉民族政体之间的交流与冲突，始于先秦的夏商周，贯穿了整个中国古代史、近代史。起源于夏后氏之苗裔的匈奴族，发祥于殷商时期、活动于今天甘肃、青海、四川等西部边陲的羌族，分蘖于殷商时期的东胡族，崛起于蒙古高原和大兴安岭地区的鲜卑人，同样分蘖于东胡、兴起于公元前 5 世纪至前 3 世纪的蒙古族，起源于 4000 多年前青藏高原雅鲁藏布江流域的藏族，分蘖于远古时期肃慎、活动于东北地区、辽代时形成的女真族，兴起于公元 6 世纪左右的契丹族，分蘖于西羌、游牧于青海湖一带的党项族，分蘖于 2000 多年前的肃慎以及后来的挹娄、勿吉、靺鞨、女真，兴起于白山黑水的满族，等等，都对中原政体、农耕文明构成过冲击。在这个过程中，这些分散的少数民族部落成长为一个个政治单元：公元 916 年契丹族人建立起大辽帝国，公元 1038 年党项族人建立起西夏王朝，公元 1115 年女真族人建立起大金帝国，公元 1206 年蒙古族人建立起蒙古帝国。这些游牧民族政治和军事集团的崛起，凭借的是疾风般的骑士阵列，对汉实行战刀加马鞭的强悍政策。当然，在文明的对抗与冲突中，交流与交融也在加深。

宋朝于公元 960 年建立时，东北早有契丹帝国大辽虎视眈眈，西北有党项王国西夏正在雄起，西南还有南诏及大理王国、南方有安南王国在躁动骚扰。岳飞出生时的 12 世纪初，中国处在大变革时代，宋、辽、党项三足鼎立，构成中国政治、军事格局的大三角，宋朝经济、文化发达但武力虚弱，使得大宋成了另外两个马背民族兄弟争抢的肥肉，没有军事实力的宋朝只好依靠签订和议换取安宁，送地送钱保命。风云变幻，斗转星移，在随后的 100 多年里，大辽走向灭亡，北宋走向衰败，西夏走向萎靡，从辽中崛起的金走向壮大，但金被宋联合从欧亚扫荡归来风尘仆仆的蒙古族灭掉，最后这位马背民族兄弟又一个扫堂腿，顺势灭了宋。

12世纪初到13世纪上半叶，中国历史的大舞台上主要是宋、金之间的武打戏，往往是宋的步兵干不过金的骑兵，屡屡挨打、节节败退。整个宋朝，"求和"是它的主基调，除了公元1005年与辽国签订"澶渊之盟"、公元1044年与西夏达成"宋夏和议"，另外三次大的和议，如公元1141年与金朝签订"绍兴和议"、公元1164年与金朝签订"隆兴和议"、公元1208年与金朝签订"嘉定和议"，都发生在12—13世纪。中原宋朝同北方少数民族政权签订的这五次大的和议，主要内容都是前者割地、赔款。南宋政权更是在不停地寻找臣服于金的机会。然而，贡品换得来暂时的宁静，换不来永远的和平，岁币交换来的是屈辱而不是尊严。大宋王朝的地位一步步下降，几乎沦落为"诸侯国"；而少数民族政权一方面掠夺宋朝的经济成果，一方面习宋制、学汉族，通过改革发展自己，渐渐壮大。

有宋以来，这个跨越300多年、声势浩大而血雨腥风的交锋过程，也是农耕文明与游牧文明从隔绝走向交流、对抗走向融合的过程。这个过程是否先进，取决于是农耕文明消融游牧文明速度更快还是相反，但不管是谁消融谁，最后都趋向完美而深刻的融合。北宋和南宋上半段，更多的是游牧文明向农耕文明学习，游牧兄弟粗犷有力的骑射武功，使进攻能力弱的中原农耕兄弟每每处于劣势，被打倒在地，还不得不一次次地爬起来向前者俯首认输、称臣、赔钱、割地。回想宋朝整个历史，这个体量庞大的汉族王朝着实可怜，先后被契丹辽国、女真金国、蒙古元军用坚硬的马鞭吊打，最后被逼到厓山跳了海。不过，尽管受尽欺凌，但大宋王朝很长寿，活了320岁，而辽朝210岁，西夏王朝190岁，金朝120岁，元朝98岁，宋朝长寿的原因当然在于文化的先进性和生命力。

金人对大宋文化的摧残是惨烈的。金兵灭北宋之后，把宫廷珠宝、书画、典籍、钱币、器皿、丝绸等洗劫一空，押走徽、钦二帝及文武百官、妃嫔、子女3000多人。在大举南侵过程中，金人强迫宋民剃发易服，贩卖大量宋民到域外，不从者任意杀害或活埋。对大宋王朝中原、江淮、江浙地区的疯狂屠城、放肆抢掠，"山河千里竟分支"，所到之处生灵涂炭，"焚劫殆尽""人屋俱无""极目灰烬""所至残破"，"嗷嗷之声，比比皆是"，可谓哀鸿遍野。游牧民族落后生产力对农耕民族先进生产力的摧残程度和戕害方式，在中国历史上是罕见的。而宋朝对金朝的战争，是一场旷日持久的民族解放战争、反侵略战争、自卫战争，而不是争霸战争、殖民战争、侵略战争，具有进步意义、正义性。

北宋的终结、南宋的开启是宋朝的重大转折关头，岳飞正好身处这个重大的历史时期，成为大宋王朝抗金斗争的领军人物，在挽救民族国家命运、拯救人民生命的历史进程中做出了重大贡献，理所当然地是英雄。英雄的出现，有历史的必然，此所谓时势造英雄。这样的时代也一定会出现英雄，即使不是岳飞，也一定会有其他人。

再看看岳飞的英雄壮举。宋朝300多年的生命周期中，有出息的皇帝，除了开国皇帝宋太祖赵匡胤，要算北宋第四任皇帝宋仁宗赵祯、北宋第六任皇帝宋神宗赵顼、北宋第七任皇帝宋哲宗赵煦、南宋第二任皇帝宋孝宗赵昚，其他皇帝都猥猥琐琐、首鼠两端，没有一个大气坦荡、敢于担当的。尤其是丢了北宋祖业的宋徽宗、宋钦宗，四处逃窜的宋高宗，更不是有力量的主儿。纵观南宋前小半段的历史，是皇帝误导了统治集团、军事集团，还是权贵集团、奸臣团伙绑架了皇帝？似乎二者都有、两厢情愿，结果是南宋武装能打仗、敢打仗，但永远是阻击战、防御战，少有全面的进攻战，仅有的攻击战是岳飞领导和指挥的北伐，眼看要全面胜利了，却被朝廷紧急叫停。有兵不敢用，有仗不能胜，没有强军，何来强国？敢战方能言和，弱兵没有外交。和平是胜者的和平、强者的和平，绝不是败者、弱者的和平。南宋的抑武之策大大削弱了对外竞争力，屡屡向金人乞和，但金人都懒得搭理，只管穷追猛打，一个被抽掉筋骨的朝廷被打得七零八落、四处逃生。要不是韩世忠、岳飞等率领宋朝军民联合起来反抗，粉碎了金人彻底消灭南宋政权的企图，宋高宗乞求在自己的地盘上做一个金朝的儿皇帝都没有可能。岳飞生不逢时，摊上了这个烂如破网的朝代和萧瑟破碎的山河，亲历了辽、金的蹂躏和大宋王朝的悲惨命运，为国家、为人民、为民族、为朝廷而战，天下舍我其谁，成为他的志向。他数次投军都是出于爱国之情、报国之志。他的敢于担当、有所作为，恰好与皇帝权臣们的妥协行为形成鲜明对比，是英雄的举动。

再看岳飞的历史贡献。在南宋前半段历史中，岳飞毫无疑问是一个政治节点，宋高宗绕不开他，要向金人秀肌肉，必先让他亮相；要达成与金朝的和约，必先杀掉他；后面的几任皇帝也绕不开他，对岳飞的态度标志着对金政策。换句话说，在南宋的历史走向、历史格局中，岳飞是一个风向标、标志物，一个重要的坐标。

岳飞留给后世丰富的精神遗产。

比方说，他的坚强勇敢。岳飞戎马生涯中跟随过七位上级，他们是刘浩、张俊、王彦、宗泽、张所、闾勍、杜充，其中几位是他的恩人。一个是刘浩，岳飞24岁时，枢密院官员刘浩在相州招募敢死义士，他是第一个发现岳飞武功的主官。一个是宗泽，他的影响坚定了岳飞的政治理想和责任担当，他发现了岳飞的军事指挥才能，原谅了岳飞与主官王彦不和而擅自离队的过错，在岳飞被问斩前的一刹那，戏剧性地救了岳飞一命，并委以重任，按功行赏。在公元1128年的开封城保卫战中，宗泽据城死守、从容指挥，全凭岳飞在外围左右策应来回奔突，重创金兵。岳飞遇宗泽，堪称史之佳话。一个是王彦，这位抗金名将让所有将士全部面刺"赤心报国，誓杀金贼"八字，组成了"八字军"。岳飞曾是王彦的部下，王彦创立的"八字军"给了岳飞后来创立岳家军很多启发。一个是张所，正是因为张所的器重、力荐，岳飞才有了在政治、军事上施展才干、走向辉煌的机会。岳飞的敢打善拼不怕死，与这几位上司的直接领导和培养密切相关。公元1129年冬，金兵统帅金兀术率重兵攻取江淮，沿长江大举南下，企图一举灭宋。在这场最惨烈的战斗中，强悍的金兵马如旋风、手起刀落，地上人头一片，不少宋将边战边退，或浴血战死，或跪地降金，承担长江防务总负责人的右相杜充不断退缩，最后投降了金人。建康失守，宋高宗仓皇逃到海上，一直跑到温州。被打散的守军中不少高官怵于金兵的残酷，欲推举岳飞为主帅集体降金。作为杜充的爱将，岳飞随他降金，必有高爵厚禄相待，但岳飞不为所动，慷慨陈词以表卫国决心，号令敢降、敢退者立斩。岳飞所部士气大振，拼死追击金兵，连克多城，六战六捷，随后又阻击回兵的金兀术，四战皆胜，并且支援与金兵呈胶着状态的宋将韩世忠，最后于公元1130年五月一举收复建康。这次战斗跨时长、战线长、敌众我寡，而且是运动作战、难度大，但岳家军打出了威风，扭转了战场局面，名声大振。在最残酷的时刻，岳飞的勇敢顽强令人敬佩：上司可以投降，老师可以怕死，皇帝可以逃跑，同僚可以撤退，唯有战神岳飞誓死不屈。

比方说，他的品质高洁。岳飞对人严格，对己苛刻。他不但提出"文臣不爱钱，武臣不惜命"的理念正人律己，他个人的品质也是受到同时期官僚高度赞扬的。岳飞廉洁不贪、淡泊名利，不贪图荣华富贵，从不邀功乞赏，多次请辞朝廷的赏赐。据《金佗稡编》所收录，岳飞给皇上婉辞奖赏的奏折30篇，为儿子岳云、岳雷辞赏的奏折12篇，为母亲请辞赗赠的奏折2篇。"公之英威，古人不能过，至于仁心爱物，虽古之名将有所不逮。"岳飞夫妻感情恩爱，不纳妾，"素无姬侍"。战将吴玠花重金买来一位出身官宦人家、"名姝，有国色"的女子送到岳飞家中，岳飞却面也没见就派人送回。他不允许家眷铺张奢华，不穿绫罗绸缎，不吃山珍海味，除了皇帝赏赐外自己没有购置过多的田产，仅有的旱地熟田和房舍用来赡养岳氏家族，即使囤了一些麻布、丝绢、米面，也只是随时补贴军需。据记载，岳飞一次就"余物尽出货，以付军匠，造弓二千张"，这在当时是难以想象的。尽管家财不丰，但岳家却有书籍数千卷。如果岳飞真是一个贪官，秦桧早就拿他开刀了，可岳飞不是。他"唾手燕云"的信念、中兴中原的理想从未改变。

比方说，岳飞的精神力量。他对宋朝精神的提振、中国精神的形成不可或缺。五代十国是中国历史上最混乱的时期之一，战争频繁、政权更迭、经济萧条、社会动荡，文明急剧衰落，所以宋朝虽然立朝，但缺乏统一的精神意志和统一的思想道德基础，缺乏统一的民族观念和民族认同感，在来自北方、抱团取暖的游牧民族辽、金、西夏、蒙古人面前，显得没有精神、缺乏斗志。辽的历史早于宋，契丹人通汉文、用汉人；从辽中崛起的金，深知汉文化的作用，甚至去祭拜孔子，加快了汉化的进程；西夏人的汉化始于初唐，他们把汉家经典翻译成西夏文。宋朝创立时，这些游牧民族的汉化之路已经走过400年，取得明显效果。但是汉化程度不完全等同于文明程度，游牧民族基因里的强悍、野蛮、残忍并没有消除。他们比大宋少的只有土地，但比大宋多的是金戈铁马那疾如风、迅如电的强大冲锋力量和刀光剑影、尸山血海中的兴奋。以岳飞为代表的一批抗金名将，率领宋朝军民奋勇杀敌，形成了收复国土、驱逐外侮的坚定信心和坚强力量，鼓舞了全国人民的斗志，也支撑了南宋朝廷的精气神。这种不怕牺牲、反抗外来侵略的精神，也加固了中华民族绵延几千年的精神基座。

当然，岳飞还有许多值得赞誉的美德，前文亦有展开。

综上所述，我们完全可以理直气壮地说，岳飞是中华民族的伟大英雄。

但是，多年来总有一些人质疑岳飞是不是民族英雄，主要理由是岳飞是汉族人,他所抗击的金人是女真族,从今天来看都是中华民族的源头和组成部分;古代的宋、辽、金、西夏、元统治区都是今天中国的领土,因而发生在宋、金之间的战争是内战,而不是对外民族的战争;宣传民族战争之间的英雄,不利于民族团结;等等。我想,我们应该从历史的角度,以马克思主义的立场、方法,用全面系统联系的观点来思考这些问题。

杭州岳庙照壁

宋金之间、宋蒙之间的战争是民族之间的交流交融交锋,是中华民族大家庭自然形成的过程,只要是高级文明对低级文明的淘汰、先进生产力对落后生产力的取代,只要是有利于中华民族大家庭的共同繁荣,就是正义进步的,符合历史大势。如果说岳飞不能算民族英雄,那么秦朝的蒙恬,西汉的李广、卫青,东汉的霍去病、班超,以及岳飞之后的辛弃疾、文天祥,明代的于谦、史可法、夏完淳等算民族英雄吗？如果认为宣传他们是民族英雄不利于民族团结，那如何评价他们为中华民族整体团结进步、和谐发展做出的贡献？中华民族今天的大家庭是由许多民族小家庭组合而成的，或友好交流，或武力交锋，都是交融的形式，不管是哪个民族的英雄，都是中华民族的英雄。

我们不能拆除历史的坐标和框架来评判历史的功过，正如不能因为国共两党交往了就否定红军、解放军中的战斗英雄、革命烈士，不能因为中日友好就否定我们的抗日英雄。如果完全脱离当时的历史条件，纯粹以今天的标准来评判历史上的人物，任何一个民族、国家都没有英雄可言。

几千年来，历代中华儿女在自己所崇拜、所敬仰、所爱慕的神话人物、英雄豪杰、道德圣贤身上，倾注了许多感情，寄寓了许多美好，恭奉了许多光环，这是完全能够理解，而且应该得到尊重的。这种衍生本身也是一种文化，一种积极、健康、善良的情愫，是历史悠久的中华民族、世代中华儿女的集体乡愁。几百年来，人们对岳飞寄寓了深厚的感情，是有理由的。如果仅以片言只语的瑕疵、无伤大体的差谬、不甚确凿的推测、缺乏依据的证伪，企图否定一种基于宏观真实的历史判断，否定一种蓄积已久的人文情感，动摇一种植立已久的价值观念，摧毁一种形成已久的思想信念，断然否定延续几百年口口相传、心心相印的文化传承，则是一种傲慢、无知与偏见。我们敬畏历史，是因为历史中包含深厚的感情、凝练的价值观念。

历史上的岳飞，无论是在民间还是官方，一直是褒奖满身、美誉有加。

　　早在岳飞被谋害之时，就有多位义士或秉笔直书或奋起抗议，强烈指陈赵构、秦桧一伙人对待功臣岳飞的陷害和谋杀行径；岳飞遇害当天，南宋首府临安不少民众痛哭流涕；"去此已三十年，遗风余烈，邦人不忘，绘其像而祀者，十室而九"，不少家庭挂起岳飞画像以励志、辟邪；建起以岳飞诗句为名的纪念亭"翠微亭"，自发建立的岳庙、岳祠遍布城乡；位于今天杭州西湖边的岳王庙和岳飞故里河南汤阴的岳飞庙更是香火不绝、祭客不断。岳王墓前四个奸佞跪地的铜像不知道承受过多少愤恨鄙夷的目光，而墓阙后的对联"青山有幸埋忠骨，白铁无辜铸佞臣"，表达了人们鲜明的爱与恨。岳家军驻扎过的湖北、安徽、江苏、浙江、河南，仍然保留着对岳飞的祭悼。南宋以降，人们以各种方式表达对一代英雄的祭悼、敬仰之情，赞颂岳飞义举、同情岳飞蒙难、抨击昏君奸臣的诗句无数，如"匹马吴江谁著鞭，惟公攘臂独争先。张皇貔貅三千士，揩拭乾坤十六年""忆故将军，泪如倾""如何一别朱仙镇，不见将军奏凯歌""果是功成身合死,可怜事去言难赎""一朝孤愤万年知""从来忠愤使人伤""大军河朔撼山空""蒿目苍生挥热泪，感怀时事喷心血"等等。以岳飞为题材的故事新语、戏曲演义、小说剧本多如牛毛，如元代的《地藏王证东窗事犯》、明代的《精忠旗》《精忠记》《岳母刺字》《说岳全传》等，明清岳飞戏《牛头山》《如是观》《碎金牌》，等等。民间口碑，寄托了人们对岳飞的敬重，也表达了社会的主流价值观。人们以美好的愿望寄寓自己高尚的道德情怀，以完美的想象塑造自己理想的英雄形象，以崇高的精神标志自己意志的品质，这是完全正常而自然的，它反映了中华民族的精神走向与价值追求，无可厚非。

南宋时期的《鄂州忠烈行祠记》，把岳飞的品格概括为"忠、虚心、整、廉、公、定、选能、不贪功"等八个方面，这是当时最原始的评价，没有经过政治家的修饰和史学家的提炼，准确而全面，明晰而中肯。南宋末期民族英雄文天祥把岳飞比作西周时期武王伐纣时的首席谋主、最高军事统帅、开国元勋姜太公吕尚，这是一个相当高的评价，认识深刻。南宋的朱熹对岳飞评价甚高，认为他文武双全、仁智兼备，无论是做人做事做文，无人比得过岳飞，此说可谓画龙点睛。对岳飞有高评的，还有宋朝的陆游、毕再遇、孟珙、陆秀夫。元朝脱脱所著《宋史·岳飞传》对岳飞高度评价，称岳飞是"文武全器，仁智并施"。明太祖朱元璋评价岳飞"纯正不曲，书如其人"。明神宗朱翊钧评价岳飞"精忠贯日，大孝昭天"。明朝的徐达、于谦、戚继光、郑成功、张煌言，清朝的林则徐、邓世昌等著名爱国将领对岳飞推崇备至。清朝乾隆皇帝在《岳武穆论》中说："知有君而不知有身，知有君命而不知惜己命。"甚至有人喊出岳飞是"中国五千年历史上第一民族英雄"。每当面临外侮，面对西方殖民者的坚船利炮，中国大地处处《满江红》、人人岳将军。

每逢国难当头，人们总是从岳飞身上寻找力量的源泉。民国时期，岳飞的形象一再被突出传播。尤其是在帝国主义列强侵华的背景下，岳飞作为中华民族的精神旗帜和英雄形象被深受苦难的中国人民所祭思。1931年"九一八"事变、东北沦陷，中华民族发出抗日救亡的怒吼，"岳母刺字"的故事、"精忠报国"的精神、翰墨

"还我河山"和《满江红·怒发冲冠》传遍全中国。关于岳飞题材的戏剧、话剧在国内许多地方上演,"怒发冲冠""壮怀激烈"的情感极大地激发了中国人民的爱国热情和精神斗志,"还我河山"的怒吼与"大刀向鬼子们的头上砍去""黄河大合唱"一同响彻神州,岳飞精神一再鼓舞起中国人民的抗争斗志。1935年,国民党高级将领、爱国人士续范亭在南京中山陵哭陵后剖腹明志,以抗议国民党当局的消极抗日,被抢救后在杭州疗养,凭吊岳飞墓时发出"东海狂潮响霹雳,而今谁是岳家军"的呐喊。贺龙、张自忠、戴安澜、薛岳等国共两党的许多抗战名将都是"岳粉"。不少地方举行抗击日本侵略者的誓师大会、庆功大会,都抬出岳飞神像进行祭拜,借

岳飞书法

岳飞之威灵以壮气,心中皆有岳庙,人人都是岳飞。

　　孙中山说"岳飞魂,是中华民族的精神代表,也就是民族魂"。毛泽东说"岳飞是中国历史上一个伟大的爱国英雄",并多次谈到岳飞,对他的爱国精神加以褒奖,足见岳飞在中华民族、中国历史、中国政治上的重要地位。

　　但是,抗战时期关于岳飞的一起争论耐人寻味。

这一争论,源自蒋介石与汪精卫之间。1932年1月28日夜,日本海军陆战队对上海闸北中国驻军第十九路军突然发起攻击,十九路军随即起而应战,是为上海"一·二八"事变,这是继1931年"九一八"事变之后日军制造的又一起阴谋。蒋介石制定对日应对原则,一是预备交涉,二是积极抵抗。事变发生第二天,即1月29日,汪精卫在同蒋介石探讨如何应对事态时说:"南宋的秦桧遭到世人唾骂,但我觉得秦桧也是个好人。因为在国家危亡关头,总要找出一个讲和的牺牲者,秦桧其实就扮演了这么一个角色,他用自己遭世人唾骂,换来当时的和平,使无辜生灵免遭涂炭之灾。照我看,秦桧的救国与岳飞的抗敌,只是手段不同而已。"蒋介石听后勃然大怒:"秦桧是地道的卖国贼,这事妇孺皆知,怎么能同岳飞相提并论呢?"表示要与日本长期作战。汪、蒋之争,既表明两人对岳飞这位历史人物的不同态度,也反映出两人政治立场的不尽相同。汪精卫后来之所以充当了中华民族最大的汉奸"秦桧",与他"崇秦贬岳"的思想基础和文化立场不无关系。

　　民国时期这两个大人物之间关于岳飞的争论,引起了朝野各界的关注。岳飞作为中国的民族英雄不仅被汉奸汪精卫所不认同,更是被日本历史学家们所忌讳,他们发文吹捧秦桧、贬低岳飞,一些在日本留学过的文人,如周作人等,发表文章称"岳飞是军阀,专权该杀,反倒是秦桧能顾全大局,值得褒扬",暴露出丑恶的汉奸嘴脸。值得注意的是,一些以争议之名行诋毁之实的文章,出自汉奸文人,一些文章甚至就发表在日本的刊物上。1937年全面抗战爆发,日军于12月24日占领杭州,他们的军事行动之一就是破坏岳飞墓、岳王庙。可见日本侵略者不光要占领中国的领土,更要破坏中华文化和摧毁中国人的抗争精神。

其实在汪、蒋之争以前,贬低岳飞的言论就已经出现在中国的学界和史界。

早在1923年,在上海光华大学执教的历史学家吕思勉在所著的《自修适用白话本国史》一书中认为,宋、金"和议在当时,本是件不能免的事";秦桧"爱国",不是"金朝的奸细","主持和议的秦桧却因此而负大恶名,真冤枉极了","秦桧一定要跑回来,正是他爱国之处,始终坚持和议,是他有识力、肯负责任之处","能解除韩、岳的兵权,是他手段过人之处";岳飞、韩世忠等武将已成"军阀",岳飞的抗金事迹全被夸大,朱仙镇大捷"更是必无之事";《宋史·岳飞传》的有关记载,"真是说得好听,其实只要把宋、金二史略一对看,就晓得全是瞎说的";宗弼渡长江时,岳飞始终躲在江苏,眼看着高宗赵构受金人的追逐,没有去救援;等等。

抗战爆发后,这些"崇秦贬岳"言论受到学界、政界和社会各界的猛烈抨击,《自修适用白话本国史》一书被查禁,吕思勉本人被告上法庭。尽管如此,他的观点还是影响到了一些人,前面提及的汪精卫正是其中之一。吕思勉称《宋史》不可信、《宋史·岳飞传》"全是瞎说"等言论引发学界不满。有人指出,《宋史》是元代丞相脱脱于公元1343—1345年间主编的,此时距岳飞被冤杀时间为203年、距南宋覆灭仅66年,元朝人是在占有大量一手宋朝宫廷史料基础上写成《宋史》的;而吕思勉的《自修适用白话本国史》出书时间为1923年,距岳飞被冤杀和南宋覆灭时间分别为781年和644年。资料年代越接近史实就越真实,这是常识,《宋史·岳飞传》和《自修适用白话本国史》相比,谁更接近史实,谁更像是"瞎说",结论不言自明。

研究还在深入,关于岳飞的争论还会继续。

随着时间的推移、研究的深入和先进技术的运用,一些史料还会陆续被发掘、发现,一些考古证据、文物或许能佐证或推翻已有的学术定论,历史需要去粗取精、去伪存真。"岳飞现象"本身并不是坏事,恰恰说明岳飞本人及岳飞文化的价值和魅力。只要证据确凿,质疑和否定是完全可以的。但必须坚持辩证唯物主义和历史唯物主义,以史为据,实事求是,不能以"来历不明,深为可疑"来简单否定之。我们不反对科学的考证、有逻辑的推理、有证据的否定、有线索的质疑,但反对假设、猜测、臆想和无谓的争论。但是如果超越学术领域、文化范畴,罔顾几百年的既有史实,无视几百年来历代中国人民对先贤往圣形成的感情,刻意脱离历史背景孤立岳飞的壮举,或刻意炮制史料观点,恶意抹黑、诬蔑,意在借机挑拨民族矛盾、制造民族隔阂、引发民族事端,这就是以存疑之名行解构之实、以考证之名义行颠覆之实,是不能被接受的。

如果硬要把岳飞从我们的教科书中抽走,无异于抽掉中华民族千年长成又支撑了千年的脊梁。诋毁岳飞对中华民族精神的历史性贡献,消解中华各民族共同创造、历代中华儿女赓续塑造的核心价值理念、思想道德基础和人文精神,是历史虚无主义和文化虚无主义的表现,需要我们警惕。对那些已经超出学术甚至文化范畴的言论,我们只能以笔为戈,像当年岳飞保卫大宋江山一样,来捍卫我们的民族英雄，捍卫我们的民族精神。

人类历史向来是一幕幕进步与倒退、忠诚与奸诈、正义与邪恶较量的舞台剧，和平与战争、荣光与耻辱、辉煌与苦难是舞台剧斑斓的背景。终年39岁的岳飞，是两宋之际这个独特舞台的独特角色。岳飞演得很尽心、很尽力，演得很真诚，也很悲壮，他演好了每一个角色、每一场戏，用热血、用生命，用激烈壮怀，用仰天长啸——只是没有看到，更没有想到，那些躲在黑色帷幕后的导演，给他安排了一条不归路。他的确看不到了，那双望断北归雁的眼睛几乎完全失明了，他最后一次仰天长啸：天日昭昭！天日昭昭！

长空雁阵声凄凄，五岳翘望无归期。九百年的风雨抹不去英雄的热血，九百年的悲歌回荡在历史的心空。那策马挥枪的义勇，那盘马弯弓的刚毅，那赤胆忠心的悲号，塑成风的影子、力的形状、心的方向，把和着基因、细胞的热血一同铸进我们的血脉和肌腱。一尊伟岸的雕像穿云破雾，屹立在中华民族的耿耿长河。

岳飞——中华民族不倒的英雄！

南宋的最后一位忠臣

作为一朝之丞相,最痛苦、最感耻辱的事,莫过于目睹君王被俘、三宫受辱、山河易主,莫过于亲眼见到皇帝跳崖、群臣赴死、军民遭戮,自己却无能为力的了。

但这一切,文天祥都遭遇了。

公元 1279 年 3 月 19 日,南宋祥兴二年二月初六,南海广东新会厓山岛海面,一场旷世未有的海战正在发生。南宋朝廷的生命汞柱,正在归零。

蒙古大军从三个方向包围了南宋小朝廷,经过了长江丁家洲水战、焦山水战的蒙军水师已经强大起来,宋军的人墙防线被攻破,连营战船被焚烧,二十万南宋军民背水一战,或血战到死,或蹈海而死。左丞相陆秀夫在催促妻子儿女全部跳海而死后,毅然背起年仅7岁的幼主赵昺，跳入大海，尽忠殉国。副枢密使张世杰突出重围后，战船倾覆，壮烈牺牲。

厓山一战，南宋全军覆没，"浮尸出于海十余万人"。厓山，为南宋朝廷画了一个惨烈的句号，也画下一个悲壮的感叹号。这是大宋王朝历史上，也是中国朝廷史上最沉重的一页。

而此刻，在不远处的一艘海船上，南宋右丞相文天祥正痛苦而悲愤地目睹这一切。

他是作为蒙古大军统帅张弘范的俘虏，被押来观战的。文天祥斩钉截铁的拒降，让劝降的张弘范有些咬牙切齿，他阴阴地看着这位闻名已久的同龄人说："我要让你亲眼看到，宋朝是怎么灭在我手上的，看你降还是不降！"

把悲剧撕裂给你看，把制造悲剧的过程活生生地展示给你看，是一桩残忍而狠毒的事。"一朝天昏风雨恶，炮火雷飞箭星落""谁雌谁雄顷刻分，流尸漂血洋水浑"，这一幕幕令文天祥有锥心之痛，欲哭无泪，"惟有孤臣雨泪垂，冥冥不敢向人啼"。想到那些卖国求荣、卖主求生而腰缠万贯的奸臣内贼，文天祥不禁怒愤难遏，"我欲借剑斩佞臣，黄金横带为何人"。悲愤与呐喊，痛心疾首与深恶痛绝，充满了一代热血忠臣的胸膛。

张弘范此举，是想摧毁其心灵、解构其尊严。但这不仅没能降服文天祥，反而激起他反抗到底的决心。

文天祥此刻的想法只有一个：我堂堂大宋丞相，怎能降服于屠我军民、碎我河山的异族他邦！与其苟且，宁肯一死，为国尽忠！

自古谁无死　丹心照汗青

崖山海战之前，文天祥的心已死过两回。

第一回心死，是在三年前，即文天祥被元军扣押的日子。

公元1275年初的一天，时任赣州知州的文天祥接到诏书，蒙古大兵进犯，长江上游告急，南宋首都临安危在旦夕。朝廷被迫颁诏天下，号召各地兵马勤王。皇上哀告，臣子焚心，文天祥闻诏痛哭，决心不惜毁家纾难，组织义军，千里驰援京师临安。朝廷任命

文天祥雕塑

文天祥为江南西路提刑、安抚使，兼平江知府。

刚刚上任，蒙古大兵就从金陵杀入常州。文天祥命将士出战，但义军毕竟不是正规军，各路人马被强悍的蒙古大兵打败，或战死，

或溃逃。文天祥弃守平江，退守余杭。此刻的大宋王朝风雨飘摇、朽木难支，不少在位的重臣猛将闻风辞朝而逃。危难之际，朝廷决定任命文天祥为枢密使，加任临安知府，不久升为右丞相兼枢密使，期待文天祥作为中流砥柱，力挽狂澜。此时升官，实为赴汤蹈火，文天祥毅然临危受命，慷慨赴义。

公元1276年正月初二，临安被包围，元军统帅伯颜拒绝了南宋大臣陆秀夫的谈判条件。三天后，南宋朝廷谢太后派出使臣，到元军军营递交降表，表示甘愿俯首称臣，且尊称忽必烈为"仁明神武皇帝"，供奉真金白银、绫罗绸缎，仍然遭到伯颜严拒。南宋朝廷于是不惜降格，自称为"侄"，亦不同意，再降为"侄孙"，仍然不许，又乞求留一方圆小国以苟延残喘，均被拒绝。蒙元势欲吞灭大宋、统一天下之心，彰然于世。

作为提纲重臣的文天祥一面力谏朝廷赶紧秘密转移，留得青山在，不怕没柴烧，一面满城排兵布阵，尽临安知府之责，与都城共存亡。但六神无主的谢太后没有采纳。南宋朝廷的卑躬屈膝又令朝内文武百官失望和愤怒，张世杰等重臣反对朝廷不战而降，纷纷辞朝而去，贪生怕死的重臣陈宜中偷偷溜走。在朝中无人的情况下，谢太后不得不倚重报国心切的文天祥，而右丞相这个位置，已是可以掌管军政大权、都督各路军马的主相了。

疾风知劲草，板荡识诚臣。面对国难危局，文天祥挺身而出，他辅佐幼帝和谢太后，行使统领文武百官的权力，挽狂澜于既倒，扶大厦之将倾，独木力挺，任重如山。

这一年来，是文天祥成长最快的时期。在艰难中被提拔、危难中被重用，高官无厚禄，升官不发财，更无光宗耀祖的念想，唯有凶险，唯有艰险，唯有牺牲。但文天祥义不容辞，有"壮心欲填海""一日定千年"之志。

公元1276年正月十八日，呼啸的铁蹄狂奔到距临安仅三十里的皋亭山，突然停住了。元军统帅伯颜勒马叫阵，声称只有宋朝大丞相文天祥亲自来请降，方可商谈。

谢太后说，你去吧。国难当头，没有退路。为了保全江山社稷大宋朝廷，文天祥只能置个人安危于度外，慨然前行，有一种当年荆轲的悲壮。

面对元军威势逼人的高头大马和寒光闪闪的蒙古战刀，势单力薄的文天祥强调，宋元之间是议和、是谈判，不是议降，必须平等相待。他不卑不亢，傲骨凛然。他指斥元军侵犯大宋王朝，破坏社稷法统、践踏文明礼仪、滥杀无辜苍生，是野蛮行径，据理力争，义正词严。伯颜自知失道寡义，只好承诺"社稷必不动，百姓必不杀"。文天祥进而要求，元军必须先退兵平江或者嘉兴，再谈其他；如果元军想毁我宗庙社稷，则我大宋豪杰并起，必将抗争到底。文丞相态度坚定，毫无妥协之意。伯颜勃然大怒，以杀害文天祥相威胁，文天祥说："吾乃南朝状元宰相，但欠一死报国，刀锯鼎镬，非所惧也！"大义凛然，威武不屈。元军在场诸将无不被文天祥的凛然气势所慑，纷纷暗称他为"大丈夫"，"北方相顾称男子，似谓江南尚有人"。

几场交锋下来，原本恼羞成怒的伯颜慢慢地欣赏起这个对手的忠诚、勇敢和睿智来，暗起降服之心。伯颜放回其他宋朝使者，命他们按他的旨意写投降书,唯独扣留了文天祥。当文天祥再次见到伯颜和宋朝同事时,已是在受降仪式上了。文天祥震怒,捶胸顿足,仰天长叹,痛惜南宋朝廷的卑躬屈节,痛斥元军的蛮横无耻,痛骂宋臣的卖国求荣。而此时的南宋朝廷已经解除了文天祥的丞相职务,解散了他的勤王义军。被掷为弃子的文天祥无可奈何,只能痛悔自告奋勇而身陷敌营,但仍然希冀有机会出去率兵杀敌、复兴大宋,"南国应无恙,中兴事会长"。

降元的宋朝没有了颜面,举国萧条悲凉,国玺被送往元大都,宗室大臣文武百官收颔俯首,在临安城的瑟瑟寒风中排队晋见元军统帅伯颜。被软禁在元营的文天祥一筹莫展,唯一的抗争便是缄默不语。

悲莫过于无声,哀莫大于心死。沉默,也是一种抗争。

元朝皇帝忽必烈下令,把文天祥押送到元大都。

公元1276年二月九日,押解文天祥的元军向燕京出发,二月二十九日路过镇江时,文天祥等十几人趁着夜色逃脱了元军魔掌,从扬州取道长江口,沿海路向南追赶小朝廷,"臣心一片磁针石,不指南方不肯休"。文天祥一边寻找逃难的朝廷幼主,一边回首遥望江南故国,"昨夜分明梦到家,飘摇依旧客天涯。故园门掩东风老,无限杜鹃啼落花"。感时花溅泪,恨别鸟啼血。

文天祥沿途收拾残兵游勇投入斗争,但此时的宋朝军队已是力如绵薄、军心涣散,将士们互相猜疑、彼此设防,文天祥也多次被怀疑,险些被有戒备之心的宋将误杀;多次被元军逼得躲进丛林,甚至箩筐中,历尽千难万险,吃尽千辛万苦。在逃离镇江京口的过程中，文天祥经历了"定计难""谋人难""踏路难""得船难""给北难""定变难""出门难""出巷难""出隘难""候船难""上江难""得风难""望城难""上岸难""入城难"。从公元1276年正月十八日被元军羁押元营、二月二十九日逃离，到五月二十六日终于到达福州，奉诏回归朝廷复任枢密使，文天祥几乎遭遇了九九八十一难，可谓行路难、路难行。

文天祥不仅经历"难"，还亲历了"死"。光从镇江到温州这一段距离，文天祥就体验了二十多种死法。痛斥元军当死，痛骂叛将当死，与元朝高官争执当死；逃往京口，随身携带匕首，随时准备自刎；在江面遭遇元军巡逻船，差点葬身鱼腹；逃往真州因被怀疑，在城门处徘徊，差点儿被处死；过瓜洲突遇元军哨兵，差点儿被打死；扬州城下进退两难都是死；桂公塘外元军路过险被擒；贾家庄口哨兵盘查几被欺凌致死；夜逃高邮迷方向几遭陷死，清早竹林遇骑兵差点暴露；过高邮、海陵、高沙、海安、如皋、通州，数次死里逃生；乘一叶小舟，涉万顷波涛，几回回险遭船翻人亡，终于到达温州。他九死一生，也九死不悔。

第二回心死，是在厓山之战的前一年，即文天祥被俘的日子。

这是公元1278年，南宋祥兴元年，十二月二十日中午时分，在广东潮阳当地土匪引导下，元军汉军统帅张弘范帐下五百士兵突袭深藏在五坡岭的宋军营地，正在吃饭的文天祥被包围，情急之中他吞服预先准备好的龙脑，想自尽表忠，不料因连日腹泻，药力失效未死，一众部将全部战死。

文天祥被押到张弘范跟前，元军官员命文天祥行跪拜之礼，文天祥坚决不从。张弘范与宋军总指挥、抗元大将张世杰是亲戚,但二人志不同道不合,各事其主。此刻张弘范要做的一件要事,是让文天祥写信招降张世杰。文天祥义正词严地说:"我不能保卫父母,还教别人背叛父母,可以吗?"文天祥拿出《过零丁洋》以明心志。当张弘范读到"人生自古谁无死,留取丹心照汗青"时,不禁连声赞叹:"好人!好诗!"愈发对文天祥敬佩有加。

此时的文天祥,心已死,情不移,志更坚。

这一次,张弘范强迫文天祥观厓山海战,想让他亲眼看着南宋是如何灭亡的,想让他万念俱灰,最终改变心意。

这是文天祥第三次心死。

心碎,万箭穿心;心痛,宛如刀绞。

征服不了,劝降无效,张弘范只得奉忽必烈之命,派人押送文天祥到燕京,一路上严加防范,防止文天祥再次脱逃。

路过南京时,文天祥看到昔日繁华的金陵城"草合离宫转夕晖""城郭人民半已非"的衰景,深感"风雨牢愁无著处,那更寒蛩四壁",发出"满地芦花和我老,旧家燕子傍谁飞"的悲叹,表达出哪怕"镜里朱颜都变尽,只有丹心难灭"的决心,惆怅地期待"从今别却江南路,化作啼鹃带血归"。铮铮铁骨硬,拳拳丹心坚。"想男儿慷慨,嚼穿龈血",咬断牙根也要报亡国之仇。信念坚似钢,意志强如铁,字字皆悲秋,句句都是泪。

一路上,面对元军的好菜好饭,文天祥以绝食抗争。五个月后到达燕京,元世祖忽必烈派南宋旧臣高官劝降,文天祥拒绝道:国家亡了,我只能以一死报国。

"悠悠我心悲,苍天曷有极。"

身虽在,心已死,化作磁针向南方。

风檐展书读　古道照颜色

从南粤到燕京,迢遥千里路,一把辛酸泪。

文天祥一路被押解、看守,没有逃脱的机会,却有遐想的时间。

回想 40 多年的人生之路,文天祥愈发坚定了不屈的信念。

公元 1236 年,文天祥出生在"文章节义之邦"的江西庐陵吉州(今江西吉安)。这里文熏武炽,古风浩荡,历史上走出过三千进士,诞生过一批忠烈之士、儒雅之士。这里有一座山,叫青原山,颜真卿、欧阳修、黄庭坚、杨万里、李纲、胡铨、周必大、解缙、杨士奇、王阳明、邹元标、罗洪先、徐霞客等,在此留下珍贵的墨宝和诗文;这里有一座书院,叫白鹭洲书院,江万里、程大中、邵雍、周敦颐、张载、程颐、朱熹等多位儒学大师,来此或筹建书院,或著书讲课;这里有耕读传家、修齐治平的好传统,自古书香醇厚、崇学尚儒,史载"家有诗书,人多儒雅,序塾相望,弦诵相闻",留下"一门三进士,隔河两宰相""五里三状元,十里九布政""父子探花状元,叔侄榜眼探花""九子十知州""百步两尚书"的故事。仙风道气山幽静,诗书继世乡风醇,钟灵毓秀,岁月静好。

但是文天祥生逢乱世,正值风雨飘摇中的南宋走向暮年,伴随他呱呱坠地哭声的,是蒙古铁骑的嘚嘚马蹄声。这一年,渡过黄河的蒙古大军一路南下，连克唐州、襄阳、枣阳、郢州、德安；另一支蒙古军队挺进四川，沿长江全线对南宋兵力形成了包围圈，自西向东，势如破竹。动荡不安的天下大势，构成文天祥的生活、成长背景，乃至伴随着他完整的生命周期。

文天祥出生于儒士之家。父亲文仪嗜书如命，常常是一灯如豆到天明。他思想解放，倡导革新，自号"革斋先生"，常在腰间带一个刻有"革"字的玉佩，以明革新之志。父亲的思想主张对文天祥产生了潜移默化的影响，使他从小养成一种"袖中莫出将相图，尽洗旧学读吾书"的气魄和"法天地之不息"的精神。据《宋史》记载，文天祥"体貌丰伟，美皙如玉，秀眉而长目，顾盼烨然"，有旷世之美男子的形象，更有济世之伟丈夫的气象。后世赞誉文天祥"名相烈士，合为一传，三千年间，人不两见"，既是忠臣名相，更是名相中的英雄烈士，这种评价名至实归。文天祥的文韬武略、兼济天下的禀赋，得益于家学之功、传承之力、勤学之用。

文天祥有诗曰："东家筑黄金，西家列珊瑚。叹此草露晞，良时聊斯须。古人重孜孜，殖学乃菑畬。彼美不琢雕，椟中竟何如。空同白云深，君子式其庐。棐几照初阳，垂签动凉嘘。方寸起岑楼，一勺生龙鱼。辰乎曷来迟，竞诸复竞诸。"此诗名为《题钟圣举积学斋》，何时写成，史料失考，有可能是在他任职江西赣州期间，造访饱学之士钟圣举先生的"积学斋"之后写成的，从中读得出他慎独守静清廉、坚守高洁意趣的君子性，崇学尚学好学善学的学士风，时不我待、只争朝夕的紧迫感，意气风发、挥斥方遒的凌云志。这在那个沉闷抑郁、浊气混沌的年代里，无疑是一缕清风、一丝暖意、一抹亮色。

风物化人，水土养人。庐陵是人杰地灵之邦、忠贞义勇之地，家乡的"三忠一杰"对文天祥有着深刻的影响。

第一位是一代文豪欧阳修（1007—1072），"唐宋八大家"之一，开启大宋文章之盛景，引领北宋诗文之新风，奠定全宋文化盛世之基础。他居高不傲，怀才不恃，坚守大节尊严，勇于革新担当，留下了千古芳名，死后被谥"文忠公"。第二位是宋廷南渡时担任建康（今江苏南京）通判的杨邦乂（1085—1129），在宋朝重臣、建康留守杜充投降金兵的情况下，杨邦乂迎难抗敌，因寡不敌众被俘，面对金兵的高官厚禄劝降，咬破手指写下"宁作赵氏鬼，不为他邦臣"，毅然以头撞堂柱而死，金兀术恼羞成怒，命刽子手割其舌头、开其胸膛、剜其心脏。杨邦乂被谥"忠襄公"，今天的南京雨花台烈士陵园，祭有"杨邦乂剖心处"。第三位是杨邦乂同时代的忠节义士、南宋资政殿学士、抗金英雄胡铨（1102—1180），公元1138年金朝使者到南宋朝廷谈判，态度傲慢、气焰嚣张，而秦桧等对金人卑躬屈膝，一味退让讲和，引起满朝文武愤怒。胡铨上书赵高宗，力斥卖国求荣行径，请求朝廷立斩秦桧与参政孙近等，声振朝野，吏民争睹，连金人读了都大惊失色，连呼"南宋有人""中国不可轻"。但胡铨遭到宋高宗贬斥和秦桧的迫害，后在宋孝宗时期受到礼遇，高龄去世时，仍寄望于皇帝牢记家仇国恨、收复失地，死后被谥"忠简公"。少年文天祥曾面对三位同乡先贤的画像，立志要像他们那样立德、立功、立言。第四位是"中兴四大家"之一，写出了"接天莲叶无穷碧，映日荷花别样红""小荷才露尖尖角，早有蜻蜓立上头"的杨万里(1127—1206)。杨万里拜师于爱国英雄、杰出乡贤胡铨,终生以胡铨为榜样,主战而反对议和,上书政论文

杨万里

章《千虑策》,历数靖康之变以来的惨痛教训,指陈朝廷的腐败无能,提出了一系列振兴图强的施政方略。他官至秘书监,因主战抗敌而屡受排挤,坚辞职位,赋闲不出,最终老死家中,被谥"文节公"。他的爱国诗、爱国情深刻地影响了文天祥。

不光有杨万里,还有一位江万里(1198—1275),更是直接地影响了文天祥。

这位年长文天祥38岁的江万里,担任过吉州知州。他曾到庐山脚下的白鹿洞书院求学,师从朱熹的门人,终成朱熹的再传弟子和朱熹理学的传承者、南宋理学的代表人物;曾受邀向宋理宗当面进谏治国理政之言,后来官至南宋宰相。江万里为政为学两不误,从政45年,历任91个职务,创办过3座书院,培养过17位状元、

2700位进士。在吉州，江万里创办了白鹭洲书院，研学专精于理学，还亲自传道授业解惑，使白鹭洲书院名噪一时，成为江西四大书院之一。

白鹭洲书院既因师者著名，也因门生而出名。江万里亲自挑选了高徒欧阳守道接任山长。欧阳守道承继严师衣钵，道德文章有口皆碑，治学有道、育人有方，培养了一批有造诣、有地位、有业绩的学生，白鹭洲书院因此获得宋理宗亲笔题写的牌匾。宰相江万里可谓是桃李满天下、栋梁充高堂。

仅宋理宗宝祐四年（公元1256年）录取的601名进士，吉州就占了44人，几乎全来自白鹭洲书院。

其中，就有中得状元的文天祥。

文天祥与江万里和他的白鹭洲书院结下了深厚的情谊。江万里改变了学生文天祥的人生，也影响了朝臣文天祥的命运。后来在忠诚见谤、仕途受阻的时候，心情郁闷的文天祥屡屡求教于这位忠臣恩师。

更重要的是，这位精神导师最后以一个惊天动地的举动，完成了他对文天祥的言传身教和行为示范。这将在后文提到。

"风檐展书读，古道照颜色"，在晓风拂檐槛、雨打芭蕉夜的环境下读史阅经明志，让前人的道德光辉照亮自己前行的路，文天祥以此为人生之高境。

让文天祥崭露头角的这次殿试，在历史上也留下了一笔。中榜的601名进士中，出身平民家庭的417人，占比近70%，而出身官僚家庭的只有184人，这次殿试因此成为科举选拔制度推动平民向上层社会流动的经典案例,名垂青史。

殿试是国家选拔人才的重要途径,历任大宋皇帝高度重视,亲自出题。宋理宗结合自己治国理政的心得出了一道策论题,让考生回答为什么"志愈勤,道愈远";殿试还结合南宋目前面临的危局,出了五道征集对策的问答题。文天祥从"道"论起,以北宋大儒张载的"横渠四句"切入,坦陈"臣之所望于陛下者,法天地之不息而已",第一次提出了"法天不息"的思想。值得注意的是,文天祥在现场一挥而就的这篇万言文《御试策》中,"不息"一词出现89次。"天久而不坠也以运,地久而不颓也以转,水久而不腐也以流",因为"不息",所以天不坠、地不颓、水不腐,运而不息为之道,阴阳不息道不息。翻译成今天的话,"不息"就是运动、革新、转化、流变,是行动、汇聚、散发、生化,是与时俱进、与事俱进、与是俱进、与势俱进。文天祥进而指出,"圣人之心,天地之心也;天地之道,圣人之道也",这对宋理宗不能不说是坦诚而大胆的进谏。文天祥还结合南宋面临的外族入侵压力,纵论"天灾与安民""人才与世风""兵力与国策""盗寇与边防"的关系和对策,其建言赤心灼灼,其献策拳心诚诚。

主考官王应麟读文如获至宝,向皇上奏报说从文天祥的文中读到"古谊若龟鉴,忠肝如铁石",祝贺皇上能得到这样的旷世奇才。随即,这篇情真意切、痛陈时弊、纵论天下的《御试策》被宋理宗一眼看中,20岁的文天祥被擢为第一名,摘得三甲状元。皇帝亲自赠诗曰:"道久于心化未成,乐闻尔士对延英。诚惟不息斯文著,治岂多端在力行。华国以文由造理,事君务实勿沽名。得贤功用真无敌，能为皇家立太平。"表达了对文天祥的欣赏，又寄寓了希望。

寒窗读书苦，迎风展翅高。

利剑在静候出鞘的时刻，英雄在等待脱颖的机会。

惶恐说惶恐　零丁叹零丁

南宋的皇帝几乎没有睡过一夜安稳觉。

前半夜被金兵追打，后半夜被元兵围打。山河破碎梦不连，国势浮沉雨打萍，梦里全是游牧民族的铁骑马刀，寒风阵阵，寒光闪闪。

公元 1234 年，一直被金兵追杀的南宋朝廷终于有了报仇雪耻的机会。

这就是与蒙古大军的联手。

公元 1141—1142 年，是中国历史上一个重要时间节点，是宋、金、元三朝政治军事势力重新组合的关键时期。

这一刻，大宋王朝力主抗金的主将岳飞被陷害致死，朝中无人敢言战、无人能应战，于是宋金之间签订了"绍兴和议"，堂堂大宋从此对金称臣，成为藩属国，大宋皇帝赵构甚至在写给金主的信中，自称"臣构"。

这一刻，对金朝女真人来说，是一个发展崛起的契机。东北方向完成了对辽朝残存势力的清扫；西部方向安抚住了西夏，使之承认自己的宗主国地位；对东部方向的高丽国、渤海国加大防御力量。

于是金朝的主攻方向转向了宋朝的广大区域,富庶江南,物华天宝,无疑是大金国的不竭财源地。议和是假,觊觎是真;协议是虚,图占是实。大宋像是一块肥肉,食之不尽,嚼之不竭。

但是,金朝对宋朝的图谋,遇到了一个强大的对手,这就是同样奔驰在千里草原上的游牧民族蒙古。准确地说,是逐渐汉化,甚至宋化的女真人,遭遇到仍然保持强悍威风的蒙古人。

公元 1206 年,孛儿只斤·铁木真统一蒙古各部落,被拥立为首领"成吉思汗",创立大蒙古国。

迅速崛起的大蒙古国一方面建立起强有力的帝国体制,一方面发动大规模的对外战争,先后消灭西辽势力,多次发起对夏战争,令西夏王朝臣服,随后打响灭金之战,扩张势不可当。公元 1211 年野狐岭一役,10 万蒙古铁骑对战 45 万金朝精锐,以少胜多、大获全胜,从此威势日隆,强不可敌。被蒙古大军占领大片土地后的金朝转嫁压力,加大了掠夺南宋丰饶成果、挤压其生存空间的力度,此所谓你打我、我打他。

金人的举动,激怒了久积靖康之恨的宋人。于是,宋朝与金朝的对手蒙古大军的合作,就成了历史的必然与现实的选择,一场新的"三国演义"在三国之后一千年重演。

宋理宗端平元年(公元 1234 年),忍无可忍的大宋与蒙古大军联手灭金。随着蒙古人的风卷残云雷霆万钧,金人意识到了问题的严重性,赶紧派人想说服宋人,并不惜以当年北宋皇帝受金朝皇帝之蒙骗联手灭辽,却被金朝反手一击而亡的教训为例,甚至还用了"唇亡则齿寒"的典故相劝。但南宋人恨金入骨,哪里听得进这番近

50年之后才被证明的劝言，心想：齿寒就齿寒，我先让你寒；重演就重演，我让你先演——断然拒绝了金朝的请求。

当然，南宋朝廷也不是一时冲动，宫廷内部也进行过一番激烈的讨论，是"扶金拒蒙""联蒙灭金"，还是"先灭金再抗蒙"。对现实压力的恐惧压过了对未来忧患的思量，最终的结论是，灭金比防蒙更迫切；最后的结果是，金朝都城蔡州被宋、蒙大军攻陷，金哀宗自杀，金朝灭亡。

至此，距公元1134年岳飞首次北伐抗金、收复襄阳六州，正好100年。

历史的悲剧，真的开始重演了。

大宋王朝虽然一雪百年奇耻，但也开始了近半个世纪的大辱。这就是蒙元覆灭南宋之战。

从公元1234年宋蒙两军在洛阳的正面战争打响，到公元1279年蒙元大军灭宋于厓山结束，时间长达45年。

生于公元1236年、卒于公元1283年的文天祥，几乎亲历了蒙元灭宋全过程，也就是说，文天祥一出生，宋朝就进入了覆灭的倒计时。

蒙古帝国灭宋的谋划，堪称人类战略史的经典。

威风起荒漠，战云卷中原。从战略筹谋到战争准备，从战场布局到战役展开，从战斗实施到战术运用，蒙古人从长计议，下了一盘大棋。这个征服了整个蒙古草原大漠地区，建立起大蒙古帝国的强势政权，这个征服了欧亚大陆，从波罗的海打到太平洋，从西伯利亚打到波斯湾，占领面积曾达数千万平方公里的马背帝国，对付已经被女真人打得晕头转向、皮开肉绽的南宋本不在话下，但仍然不敢掉以轻心、轻举妄动，而是对这个存活了几百年的王朝，进行了透彻的琢磨、精准的算计、周密的布局。

此前，成吉思汗、窝阔台父子西征中亚达 7 年之久，灭了花剌子模国（今乌兹别克斯坦、土库曼斯坦），消除了远域之敌袭扰的可能，扫清了外围，加固了边防，拓展了纵深，拉开了打大仗的架势。

此前，成吉思汗派两万蒙古骑兵西征，剿灭与蒙古、新疆分裂势力勾结的西辽国，控制了丝绸之路，不断获取商贸财富。

此前，成吉思汗、窝阔台父子发起 6 次共历时 20 多年的对西夏作战，尽管成吉思汗在战争末期受伤病逝，但蒙古人在公元 1227 年终灭西夏王朝，解除了后顾之忧，扩展了物资供应基地。

此前，窝阔台大汗在公元 1213 年三路攻金的成功经验基础上，于公元 1231 年拉开了灭金之战的序幕，三年而功成。

至此，蒙古帝国扫清了灭宋大业的一切障碍，只等大举破宋的发令枪声了。

但是，这个发令枪声不是蒙古人打响的，而是南宋朝廷发出的。

公元 1234 年正月初十，南宋军队在与蒙古大军刚刚共同灭金于蔡，南宋朝廷导演的"端平入洛"事件就发生了。当年五月，宋兵突然占领了原属北宋的东京开封府、西京河南府、南京应天府等"三京"地区。这一年是宋理宗端平元年，所以史称"端平入洛"。

此举引爆了宋蒙战争。

"三京"地区本是大宋王朝的故园，被金人占领了 100 多年，历代宋人想拜谒祖宗的陵墓，都只能是遥祭，这里是宋人魂牵梦萦的乡愁，是岳飞曾数次北伐要收复的失地，南宋的收复之心，完全可以理解。但对无此切肤之痛、百年之耻的蒙古大军来说，则完全不能理解。对南宋王朝这种不提前沟通、不执行退兵约定、不宣而占的行为，自恃战功显赫、武功高强的蒙古大军当然不干，遂大举攻打"三京"。南宋军队溃败而逃，退回到原来的防线。蒙古军队穷追猛打，蒙宋大战遂一发而不可收。

其实，这场战争迟早要来。窝阔台大汗继承的，不过是成吉思汗的遗策。以"端平入洛"为起点，窝阔台指挥二十万蒙古骑兵，正式打响声势浩大的灭宋之战。

唇亡而齿寒的历史悲剧，即将重演。

蒙古大军自有敢于一统天下的实力，而不仅仅是雄心、决心。

从蒙元灭宋的布局看，成吉思汗建立并延续下来的这个草原帝国，在政治、经济、文化、社会、军事各方面逐步建立起强大的战时机制体制，显示出强大的内生战斗力和原生的扩张力。因此，宋蒙之战一开始，蒙古帝国就设计好了灭宋的路线图、时间表、任务书，志在必得。

对战无定数，胜负无常规。战场上天、地、人因素复杂，且变量多、变数大，但蓄谋已久的蒙古大军对宋军的战争，一开始就掌握了主动。从战略谋划上看，既有总体运筹又有重点突破，既有长计划也有短安排，既有伐兵之策更有攻心之术，显得有张有弛、有法有章。从战役实施上看，由西到东，从北到南，纵横数千里，跨越江河海，总体战风卷残云，阻击战攻防有力，阵地战如铜墙铁壁，运动战似霹雳闪电，是中国历史上一场在最大流域、最长战线、最多层面同时展开的歼灭战。这场战争，是中国历史上一个朝代推翻前一个朝代最艰巨、最惨烈、最彻底的经典战例，也是一部精彩的大片。

综观蒙元大军灭宋的过程，是按三路兵力组织、三个战场展开、三个时期来进行的。这"三个战场"，分别是西路军开辟四川战场、中路军抢夺京湖战场、东路军控制两淮战场。这"三个时期"，分别是窝阔台汗时期（1234—1241）、蒙哥汗时期（1258—1259）、忽必烈汗时期（1268—1279）。

三个战场有重有轻、有呼有应、有分有合，打得山呼海啸，最后三路合一，直捣临安；三个时期的三位大汗毫不歇气、步步紧逼，一年接着一年打，一代跟着一代干，终于把有着300多年历史的大宋王朝逼进了死胡同，赶到了悬崖边。

历史，总是环环相连、丝丝入扣、马不停蹄，从未有散漫、闲暇、打盹的时候。

公元1234年六月，灭金之战惊尘甫定，宋军入洛的战报刚到，蒙古大汗窝阔台就召开诸王大会，宣布实施大规模的攻宋之战。随即，蒙古铁骑潮水般从三个方向涌向川蜀、京湖、两淮地区，所到之处大开杀戒、疯狂屠城，广大地区遭受严重破坏，生灵涂炭，财物被掠，生产被毁，文化遭劫，一片哀号。据史料记载，一次战斗被杀的宋朝百姓和士兵可达数十万人。窝阔台派弟弟托雷攻入天府之国，疯狂屠杀成都军民，数年之内蜀地人口锐减千万人以上。蒙古大军的残暴，令人不寒而栗。

对蒙古帝国而言，灭金之战实际上有一箭双雕之功，既摧毁了金朝残存的堡垒，也完成了蒙古兵力对中原地区的强势介入和对宋作战的要点布阵。而对南宋而言，却是引狼入室，最终连命都送上，连哭都来不及了。公元 1241 年，窝阔台死于豪饮，蒙古大汗换了几任，但攻宋的计划从未改变。

公元 1251 年，窝阔台的养子、成吉思汗的幼子托雷之子蒙哥登上蒙古大汗宝座，即率军再次从陕甘方向进入川蜀地区，横扫成都、重庆、泸州、万州等地，占据长江上游地区。与此同时，蒙哥汗命弟弟忽必烈进兵云南，灭大理国，加固了西南方向的打击力量和防卫能力。

公元 1259 年，蒙哥汗在连续征服欧洲、非洲、亚洲 40 多个国家之后回兵入川，从长江上游往中下游地区推进。在攻打重庆合川钓鱼城时，遭遇宋军守将王坚、张珏的顽强抵抗，久攻不下，蒙哥汗受炮击而亡。但蒙古军队并未停步，而是绕开钓鱼城，沿长江三峡东下，直逼湖北、湖南，形成对长江中下游地区宋军主力的压力，是为西路军。

在京湖地区，忽必烈统领的蒙古大军攻打湖北、湖南等长江流域重镇，上接应西南，下支援东南，先后占领襄阳、鄂州、江陵、荆州、郢州、黄州、蕲州、江州、安庆、池州、建康，重点打击南宋主力部队，切断拱卫首府临安的援军，是为中路军。

占领中原地区的蒙古大军兵分两路，一路攻克唐州、邓州、光州等地，另一路打下定远、滁州、六合、真州等地，会师于江淮地区，然后一同打过江南，直逼临安，是为东路军。

在江南水乡，蒙军东路军统帅、左丞相伯颜从容不迫地排兵布阵、安营扎寨，以右军、左军、中军三路包围临安，天罗地网，恢恢密密。堂堂南宋、皇皇华夏，犹如网中之鱼、瓮中之鳖、俎上之祭品。

宋蒙之战，大宋王朝败于蒙古帝国，似乎是历史的必然。

成吉思汗缔造的蒙古帝国是一个神话，蒙古骑兵创造的许多战法、战例、战绩是传奇。他和他的儿孙们率领的蒙古骑兵规模应该在20万骑左右，却能一次荡平欧洲、中亚地区的几十万兵力，打败上百万人的金兵，令交战对手无不肝颤。如此骄人战绩的取得，与他残暴、强悍、勇敢、坚强的性格有关，更与他的大战略、大胆识、大智慧密切相关。

"只识弯弓射大雕"的成吉思汗没有现代意义上的文化，没有研究过孙子的兵法，但他的战略部署、战役谋划、战斗实施一直是胜券在握。他一生打过60多场仗，除了一次战斗发现不利主动撤退，其余各场屡战屡胜，没有失误；他深思熟虑计得失，居高望远定乾坤，表现出政治家、军事家的雄韬伟略和天才素质；他敢于以小伐大、以少战多、以弱搦强，"伐大国"、打大仗，制胜之道在先发制人，首战就摧毁敌方意志、先灭敌方有生力量，因此他的军事行动呈现突袭性、主动性、运动性、机动性、进攻性、残酷性等特点，始终占据先机主导；他的屠城之术使人心理破毁、精神崩溃、意志坍塌，而且屡试不爽，令人极端恐惧，《孙子兵法》的"屈人之兵而非战也，拔人之城而非攻也"，在他身上找不着注脚；他指挥的长途奔袭，到达欧亚大陆的边缘，以劳胜逸，所向披靡，让"凡先处战地而待敌者佚，后处战地而趋战者劳"的战法不再灵验。直到今天，一些史学家还把成吉思汗列入人类历史上十大军事家的排行榜。

从成吉思汗到术赤、察合台、窝阔台、托雷等四个如狼似虎的嫡生儿子，再到蒙哥、拔都、旭烈兀、忽必烈、阿里不哥等一群骁勇善战的优秀孙辈，一代又一代的铁血英雄们传承奔驰的特质，遗传战斗的基因，高扬胜利的旗帜。

蒙古大汗们是战略的高手，也是战术的巧手、战法的老手。"蒙古旋风"灭国四十，"上帝之鞭"让地球颤抖。自信满满风度翩翩的欧洲骑士，一旦遭遇威风凛凛杀气腾腾的蒙古骑兵，立即吓得魂不附体、斯文扫地，他们手里堂吉诃德式的长枪、角斗士用的重剑，在蒙古骑兵带钩的长矛、弯刀面前显得笨拙、迟钝而脆弱；欧洲长弓与蒙古雕弓相比，拉力不及一半，射程差一大截，杀伤力相形见绌。尽管欧洲骑士把自己包裹严实得像个粽子，但蒙古弓弩射出的利箭，箭重而锋窄，很容易钻进敌手铠甲的缝隙而致其死命。攻有方，防有术，蒙古人发明了用生丝制成的"防弹衣"，即使箭头射入肉体，有丝衣缓冲保护，只要拉出丝衣就能拔出箭头。成吉思汗重视武器装备的先进性，每逢大仗，俘虏的工匠技工等一个不杀，全部转成工程兵、技术兵；他非常重视运用大炮等先进武器作战，抛石器、铜火炮、火箭发射装置、火焰喷射器等被广泛应用，"回回炮"等重型武器"所击无不摧毁、入地七八尺"，打出了冷兵器的威风，也打成了热兵器的先锋。元军长途作战，往往一人数马，主马主战，从马紧随，马歇人不歇，所以"来如天坠，去如电逝""飙

风迅雷，千里瞬至"，是"闪电战"最早的发明者。蒙军组织严明、治军严酷，形成军政、军民一体的"千户制"，十户一组、百户一

回回炮示意图

编、千户一体。战斗队以十为单元：一人逃跑，十人全杀；一家叛逃，十家连坐——形成捆绑式、链锁制的战斗力。

富庶南宋，迟早是游牧人的网中鱼、砧上肉。

蒙古帝国以征服欧亚大陆的战略视野来审视、部署对西夏、对金、对宋的战争，用攻打欧洲城邦城堡的战略战术来攻取南宋城池，运筹有方，游刃有余。他们频繁使用强势逼近、包抄打围、据险守要、正面强攻、大兵压境、箭雨覆压、避实击虚、佯退诈攻、欲擒故纵等兵法作战，料事如神，用兵如神。忽必烈时期，元朝政权针对大宋朝廷的文武官员、地方官员、各城池守将等，展开间谍战、

攻心术，或许以高官，或给予重金，或挑拨离间，或恐吓逼迫，使得不少官员反宋归元、宋才元用。晚宋是传统价值观、正统道德观遭到严重践踏和质疑的尴尬时期。

但对文天祥的劝降，是一场漫长、艰难而失败的心理战。

元军兵力一直不多，但善于草船借箭，大胆使用汉人，蒙古兵力不够就放手招募前西夏兵、金兵、宋兵。元军本没有水师，但忽必烈击败阿里不哥登上汗位之始，就开始修造舰船、编练水师，战斗中注意收缴、收编、收买宋军的水师，组建大元水师。一个强悍的骑兵集团建立了一支强大的海上力量，最终使一度辉煌的大宋王朝葬身海底。

川蜀、京湖、江淮三个战场波澜壮阔，窝阔台、蒙哥、忽必烈三位大汗接续奋战，这不能不说是置南宋王朝于死地的大手笔。

人是战争的第一因素，尤其是统帅人物。

12世纪末起，强悍的蒙古部族崛起为强大的蒙古帝国。在半个多世纪里，这个马背民族诞生了几位史诗级的英雄人物和帝国领袖。

第一位是成吉思汗，他完成草原部族的统一大业，横扫中亚，战刀直指里海与黑海间的高加索，征服欧亚大陆和印度河流域，回手一刀灭掉西夏王朝，"上帝之鞭"所指，尽入蒙古帝国囊中，但一代天骄在攻打西夏时受伤而殁。第二位是窝阔台，成吉思汗的三儿子，他按照成吉思汗的遗策发起灭金战争，开启灭宋之战，战绩显赫，大势初定，却因酗酒过度而亡。第三位是拔都，成吉思汗长子术赤之子，公元1235年拔都奉三叔窝阔台大汗之命，率领由王室各家长子和各家族长子组成的"长子团"西征，七载而归，一直打到波兰、日耳曼、基辅、匈牙利等，15万蒙军击破60万欧洲联军，沿途各国无不臣服，但拔都最终病逝于伏尔加河河畔。第四位是蒙哥，成吉思汗四子托雷之长子，继承汗位后派兵西征西亚、南攻南宋、降服高丽，威震海内外，但在亲临火线攻打重庆钓鱼城时，壮烈牺牲；第五位是忽必烈，成吉思汗四子托雷之四子，奉兄长蒙哥汗之命总领漠南事务，奉命进攻云南、灭大理国。公元1259年，忽必烈奉蒙哥汗之命统领中路军，一路向南，开辟湖北战场，攻取长江中游重镇鄂州。蒙哥汗去世后，忽必烈登上王位，公元1260年成为大蒙古国的末代可汗，公元1264年成为元朝的开国皇帝。至此，蒙古帝国进入元时期。公元1279年，元世祖忽必烈成为300多年大宋王朝的终结者。

与蒙古帝国、大元王朝的崛起可以一比的，是整整1500年前秦国的崛起和秦朝的建立。秦始皇之所以能一统天下、终成帝业，是因为"奋六世之余烈"，前面六代君王接续奋斗，无一颓势。元朝的一统天下、百年帝业，是从成吉思汗到忽必烈数位大汗毫不松懈的共同奋斗得来的。其中任何一个环节的失误，就可能造成事业链的断裂，但秦没有，元也没有，后来的康、雍、乾也没有。这是历史的遗传密码。

从草原部落壮大成为强大帝国，尽管蒙古集团在成长过程中充满血腥内斗，部落之间、贵族之间、父子兄弟之间互相残杀，但总体上是优胜劣汰、日趋强大，在血雨腥风中拼杀、打造出一个强悍的领导阶层和政权系统。正是因为有了这样一个意志坚定、目标明确、惯于拼杀、勇敢斗争，有跨代但从不断代、有张弛却不松弛的领袖集团、英雄群体的强力领导和接续斗争，这个草原部落才从中国的北方边陲走向中华大地，建立起存续 160 多年的蒙古政权、存续近 100 年的元朝政权，作为主角在中华民族大舞台活跃了一个世纪，推动了民族大融合、文化大交流、文明大交融。

这样的领导集体和精英阶层，在宋朝没有出现，文天祥没有遇到，可谓生不逢时。

历史无法选择。

天地有正气　时穷节乃现

一个武功高强的草原帝国，要对一个抑武扬文两三百年的华夏王朝动武了。这样一支驰骋欧亚大陆，令王公们闻风丧胆的蒙古大军，攻打以抑武扬文为国策的南宋王朝，应该是不太费劲的事，但仍然苦战了 45 年，比蒙灭金 23 年，多了将近一倍时长。

这至少说明两个问题。一是元朝统治者对灭宋之举是非常谨慎、精心、缜密，下了大力气、真功夫的。战略布局如此之大、攻防战线如此之长，说明元朝对宋朝的颠覆，从设计上来说是全面的、根本的、彻底的。二是大宋将亡，但雄风仍在，精神韧性超强，南宋官民风骨甚健。用金人、蒙古人说过的同一句话形容，那就是"大宋有人""中国有人"。

是的，文天祥就是这样一位风骨凛然的人。

参加完殿试、策论雄文引起关注不久,文天祥的父亲文仪病逝,他不得不在家守制三年。公元1258年,忽必烈统率的蒙古中路军,突破南宋长江防线,势如摧卵,所向披靡,南宋军事重镇鄂州被围困,与之互为犄角的襄阳危在旦夕。

鄂州—襄阳防线地处中原腹地、长江中游,西连川陕、东望吴越,既扼守南北,又贯通东西,自古为兵家必争之地。120多年前金人与伪齐从这里攻入,"破襄阳、唐、邓、随、郢诸州及信阳军",大宋王朝大片江山失守,幸有岳飞奉命率三万军从长江中下游的九江赶到,"以步制骑,以骑制步",大破金齐联军十万之众,守住要塞,收复失地,但南宋朝廷下令岳飞班师回营,结果导致收地复失。鄂州—襄阳防线是北宋、南宋的旧伤口,是大宋王朝的命门。

宋金战争如此,宋蒙战争仍然如此。一旦这个通向长江中下游的重要关隘被蒙古铁骑踏破,长江防区就会失守,江南重镇建康、南宋首府临安便面临灭顶之灾。这一次,忽必烈从西域引进的"回回炮"惊天动地,惊呆了襄阳城,蒙古战刀乘机从这里挑开了一个豁口,横扫长江,干了金人想干但没干成的事。

千里长江一根线,南宋头上一盆水。中游失守,江南危急,消息传到朝廷,临安城一片混乱、焦虑和恐慌。宋理宗的贴身内侍,惯于阿谀逢迎的董宋臣趁机主张迁都到明州(今浙江宁波)。130年前宋高宗在金兀术的穷追猛打下,也曾从明州逃往海上躲避。面对董宋臣等人避战求和、贪生怕死的行径和逃跑路线,一些忠义之士提出反对意见,其中就有文天祥。

文天祥在守制结束后的公元1259年,任宁海军节度判官一职。

有感于时局维艰,文天祥撰写万言书《己未上皇帝书》呈递朝廷。文天祥在万言书中说,"方今国势危疑,人心机陧。陛下为中国主,则当守中国;为百姓父母,则当卫百姓",深刻陈明不能迁都的原因,认为"六师一动,变生无方";如果放弃临安城,百姓将惨遭杀戮,"京师为血为肉者,今已不可胜计矣"。皇皇万言书,耿耿赤子心。

文天祥纵论南宋王朝面临的战争形势,分析敌我双方的优势和劣势,畅言道"且夫三江五湖之险,尚无恙也;六军百将之雄,非小弱也。陛下卧薪以厉其勤,斫案以奋其勇,天意悔祸,人心敌忾,寇逆死且在旦夕",指出凭借山川江湖之险势,蒙古骑兵并不占优势,大宋军中还有一些猛将,并不都是羸弱之士,只要激励起他们的斗志,同仇敌忾,消灭侵略者是旦夕之间的事。分析在理,信心十足,其辞慷慨激昂,其心拳拳切切。

万言书还历数董宋臣的罪行,痛斥"小人误国",请求"斩杀董宋臣,以统一人心"。

文天祥提出积极抗敌的四点建议:一是"简文法以立事",即建立"战时体制",成立战时办公室,急事急办,皇帝直接召集军政大臣商议大事,垂直化领导,扁平化管理,减少朝廷内的繁文缛节;二是"仿方镇以建守",即一改宋朝建制以来为防范藩镇割据之隐患,削弱地方诸侯兵权、事权、财权的做法,下放行政权力,增强地方用兵能力;三是"就团结以抽兵",即取兵于民,大规模抽集兵力,按二十户抽一兵计算,一个州二十万户就能抽集一万兵力,东南地区可聚合十万兵力,对他们"教习以致其精,鼓舞以出其锐",南宋朝廷就将拥有精兵十万;四是"破资格以用人",不拘一格选人用人,反对"有才者常以无资格而不得迁,不肖者常以不碍资格法而至于大用",破格选用一批"豪武特达"者,为国家之急用。这一条条真心灼言,是应时之议、权宜之计,也是国家危难之际的有效举措。

文天祥认为,大宋王朝虽然吸取了五代十国藩镇割据的教训,但是国家武力渐弱,在蒙古大军面前不堪一击,加强军队和国防建设至关重要。他建议将天下划分为四镇,设置都督为军事统帅,调整全国范围内的军政机构,使各路势力范围扩大、权力加重,便于调动军事力量,形成抵抗元军的全局之势、举国之力。这些建议不失为治国之要、救国之计、强国之策,但对于病入膏肓的晚宋,为时已晚。

捧读文天祥的万言书,条条合理但不合宜,句句中肯却不中听,它触碰到了大宋王朝几百年来深层次的、敏感的、核心的问题,触碰到了大宋的立朝之策、建国之基,涉及的本质是一场深刻的政治改革、社会革命。历代皇帝没有这个勇气,现任皇帝更没有这个胆量,尤其在大敌当前、内忧外患交织的节骨眼上,更没有人敢临阵图变、临危谋强。苟且是苟且者的秘诀,偷安是偷安者的妙招。没有强大的政治气魄和强壮的军事体格,武功弛废,将不如相,是贯穿宋朝300多年历史的先天体质,想在面临武林高手挑战时一夜之间变得武艺高强起来,似乎也不现实。

要揭开这个疮疤,一定会触动朝廷的神经。面对行将就木的无感僵尸,千言万语都是白搭。

宋朝皇帝既没有迁都，也没有纳谏。文天祥非常失望，自请免职回乡。朝廷没有理睬，反而将他升为刑部侍郎，而同时将董宋臣升为都知。性情耿直的文天祥不愿妥协，再次上书弹劾，朝廷未予回复。

忠言良策何可期，泥牛入海无消息。

理想，总是这么尴尬。现实，总是这么骨感。

自感人微言轻、势单力薄，文天祥便求教于有知遇之恩的忘年之交、曾任宋理宗右丞相兼枢密使的吴潜，向他发泄郁闷、袒露心迹，但此刻这位曾被宋宁宗、宋理宗"两朝倚重"的昔日状元、元老，与一批主战派人士一同遭到警告、冷落和猜疑。文天祥感受到朝廷的妥协和畏战，后脊发凉，但良心仍热，忠心如炽。

公元1263年，文天祥被任命为瑞州（今江西高安）知州，这里刚刚经历蒙古大军的浩劫，"瑞之文物，煨烬十九"。面对一片疮痍废墟，文天祥开仓济民、重修祠堂、惩治黑恶势力，还亲登杏坛讲学，重振民心。

公元1264年，文天祥被朝廷任命为礼部郎官，并江西提刑。正准备赴任的他得知有盗寇横行赣州、危及百姓，直接从瑞州走马上任，亲赴前线调兵遣将，很快铲除了这股盘踞赣州的盗寇。

这年十月，宋理宗驾崩，24岁的宋度宗继任，这个弱智无能、荒淫无度的年轻皇上，有"夜御女三十"的传言，且不愿意上朝打卡，把公文奏折的审批权交给"春""夏""秋""冬"四名美女，把朝会决断大权交给专横跋扈的奸臣巨贪贾似道，从此君王不早朝，后死于酒色过度。曾经灿烂锦绣的南宋，进入了生命的灰度时期。

同年八月，忽必烈登上蒙古汗国最高统治者位置，正是这位与宋度宗几乎同时登基、雄心勃勃、虎气生生的元朝皇帝，使得宋朝最终葬身海底。

两位皇帝的状态，决定了两个朝廷的命运。

公元 1265 年，文天祥的伯祖母梁太夫人病故，有人以文天祥未穿孝服服丧为由，上书朝廷弹劾他。虽然朝廷认定文天祥并无过错，但他仍然被罢免了官职。这一年，文天祥 29 岁。

从政以来，文天祥历任宁海军节度判官、瑞州知州、江西提刑、尚书左司郎官等，还几度被责、被罢、被贬，上上下下多岗位，断断续续十多年，不但经历了宋理宗、宋度宗两任皇帝，还直接面对了两个他非常反感、蔑视的权臣政敌，一个是董宋臣，另一个是历史上颇有争议、官至右丞相兼枢密使的贾似道。

公元 1259 年，蒙古大军进攻鄂州，宋理宗令贾似道领兵出战。他到达前线后不是与敌决战，而是与蒙军私下议和，表示宋朝愿意称臣、岁奉 20 万两银、绢 20 万匹；襄阳、鄂州先后陷落之际，朝廷令贾似道领精兵 13 万出师应战蒙军，但贪生怕死的贾似道在丁家洲大败而逃。对传来的不利战报和前线告急，贾似道一概压下不报；皇帝派他出战迎敌，他又以各种名义赖在宫中。如此高官重臣还是玩物丧志之流，专好与群妾斗玩蟋蟀，编撰过《促织经》一书，甚至带蟋蟀上朝，有时候叽叽叫的蟋蟀从他的水袖里跳到皇帝身上，人称"蟋蟀宰相"。宋理宗去世，宋度宗登基后，贾似道更是肆无忌惮、专国专权，威权震主。作为一人之下、万人之上的宰相，外忧内患交织，竟然十天才上一次朝。面对朝中正直官员的质疑、抨击,贾似道无力自圆其说,只好谎称自己患病,动辄以退休回乡要挟无德无能的宋度宗。

负责朝廷的军器监制、直学士院管理工作的文天祥,承担起草圣旨诰命的任务,但文稿必须报送贾似道审查。文天祥因为看不惯奸臣当道,决不同流合污,更不满后者对圣旨诰命的篡改歪曲,屡次不从,贾似道便命人弹劾罢免了他。文天祥愤而退休,时年37岁。

文天祥致仕归田,回到家乡庐陵,家乡以好山好水好风光迎接了这位天下闻名的游子、家乡的骄傲。

"达则兼济天下,穷则独善其身"。文天祥置身于灵山秀水,有明月清风相伴,洗心移情,修心养性,过上了物我两忘的隐逸生活。他把家乡的一座山更名为"文山",天天流连于此,或静思冥想自斟酌,或咀诗嚼词思儒道,或呼朋唤友同开怀,或对风邀月共徘徊。"邦有道则仕,邦无道则隐",有道是,大隐隐于朝,中隐隐于市,小隐隐于野,文天祥这样算是"小隐"。虽然每日陶醉于"淡烟枫叶路,细雨蓼花时。宿雁半江画,寒蛩四壁诗"的桃源美景,享受"两两渔舟摇下,双双紫燕飞回。流水白云芳草,清风明月苍苔"的田园风光,过着"夜静不收棋局,日高犹卧纱橱"的散淡生活,但文天祥隐迹江湖、心系庙堂,面对国难当头、时乖命蹇,深忧自己"少年成老大",感叹"吾道付逶迤",道路阻且长。无论身处何方,文天祥素以松、竹为志,不改"一段青山颜色",高洁志趣"不随江水俱流",提醒自己"终有剑心在,闻鸡坐欲驰",爱国心、报国志依然如战马在驰骋、利剑欲出鞘。文天祥看似"小隐",实为不隐,一个不屑与奸佞为伍、不甘在喧嚣聒噪中沉沦的人，一定会兀立巉岩，自成风景。

隐居期间，文天祥对一些重大问题进行了思考，深感宫廷内惧战、姑息、求和、奸巧者多，临危不惧、勇于担当者少，敢于横刀立马、冲锋陷阵的更少，而里应外合、暗中勾结、投降叛敌者渐多。这是大宋的沉疴、朝廷的悲哀。

隐士难隐，身隐心不隐。忠臣难觅，奸臣满地爬。

愤懑归愤懑，但文天祥忧国忧民之心不泯。

响箭在等待弯弓的劲发，战马在期待嘶鸣的时刻。

公元1271年秋天，死守几年之久的襄阳被蒙古大军围困，危在旦夕，大宋朝野一片惊慌。文天祥闻讯，奋笔写下"挑灯看古史，感泪纵横发"，为深居山野报国无门而痛苦，"桑弧未了男子事，何能局促甘囚山"，表达不甘隐逸，愿持坚弓利箭、挺枪跃马的壮志。

静候中的文天祥终于等到了朝廷的召唤，他被任命为荆湖南路提刑。这是一个执法断案的重要角色，曾经担任过江西提刑一职的他对此并不陌生。从严治吏、整肃政风，确保一方安宁，他干得风生水起，百姓称颂。

公元1274年正月，文天祥被朝廷任命为赣州知州。

这里是他从政的重要舞台，也是他人生的重要转折点。

文天祥要在这里实现他的政治理想。他决心为政一地、造福一方，用儒家伦理纲常教化民众，主张以礼待人、以德治国，"不可以刑威慑，而可以义理动"，要"以诗书揉强暴，以衣冠化刀剑"；他倡导尊老尽孝之风，亲自操办了"千叟宴"，把全城1390多位七旬以上的老人及其儿孙们请到一起，同享同乐，"老者踊跃""少者以老为贵"；他亲政勤政、治吏有方，惩恶扬善、还民公道。经过一段时间的治理，整个赣州由乱而治，百姓安居乐业、勤奋耕读，社会尊老爱幼、古风浩荡，官吏不敢扰民，盗寇不敢打劫，呈现政通人和、海晏河清的局面。

然而，一域之善治不等于一国之安泰，片刻的宁静不意味着天下都太平。

公元1274年六月，突破长江防线的蒙古铁骑中路军，在忽必烈率领下一路旋风狂卷，直逼南宋首府临安。七月，宋度宗突然驾崩，年仅3岁的宋恭帝赵㬎即位，太皇太后谢道清垂帝听政，致信已包围临安的蒙古大军东路军统帅伯颜，言说"可怜孤儿寡母"处境艰难，请求臣服，自称侄甚至侄孙，乃至乞封一个小国。但雄心勃勃的蒙古统帅根本不听这一套，继续长驱直入，南宋指挥整个朝廷事务的重臣贾似道战败，仓皇出逃，从此没有了音讯。

元军攻下临安，横扫江南，紧逼赣闽粤，沿途攻、降两用，不断招降纳叛，变宋军为元军，掉头倒戈，许多元军与宋军的厮杀实际上是前宋军与现宋军之间的拼杀。忽必烈招降宋将刘整，缴获宋军大量主力战舰和强大水师，又命刘整训练了数万水兵，分布在沿江沿海，元军迅速崛起的水师强势与宋军颓势形成明显对比。元军水上备战的动作表明，一张张网正悄然密织、浮出水面，南宋朝廷已陆路无路、水门无门，如网中之鱼了。

一手攻城略地，一手搜刮财富，忽必烈把占据富庶江南后获得的巨大财富转变成战争的巨额资本，强有力地支撑起灭宋之战的物质力量，取之于大宋，用之于灭宋。当粮草丰沛、犒赏丰盈的元军大举南进时，衣衫褴褛、饥肠辘辘的宋军残部尚在南方多雨多虫多兽的亚热带丛林中，迂回游击，露营扎寨，瘟疫和腹泻经常袭倒一大片宋兵。宋军之间还常常为经费的多少、营地的大小、食物的多寡而发生冲突。元军本身具有强大的陆战能力，宋军几乎逢战必败，只能躲着走、绕着打、拼命跑，唯有捍卫朝廷的坚强意志在苦苦支撑。

南宋朝廷风雨飘摇，文武百官各怀心思。建康留守、宁国知府、隆兴知府纷纷弃城逃跑，太平州、和州、安东州知州竞相降敌，镇江守军举械投敌，无锡、常州、潭州惨遭屠城……绵延300多年的大宋王朝命悬一线。

前文提到，公元1275年初，文天祥在赣州接到朝廷紧急诏书。其实诏书是两道，一道是太皇太后亲发的《哀痛诏》，诏告天下："先帝倾崩，嗣君冲幼，吾至衰耋，勉御帘帷。曾日月之几何，凛渊冰之是惧。"延续了300多年的大宋王朝，命运蹇促、气数将尽，其鸣也哀哉。"愤兹丑虏，阑我长江，乘隙抵巇，诱逆犯顺"，大敌当前，国难不已，诏书说："文经武纬之臣，食君之禄，不避其难；忠肝义胆之士，敌王所忾，以献其功。"乞求天下忠勇之士尽起勤王之师，保家卫国、护卫朝廷。另一道诏书是皇上直接发给文天祥本人的，专旨点将，命他"疾速起发勤王义士，前赴行在"！

捧读诏书，文天祥痛心疾首、泪流满面，国难如此，我不先死，谁先死！

于是，文天祥开始招兵买马，聚集英雄豪杰、盗寇兵匪，昭告凡愿意为国尽忠者，皆归麾下。一时间赣州附近的义士忠勇、豪门大姓纷纷响应投奔，有人的出人，有钱的出钱。钱粮军饷不足，文天祥变卖家产，很快建立了一支初具战斗力的5万人义兵队伍。公元1275年四月，文天祥率队出发，与吉州官兵会合，沿赣江而下。不久，朝廷决定在文天祥原职务上，加任兵部侍郎，下令他尽快赴临安，以临安知府身份拱卫京师。文天祥一边遵命马不停蹄增援临安，一边利用行军空隙训练义兵，提高战斗力。

文天祥临危受命，不是为当官，而是准备为南宋江山社稷一战。

公元1275年七月，宋元焦山大战，宋兵大败，朝廷急命文天祥驰援京师，但右相陈宜中把他支到了平江府（今江苏苏州）。此时的朝廷一片混乱，陈宜中急忙怂恿朝廷与元军求和，但元军根本不吃这一套，继续南下包围了常州城。陈宜中指挥无措、增援不力，导致常州惨遭屠城之灾，全城仅有7人幸免于死。

常州失守，余杭告急，朝廷急令文天祥率兵驰援临安，令张世杰接防文天祥的平江；可文天祥前脚刚走，自知难守易破的平江府通判、都统就开门降敌了。不得已，朝廷连续派三批使臣前往元营乞和，都被伯颜拒绝。

昏君无能，权臣当道，"无一事之不弊，无一弊之不极"。一方面是朝廷怕死求和，一方面是部分将领要求血战到底。是战还是和？这是一道困扰着大宋王朝的百年难题。此刻是出战、死守，还是迁都？火烧眉毛了，权臣们还在争论不休、内斗不止。寝食难安的儿皇帝和心力交瘁的谢太后开始沉默不语，当起了鸵鸟。

君不慧，臣不能不智；主不力，将不能不勇。文天祥、陆秀夫、张世杰等大臣商议，尽管元军来势凶猛、血腥残忍，但大宋两淮流域坚壁严防，闽广地区兵力充足，"王师且众"，能够抵挡一阵子，何不集官军之精锐、义军之势众，以 40 万兵力决一死战？但这一提议又被右相陈宜中否决。

公元 1276 年正月十八日，元军统帅伯颜扣押了南宋丞相文天祥。二月四日，元军攻占临安，受降仪式次日在城中举行。南宋幼主恭帝被俘，国玺、降书、名册、地图一并奉交元军统帅。大宋王朝上演了与一个半世纪前的靖康之耻同样屈辱的一幕。

场景不同，而主角都是大宋皇帝。一再受辱，见辱而不起，这是真正的悲剧。

公元 1275 年蒙古大军兵围临安，前锋之一竟然是在襄阳大战中战斗到最后一刻，因弹尽粮绝而投降的原宋朝大将吕文焕。吕文焕的侄子吕师孟是南宋朝廷官员，大宋皇帝企图利用他们二人的叔侄关系，讨好求和于元军，便想提拔吕师孟为兵部尚书。在苏州的文天祥听说后，上疏坚决反对，并乞斩吕师孟以表不妥协的决心。同年十二月，吕师孟作为南宋兵部侍郎，随大臣陆秀夫出使元营求和，未果；公元 1276 年二月，吕师孟随丞相吴坚等赴临安城外的皋亭山，向元营递交投降表，吕文焕代表元军出席。被元军扣押的文天祥见到吕文焕、吕师孟叔侄二人，义愤填膺，对他们的投降、背叛行为深恶痛绝，一顿臭骂。

此刻，南宋江山虽已纳入元朝版图，但广大军民不甘屈服，奋起反击元军。在文天祥事先的秘密安排下，陆秀夫、张世杰等护卫宋恭帝赵㬎之兄赵昰、赵昺逃出临安，取道海上向南，在福州成立南宋小朝廷，先立 7 岁的赵㬎为帝，赵㬎 9 岁病逝后，又立 6 岁的赵昺为帝。

小朝廷建立，南宋王朝一息尚存，却已苟延残喘，进入了生命倒计时的读秒阶段。

壮烈鬼神泣　凛烈万古存

皇帝再小也是帝，朝廷再小也有尊严，力量再小也会抗争。

南宋小朝廷，在做最后的挣扎。

与强悍的蒙古大军相比，宋军明显处于劣势。一是宋军多为义兵，临时拿枪，腿软心慌，缺乏训练，没有战法。二是缺少战马，没有战斗力。宋蒙开战以来，蒙古人严控草原地区战马的生产和销售，不允许任何官方和民间向宋朝卖马，导致南宋正规军的军马严重不足，兵力数万人的主力部队配备的战马往往仅数千匹，蒙军一人多马，而宋军数十人一马，义军几乎全是步兵，根本不是铁骑弯刀的对手。三是猛将稀少，尽管有不少守将坚贞不屈、血战到死，但高级官员、中层骨干中意志坚定者偏少，朝中大臣仅剩文天祥、陆秀夫、张世杰等人，陈宜中挺到最后也逃往了温州，留梦炎叛逃投元，后来还担任了元朝大臣，反过来劝降。宋军损失之大、牺牲之惨烈，可想而知。

在势如破竹、摧枯拉朽的蒙古铁骑面前，南宋王朝如风烛草露，岌岌可危。长江上下、江南江北、岭南岭北、华南华北的南宋城池，如多米诺骨牌，倒声一片，降将如云，到处城头易帜。与蒙古大军对峙、激战达36年之久的重庆钓鱼城，也在最后时刻不得不开门降敌。

尽管如此，面对困厄，面对剿杀，面对诱惑，明知南宋气数几尽、来日无多，仍有不少南宋军民以微薄之力做顽强的抵抗，他们誓死不降敌、宁死不偷生，用卑微而高贵、脆弱而坚强的生命，兑现对大宋朝廷的承诺，捍卫大宋的江山社稷。

一寸山河一寸血，满城宋民满城兵。在安徽池州，守将赵卯发自知城不可守，让夫人逃命，但赵夫人执意与夫君同在，说："君为命官，我为命妇，君为忠臣，我难道不能做忠臣之妇吗？"赵卯发留下诗作"君不可叛，城不可降，夫妻同死，节义成双"，与夫人一同自缢于家中从容堂。元朝丞相伯颜带兵攻入，看到这一幕，感叹万分。在江西饶州，知州唐震指挥兵民守城，元军已翻过城墙，仆人央求唐知州赶紧走，但唐震说，全城百姓的命都维系于我，我如果逃生，他们都死了，我还有什么脸面活着！元兵冲进书房，逼唐震签投降书，唐震把笔投掷在地，慷慨赴死。饶州守将张孝忠挥舞双刀冲进敌军，身中数箭牺牲，元军打扫战场时发现，张孝忠屹立在众尸中怒目圆睁而不倒，纷纷跪拜，发出"真壮士也"的感叹。在湖南潭州，知州李芾带兵抵挡元军悍将、元朝右丞相阿里海牙，寡不敌众、弹尽粮绝，誓死不当俘虏，他委托部将沈忠杀死自己全家老小，以绝后路，沈忠含泪完成任务，又赶回自家痛杀妻儿，回到战场与李芾一同战斗到死。元军攻入潭州城后发现，树底下、城墙上、屋檐下、水井里，尸横遍地，"多举家自尽，城无虚井，缢林木者累累相比",惊愕不已。潭州城被元军包围时,已被推荐担任衢州知府、尚居潭州家中的老臣尹谷,协助潭州知府李芾守城,率老弱病残四五百人死战。元军攻入城里,尹谷说:我本是一介寒儒,承蒙皇恩,义不当屈。他先为儿子举行成人礼,然后穿上大宋朝服,与全家老小一同端坐在柴堆中,引火自焚,以身殉国。文天祥的部将尹玉,率五百义军与元军拼杀一整夜,因寡不敌众,除四人突围成功,其余全部战死,身负重伤的尹玉在生命的最后时刻,解下七星佩剑,交给准备突围的部下说:"请转交文大人,就说我没有给文大人和义军丢脸!"

前文提到文天祥的恩师江万里,是南宋著名爱国丞相、理学家、教育家。他不仅教育培养出像文天祥等这样的诗文大家、朝廷忠臣,还以自己的行为树立了人之榜样、世之楷模。他与二弟、礼部尚书江万载,三弟、户部左侍郎江万顷,精于古文,明经入仕,效忠朝廷、誓死抗元,道德文章天下传,爱国义举美名扬,时人雅称为"三古"。他们一家以"斋"为号的十二位子侄均跟随父辈千里转战抗元,直到参加厓山海战全部壮烈牺牲。江氏"三古十二斋"被誉为"民族英雄之家"。公元1275年二月,元军破饶州,一代忠臣宰相江万里以78岁衰老之躯,毅然以死明志,养子江镐携妻抱子随父赴难,全家老老少少几十口人一同投水而死,"积尸如叠"。后世赞曰:"兄宰相,弟尚书,联璧文章天下少;父成仁,子取义,满门忠孝世间稀。"文天祥闻讯,以诗文泪祭恩师:"星折台衡地,斯文去矣休。湖光与天远,屈注沧江流。"未能马革裹尸,宁愿粉身碎骨,江万里的纵身一跃,给文天祥增添了悲愤的力量和绝地反击的决心。

"辛苦遭逢起一经,干戈寥落四周星",逃出元营的文天祥从镇江、扬州、温州,赶往小朝廷所在的福州,沿途组织残存军力和抗元民众,先后移师福建南平、汀州、漳州,广东梅州,江西赣州。在文天祥率领下,江西、湖北、湖南十多个州县被南宋光复,声震江南,曙光初照。

元军猛将、江南西路宣慰使李恒一路追击文天祥部,从兴国追到方石岭。文天祥手下猛将纷纷战死,妻妾子女不幸落于元军之手。他突围后率余部转战循州、南岭、潮州一带,行军途中文天祥的母亲和唯一的儿子相继病死于瘟疫。在广东水陆一带负责追捕文天祥和追击南宋小朝廷的,是元朝汉军统帅张弘范。公元1278年十二月二十日,文天祥在广东海丰县北的五坡岭被执,欲死不能,尽忠未果。

被围追堵截的南宋小朝廷逃到了广东厓山,元军从三个方向发起总攻。宋军一方,刚愎自用的枢密副使张世杰命令将士们将所有大船连在一起,宛若一座海上浮城,摆出决战的架势,孤注一掷,背水一战,气势悲壮。元军一方,统帅张弘范捕获文天祥后,率水师从广东潮州、福建漳州方向逼近厓山岛,从江西、湖南翻山越岭追踪到岭南的陆路元军,截断了宋军的退路,以火攻方式焚烧张世杰的连环战船,1000多年前赤壁大战火烧连营的一幕重现。南宋朝廷无路可逃,只能蹈海而终,于是出现了本文开头文天祥所目睹的悲壮场面。

一个人为一个朝廷的劳碌,从此结束。

一个人与另一个朝廷的对峙，却从此开始。

这种对峙，从公元 1276 年正月，元军攻占南宋首都临安、扣押文天祥的那一天起，到公元 1282 年十二月，元朝皇帝忽必烈准奏杀死文天祥的那一天止，历时七年。

其间，文天祥被关押在今北京市东城区府学胡同 63 号的一间"室广八尺，深可四寻"的土屋，历时近四年。在这个"单扉低小，白间短窄，污下而幽暗"，一年四季充满水气、土气、日气、火气、米气、人气、秽气等"七气"的空间，文天祥以中华民族历史上十二位忠臣义士的事迹激励自己，养"地维赖以立，天柱赖以尊"的天地之正气，以一气敌压"七气"，他留下的《正气歌》充满英雄主义豪气、浪漫主义情怀，坚守的精神品格、高洁的灵魂净土，不怕困难的决心、藐视敌人的勇气，惊天地、泣鬼神、垂丹青。捧读此文的忠良贤德之士，无不潸然泪下、唏嘘不已、感佩万分。

这七年，元朝的最高统治者一天也没有放弃让文天祥降服、称臣的念头。忽必烈"既壮其节，又惜其才"，要以汉治汉、以儒治儒，非文天祥莫属。这七年，文天祥无时不在坚守自己的忠诚，与元朝对峙，同敌人斗争。

从元朝高层精心导演的"七劝文丞相"，不难感受到一代英雄的凛凛气节，一代忠臣的耿耿丹心。

第一劝，是元朝丞相、元军统帅伯颜。前文提到他第一次见到文天祥就有佩服之意、劝降之心，而且传达了蒙古最高统治者的承诺，但换来的是文天祥的斥责、愤怒、鄙视，直至逃跑。这一劝，未遂。

第二劝，是元军汉军统帅张弘范。他不但亲手俘获了文天祥，还亲手覆灭了南宋小朝廷。厓山之战后，元军回兵广州，在海上大摆庆功宴，也是劝降宴，请文天祥到场，想亲自劝降。目睹了南宋的覆灭和元兵的嚣张气焰，文天祥痛心疾首、涕泪长流，斩钉截铁地说："国亡不能救，作为臣子，死有余罪，怎敢怀有二心苟且偷生！"张弘范劝道："国已亡，你就是杀身成仁表忠心，但有谁能把你坚贞不贰的事迹载入史册呢？""文丞相的忠心孝义都尽到了，如果能转变态度，像对待宋朝皇帝那样侍奉大元皇上，皇上说了，你可以得到宰相的位子。"文天祥回敬说"高人名若浼，烈士死如归"，并举了两个例子：一个是战国时期门客豫让为替主公智伯报仇，不惜用黑漆涂身、吞炭哑声，以苦肉之计毁身伪装，行刺赵襄子，事败后杀身成仁；另一个是商民不食周粟的故事，说的是周灭商后，商朝小国的王子伯夷、叔齐耻为周民、不食周粟，他们隐居首阳山，采薇而食，宁可饿死，甘死如饴，孔子称赞他们"不降其志，不辱其身"。张弘范深感文天祥的仁义如山、忠贞如铁，敬畏有加，不得不放弃了劝降的努力。这一劝，未果。

第三劝，是宋朝叛将高官，文天祥昔日的同僚、好友。元朝当局集中了一批旧同僚，轮番来做说服工作，包括那个曾经利用职权阻止文天祥进京勤王、关键时候逃跑，后来直接投降元军的南宋状元宰相留梦炎，结果一一遭到了文天祥痛骂，只好羞愧而去。这一劝，未奏效。

第四劝，是元朝的中书平章政事阿合马。此人趾高气扬、不可一世，他色厉内荏地说："既然知道我是宰相，为何不跪！"文天祥大义凛然："南朝宰相见北朝宰相，为何跪？"恼羞成怒的阿合马只能对左右道："此人生死，尚由我！"文天祥回道："亡国之人，要杀便杀，道甚由你不由你！"这一劝，未得逞。

第五劝，是昔日南宋小皇帝宋恭帝、沦为瀛国公的赵㬎。他是被忽必烈派来劝降的。昔日君臣相见，一个是亡国之君，一个是无主之臣，何谈之有？文天祥伤痛不已，长揖不起，涕泗滂沱，只说了四个字："圣驾请回……"此刻的文天祥，忠爱之心已从忠君护君升华到了爱国爱民。如今宋帝不再、山河易主，但文天祥生为大宋臣，死为大宋鬼，大宋情怀不释、情感不变、情结不解。这一劝，未见效。

第六劝，是妻女亲人。元朝统治者一计不成，又生一计。一天，狱中的文天祥收到女儿柳娘的来信，得知自己日夜思念的夫人欧阳氏和女儿柳娘、环娘被俘后现都在宫中为奴，过着囚徒、奴仆的生活，不禁肝肠寸断，伤痛欲绝。他明白，只要他肯降服，一家人即可团圆。但他在写给妹妹的信中说："收柳女信，痛割肠胃。人谁无妻儿骨肉之情？但今日事到这里，于义当死，乃是命也。奈何？奈何！……可令柳女、环女做好人，爹爹管不得。泪下哽咽哽咽。"其意已决，其志愈刚。这一劝，仍未动摇。

第七劝，轮到忽必烈亲自出面了。他说，你大宋的皇帝、宰相君臣全都选择了投降，你为什么还这么坚持呢？这位深受汉文化濡染和影响的蒙古皇帝，对儒家思想十分推崇。他认为，打天下，南宋不行；守江山，蒙古人得向汉人学习。他于是仿照南宋建立政权架构，依照汉文化建构宫廷文化，开办书院，尊孔尚儒。政治汉化，汉人治汉，是忽必烈治国理政的理念。要收复大宋遗民之心，必得大宋遗留之臣；要归拢汉人之心，必先降服汉人之君。要实现这个愿望，必须寻找一位在汉人中有影响力、代表性、可控制的宰相人选。经过深入政界、学界调研，得知文天祥是最理想人选，只有他能一呼百应、众望所归。但同时又有人反对，说他在汉人中太有影响力，是不安定因素，为防不测，宜从速处决。何去何从，当尽快决策。忽必烈决定亲自面对文天祥，既是劝降，也是观察。没想到，关押了三年的文天祥，仍然那么强硬坚贞，岿然不动，他对元朝皇帝说："天祥深受宋朝恩德，身为宰相，哪能侍奉二姓？愿赐我一死就满足了。"最后一劝，终未让文天祥降服。

这么长时间、这么大规模、这么多办法、这么高规格来劝降一个人，世所罕见；文天祥态度之坚决，抗争历时之长，面对各种软硬兼施手段表现出的不动摇、不后悔、不妥协，前所未有。带血的忠诚，啼血的怒号，履行了一位文人对信仰的忠诚，一代朝臣对君王、对朝廷、对社稷、对国家的忠诚。这种宁死不屈、坚贞不渝的忠诚，连他的对手、他的敌人都感到震撼、感到敬佩、感到绝望。忽必烈只能痛下杀手了。

公元 1282 年十二月，距南宋灭亡整整 3 年。大宋不再，江山易主，文天祥成了坚持到最后，唯一能够代表旧宋的重臣、孤臣。他留下绝笔，曰"吾位居将相，不能救社稷，正天下，军败国辱，为囚虏，其当死久矣""顷被执以来，欲引决而无间，今天与之机，谨南向百拜以死"。其意凛凛，其心昭昭。

公元 1283 年 1 月 9 日，临刑的那天，燕京柴市口天寒地冻，云凝雾结，一片萧瑟。文天祥被押到刑场，坚毅从容，大义凛然。他笑傲群魔，笑傲死亡，笑傲一切胆怯与委琐，任你疯狂嚣张，我自蹈节死义，狐死首丘，磁心向南。

文天祥环视四周，问清南宋朝廷的方位，面南而跪，泪流满面，

温州江心屿文天祥祠浮雕

然后引颈就义，终年47岁。

一颗伟大而炽热的赤子之心，从此跳动在中华民族的耿耿长河里，如灯引航，如标指路。

文天祥就义后，夫人欧阳氏在收拾遗物时，发现了他留在衣带间的遗书："孔曰成仁，孟曰取义，惟其义尽，所以仁至。读圣贤书，所学何事？而今而后，庶几无愧。"

这是思想的力量、信仰的力量、忠诚的力量。

天地英雄气，千秋尚凛然。

南宋的最后一位忠臣倒下了，中华民族历史上一座英雄的丰碑，从此立起。

风帆起江南（上）

公元 1430 年底的某一天。

苏州太仓刘家港，扬子江南岸。

年正花甲的郑和登高望远，踌躇满志却又忧心忡忡地环视长江江面的船队。300 来艘船，云帆遮天，一望无边；27000 多人，阵势威风，气势浩大。

抬眼望，一江潮水连海平，滟滟随波千万里。那里，将是他的航程。

奉大明王朝第五任皇帝明宣宗朱瞻基之命，老太监郑和在这一天开启了他第七次下西洋的伟大壮举。

苍凉的江风，带着海的味道，抚过他那苍老的额，郑和觉得自己老了。

他的目光，穿云破雾，回望大明王朝的天空。

那是公元1405年，大明王朝第三任皇帝朱棣登上皇位的第三年，按下了海洋键，开启了一个王朝、一位帝王、一个民族的海洋时代。

此时的法国，与英国的百年战争正打得火热，兵燹频仍，生灵涂炭；此时的英国，一边打仗一边生产，农奴制和劳役制正在废除，自耕农占多数的经济社会正在发展，民族国家正在形成；此时的东南亚、南亚、非洲一些国家和地区，正处在奴隶制社会和部落纷争之中，生产力水平低下；此时的大洋洲、太平洋和印度洋诸岛一些国家，正处在原始公社制社会阶段。而明朝已经拉开"永乐盛世"的帷幕，国家一统、社会安定，经济繁荣、国力渐强的景象已经初现。

明成祖朱棣是中国历史上为数不多的，出政绩、有作为、敢担当的大手笔皇帝之一。后来的事实表明，他在位22年，的确干出了一番彪炳史册的成就。

他在政治上大刀阔斧，实行削藩政策，加强中央集权；他推动官制改革，加强对官吏的控制，设置内阁和东厂；他迁都北京，加强对北方的防范和控制，修建明长城；他五次亲征北方的蒙古，派兵占领南方的安南，在东北设立奴儿干都司，在西北设置哈密卫，在西南设置贵州承宣布政使司，加大对南海的控制，对西藏实行政教合一政策；他尊儒、抑佛、崇道，力主盛世修典，亲自主持编纂《永乐大典》；他推动疏浚大运河、发展漕运、沟通南北，建造北京紫禁城，大修武当山，等等，留下许多可圈可点的成就。

尽管有人对朱棣登上皇帝宝座的手段、合法性等有所诟病，对他派人到处搜捕被推翻皇帝朱允炆的行为有所质疑，但不得不承认，朱棣皇帝是继承开国皇帝朱元璋伟大事业最有力的明君英主。他的诸多英明政策，保持了经济社会的稳定，使明朝初期有了快速的发展。他的内政外交政策，战而不乱，开而不禁，把中国这个东方古老帝国推向了世界历史的巅峰，创造了许多世界之最，被历史学家称为"大明帝国的奇迹"。历史上对朱棣皇帝有"兼备文武大才，而度量恢廓，任贤使能，各适其当，英杰之士，乐为之用，下至厮卒，咸归心焉"的美誉。

与历代皇帝一样，朱棣皇帝承袭了中华文化的优越感和万邦来朝的天下观，他最有创意的手笔和最有世界意义的贡献，当然是推动和支持了郑和下西洋。

朱棣皇帝治下的明朝实力在增长、影响力在扩大，但元末、明初的海上安全压力令他惴惴不安。朝廷能否掌握海上交通能力、大规模远洋能力，是否具有发展海洋经济的能力和海洋控制能力，事关大明王朝的生存与发展。朱棣皇帝意识到制海权至关紧要，决定建设一支能直接掌控的海上武装力量。

但是，对这个宏大的构想，从理论到实践还处在一个踌躇起步的阶段，需要物色一个有胆略、敢创新、强有力的主帅。

当年，作为朱元璋之四子，燕王朱棣依据《祖训》，以"朝无正臣，内有奸逆，必举兵诛讨，以清君侧之恶"之名义，发起历时四年之久的"靖难之役"。在战斗中一直跟随朱棣南征北战，知兵善战、有智有勇、立有战功的三保太监，如今的内官监太监郑和，被朱棣皇帝看中，担任大明王朝这支海上武装力量的统帅。

回想从一下西洋到六下西洋的 17 年，郑和没有辜负朱棣皇帝的信任，圆满完成历次各项任务。郑和率领的中国船队在海上风帆凛凛、战旗猎猎，创造了一个时代、一个民族的辉煌，开启了中华民族远涉重洋、走向深海的步伐，是中国古代海洋意识的苏醒、海洋时代的重启，从此也亮出了大明王朝的显赫，世界看到了一个古老中国的威与德。

但没有想到的是，船队第六次远航归来后，朱棣皇帝却在第五次征伐蒙古的回师途中驾崩，郑和很快失去了最高层的支持。朝内有人指责兴师动众的远航是劳民伤财，继任皇帝明仁宗朱高炽遂严令禁止出海。朱高炽上任一年驾崩，太子朱瞻基上任，是为明宣宗。这位年幼时深得祖父朱棣喜欢并刻意培养，跟随皇上巡幸北京、征讨蒙古的年轻皇帝，政治上倾向祖父朱棣，有弘扬曾祖父朱元璋宏愿之气象、承袭祖父朱棣遗志之雄心。在终于完成平息叔父们的叛乱、整治明朝上下腐败、亲征胡人等一系列动作之后，明宣宗有感于大明王朝在海外诸国的影响力在下降，昔日万邦来朝的景象不再，便敕令已担任南京守备太监的郑和，组建远洋船队。

老将接旨，不负皇恩，尽管征帆未启已近十年，对第七次下西洋有渺茫之感，但郑和决心一搏。

此刻，他的宝船从长江南京下关码头向下游的太仓刘家港航行，所有船只陆续向刘家港集结编队，走了整整十天。新船试水，整队编队，练习旗语信号灯，熟悉航行规则。十年风帆旧，满朝文武新，远洋船队 2.7 万余人的组织管理、机构设置、纪律教育、技能培训、后勤联动，都是大事；官民协同、军政协作、上下左右协同,确保指挥有效、运转高效,更是难事。

在刘家港,郑和逗留了足足一个月的时间。他一方面抓紧时间对远航队伍开展集中培训,临阵磨枪,不快也光;一方面组织力量对太仓的天妃宫进行重新修缮,这是当年受皇帝朱棣之命敕造的,目的是祈求天妃娘娘保佑远航平安,并立碑以记。这刻字石碑既是宫碑,也是里程碑。他生命中的七次远航,都从这里出发。

一切过往,皆为序章。

江潮翻滚,云海壮阔。

郑和的思绪飞回到26年前,第一次启航的高光时刻。

公元1405年7月11日。太仓刘家港。

郑和船队第一次下西洋的伟大壮举,在这里启程。

郑和挺立在船头,一袭战袍加身,二目炯炯远眺,雄姿英发。他的麾下,是200多艘战船,载着27800多名壮士。高樯重桅,旌旗猎猎,威仪隆盛。

这是人类历史上史无前例的大规模海上行动。

朱棣皇帝颁布的诏书上写着:"遣中官郑和等赍敕往谕西洋诸国。"

当时的郑和并没有想到,他奉诏出使,开启的是七下西洋史诗般的航程,更没有想到,他会成为人类历史上的航海先驱。

其实,中国人对航海并不陌生,是早期人类航海俱乐部的创始人和会员。

新石器时代晚期,中国先民已经能自制竹筏、木筏和独木舟,出海捕鱼，或以利交通之便，留下"刳木为舟""剡木为楫""木在水上，流行若风"的记载。

殷墟考古发现，商朝时期就已有海上贸易。西周时期，中国先民与越南、日本之间已建立海上通道。春秋战国时期，一个通江达海的水上网络已初步形成，争夺制海权开始成为春秋争霸、战国争雄的战略之一，海上导航技术、天文学知识、海洋气象知识开始积累和应用。

秦始皇统一中国后设南海郡，"以海为商"活动开始兴盛。他先后四次巡游江海，以此向周边国家显示秦朝的强大。秦始皇派方士徐福东渡，数百名工匠和三千童男童女乘船出海，寻找不死仙丹；公元前196年，汉高祖刘邦派大夫陆贾出使南越，南海从此纳入大汉版图；海上经贸活动从此频繁，连通中国南方港口城市与东南亚诸岛的贸易航线基本形成；汉武帝七次巡海，派出具备强大海战能力的10万楼船军远征南越，还建立了通过印度洋的"海上丝绸之路"，远达地中海。

东汉末年、三国时期，长江下游地区造船业发达，江浙地区缫丝业发达，丝绸制品成为海外贸易的主打商品，魏、吴两国都建立了海上航路；两晋时期东南沿海航海业发达；南北朝时期外贸航线从广州直达阿拉伯海和波斯湾。

隋唐五代时期，航海技术日臻成熟，隋朝派船队出访周边国家。唐朝时期鉴真东渡日本，海上贸易远达红海和东非水域，沿海地区出现一批海港和海港城市，这一时期航海技术大大提升。

宋朝指南针的发明和应用，使航海技术有了重大突破，造船技术有了显著提升，两宋时期中外海上交通贸易十分繁荣，达到中国历史上的高峰。公元 1279 年，南宋王朝结束，来自蒙古草原的游牧铁骑集团，不仅席卷了中华大地，还用一双在千里草原上训练出来的望眼，看到了万里海洋的广阔，以奔驰千里草原的胸怀，开始了统筹万里海疆的新征程。元代草原文明与海洋文明相碰撞，使得中国沿海地区海运大兴、舶商云集，泉州刺桐港成为东南巨镇、世界第一大港口，以至于马可·波罗在游记里有这样一段描述："运到泉州的胡椒数量相当可观，如果有一艘运载胡椒的船到亚历山大港，就有一百艘船运抵刺桐港。"元朝航海家汪大渊从泉州出发，把后来郑和要走的路提前 70 多年先走了一遍。元代海上漕运的建立，使航海规模、航海技术、造船技术超过唐宋，海上航路一度断断续续通达 120 多个国家和地区，中国东南沿海一批海港和海港城市崛起。但总的看，中国的航海事业还没有形成官制，没有形成规模，尚处在 1.0 版。

实践催生理论，思想催生行动。一批航海理论与实践的研究成果，一批地理学、天文学、海洋学、船舶学知识得到系统性总结，一批航海家开始涌现。

浩荡长风，迢遥历史，为航海家郑和的隆重出场铺垫了几千年的海上红地毯。

第一次远航，郑和船队到达了占城（今越南）、爪哇（今印尼）、苏门答腊（今印尼）、三佛齐（今马来西亚半岛、印尼群岛）、锡兰（今斯里兰卡）、古里（今印度）等，走的国家不太多，半径不太大，公元 1407 年 10 月归航，历时两年，积累了经验和教训，算是牛刀小试。

有了第一次的哆嗦，才有第二次的抖擞。

第二次下西洋启程，大约在公元 1407 年 12 月间。规模略小，主要任务是护送外国使节回国。

这一次，郑和的船队一路访问了爪哇、暹罗（今泰国）、满剌加（今马六甲）、锡兰、古里、柯枝等。

这一次，大明王朝的外交使节正式册封了古里王，并刻石以纪。

这一次，郑和再次亲临锡兰国，也就是后来的斯里兰卡。

七下西洋，郑和经常会进出这里的佛寺，烧香、布施、祈福，他本人只有一次没有下船登岸。这次他上岸到锡兰国南部城市高尔的佛寺，布施了大批礼物，并立碑以记，《布施锡兰山佛寺碑》碑文写道："谨以金银织锦、纺丝宝幡、香炉花瓶、表里灯烛等物，布施佛寺以充供养,惟世尊鉴之。"时间是公元 1409 年 2 月 15 日。郑和是个回教徒，但他此举表明了他对佛教和其他宗教的尊重。

郑和是朱棣皇帝和大明王朝的海洋特使、文化特使。他忠实地奉行"以德睦邻""厚往薄来""宣德化而柔远人"的政策,实现"宣教化于海外诸番国，导以礼仪，变其夷习"的目的，以求"与天下共享太平之福"。

他把大明王朝的铁锚抛扎在诸洋沿岸的港湾，也把中华文明的种子播在了风情万种的异域。

郑和的船上，满是书画典籍，像一个藏书楼、图书馆，他把中华礼教和儒家思想传播到沿途各国，把凝结着中国智慧的历法和度量衡制度、农业技术、制造技术、手工雕刻技术、航海造船技术、造纸术、印刷术、中医术等，以及各种能工巧匠、精通各种语言的翻译和佛教、伊斯兰教人士等，带到未开化之地。

海路遥迢，商路漫漫，郑和船队重续和新辟了往昔的海上丝绸之路。

"天书到处多欢声，蛮魁酋长争相迎"，郑和船队是一个大型商贸船队和移动超市，走到哪里，就把哪里变成海洋的节日和节日的海洋。来自中国的金银、丝绸、锦缎、瓷器、漆器、铁器、铜器、金幡、香炉、雨伞、香油、茶叶、家畜、农具、麝香、樟脑、大黄、柑橘、肉桂、谷物、大豆等商品广受欢迎。在爪哇，中国铜钱、中国布帛等"中国造"通用；在苏门答腊，中国式的计量方法通行，"皆以十六两为一斤"；在占城，"中国书写"方法和纸笔文具，改变了这个国家"书写无纸笔"的历史。

买天下、卖天下，大明王朝的船队同时也从海外购置或交换大量中国的稀缺品。"买到各色奇货异宝，麒麟、狮子、驼鸡等物，并画天堂图真本回京"，"夷中百货，皆中国不可缺者；夷必欲售，中国必欲得之"，"由是明月之珠，鸦鹘之石；沉南龙速之香，麒狮孔翠之奇；梅脑蔷露之珍，珊瑚瑶琨之美；皆充舶而归"。郑和船队大大地推动了中外海上商贸的往来，形成了繁荣景象，中国东南沿海由此出现了一批海港和海港城市。

郑和船队之旅，开创了中国古代外交史上一个高峰期，一方面沿途各国、地区的首脑和民众好奇而热烈地期待、迎接这些来自昌明隆盛之邦、诗礼簪缨之族，彬彬有礼的明朝使臣，一方面诸国君主使臣沿着这条外交航线、友谊之途纷至沓来，献贡礼拜，形成"万邦来朝"的盛景。

朱棣在位22年，亚非国家使节来华318次，平均每年近15次。有文莱、满剌加、苏禄、古麻剌朗国等国的11位国王亲自率团前来，最多的一次有18个国家朝贡使团共1200多人同时来华，还有3位国王访华期间病逝，留下遗嘱要托葬中国，大明王朝按照君王的待遇——厚葬。朱棣皇帝还要求实行"薄来厚往"政策，不必在意来者的贡礼多寡重轻，而一律以厚礼相送。

华夷互通，无远弗届。为便于交流，明朝政府办起对外文化机构，编纂双语刊物《华夷译语》；开办起相当于今天外语学校的"四夷馆"，专门培养外语人才；开设起相当于今天国宾馆的"会同馆"，专设朝鲜、日本、安南、暹罗、鞑靼、满剌加、畏兀儿、琉球8个馆，厚待远方的贵宾。

以帆为媒，以船载道，中华文明远播各国，中国儒学思想对许多国家起到开化之功、教化之用。与此同时，印度佛教、伊斯兰教、西方基督宗教也沿路而入，一大批来自异域的传教士、穆斯林、僧侣登陆内地，一批寺院佛塔相继落户东南沿海，不少传教士深入中国腹地，扎根中国的深山密林，传经布道甚至一辈子。

170多年后，正是沿着郑和当年归航的航线，意大利的天主教耶稣会传教士、学者利玛窦从罗马出发，经葡萄牙的里斯本、绕南非的好望角，从非洲东海岸的莫桑比克前往印度、锡兰，过马六甲海峡到达中国的澳门。

航路波涛汹涌，文明相互激荡。郑和饮风餐浪，耕海牧波，一路播撒友谊的种子、文明的种子。

公元 1409 年夏天，郑和船队完成使命回国。

公元 1409 年 10 月，归航不久的郑和第三次下西洋启帆。

正使郑和，副使为王景弘、侯显，率 48 艘海船出海，途经占城、真腊（今柬埔寨）、暹罗、爪哇、满剌加、古里、锡兰、苏禄等国。

这一次，郑和打了一仗。

公元 1411 年，郑和船队返航途中，到锡兰岛靠泊。第一次下西洋路过这里时，郑和就已发现锡兰国王亚烈苦奈儿对大明王朝的异心。这次路过时，对郑和船队珍宝觊觎已久的亚烈苦奈儿"令其子纳言，索金银宝物"，为郑和所拒，于是"负固不恭，谋害舟师"，突然以五万兵力向郑和宝船发起进攻，他们兵分两路，一路以数万之兵切断前来拜访的郑和卫队，一路直取停泊在海岸的郑和船队，企图将郑和宝船上的所有财宝洗劫一空。郑和随行卫队两千人马，凭借优良的战斗素质和精良的武器装备，趁夜突出重围，然后以迅雷不及掩耳之势攻入锡兰王城，生擒锡兰国王亚烈苦奈儿并家属作为人质，逼迫国王下令撤兵，郑和卫队平安撤回船队。

郑和七下西洋，只打过三次仗，这是第二仗。

第一仗发生在第一次下西洋时。当时的东南亚沿海海盗猖獗，盘踞旧港（今苏门答腊岛）的陈祖义海盗集团，横行海上，掠夺商旅、阻断贸易、劫持使节，严重分割中外海上交流。郑和派员招安陈祖义，陈祖义表面上愿意受招，"而潜谋发兵邀劫"，企图劫击郑和远行之劳师，郑和得报后"深机密策，若张网获兽而殄灭之"。这是郑和下西洋过程中的第一次战役。郑和"出兵与战，祖义大败，杀贼党五千余人，烧贼船十艘，获其七艘，及伪铜印二颗，生擒祖义等三人"。这是一场自卫反击、剿灭海盗的正义之战，维护了东南亚地区的和平与安宁。没有郑和的大型船队雄峙海上，就没有东南海域的和平与安宁。

在这第三次下西洋的航程中，郑和代表大明王朝不但剿灭了一支海盗武装力量，还扶立了一个国家，这就是满剌加。这里是郑和船队每次下西洋的必经之地。据郑和的副手马欢在《瀛涯胜览·满剌加国》中记载，满剌加位于占城西南方向，遇到好风，船向正南方向航行八日可到龙牙门，然后往西行二日可到。过去这里并不是一个国家，因海上有五座岛屿，所以叫"五屿"，没有国王，只有一个掌管的头目，被暹罗殖民管辖，每年得交暹罗四十两黄金，否则暹罗派军队来征伐。公元1409年，永乐皇帝朱棣派郑和携带诏书到满剌加，赐头目双台银印冠带袍服等礼物，立碑建城为国，取名为满剌加国，从此暹罗不敢侵扰。国王为感激大明王朝的恩赐和护佑，携妻子到明王朝朝拜谢恩并进贡，明朝廷回赐海船，送其回国守好疆域。

满剌加地势优越，处东西交通要道，东接东方文明古国，西通印度、阿拉伯国家以及欧洲，又是深水良港，航线四通八达，成为世界经贸中心、航海中心。东西文化在这里交流，各种宗教在这里碰撞，中国人、印度人、暹罗人、占城人、阿拉伯人、欧洲人挤满海港，中国樟脑、丝绸以及陶瓷，印度织品，菲律宾蔗糖，马鲁古群岛的檀香、丁香、豆蔻等香料，苏门答腊的金子以及胡椒，婆罗洲的樟脑，帝汶的檀香，马来西亚的锡，汇聚于此，又分散到世界各地。中国的船队来过之后，葡萄牙、西班牙、日本、荷兰、英国殖民者先后来到满剌加，一次次地把战刀插在这个交通咽喉上。探险家在这里登陆，海盗在这里抢滩，他们互相攻击，血腥掠夺，侵害当地利益，屠杀当地民众，葡萄牙殖民者在这里遇到当地军民抵抗后甚至屠城。

我曾在中国的南海航行18天，体悟郑和当年踏波履浪的豪迈，与险风恶浪搏斗的艰辛。有了坚强的意志，才有坚定的航向，郑和

作者乘坐快艇在南海海面

无疑是勇敢的航海英雄。漫步马六甲，我似乎能闻到这个弹丸之地荡漾的热风中，还弥散着香料的气味和海盗的野性、屠城的血腥掺

和的味道。流连在冠以"三宝""三保"之名的庙宇、山城、街道、港口、宫殿、水井、石碑等处,能强烈地感受到这片土地曾经对郑和的热爱,民间一些祭祀"三宝""三保"的节日仪式,仿佛在召唤郑和的英魂护佑。

驻足马六甲海峡的岸边,我在想,为什么郑和船队数次穿过这个近在咫尺的交通要道,却没有建一个城堡、炮台或殖民地,难道他不知道这个门户在军事上的战略重要性?郑和船队远涉印度洋、阿拉伯海、波斯湾,在第四次远航时的必经之地,阿拉伯海进入波斯湾的要道,被称为"海湾咽喉"的霍尔木兹海峡的基什岛上,建立

南海的云彩(由作者拍摄)

了一个临时物资供给基地,后来在第六次下西洋时又使用了一次,除此无他。

英国著名历史学家汤因比在评价郑和时感慨道："他们本应在西班牙人之前就发现并征服美洲，他们本应在葡萄牙人之前就占有霍尔木兹海峡。"

在马六甲海峡没有，在霍尔木兹海峡没有，在世界其他任何地方都没有！结论只有一个：大明王朝没有武力征占异域一寸土地的企图。

与此相反，欧洲的航海家、探险家们同时也是双手沾满鲜血的侵略者、殖民者。地理大发现、大航海时代到来，西班牙、葡萄牙为争霸海上，把地球"咬"成两半——

西班牙独占美洲。有历史学家认为，南美墨西哥地区中世纪玛雅文明的神秘消失，与西班牙航海者的入侵有着直接关系。美洲大陆的发现伴随着巨大的人间灾难，美洲、非洲、大洋洲、亚洲纷纷沦为殖民地。哥伦布一路屠杀、掠夺、贩卖、奸淫、驱赶、绑架，印第安人被屠杀，黑人奴隶被贩卖，他曾经把印第安人装在令人窒息的船舱里运回西班牙，一次就是600人，还专设了两副绞刑架——随时把敢反抗的奴隶吊死。

葡萄牙一方面与西班牙瓜分世界，一方面抢占亚洲与非洲。葡萄牙海上远征队公开声称，它在非洲西海岸的主要目标，是贩卖奴隶、寻找黄金和象牙，中国澳门正是在这种背景下落入了葡萄牙殖民者之手。葡萄牙人麦哲伦没有想到，他们会遭遇到菲律宾群岛部落居民愤怒的大刀，他的船队出发时265人，3年后回去时仅生还18人，他自己则葬身于菲律宾人的刀下。葡萄牙航海家达·伽马率领坚船利炮前往印度，一路烧杀抢劫，把砍下的土著居民的手足、割下的嘴唇耳鼻、敲掉的牙齿，竟以船装舟载。他们曾在印度洋遇到一艘从麦加返回的没有武装的船，烧死船上的700多名摩尔人，还用大炮摧毁了印度城市卡利卡特（Calicut），即郑和曾多次到过的古里！

欧洲早期的航海史是一部扩张、侵略、殖民的历史，航海家们在海上一次次实施掠夺、侵略、占领，一次次激起反抗和斗争，航海之路血雨腥风、血浪滔天。马克思在《资本论》中指出："美洲金银产地的发现，土著居民的被剿灭、被奴役和被埋藏于矿井，对东印度开始进行的征服和掠夺，非洲变成商业性地猎获黑人的场所；这一切标志着资本主义生产时代的曙光。"恩格斯指出："葡萄牙人在非洲海岸、印度和整个远东寻找的是黄金；黄金一词是驱使西班牙人横渡大西洋到美洲去的咒语；黄金是白人刚踏上一个新发现的海岸时所要的第一件东西。"

今天非洲一些国家的博物馆里，欧洲人登陆使用的火炮和中国人馈赠的陶瓷瓦罐排列在一起。这是鲜明的对比，是最好的评判。

只有心怀和平，才能平安归来。

公元1411年六月，郑和船队圆满结束第三次远航回国。

等待他的，将是一次更遥远的航程。

风帆起江南（下）

人类发展的历史，是从相互隔绝、相对封闭，走向开放、追求共同命运的历史。这是历史规律、世界趋势，不可抗拒。

走出森林峡谷，走出高山草原，走出沙漠盆地，走向海洋，人类才能拥抱在一起。

舟楫之便，缩短了世界的距离。公元1271年的某一天，17岁的意大利热那亚人马可·波罗跟随父亲和叔父前往中国，他们从威尼斯出发，渡过地中海、黑海，经过底格里斯河、幼发拉底河，翻过伊朗高原、帕米尔高原，穿过中国新疆和田、甘肃敦煌，跨过河西走廊到达元大都北京，马不停蹄地走了4年；在他到达大都17年后的1292年春天，马可·波罗护送元朝公主到波斯成亲，取道福建泉州走海路，尽管屡遇风暴袭击、海盗抢劫，沿途风光无限，走走停停，但走水路时间大大地少于陆路时间。

只有海洋，能够把人类连在一起。

全球一体化从海洋开始，人类共同命运从海洋时代开启。

中国航海家郑和，是拉开人类海洋时代帷幕的那个人。

郑和第四次下西洋，航线从前三次最远到达的印度古里，延伸到了阿拉伯海、波斯湾、非洲东海岸。这是人类第一次在海上一次性、成规模地航行这么长距离，中国的朋友圈由此从东南亚扩大到了阿拉伯海地区和非洲东部。

这次具有里程碑式的远行，于公元1412年十一月启程。

这一次，郑和、王景弘二人统领2.7万多人和庞大的船队，浩浩荡荡地穿过西印度洋、阿拉伯海，出使满剌加、爪哇、苏门答腊、阿鲁、古里、彭亨（今马来西亚）、吉兰丹（今马来西亚）、加异勒（今印度半岛东）、忽鲁谟斯（今霍尔木兹）、溜山（今马尔代夫）等，远到东非的麻林（今肯尼亚一带），一直到公元1415年七月回国，用时32个月，历时最长，航程最远。

船队到达阿丹（今亚丁，也门拉苏勒王朝的代称），作为中国明朝的使者，郑和拜会了国王箓力纳昔尔，馈赠了金锦织衣、高级麝香、湿香木、瓷器等高档礼品，箓力纳昔尔国王则以珊瑚树、野牛、野驴、狮子、豹等回赠，还亲自到亚丁港一睹中国大船的风采。

随后，郑和船队绕过阿拉伯半岛，航行到达东非的索马里、肯尼亚等国。在肯尼亚东海岸的拉木群岛，当地民众以隆重的礼节欢迎远道而来的中国客人，郑和与官兵也回赠各色中国特色礼物。这里，是郑和船队的行营。

一直到今天，还有许多肯尼亚人认定自己是中国人的后代，是中国海员与本地人通婚的结果，或者是因身体不适而留在当地的中国人的后代。多少年过去了，这些遗留下来的中国后裔渐渐同化于当地，他们似乎依然年复一年地、执着地向着西海方向张望，翘盼那来自地球另一侧的中国宝船，来看望他们，接他们回家。当地至今还保留着使用中国瓷杯、中式小船、中式草垫竹篮、中式民居、中式拔火罐和"姜片泡茶"的习惯。血浓于水，海连着心。

而在中国大明王朝，一只被称为"麒麟"的域外稀客，受到朱棣皇帝的迎接和明朝的举国欢庆，朝廷还专门安排画师画了像。这个珍稀动物是位于肯尼亚、坦桑尼亚、索马里一带的东非小国麻林赠送的国宝，"前二足高九尺余，后两足约高六尺，头抬颈长一丈六尺，首昂后低，人莫能骑。头上有两肉角，在耳边。牛尾鹿身，蹄有三跲，匾口。食粟、豆、面饼"。通过画师留下的作品，我们才知道这个吉祥物就是今天的长颈鹿。当年它被作为友谊的使者、吉祥的象征，在大明天下广为展示，人们争相一睹为快。第二年，麻林国又送来一只。几年间，大明王朝陆续收到多国送来的8只"麒麟"。中外之间这种交往方式，被称为"麒麟外交"。能以国宝送人，说明两国关系之重；对别人国宝的珍视，是对友谊的珍视。

然而，海上并非风平浪静，依然波谲云诡；航路并非一帆风顺，依然道阻且长。

这一次，郑和在海外被迫打了第三仗。

大明王朝的船队到达苏门答腊时，苏干剌刚刚弑君篡位。大明王朝认为他是"伪王",不予承认和赏赐,苏干剌便率大军堵截并袭击郑和船队。郑和立即指挥明军反击,最终打败挑衅者,将苏干剌捉拿到北京,明廷命令诛杀苏干剌,大赏立功将士。郑和在苏门答腊的这次军事行动,是一次正义的自卫反击,在海上树立了大明王朝的国威、军威。

世界那么大,问题那么多,大明王朝当然要有文宣武备。世界秩序需要维护,国际规则需要订立,当时也只有大明王朝有这个资格和能力,但是它没有搞武力扩张、霸权统治,没有搞海外殖民、征占拓殖。郑和多次斡旋于各岛各国之间,调停纠纷、化解矛盾、消除隔阂、平息冲突。28年间仅发生过三次战斗,一次是打击海盗、守护平安,一次是震慑强梁、主持正义,一次是自卫反击、后发制人。他的宝船上满载的不是鸦片、屠刀,不是掠夺的黄金、香料和奴隶。

那一年的初秋,我在泰国湄南河畔喝早茶,陪同的泰方官员指着河的入海口告诉我,当年郑和就是沿着这条河进入曼谷的。河畔有一座帕南车寺,寺内供奉着郑和像,有对联曰:"七度使邻邦有名盛记传异域,三保驾慈航万国衣冠拜故都。"

人们不会为强盗树碑立传,神圣的殿堂不会供奉侵略者、殖民者,只有和平的使者,才能享此殊荣。

郑和七下西洋,把东北亚、东南亚、中亚、西亚、南亚,乃至非洲、欧洲地区,连成朋友圈、结成共同体,使这些国家在政治上相互了解、彼此尊重,经济上加强合作、互通有无,文化上多元共存、交流互鉴,大大地改变了中国蒙古大军的铁骑战刀风卷残云的形象。以水为媒,以舟为桥,和平的景象在海上升腾。

郑和的第五次下西洋,发生在公元 1416 年冬到 1419 年七月间。船队到达爪哇、满剌加、占城、古里、苏门答腊、麻林木骨都束、卜剌哇、亚丹等,与第四次航行的规模、距离、所经国家相当,既有访新,又有探旧。

一流的航海能力,一定有顶尖的造船实力。

大明王朝此时的造船技术和航海能力达到了世界的顶峰。郑和乘坐的宝船,造船工艺为世界之最。尽管史学界、造船界对明朝实行的尺度量标准、船舶的吨位和长度、发掘残骸复原的可信度存在争议,但其"体势巍然,巨无与敌,篷帆锚舵,非二三百人莫能举动",九桅十二帆,由 2000 段乃至 5000 段木料组成,是当时世界上最大的木制帆布船,这些是无须怀疑的。

远航路上无坦途。海面上强风暴雨发作,汪洋中巨浪激流翻滚,洋流海啸无常,浪柱海墙齐天,没有相当长度、宽度、高度和吃水深度的船舶,无异于是去葬身鱼腹。郑和船队的船体采取"底尖上阔""头昂尾高"的楼船造型,甲板多层、船舱多壁、功能多样的结构,有抗风防水防沉的作用;加固工艺采用锹钉、铁锔、铲钉、蚂蟥钉等各种船钉,使复杂的架构有机组合、紧密加固在一起。坚实的船体结构、超强的平衡能力、极高的稳定性,确保了船舶强大的抗风能力和防倾覆能力,代表着当时船舶建造的最高水平。郑和的舰船不仅建造质量一流,武器装备也是一流,船上配有标枪、弓弩、犁头标、砍刀、小标、八面锤等冷兵器,火枪、烟球、火蒺藜、铁嘴火鹤、铜火铳等燃烧性兵器，铁火炮、神机石榴炮等爆炸性兵器，具有强大的海上攻击能力和防卫能力。一艘船就是一个武器库。

郑和宝船模型

每一次远征，都是一次军演、一次检阅、一次实战。少则几十近百、多则数百艘的宝船、马船、粮船、座船、战船、水船，在浩大的海面组成庞大的编队。海面上风帆如阵、旌旗蔽天，数万人威风凛凛、兵阵如山，阵势超过今天的航母战斗群。每一艘战船都是一座移动的碉堡，每一支编队都是一个威力巨大的军阵、雷阵、炮阵，是一支上船能海战、下船能骑射的海军陆战部队和多军兵种联合机动部队。船队就是舰队，海洋也是战场，这支规模庞大、组织严密、装备精良、斗志昂扬，具有相当的远程奔袭能力、制海能力和作战半径的海上武装力量，有效地维护了大明王朝的国际影响力和海洋控制力。

若干年后，哥伦布、达·伽马、麦哲伦等航海家远征时，他们的船队只有几条船，最多不过20条船；哥伦布所乘号称欧洲最大的船，长度不过35米，排水量、航行速度、抗风能力、续航能力，均无法与中国制造媲美。

"云帆高张、昼夜星驰"，海路遥远，水天茫茫，郑和船队一走就是数个月。荒岛暗礁四伏，漩涡激流潜藏，风云变幻莫测，台风气象不定。船队边航行边收集海洋数据，绘制出包括城市、岛屿、航海标志、滩、礁、山脉和航路在内530多个名称的《郑和航海图》，成为世界航海的指南。灵敏有效的操纵指挥系统、信号联络系统，科学实用的风力装置和动力系统，高超完备的洋流海潮监测和天文观测定位系统，高效敏捷的陆海联勤保障和供应体系，使得郑和海上之行变成航海科技创新之旅，开创了世界航海运动的先局。

郑和出发82年之后的公元1487年，葡萄牙人迪亚士才带着3条船，探索通往东方的航路，发现了非洲最南端好望角；87年之后的公元1492年，意大利人哥伦布才领着3条船开始横渡大西洋；92年之后的公元1497年，葡萄牙人达·伽马才开着4条船绕过非洲南端的好望角，进入阿拉伯海后，沿着郑和当年开辟的航线抵达印度西海岸；114年之后的公元1519年，葡萄牙人麦哲伦才率领5条船穿越大西洋与太平洋之间的，位于南美洲南端，后来以自己名字命名的"麦哲伦海峡"。也就是说，郑和以领先近一个世纪的脚步，领跑了世界航海探险运动，牵引了欧洲航海家们的"地理大发现"。

2002年，英国皇家海军潜艇编队指挥官加文·孟席斯出版《1421：中国发现世界》一书，抛出一个石破天惊的观点，他经过考察后认为，是郑和船队最先发现了北美洲，郑和是发现新大陆的第一人。

史证是否确凿，有待考古发现，但郑和对人类航海事业的贡献，是毋庸置疑的。

郑和是人类航海史上的先行者，在浩瀚大海上树立起一尊中华灯塔，照亮了人类认识海洋、征服海洋、开发海洋、利用海洋的航程。

没有郑和的伟大壮举，人类的大航海时代会推迟，欧洲的地理大发现也会晚到，世界范围内不同国家、地区的人们打破相互隔离甚至绝缘的状态，还不知道需要多长时间。郑和船队的到来，让人们看到了海外有海、天外有天，激发了走出闭塞、走向一体的欲望。

从这个意义上说，郑和是推动人类进步的先驱，是最早征服海洋的英雄，是引领海洋时代的先锋。

长风破浪会有时，直挂云帆济沧海。

郑和无疑是中华民族英雄主义、豪迈主义、浪漫主义的形象代表，是那个时代的先锋、大明王朝的脊梁、中华民族的顶梁柱。

海路依然是风高浪急云诡谲，夜航依然是斗暗星稀月惨淡，凄厉的寒风依然刺骨刺心。

从公元1421年正月到1422年八月，郑和完成了第六次下西洋的任务，航程与第四次、第五次相当，到达了榜葛剌（今孟加拉）、暹罗、苏门答腊、忽鲁谟斯、阿丹、蒙巴萨（今肯尼亚）等，船上还搭载有 16 个国家的使臣，大明王朝一一送他们回国。气势依然豪迈，场面仍然壮观。

但这一次，他感到了热闹背后的寒意。

郑和是一位伟大的孤独者。先行者往往是孤独的。

但真正让英雄孤独的，是高处的寒风、背后的凉风。

大明王朝能以举国之力实施航海壮举，决不是为了单一目的，更不仅仅是出于某个帝王的个人意图。朱棣皇帝要搜寻前帝朱允炆，其实是用不着如此大动干戈的，无需如此大规模、如此长距离、如此大跨度。如果我们拘泥于某个事件的蛛丝马迹来推导历史，以今人之心度古人之腹，实在是小视了我们的先人。但这种舆情一直伴随着朱棣的时代和郑和的航程，使得伟大壮举有些志壮而气不壮，思想的枝干被社会的劣根缠绕，难以舒展。

从史实看，不排除有明朝官员借航海之机大揽私活、中饱私囊，但由此怀疑郑和是为了借机敛财、囤积居奇，是没有根据的。郑和的航海行动是朝廷决策、国家行为，不像后来的意大利航海家哥伦布，用个人的航海探险志向去游说英国、法国、意大利、葡萄牙国王，最后靠打动了西班牙国王才得以成行；而且哥伦布的远征一直有着强烈的利益驱动——他在自己的遗嘱中坦陈，他要得到海军上将职务，并担任所发现大陆的总督，要得到海域收益的十分之一、陆地收益的八分之一，以及海军上将、总督、长官的薪水，要让自己的儿子、孙子乃至世世代代继承下去，甚至连奖励徽章的收益分配方式都想好了。于是，与他同行的水手们全都暴富了。暴利使人冒险，横财让人拼命。

郑和没有任何私欲，只是一位清心寡欲的宦官。

但他斗得过恶浪，却躲不过阴风。

返航之后的事实应验了当初的判断。公元1424年8月，朱棣皇帝驾崩于北征途中，太子朱高炽登基。有人开始责难朱棣的外交政策，加之连逢自然灾害，国库空虚、民生凋敝，有人便把原因归咎于郑和出海是劳民伤财。于是朱高炽即位当天，即颁诏停止造船、召回人马。

令郑和深感痛苦的是，在朱高炽皇帝的支持下，一直反对下西洋的户部尚书夏原吉更加强硬，他下令禁止一切航海活动，水师解散，军队改编，造船厂成了拆船厂；郑和本人被视为祸国殃民的"国贼"，他从海外带来的奇珍异品被当作异端，他介绍的域外见闻、航海知识、异域风情被冷落、受奚落，《航海日志》被焚毁。

需要特别指出的是，研析郑和下西洋历史的史家发现，许多资料残缺遗漏、不翔实。譬如，郑和的出身、去世时年龄、地点、日期，郑和下西洋的总次数和历次的起止时间，每一次的线路、所达国家，船舶建造甚至包括他自己乘坐的宝船结构造型、建造尺寸，气象水文资料，航行记录等。

历史允许存疑、质疑，但英雄就是英雄，因细节而生动形象，不因细节而矮化英雄的形象。

老英雄无泪，唯仰天长叹，"帝王不可信，亲人不可期，荣辱不可计"。锥心之痛，溢于言表。

大明王朝猎猎风帆，十年未启。

第七次下西洋马上就要启程。

郑和老眼远望，此时的长江江面，江海连潮起，风云连天生。

一切的滔天巨浪，一切的浩瀚广阔，一切的绚丽霞光，一切的荣耀高光，此刻在郑和眼里，都淡若闲云游丝，静如止水微澜。

他深情地回望南京城。那里有紫金山，西麓的富贵山下是明朝的皇宫，朱棣皇帝关于敕令郑和下西洋的圣旨，就是在那里发出的；那里有静海寺、龙江天妃宫，那是朱棣皇帝为奖励郑和船队平安归来而赐建的；那里有龙江宝船厂，郑和船队由江入海、由海入洋的所有船舶，都在那里建造，从那里下水；那里有净觉寺，是明宣宗朱瞻基新近恩准，专门为郑和重建的清真寺。

南京，是他万里航程的起点，也是航程万里的终点。

江海浩荡，皇恩浩荡。

年已六旬，垂垂老矣，报国尽忠的日子无多。尽管航向依旧，航线熟悉，但这位斗得过风刀雨剑，却躲不开唇枪舌剑的老航海家知道，这将是自己人生的最后一次远航。

国之大者，责无旁贷。国之重者，义不容辞。名利于我如身外之物，唯有圣恩国是，重于生命。朝之老将，国之忠臣，我不前冲谁前冲，郑和别无选择。

陪同他的，依然是他的老战友、老伙伴，曾经陪伴他四次远航的老太监、正使王景弘——同样是一位不应该被遗忘、被忽略的航海英雄、外交家。两人惺惺相惜，同样心事重重。

第七次航线与上次几乎相同,但这一次,船队到达非洲东海岸后,继续南下,越过赤道,到达莫桑比克海峡时,郑和突然做出一个大胆的决定:继续前行!他想沿南岸、顶风暴前行,绕过有"风暴角"之称的非洲最南端的好望角,进入真正的大西洋。有人这样猜测。

然而,据说郑和的这个勇敢之举、冒险之举、创新之举,被朝廷喝止了,船队只好掉头返回。在没有今天通信技术的条件下,当时这个指令是怎么准确、及时送达的,一直是个谜。

将在外,君命有所不受,但郑和没有天高皇帝远,越雷池一步,而是令行禁止、忠于使命。这是一位朝廷命官的忠诚。

每一次出航,郑和率领的官兵达到数万之众,战斗员达到90%以上,他完全有实力、有机会、有条件在海外自立为王,也有岛主、地主、山主热情相邀,但他始终不为所动,历尽千难万险,渡过千山万水,也要如期回航,从无野心。这是一个浪迹天涯的游子对国家的忠诚。

如果一定要说郑和下西洋有什么私心的话,那就是他作为一位穆斯林,一直在执守他的信仰、遵守自己的内心。他从阿拉伯地区带回《古兰经》及袖珍本,每次出行必到伊斯兰国家访问,安排穆斯林活动。他把中华文化中的天下情怀与伊斯兰教义中的包容思想融为一体,把儒家思想中的道德观与伊斯兰的美德观融为一体,打通了隔膜,沟通了文化,促进了理解、和谐与共识。这不是私心,是公心、善心、爱心。

每一次系泊阿拉伯海,或者靠泊红海,抛锚扎风,补给供应,郑和都会伫立船头昂首翘望,那位于沙特的圣地麦加。履波踏浪万里,如今近在咫尺,作为一位穆斯林,到天方麦加朝觐是他终生的愿望。郑和的祖父和父亲曾经作为穆斯林到过麦加,被授予"哈只"殊荣,增添家庭的荣耀是郑和的夙愿。但没有任何资料,包括像郑和的副手洪保的"寿藏铭"这样最可信的史料,都没有郑和到过麦加的片言只语记载,一次都没有,一个字都没有。

在这第七次远航中,郑和再次决定,放弃一己之愿。他派出穆斯林水手划着小船儿,从阿拉伯海岸或者红海海岸登陆,去圣地朝拜,自己却留守在大本营、七下西洋七次驻足的印度西海岸的古里,凄楚而悲怆地遥望阿拉伯海对面,那遥望了一辈子的圣地。

我想,郑和此举是想向世人表明,他不远万里来到这里,是为了实现大明王朝的宏伟构想和中华民族的天下情怀,是为了人类的交流和世界的沟通,决不借国家的权力实现一己之私愿。

就在这一次,印度古里永远地留住了这位世界上最伟大的航海家、最虔诚的穆斯林。

这是一个抱憾的终结,也是一个完美的剧终。

一切都在意料之中。

幸好郑和没有活着回来看到这一切。

公元 1433 年七月,郑和船队回到南京,迎接这位伟大航海家疲惫风帆的,是一纸诏令——"下西洋诸番国宝船悉令停止""各处修造下番海船悉令停止……",以及一堆熊熊大火——为防止再有人出海,兵部官员焚烧了郑和的船队、造船厂、造船图纸、航海日志、航海资料等。

英雄的风帆,没有葬身于大海,而是葬送在火海。

征帆一举,绥靖寰宇。明人一炬,遗恨千古。

随着皇帝朱瞻基驾崩,明朝陷入了彻底的禁海政策——外贸商人被处死,外语教学被严禁。及至清朝政府,甚至规定:片帆寸板不许出海,界外不许闭行,出界以违旨论立杀!一个王朝从此关窗锁门、闭目塞听。

中华民族的征帆就此灰飞烟灭几百年。海上辉煌不再,外夷崛起,强敌觊觎,坚船利炮正向我们这个东方古国袭来。明朝的自毁航路,为欧洲列强让出了东侵的通道,把切肤之痛留给了后人。

梁启超先生长叹:"哥伦布以后,有无量数之哥伦布;达·伽马以后,有无量数之达·伽马;而我则郑和以后,竟无第二之郑和。"

断送了一个王朝的航路,也堵塞了一个民族的出路。近代战争史表明,中国遭受的威胁主要来自海上,公元 1840 年到 1842 年英国对中国发动的第一次鸦片战争,公元 1856 年到 1860 年英、法两国在俄、美两国支持下发动对中国的第二次鸦片战争,公元 1894 年到 1895 年日本发动对中国的甲午战争。一直到今天,中国的东南方向仍然虎豹环伺,忧患重重。

假如郑和船队的余威仍在、雄风不减,中国就不会上演后来的割地赔款、屈膝求和、丧权辱国的悲剧;就不会有清朝政府在郑和的静海寺内,签下第一个丧权辱国的条约《南京条约》;就不会有大清皇家园林在英法联军的刀光和火光中痛苦的呻吟与永远的耻痛;就不会有甲午海战悲愤的仰天长号,就不会有八国联军在中国大清皇宫阅兵的嚣张气焰。

郑和下西洋雕像

历史不能假设,但可以假想。

酸楚的历史,含泪的悲歌,腥风犹在,血痕依然!

历史一再证明,如果没有一支强大的海上武装力量,就很难保证国家安全和领土完整。制海权是国家的主权,是民族的护身长剑。

纪念郑和,需要反思。一个崇尚英雄的国度本不应该让英雄孤独,一个强大的民族一定要有如林如臂、如枪似戟的风樯。战争不会走开,和平需要维护,敢战方能言和。民族的复兴首先是精神的复苏、意志的坚挺。郑和,这位一直在仰望星空的人,应该成为我们这个民族的星空。

"强于天下者必胜于海,衰于天下者必弱于海。"面向海洋则兴、放弃海洋则衰，国强则海权强、国弱则海权弱。没有海洋强国，就不会有民族强盛。向海图强的世代夙愿，是民族复兴的重要保障。

我们人类居住的这个蓝色星球，不是被海洋分割成了各个孤岛，而是被海洋联结成了命运共同体。这是百年未有之大变局下的海洋观，是中华民族传承千年的天下观，关心海洋、认识海洋、经略海洋是我们的时代观。

悲剧不会重演，历史重新落笔。中华民族的风帆，永远没有落下的那一刻。

赤壁的天空

万里长江奔流到此，你以一个静立的姿势，表达你的致敬；千年风云舒卷于此，你以一个仰望的姿态，表示你的敬重。你是一段历史的见证，有指点江山的资格。

那劈开千仞石壁、蹚开万重峡谷的惊涛骇浪向你奔来，安静地匍匐在你的脚下；那携雷挟电、呼风唤雨的崇山峻岭向你拥来，列阵集结，等候你的检阅。你是一个民族落满烟尘的情感，一尊永远不会被雪藏水湮的三足之鼎。

在这里，历史被你裁成两截，一截叫两汉，一截叫三国。从此，西东汉向你道别，魏蜀吴向你报到，你的天空乱云翻滚、浊浪滔天，曹魏军阵战马萧萧，蜀汉堡垒战旗猎猎，孙吴战船威风凛凛，刀光剑影杀得周天寒彻；从此，所有的笔尖都在翻检你的故事、指点你的功过、圈点你的风流；从此，一切的诗词歌赋都在描摹你的沧桑、你的豪迈、你的文心。

你放下曹操的槊，收起孙权的吴王剑，卸下周瑜的战袍，接过孔明的羽扇，一抖刘备的汉袖，以山为笔，蘸江河湖水为墨，在古老的峭壁上签下自己苍劲的名字：赤壁。

赤壁之战遗址

你是人类战争史上的一个战例、中华史记的一个篇章。

赤壁是历史的驿站。不读三国，不了解中国的从前；不到赤壁，不知道三国的质感。赤壁是万物葱茏的一方沃土，是万马奔腾的一片热土，奔走着一个尘土飞扬的民族方阵，奔涌过无数的英雄豪杰、翘楚骁雄。赤壁之战，是历史的深呼吸，在浩瀚的江面做了一次急促的换气。

遥想当年，万骑临江，千艘列炬，浩渺长江铺战场。赤壁之战是战略争锋、政治争霸、军事争战的经典案例，是地盘争夺、谋略争胜、文化争强的精彩展示。天时合着地利，运势应着人谋，战略与战术协同，伐谋与伐兵相交，踌躇满志与老谋深算携手亮相，英雄意气与神机妙算联袂出场。忠诚与奸诈谁能分辨，气度与眼光谁能胜出？赤壁是历史的裁判。长江歇脚处，人生大舞台，没有永远的角色，只有不谢的戏幕；赤壁长江畔，历史大看台，阅尽人间春色，千年等一回。近看三国演义，火烧长江夜沸腾；远观风樯林立，灰飞烟灭终有时。赤壁是永不落幕的舞台。赤壁一战，天下重组，历史像麻将牌，在解构中重构，在推倒中重来，没有不倒的赢家，赤壁是永远的庄家。曹魏虎踞洛阳，孙吴龙盘建业，刘蜀鳌占成都，分立并非久分裂，一切的分都是为了合，分分合合终一统，有赤壁做证。三足鼎立分天下，分得清的是金戈铁马，分不开的是文化血脉，立得住的是忠勇智德，理还乱的是爱恨情仇，只有赤壁懂你。意气如风，念想如雨，千年的目光把个赤壁磨洗冲刷得完好如初、古朴如昔、鲜亮如新。五帝的云雨商周的风，春秋的楚剑战国的弓，赤壁是历史的电视剧；秦汉起歌舞，唐宋赋诗词，明清的曲调民国的风，让你唱了一遍又重来，赤壁是岁月的留声机。老城老巷深，古街古道长，深的是历史，长的是故事，深深长长的是赤壁的情思。云梦古水在这里荡漾，洞庭湖水在这里泛波，窗含西江千重浪，门泊东吴万艘船，赤壁宛在水中央。碎浪鼓节拍，群山作和声，楚歌低回又高起，历史在这里集结，再出发。

赤壁是文化的码头。孤帆远影诗作桨，山高水长歌为伴，赤壁是诗、是歌、是画;是有歌的诗画、诗意的歌赋。西水东流莼草密,北雁南飞芒花稀,赤壁是万里长江图上的一抹重彩,重彩里的一叶轻舟,轻舟在江边的靠泊。史海无须钩沉,文化在江边磨洗,守着前朝的往事,独钓未销的沉沙折戟,赤壁是文化的创意神、诗词的朗读者、遗产的传承人。用四季的珍卉奇葩,调制古老的颜色,给斑驳上一道迷彩,给夜幕抹一笔曙色,赤壁是历史的调色板;点横撇捺,行楷草隶,让念想安上翅膀,让寒鸦有个鸟巢,让灵感有个枝头,赤壁是文化的留言簿。霜重鼓寒声不起,水落石出满山红,朦胧与明亮,都是赤壁的景象,引无数游者学者来打卡、诗者歌者竞折腰,论得失、抒长短、叹兴衰,浪里沙里寻史鉴,花间林间觅诗笺。李白赤壁楼船空,杜甫赤壁悠悠回,杜牧赤壁东风烈,苏轼赤壁千堆雪,苏辙赤壁三分势,霞客赤壁箫管悲;黄庭坚横枪竖戟写赤壁,文天祥今古兴亡叹赤壁,元好问慷慨悲歌忧赤壁,曹雪芹空舟冷风怜赤壁,一千个人的笔下有一千副赤壁的模样,一千个人心中有一千尊赤壁的形象。远望白云苍狗西来,俯瞰大江浩荡东去,赤壁的脚下是惊涛拍岸千堆雪,身后是群峰怒卷万重山。笔落惊风雨,诗成泣鬼神,文学的深处耸立着历史的峥嵘,历史的画卷屹立着政治的航标,政治的高地矗立着思想的高峰,赤壁是历史的标点、智慧的结晶、文化的丰碑。是历史分娩了文化,还是文化催生了政治,让赤壁告诉你一切。没到过赤壁,算不得中国文人。赤壁如雕,长风如铁,触摸嶙峋石壁,让你感知故垒的颗粒度;面对凛冽东风,让你感受故国的存在感。一切并未走远,灰烬尚有余温,历史在你掌中,你可以从这里出发,去远方。大江东去云回头,斗转星移心还在，赤壁是文学的乳母，是中国的文心，是中国文人的念想。

赤壁是风物的宝地。蒹葭苍苍，秀水泱泱，莼川历历千山树，蒲草萋萋百花洲，赤壁有优厚的天然禀赋、深厚的人文底蕴。山林繁茂、物产丰盈，风调雨顺、国泰民安，这里是稳固的江山、铁打的营盘。赤壁的山，叠嶂西驰，峰峦耸立如阵；万山欲东，峻岭绵延如龙。壁立千仞，无欲则刚，意志坚强挺拔；不让抔土，有容乃大，气势浩荡磅礴。葛仙山上仙气弥漫，雪峰山下峰林尽染，山外有山天外天；玄素洞里深幽奇险，神龙洞下瑶池流波，洞中有洞谜中谜。赤壁是山的世界，山是赤壁的摇篮。赤壁的水，千形百态婀娜多姿，泉井溪沟汊满贯，港渠塘湖河洋溢，溪流不壅不塞，涓滴不跑不漏，一滴山泉能叮叮咚咚高高低低曲曲折折，跳过半个赤壁、穿越几个世纪，一路追逐到长江。陆水湖空明澄碧晴方好，水浒城酒旗飘摇雨迷离，绿岛星罗棋布，清水一眼到底。赤壁是水的故乡，水是赤壁的生命。美不美山中水，青不青水中山。千山同根，万水同源，满目春水涨，一蓑秋雨浓，水中的蒲圻含露凝霜，雨后的莼川潋滟泛光。山里有雨、林间有泉，花叶结朝露、树枝披夜霜，月下石浸水、溪中鱼戏虾，夏日藏冰雪、朝檐挂凌花。不知道是山抚养了水，还是水滋养了山，只知道是幕阜山扶养了赤壁、陆水河沁养了蒲圻。柳垂金丝，桃吐丹霞，赤橙黄绿青蓝紫，山水林田湖草沙，有水就有林，有山就有花。桃树李树油桐树，杏树枣树香梨树，枝蔓相连果实累累；枞树棕树油茶树，樟树椿树水杉树，根茎交织绿冠丛丛。桂花梨花栀子花，桃花荷花兰草花，清香逼人；杜鹃花紫云英油菜花，金银花映山红红樱花，奇艳烂漫。树山有路勤为径，竹海无涯脚作舟，走得出自家的绿岛，走不出无边的绿海。尖椒茄子菜薹丝瓜满园，莲藕菱角蟹鳖鱼虾满塘，腊鱼腊肠、干菜腌菜、肉糕鱼糕一大桌，烧酒、鸡汤、苕粉汤、排骨汤瓦罐一灶角，腊肉刀刀香，糍粑块块甜，穿好玩好不如吃得好。酒肉穿肠过，乡愁心中留，味道是永远的故乡。

赤壁是人文的经典。三国是赤壁的底蕴，赤壁是三国的标签。志同道合则聚，道不相谋则分，赤壁是世界观、人生观、价值观的试金石，是仁义礼智信忠勇的测试仪。桃园三结义，赤壁掩忠魂，义薄云天；君臣两厢情，赤壁照丹心，情深似海。羽扇纶巾英雄气短，草船借箭智多谋长。卧龙诸葛妙计生，凤雏庞统身战死，多谋善断、敢打敢拼，塑成赤壁人的性格。拜风台上东风吹，翼江亭下战鼓擂，奋进是赤壁的节奏。近看是嫩绿墨绿鹅黄绿，远望是翠青黛青蓝草青，你是一片茶山茶海，绿茶青山也是金山银山。你是一叶一芽，吸水土之富养，集天地之灵气，采日月之精华，遇到好年份，沐浴好雨水，挑个好时辰，选个好光景，采的是芳华，晾的是青涩，揉的是经脉，烘的是熟稔。把水分焙干，让时间发酵，蒸出自然的清香，筛去生活的粗粝，再用一个有直有弯、有粗有细，大道至简、一往无前的"川"字，打下赤壁的烙印。把杂乱归整齐，把日子压紧实，一方青砖就是日子的形象、生活的模样、一生一世的指望。不管你是来自山顶树尖阳光下，还是出自水凼坑洼角落里，同样的生命、一样的珍贵；无论你曾如何青葱鲜亮、如何婀娜妖娆，压制出来都是一块砖，一块需要修剪晾晒的方砖，一方馥郁幽香、方正端庄、棱角分明的茶砖，这是赤壁的样子。把青砖当麻将，把茶味当况味，日子是用来过的，醇厚是赤壁的味道，茶色是赤壁的底色。深抿一口意千年，酽茶一杯家万里，唯有茶解忧。迢遥茶商路，信义走天下，青砖踏上茶路后，便沿长江、下汉口，入汉水、经山陕、出东口、走西口，通达蒙甘青宁、远涉欧亚大陆，远离故乡赤壁了。青砖无脚行天下，茶客有约走四方，砖茶之路与茶马古道、晋商商道、丝绸之路、陶瓷之路会合，形成辐辏四方赓续千年绵延万里的中俄茶道、中欧茶道、中非茶道，道不远人，人方致远，天不择物物自流，茶走东西。万里茶道天涯远，羊楼古镇第一步，赤壁是茶道的出发地，也是乡愁的归宿地。天苍苍，野茫茫，西风马铃声碎，古道山歌呜咽，肩上扛个天，两脚写史诗；鸡公车吱咖咿呀，茶马帮丁零哐当，天晴不怕路远，雨雪不怕泥深，一旦出发就义无反顾，一别之后常音讯杳无。茶道险远山高路长，兵荒马乱贼盗难防，失去的是生命钱财，保全的是忠信仁义、茶路不绝。半路相逢一壶酒，回头再见又十年。比山更高的是脚，比路更远的，是白发老母倚门翘盼的望眼。凄风苦雨脚夫泪，归期无计游子吟，东南望，断肠处，泪沾襟，路旁枯骨零乱，旷野游魂飘荡。等到终于少小离家老大回，只剩下在双亲的荒冢前，那一跪长哭了。岁月是漫长的等待，远方有熟悉的陌生。桃李春风一杯酒，江湖夜雨十年灯，红罗斗帐空自怜，怨妇倚窗三千年，生也等你，死也等你，等到海枯石烂、地老天荒。侧耳辨家音，依稀是故人，衰发爱人苍老的臂弯里，那一枕长哭，在等你。茶乡的故事亦酸亦涩、且苦且甜，像青砖茶的味道，微涩而回甘。三国演义让赤壁名留青史，万里茶道让赤壁名闻天下。

三国文化打底，茶道文化铺路，一方水土一方人。沧海桑田，时移境迁，但赤壁人农民本性不改，农耕文化本色依然。赤壁人崇尚勤俭，春华秋实种福田，天道酬勤地福报，不懒惰、不自满、不骄奢，纵有稻菽千万亩，也要颗粒归仓不浪费。赤壁人聪明智慧，三个臭皮匠顶一个诸葛亮，三个诸葛亮顶一个蒲圻佬，想法多、办法多，没有干不成的事、垒不成的窝；赤壁人厚道踏实，见面三分话，全抛一片心，做事说话人实在、靠得住，有丁有卯，有板有眼，不飘浮、不敷衍、不奸猾、不狂妄；赤壁人性格坚强，墨绳一根线，瓜藤一根筋，一条道走到黑，不信邪不怕鬼，撞了南墙不后悔，没有翻不过去的山，没有蹚不过去的水；赤壁人性情耿直，破土一根竹，落地一棵松，行得直、站得稳，不卑不亢不做作，爱憎分明不掩饰，巷子里赶猪直来直去，竹筒子倒豆一粒不留；赤壁人重情重义，尊老爱幼天经地义，扶危济困侠肝义胆，知恩图报有情必回，仗义疏财孝行天下。兄弟伙里、同庚同娘，生死之交一碗酒，肝胆相照一条命。赤壁的男人恋家巴家，爱得深沉爱得久远，经得风经得雨却经不得女人的眼泪；赤壁的女人持家护家，爱得直白爱得泼辣，天不怕地不怕只怕男人一声骂。采采赤壁赋，浩浩古道风，让你直把茶乡当家乡，走了想再来。

　　赤壁写赤诚，丹霞映丹心。革命烽火在这里燃起，秋收暴动在这里响应，党在这里领导工农闹革命，苏维埃红色政权在这里高擎革命的火把；北伐狂飙从这里经过，鄂南红军独立师在这里战斗，三次反"围剿"在这里打响，以少胜多敢战死，胜利成果血染成。彭德怀、贺龙、王震、滕代远、何长工、周逸群、何功伟在这里领导革命、指挥战斗,赤壁大地留英名;红军山、红军洞,红军医院、红军亭,列宁学校、苏维埃银行在这里战旗飘扬、战歌飞扬,革命路上留足迹。这里是全民抗日的战场,武林高手奇袭日军队部,孤胆英雄智炸敌人碉堡,蒲草丛中、泉水洞里、陆水河边闪跃着游击队的不屈身影,山包上、水塘边、麻地里、路桥旁埋伏着武工队的梭镖大刀土铳,铮铮赤壁是抗敌的铜墙铁壁,竹山林海是灭敌的汪洋大海。上海四行仓库八百壮士里有赤壁儿郎血战到底的身躯,白区敌营情报机关潜伏着赤壁籍锄奸特工队,神秘的特工高手、爆破专家令日伪汉奸闻风丧胆、惊恐不安。这里是新中国红旗招展的地方,百万雄师过大江,劳苦人民得解放,和平解放的赤壁回到人民的怀抱。人间有正道,沧海变桑田,古老赤壁焕新颜。改天换地的志气、战天斗地的精神,顶天立地的气概、经天纬地的擘画,惊天动地的成就、翻天覆地的变化,赤壁橡笔写新篇。渡槽飞架,南渠蜿蜒,厂房鳞次栉比,道路四通八达,三峡试验坝在这里奠基,蒲圻纺织厂在这里建成,共和国工程从这里起步。喜看稻菽千重浪,遍地英雄下夕烟。改革开放春潮涌动,招商引资硕果累累,惊涛拍岸闻鼙鼓,东风唤得满眼春,赤壁立潮头。

千古风流数尽,还看今朝赤壁。新时代描绘新蓝图,新赤壁再举新风帆。一桥飞架南北,一脚两分东西,长江大桥气势如虹,赤壁走在大路上;一线穿越山岭,一马驰骋平川,高速高铁雷霆万钧,赤壁再上快车道。高新科技显神威,创新农业展英姿,新兴城乡魅力绽放,新型市民意气风发,绿水青山闪闪亮,赤壁光景日日新。

三国故垒东风劲吹,百舸争流长风浩荡,赤壁昂首唱大风。赤壁,是千古传奇、旷世经典,是一个民族的文化乡愁、一群儿女的床前明月,是新时代的激情歌赋、铮铮誓言,是一宗遥寄历史的时代答卷。

"楚"字是这样写成的

楚国是一个传奇。

楚国地处蛮夷之地,与商朝无亲,与周朝非戚,起步时面对的是势力强大的周王朝和齐、晋、鲁、卫、宋、郑、蔡、燕等周王室的同姓近亲诸侯国,周边是趋炎附势狐假虎威的附庸国,身后是更原始更野蛮更落后的南蛮。地处边缘、身置夹缝,环境复杂而险恶,但楚国突出重围,先后跻身春秋三小霸、春秋五霸、战国七雄之列,疆域范围东临大海、西抵巴蜀、南达两广、北至陕南,覆盖到今鄂、湘、川、赣、皖、苏、浙、豫、陕、鲁等地,雄峙中华八百年,创造了从小到大、由弱变强的奇迹,却最终没能逃脱覆灭的命运。但栉风沐雨的楚文化像一座轩昂绮丽、姿态万千的高峰,屹立在中华民族历史长河的岸边。

一

楚字头上木成林,楚人从草莽间走来。

小篆体"楚"

"清华简"中《楚居》记载,楚部族的先君叫鬻熊,鬻熊的妻子妣厉生熊丽时难产而死,巫师用荆条"楚"掩埋了妣厉。为了纪念她,部族人称自己的地域为"楚",或者"荆楚"。

楚人认为自己的先人是祝融。《史记·楚世家》载,"楚之先祖出自帝颛顼高阳。高阳者,黄帝之孙,昌意之子也";《山海经·海内经》载,"黄帝妻雷祖,生昌意。昌意降处若水,生韩流。韩流……取淖子曰阿女,生帝颛顼",也就是说,楚人是黄帝的后代。《史记·楚世家》还记载,高阳生称,称生卷章,卷章生重黎。重黎为帝喾高辛居火正,甚有功,能光融天下,帝喾命曰祝融。《山海经·大荒西经》载,"颛顼生老童,老童生祝融",也就是说,祝融也是黄帝的后代。《山海经·海内经》载,"炎帝之妻,赤水之子听沃,生炎居,炎居生节并,节并生戏器,戏器生祝融",也就是说,祝融又是炎帝的后代。

多版本性是中国神话故事的特点,无论是炎帝族的祝融氏,还是颛顼族的祝融氏,楚人都认作自己的先人,自己是炎黄子孙、祝融后代。考古发现,祝融八姓原分布在中原地区,《汉书·地理志》说:"今河南之新郑,本高辛氏之火正祝融之虚也。"也就是说,楚人最早是祝融家族的,家住中原新郑,在商朝晚期被赶出去了。

被赶出中原的这一支部族姓芈,流浪到了荆楚。先是被商朝逼得到处跑,后来被周朝挤得没地儿跑,大包小包挈妇将雏,走向风雨凄迷、蛮荒混沌的南方,又与南蛮三苗各族争地盘,漂泊到了远离中原,位于今天湖北宜城一带的雎山与荆山丛林、蛮河与沮水河川,沦为楚蛮。想北返中原,但周朝防线紧箍、城门紧闭,拒楚于门外,还不断扩大封地,挤得楚只剩立锥之地。

等到第 4 任酋长熊绎上任,周王室才看在楚部族先君鬻熊当年辅佐先王有功的面子上,封了一块土地、赐了一个国名,叫楚国,授了一个爵位,是子爵。爵位是最低档的,位置是最边缘的,国土面积是最小的,"土不过同",即不到方圆五十里。把楚人圈养在汉水流域丹水一带,国都设在丹阳,也就是今天河南淅川,楚部族从此成了楚国,是周王朝的异姓诸侯,人称"楚子"。按周王朝年谱算,这是在公元前 1040 年左右的事,距今已 3000 多年。

当年周武王灭商之后分封，"立七十一国，姬姓独居五十三人""皆举亲也"，天下诸侯几乎都姓姬，但楚不是。楚国最早的家业不是靠分封得到的，也不像商对夏、周对商，一个朝代替换前朝，一个国家灭掉别国，把江山社稷、臣民粉黛、锅碗瓢盆等等一股脑儿全盘剥夺、照单全收，楚完全靠自己打拼。楚国创立之股很穷，连祭祀的牺牲都是从邻国鄀国偷来的，落下了"鄀国盗牛"的千古笑柄。从熊绎开始，历代君王率黎民百姓"筚路蓝缕，以启山林"，开山拓荒300年，地盘一寸寸扩大，渐成气候。

公元前741年，杀伐果敢的熊通一刀杀掉无能的亲侄子，夺过权杖成为楚第20任酋长，开写历史新篇。熊通显然不满足酋长这个地位，自立为王，曰楚武王。这是中华历史上商周王朝之外第一例自称为王的，而且是非王室血亲。在他之前140多年的楚国第9任酋长熊渠开疆拓土，打下长江中游的庸国、扬越、鄂国，封三子分别为王，以镇守这三个要地，被视为效仿、挑战周王朝，已经是惊世骇俗之举了，直到今天我们还没有称呼熊渠为王，因为他没敢自封为王。有如此豪胆的，楚武王熊通是第一个。

楚国像一根带刺的荆条，在蛮荒之地野蛮而自由地生长。

楚武王熊通在任50年，治楚兴楚，对内以铁腕治国敢作敢为，对外以铁拳出击敢打敢拼，把尚处蛮夷之地的江汉平原拓展成楚国新天地，楚武王因此与郑庄公、齐僖公跻身最早的"春秋三小霸"，为后来的强盛打下最初的底子。

其时，楚武王接过的江山不过是弹丸之地，尽管前面十多位国君勤勉力为，但周王室给楚圈定的城邦范围有限，楚君们不敢越出一步，增加的土地不过是城墙边的菜园子、土围子、后花园，并不是真正意义上的国土面积。随着封国增多、蛮夷蜂起，掣肘频繁，竞争加剧，楚国已是强邻环伺，被视若囊中之物了。打得一拳开，免得百拳来，楚武王上位三年即以攻为守、南征北战。首攻选南阳，虽未攻下，但军阵前锋直抵周王室眼皮底下，让周王和护卫诸侯们看得目瞪口呆心惊肉跳。楚国北攻不成便掉头南下，一举打下位于今天当阳的权国，派了一个人去当县官，这是中国历史上第一次设县制，这个由楚国发明的伟大专利，后来被秦始皇借鉴为郡县制。但这个权县县长却闹独立，楚武王再打再占，这才搞定。之后楚文王继承父王遗志乘势出击，州国、蓼国、邓国、申国、息国依次拿下，迁都到位于今天湖北荆州的郢都，延续着楚武王的余威，但好景不长，只在位13年。经过楚武王时期和后武王时期的砥砺奋进和接续奋斗，楚国渐渐跻身春秋大国之列。

此后，历任楚国君扬勃兴之余威，先后攻打随国、黄国、英国、古麋国、卢国、罗国、绞国、州国、六国、庸国、陈国、蔡国、郧国、戎国、夔国，称霸汉水流域，越过汝水、颍水、淮水，抵达洛水以南、宋国以西，剑锋横扫北纬35度以南大半个中国，与周王室分封的诸侯国近在咫尺，分庭抗礼，散发着咄咄逼人的雄性荷尔蒙气息，各国从此不敢小视楚国，"弱者"成了"横者"。

楚国的快速崛起，归功于第23任国君熊恽，即楚文王之子楚成王。楚成王在位46年，励精图治、发愤图强，地盘扩大至"楚地千里"，气势逼人，使楚国从"横者"成为"强者"，令中原各国心生羡慕嫉妒恨。面对这个离经叛道的异族，诸侯们经常合伙打着尊王攘夷的旗号，想打击楚国分一杯羹，但又惧怕楚人那寒光凛凛削铁如泥的青铜利剑、钢铁利剑，以及野性偾张浑不吝的蛮劲。权杖传到第25任国君楚庄王熊旅手里，楚国已发展成为令中原诸侯艳羡惧怕、邻邦争说的泱泱大国，楚都郢城更是"车毂击，民肩摩，市路相排突，号曰朝衣鲜而暮衣敝"，俨然世界大都市了。经过楚成王、楚庄王跨越八九十年的勤勉奋斗，楚国这个南方大国终于成为天下强国、春秋霸主。

楚国在变强，但"强"字的背后，是一个"忍"字。面对商周

小篆体"忍"

二代形成的先天生长环境，楚人忍受、忍耐、忍让、忍痛，隐忍不发、忍辱负重，楚国历代君王的心底都深深地烙着"忍"这个字，

入骨三分。楚人被商朝赶出中原，一路南迁，在荆棘之地苦苦等待了几百年，忍；晚商时期，强盛的商朝视楚为眼中钉，赶走了不算，还想灭尽杀绝，武丁王甚至亲自率兵剿楚，楚到处躲匿，忍；帮助周人推翻了商朝，却反受周王室和诸侯的冷落、欺负，忍；《诗经》列有十五国风，没有楚，还训诫周家子弟不要追逐南方女子，"汉有游女，不可求思"，楚地楚人楚文化一直受歧视，忍；《诗经》甚至以斥责的口气说"蠢尔蛮荆，大邦为仇"，意思是蛮夷之地愚蠢的楚人啊，你竟然敢跟强大的周王朝为仇？面对如此傲慢、无礼，忍；封楚为国却地处偏远、大小如弹丸，授了爵位，却位列王公侯伯之末，忍；齐国挟天子令诸侯讨伐楚，指责楚长期不向周天子进贡"包茅"，忍；楚成王即位，提着贡品想缓和与周王室的关系，周天子回赐了一刀腊肉，但警告说，你就在南边待着，别侵犯北方，忍；周天子举行诸侯会盟，楚国君连个吃瓜群众都当不上，好不容易得到请柬参加了一次岐阳盟会，却只能挨着鲜卑部族首领一起坐冷板凳喝凉粥，忍；楚庄王兵临周朝城下，打探鼎的模样，被周天子的特使王孙满一通奚落，忍。踌躇满志的楚庄王在周王室城门外搞军事演习和阅兵仪式，但愣是没敢动手。春秋文人编排了不少歧视和奚落楚人的成语俗语故事，如"刻舟求剑""晏子使楚""削足适履""尾大不掉""南辕北辙""狐假虎威""亡羊补牢""自相矛盾""叶公好龙""画蛇添足""楚人鬻珠""买椟还珠""楚王好细腰，宫中多饿死"等，楚人从不争辩什么，忍声吞气，一忍再忍。

忍字头上一把刀，忍天下难忍之事，是磨炼心性。世事维艰像磨刀石，楚人在砥砺中强健，楚国从荆棘中站起。

盟会，是商周以来各方诸侯首脑、部族首领的议事机制，各国都很看重。据《春秋》经文和《左传》记载，春秋时期的公元前701年到公元前506年的近200年间，各诸侯国和各部族举行过90多次会盟，其中重要的有20次，而楚国只参加过3次，第三次是在公元前538年，楚灵王欲效仿当年霸主齐桓公代天子行事的做派，想秀一下肌肉，主动要求并主持召开的，晋、宋、鲁、卫、曹、邾等国还借口不来。盟会上楚灵王面露骄色，引起诸侯们的暗怨，埋下杀身之隐患。公元前506年的第二十次重要会盟，是背着楚国召开的，代理周王室朝政、总领百官的轮值主席国刘国的国君刘文公，召集晋、齐、鲁、宋、蔡、卫、陈、郑、许、曹、莒、邾、顿、胡、滕、薛、杞、小邾共18国在召陵会盟，会议由晋国主持，商议怎么伐楚。此时，吴、唐、蔡三国联军正以3万兵力猛烈攻楚，吴王阖闾亲率武器装备最精良的吴军，悄无声息地绕过大别山偷袭楚国，从楚军守备最薄弱的信阳攻入，直捣汉水，五战而杀入楚都郢都，焚毁宗庙，疯狂屠城，楚国军民奋起死战，打得尸山血海、昏天黑地。楚昭王逃亡到鄖国、随国才保住性命，楚平王被拉出墓穴鞭尸。要不是越国从背后袭击吴国帮了楚国，秦国也派五百雷霆战车相救，楚国就画上句号了。这次战斗在楚国史上留下奇耻大辱。

这一切，楚国忍了。但"忍"不是忍声吞气，忍的背后是不认输。

楚国，在等待利剑出鞘的那一刻。

二

楚人有自己的乡愁。

打开春秋战国时期的地图会发现，几百年间楚国用兵的重点一直在北方。

那里，有楚人曾经的家园。

在江汉之间成长起来的楚国，要北进中原，遇到的最大障碍是随国，而随国正是周王室用来遏制打击楚国的先锋，又是占有长江流域铜矿资源的前卫。从公元前985年起，周昭王姬瑕在十多年间发起三次大规模伐楚，最后身死楚地汉水，每战必经随地，随国必是主力；楚国也誓言拿下随国，楚武王熊通三次征伐随国，一直打到公元前690年，七旬高龄的楚武王抱病征随，中道崩殂，死在征途上一棵樠树下。随着楚国势力增大，随、楚两国关系一度亲密，在公元前506年吴国杀入楚都郢都时，楚昭王还躲进随国避难，而随国也死不交出楚昭王，在两国关系史上留下珍贵的回忆。战国时期楚国为北上而清剿周王室派来的各个子孙诸侯国，唯留随国独存、交好，一直到公元前339年楚威王时期随国不复存在，随地成为楚国进军中原的前沿阵地。

拿下北邻随国这个姬姓诸侯，既能清侧除患、敲山震虎、搦战周王室，又能修建起安全隔离带，楚国地盘由此迅速扩大，势力向北挺进。

公元前656年，最早的霸主齐桓公忌惮于楚国对陈、蔡两国的威胁，拉着八个诸侯国伐楚，发现吃不下，便与楚国会盟于召陵，这是历史上第一次召陵之盟，由齐主持。楚国强势北上，其意是想引起周王室或者至少是齐霸主的注意，参与游戏规则制定，分得话语权。公元前 318 年，楚在最后一刻中了张仪的计，放弃齐国，六国合纵失败，终为秦灭。

与晋国抗衡，是为了拒之于北方，不让晋这个周王室的亲儿子染指和回归中原。公元前 506 年召开的历史上第二次召陵之盟，共商伐楚之计，就是由晋主持的。

与吴国较量，是想遏制这个东方势力往中原方向的扩张，且抵挡"无岁不有吴师"的侵扰。与东夷越国交好战少，"天下之国，莫强于越"，楚国联手越国灭了吴国，然后再回戈一击灭了越国。

与崛起于西部的秦国则展开了长达百年的持久战，直到楚拼光了家底，功亏一篑，满盘皆输，遗恨千古。

身在南楚，心在中原，乡愁不曾淡忘，目标从未改变，楚人以战争的形式去实现自己的梦想，向着故园的方向打拼，每赢一场、挪近一步，每输一次、伤心一场，直到最后梦断秦手。

丛林法则是血腥的。蛮族时代的任何一个部落都是军事集团，其生存方式主要是战斗。部落之间争地盘、抢猎物、分财富靠打，部落内部争权位、排座次、抢女人靠打，恶劣的进化环境和险恶的生存空间决定了文明程度。中国社会进入春秋战国时期，从奴隶社会向封建社会转型，文明程度在提高，冷兵器战争状态未改但武器在优化，频数密集、规模扩大、程度更惨烈，卷入的政治军事集团更多，纵横关系更加复杂，动辄数十万人参与、上十万人殒命。各种利益的争占、争抢、争夺，各种力量的对比、对峙、对杀，一次次刷新中国历史的地图。国际关系此时为友、彼时为敌,世上皆敌、天下无友,既有朝秦暮楚,又有朝晋暮楚,没有永远的朋友,只有永远的战斗,因此动荡是常态、摇摆是常事、分分合合是常数,战争从不离席,胜负决定一切,血性在血泊中凝成,狼性在狼烟中练就。久而久之,这种状态培养出三种国家心理,一种是仇外,一种是惧外,一种是崇外。导致两种结果:一是强者为王、强者愈强,斗争意识、危机意识、学习意识、创新意识增强;二是强弱分化,弱者为朋,弱肉强食,弱者愈弱,在大浪淘沙中被淘洗出局。从夏禹时期"执玉帛者万国"到周武王伐纣时诸侯三千,从西周时期天下方国八百到战国七雄,最后天下一国为朝、最终一统,地图被一次次改写涂抹,格局被一遍遍打破重启。这是战争的发展史、文化的舞台剧、人类的教科书。中华民族在跟跟跄跄中前行,但方向明确、目标坚定。

血雨腥风春秋史,刀光剑影战国册,西周东周享国791年,春秋战国历时550年,在这两条古老的坐标轴上,楚国贯通首尾,从未缺位。

面对强手如林、虎豹环伺,在夹缝中求生存、在边缘处求发展,从一角蛮夷之地野蛮任性生长的楚人,深刻而清醒地认识到打是硬道理,扩张的欲望得到了充分的发育。剑锋出真理,敢打才会赢,由小到大、由弱变强的历史,逐鹿中原、群雄并起的现实,使楚国信奉奋斗的哲学。战斗只为重返,隐忍只为梦想,上千年来楚人从来没有放弃艰难的回归之路,一步步走向中原故土,一次次走向梦想高地,在风云际会中走近历史舞台的中央,创造了先秦历史上一个被驱逐之部族终归故里、一个蛮夷之国走向强盛的奇迹。

回望新石器时代中华文化版图，长江、黄河无疑是两大文明的源头，由此滋生出六大文化圈，色彩逐渐明朗，边界日益清晰。以仰韶文化为代表的中原文化，在黄河岸边郁郁葱葱地生长；以大汶口文化为代表的黄淮流域文化，在红陶黑陶器物中散发出幽幽陈香；以湘楚文化和巴蜀文化为代表的南方文化，在长江上中游地区遍地开花；以河姆渡文化为代表的江南文化，在长江下游以南的田野水乡馥郁芳香；以红山文化和大地湾文化为代表的北方文化，覆盖长城以北、辽河流域、陇东地区；还有以鄱阳湖、珠三角为轴线，辐射赣粤闽台的南部地区文化。这些文化圈出现有先后，覆盖有大小，但都是数千年的底蕴，共同形成中华文化最古老的底色，楚文化则是这些文化圈中成长最快、生长最久，最活跃、最强劲、最坚挺的一支。

文化是一种动态平衡、相互制衡，永远在被打破；文化也是一种神秘状态、模糊地带，永远在被认识。如果以中原文化为原点，那么它与华夏文化，与蛮夷戎狄"四夷"文化的边界在哪里，它们之间有着怎样的子集、交集、并集、补集？中原文化尤其是周朝的礼乐文化博大精深，无疑处在中华文化的主体主导主流地位，在形成中华民族共同理想信念、价值理念、道德观念上，发挥着开疆拓土奠基性和四梁八柱框架式的作用，那么它是如何与长江文化、西域文化、海洋文化等相处互通的？是如何与各种文化共享中华文明盛宴，共同点亮中华文明之光的？春秋夜放花千树，战国潮急鼓声催，文化板块剧烈冲撞、雷霆激荡，地域文化交流交融，诸子百家竞相登场，政治主张、哲学观点、文学成果、科学思想如山火燎燎井喷涌现，中国文化进入杂乱期、动荡期、碰撞期，也迎来了繁荣期、融合期、高峰期，中华文明的天空因此而星光灿烂霞光万道，人类文明的星空因此而光芒四射交相辉映。

历史给楚文化一个空间，楚文化还神州一片灿烂葱茏。

三

楚国，是中华文化最早的课代表。

公元前1046年，武王伐纣，中国历史进入周时代。周朝享朝791年，是中华历史上最长久的一个朝代，周王室是班长。

周文化的影响力、辐射面无疑是巨大的，但随着分封赐地的规模扩大，诸侯蜂起，强人横行，争食抢地，经济凋敝，周王室不得内征诸侯、外御戎狄、家防窝斗，常感劳民伤财、损兵折将、力不从心。周平王东迁后，群雄逐鹿、中原板荡，岁月不再静好，危机不断出现，王室衰微、王权旁落、王令脆弱，班长日子更加不好过，天下共主的局面不可避免地走向虚化。各国都在试图寻找历史的罅隙，乱中取胜、变中求生，楚国的梦想宏图一次次被激活重塑，但也一次次被打碎捣毁。因为，楚国遇到了四个强敌劲旅。

第一个叫吴。吴本是周王室宗亲诸侯国，先祖太伯本是周太王之长子，因主动让王位而被封地句吴。"太伯奔吴"离家太早，又与"断发文身、与民并耕"的江南夷民共同生活得太久，被中原的本家兄弟们渐忘，视为东夷。吴国称王的历史，当从公元前585年吴王寿梦算起，在此之前吴地十几任君主，之后到夫差被越王勾践所灭，共7任吴王。公元前584年，楚庄王时期的楚大夫申公巫臣私逃到晋国，晋国派他出使宗亲吴国，巫臣用楚国的先进技术和管理帮吴国建军队，吴国这时才开始与中原各国打交道，这已是春秋晚期。吴国奉行先军政治，在申公巫臣、伍子胥、伯嚭、孙武等最杰出军事家们帮助下，走出了一条改革强军、科技兴军之路，从军队编制、组织程度、作训方式、战车改进、武器装备、行军编队等方面大胆创新，战斗力大增，吴师的"文犀长盾，偏诸之剑，方阵而行"的威风，一度令对手闻风丧胆、望尘即溃。令人深思的是，吴国的这几位杰出军事家中的前三位都是从楚国逃亡出来的。知己知彼，百战不殆，楚国自然而然地成为他们复仇的首攻目标。吴先是帮晋打楚，后是主动搦战楚国，但在公元前473年被楚所扶持的越所灭，吴王夫差自杀。在战国大戏闭幕之前的250年就退出了舞台，来得晚、走得早。但吴在被灭前30年，即公元前506年，就已经给了楚一记重创，吴王阖闾倚仗重臣伍子胥、孙武发起"涉淮逾泗，越千里而战"的长途奔袭，五战五胜，十天即攻入楚都郢城，差一点让楚国落了个国灭君亡的下场。这一击，伤到了楚的筋骨。

第二个叫晋。晋原本叫唐，位于今天山西太原、临汾、运城一带。周武王立朝后封亲儿子虞为侯爵，派驻这里，为唐叔虞。虞的儿子燮继位后改国号为晋，晋的国君即为晋侯燮。由此看得出晋与周王室的血缘关系。公元前770年，周平王东迁时晋勤王有功，得到周王室奖励。同时受到奖励的还有一个，是当时还处在西部、国力较弱、资格尚嫩的秦。虽不是血亲，但秦为周平王东迁保驾护航，立下汗马功劳，因此得到周王室赐予的岐山以西大片土地，迅速强盛起来。于是，野孩子与亲儿子之间势必发生争宠之战，最终秦战胜了晋。公元前659年，秦穆公继位，这位杰出的政治家审时度势，认为秦与晋谁也吃不了谁，不如联手共强，此举得到同样有政治雄心的晋献公的响应，于是便有了"秦晋之好"。晋惠公继位后背信弃义与秦国翻脸，而且对周天子傲慢无礼，晋惠公死后晋怀公即位。公元前636年，秦穆公认为时机已到，便扶持被父亲晋献公、弟弟晋惠公、侄子晋怀公迫害，长期流浪在外的晋国公子重耳回晋继位，是为晋文公。在秦国帮助下，晋文公武功卓著，晋国重振雄风，但在挥师中原的过程中遇到向北扩张的楚，晋楚之间也从此在中原地区拉开长达100多年的争霸战。到公元前506年吴破楚入郢之前，晋楚两国进行了城濮之战、方城之役、北林之战、柳棼之战、颍北之战、邲之战、晋楚绕角之役、晋伐蔡攻楚破沈之战、鄢陵之战、彭城之役、焦夷之战、湛阪之战、晋破楚方城之战等13场战争，晋国以11比2击败楚国，其中较大规模的城濮之战、邲之战、鄢陵之战、湛阪之战4场战争中，晋也以3比1败楚。在晋楚争霸过程中，晋处在明显优势地位。尽管如此，楚国一直是愈挫愈勇、寸步必行，向着北方挪近。楚晋不断交锋的结果，是两者都愈战愈强，双双长期占据霸坛，直到三家分晋。与晋的战斗过程中，楚探亲式地回过一次中原。《左传》记载，宣公十二年即公元前597年，归心似箭、豪情万丈的楚庄王围郑，晋师救援，但为楚所败，这就是历史上楚军大败晋军的邲之战。楚庄王一路追到黄河岸边，谢绝了手下人提出在晋军尸山上建一座辉煌建筑，以炫耀赫赫战功的建议，却提出"止戈为武"的主张，只是在黄河边上建一座祭祖的神庙，以告慰先人，长久漂流在外的楚子又回来了。北方的晋，南方的楚，是春秋五霸中最有实力的两个大国，而晋一直是阻止楚回中原的最大强敌。晋楚之战，一直让楚郁闷。

  第三个叫越。越是真正的东夷百越之族，先人是大禹的直系后裔，创造过河姆渡文化和良渚文化，在春秋战国时期一直处于强势，冲顶"五霸""七雄"都只差一口气。越、楚关系原本密切，密切到什么程度？考古学家在湖北荆州江陵县望山楚墓群中，发现躺着一柄镌刻有"钺王鸠浅自乍用鐱"字样的剑，断定为越王勾践自作自用之剑，可谓旷世之宝，但这把剑是怎么跋山涉水地到了荆楚之地的呢？历史学家、考古学家编出了这样一个故事：勾践有一个女儿曾嫁给楚昭王为妃，此剑可能是陪嫁物，也就是说楚王曾是越王的女婿。此剑一出土，有文字可考，有实物为证，故事变成了历史。擅攻者重交，善弈者谋势，越成为楚控制中原周边、东南方向，牵制晋、齐、吴进入中原腹地，压制江淮地区的一颗重要棋子。越也卖力，经常在吴与别国交战时，从背后给吴一刀。一旦越完成灭吴的任务，兔死狗烹，自己的末日也就到了。公元前333年，也就是勾践赠剑160年后，越王无彊听信齐威王唆使，偷袭多面作战、防守空虚而又国库充盈的楚国，想占个大便宜。没想到谋深一筹的楚威王早就派著名大间谍昭滑在越国卧底了5年，越军刚起贼心，楚军便一剑封喉抢了先机，再回手一剑破齐军于徐州，越王无彊被杀，家族子嗣或逃往江淮、东南沿海，或自立为王。越民还在，但越国不再了。失去了这个对手，实际上也是少了一个帮手，楚其实也惆怅。

越王剑

第四个，便是秦。秦的始祖秦非子是商纣王手下名将飞廉之子恶来的后代，不是商王室成员。秦先人离开中原的时间要比楚先人要晚一个多世纪，周平王东迁时，秦人护送其进入中原而被封为诸侯，也就是说秦以国家身份登台的时间要比楚国晚近300年。但历史的舞台向来不以到场先后，而是以实力论英雄。说秦必说晋。秦穆公是秦国第9任国君，如果说当年齐桓公收留晋国公子重耳，并赐之少女为妻，是有情之人，楚成王是当年以周礼善待重耳的有恩之人，秦穆公则是帮重耳登上晋之国君宝座的有功之人。秦与晋的关系很有故事，当年晋献公为了搞好与秦的关系，把女儿嫁给了秦穆公，人称穆姬，把秦穆公变成了晋国公子重耳、夷吾的姐夫。夷吾登位变成晋惠公后，秦穆公把女儿怀嬴嫁给夷吾的儿子、后来的晋怀公圉，但晋惠公、晋怀公父子反秦。公元前 636 年，秦穆公帮助夷吾的哥哥、圉的伯父重耳回国，支持重耳杀了自己女婿、重耳的侄子晋怀公圉，并登上王位，是为晋文公，秦穆公让女儿又改嫁给晋文公重耳。这样，秦穆公既是晋文公的姐夫，又是晋文公的岳父。"秦晋之好"，好是好，就是好得有些乱。如此，春秋五霸中秦、晋各占一席，两国联手十年，半壁江山尽入囊，而且晋的排位还靠前，是秦借以阻击楚国北上和西侵的重要力量。事实上楚国好几次被打得嗷嗷叫，都是秦、晋、吴合伙干的。晋文公死后秦晋失和，反目成仇，打得你死我活，直到公元前 621 年秦穆公去世乃至春秋末期，秦国都没有成为中原舞台上的男一号，但这位秦穆公在位 39 年，把秦国调养得肥肥壮壮的。

秦穆公之后到秦孝公之前，秦国经过了 200 年的消沉和蛰伏期；公元前 361 年，秦孝公成为第 25 任秦国国君。他对内重用商鞅、实行变法，改革行政、革除旧弊，奖励耕战、发展农业，并且迁都咸阳，加强中央集权，国力日增；对外与楚和亲、与韩盟约，联合齐、赵攻打魏，势力范围拓至洛水以东，拉开了攻占中原的架势。

秦孝公之后，秦惠文王、秦武王、秦昭襄王、秦孝文王、秦庄襄王前赴后继，一代接着一代干，一代更比一代强，100 多年间没有出现方向性失误、颠覆性决策、根本性错误，一路凯歌。

公元前 247 年，秦国第 31 任国君、13 岁的嬴政即位，9 年之后亲理朝政，果敢机智的他一举清除吕不韦、嫪毐等为首的宫廷乱党集团，开始了"奋六世之余烈，振长策而御宇内"的壮举。秦国历史的足球运转了 500 多年，终于传到了嬴政脚下，只等他的临门一脚。长达 10 年的谋势布局开始了，国富兵强的秦国要下一盘大棋。

四

天下之大势分久必合，春秋棋局正在重新谋篇。

让我们拂却历史的烟云，看看秦是如何走向历史舞台中心的；看看韩、赵、魏、楚、燕、齐六国是如何走进历史倒计时的读秒阶段的；看看楚国是如何走向穷途末路、梦幻破灭的。

六国有六种活法，也有六种死法。

韩国始祖韩武子，是周武王之子，周成王之弟唐叔虞的臣下。唐叔虞受封于山西河津的晋水之侧，韩武子作为晋国大夫，受封于今天陕西韩城的韩原，后迁到今天山西临汾的平阳，成为晋国望族。春秋末年，韩、赵、魏三家分晋，中国历史进入战国时期，公元前 403 年周王室承认并封韩、赵、魏为诸侯，韩国建都于今天河南禹州的阳翟。韩国曾以兵器闻名天下，"天下之强弓劲弩皆从韩出"，韩国弩能射 800 米之外的目标，韩国剑也是锋利无比，"陆断牛马，水截鹄雁"，"当敌则斩坚甲铁幕"。但是韩国地处多国之间，尤其是夹在齐、秦等大国之间，与谁走近都不行，两头受气、两边挨打；地盘狭窄，灭郑国、迁都新郑扩充了一些地盘，仍然没有战场纵深，经不起打。关键是韩国地处秦国东进之要道，秦想灭六国，必先灭韩国，所以六国中第一个被灭的就是韩，几乎是秒杀。

赵国始祖造父，是商朝嬴姓部族，商纣王名臣飞廉次子季胜之后，周朝时是周穆王的驾车大夫。古代传说，周穆王远会西王母时，徐国造反，造父以日驱千里的速度送周穆王回镐京指挥平乱，因此立功被封于赵地。赵家后代因不满周幽王的昏暗统治，移居晋国，成为晋国与智氏、韩氏、魏氏、范氏、中行氏势力相当的六大家族之一。公元前453年，赵、魏、韩三大家族分解了智氏家族，公元前403年三家分晋后被周王室封为诸侯国。赵国在盖世英雄赵武灵王时期，实行胡服骑射的政策，军队以步兵为主转变为以骑兵和弓弩兵为主，士兵装束一律采用短衣紧袖、皮带束身、脚穿皮靴的胡服，战斗力大大提升，赵国骑兵的嘚嘚马蹄声和嗖嗖箭响令各国闻风丧胆，驱胡狄、灭中山、筑长城，连续打败齐、秦、燕，成为军事强国，一度与秦比肩。赵武灵王死于宫廷内斗后，赵惠文王继位，虽有廉颇、蔺相如等名将辅佐，但公元前260年长平一战，赵孝成王用只会"纸上谈兵"的赵括取代老将廉颇，导致赵国大败，秦将白起斩杀坑杀赵兵45万之众，史载"长平之战，血流漂橹"，赵国元气顿失，"沿街满市，号痛之声不绝"。一年后的邯郸之战，赵国奋起合纵抗秦，虽有短暂中兴，但终因心力不足，从此一蹶不振、苟延残喘，直到赵王被俘、赵国被灭。赵国可谓被秦坑杀。

魏国始祖毕万的先人毕高公，是周文王第十五子，封国在毕地而得姓。西周末年毕国亡于西戎，后裔毕万投奔晋献公，成为晋大夫。公元前661年，晋献公命毕万灭姬姓魏国，成功后将今天山西芮城一带的魏地封赏给毕万，并赐魏姓。魏氏毕万之孙魏犨因为护送晋公子重耳逃亡有功，被赐爵封地赏官，成为晋国六大家族之一。三家分晋之后，魏国开国君主魏文侯任用李悝、翟璜为相，乐羊、吴起为将，变法图治、称雄图霸，一度是七国中最早的强国，楚国的吴起变法、秦国的商鞅变法都是因为受到李悝变法的影响。但后来南受辱于楚、西输给秦、东败于齐，元气大伤。公元前293年，秦将白起发动伊阙之战，灭韩、魏联军24万人，魏精锐尽丧。公元前225年，秦将王翦之子王贲攻魏国都大梁，以黄河水淹城，死伤无数，魏王投降，魏国灭亡。魏国可谓被淹杀。

燕国始祖姬奭，是周武王之弟，正宗的周王亲。燕享国822年，在先秦各国中是寿命最长的。公元前664年，燕国不堪山戎袭扰，燕庄公向霸主齐桓公求救，战事毕，燕庄公千恩万谢长亭相送，把齐桓公一直送进齐国境内，且一送再送，恨不能送回王宫扶上炕。齐桓公也是性情义气之人，干脆一跺脚，你送我到哪儿，我就把脚下这地儿送给你，燕国受益多多。从此燕齐两国交好，高层互访密切。120多年后，燕国宫廷内乱，燕惠公逃到齐国，齐约晋一起重兵护送燕惠公回国归位。又过了150年，齐、燕反目，齐偷袭燕，燕求救于晋，晋助燕败齐。公元前355年，燕国在易水之畔再次打败齐国，立足脚跟，纳才图强，与韩、魏、赵、中山组成五国朋友圈，互认为王，地位开始提升。实力见长的燕国，又开始了与齐国的长期对峙，并与紧邻的赵国多次交战。公元前228年，秦国破赵国邯郸，兵临易水，唇亡齿寒，燕国上下一片惊恐。公元前227年，燕太子丹派刺客荆轲携带燕之地图和秦之叛将樊於期的首级前往秦国，企图诈降以刺杀秦王嬴政。刺秦失败后，被激怒的秦国派出最猛战将王翦大举攻燕，一路追击，燕王杀太子丹向秦求和也不行。公元前222年，秦国派王翦之子王贲追到辽东，生擒燕王，燕国被怒杀。燕的悠久历史，被秦一刀了断、一剑改写。

齐国历史有两段，始祖或称两位：一位是姜齐，姜太公姜子牙吕尚；一位是田齐，齐太公田和。周朝之初，周武王封师父、功臣、姜子牙吕尚于今天山东淄博的齐地，授侯爵。齐是周朝也是中国历史上第一个诸侯国，是为姜齐。齐国历史上宫廷斗争激烈，国君屡屡被弑，公子频频争位，剑拔弩张，危机暗伏。公元前685年齐桓公成为齐国第16任国君，齐国才由乱而治进入稳定发展期。齐桓公志向远大、才干卓越，以曾经的政敌管仲为相，强力改革军政，推动经济增长，在位43年，使国家得以长足发展，富甲一方，兵甲数万，实力超强。他以"尊王攘夷"之名，"九合诸侯，一匡天下"之功，成为春秋五霸之首。

齐桓公之后，宫廷内讧频仍，卿大夫们继续掌政干政，势力越来越大，甚至废立国君、大开杀戒。内乱必受外侮，宋、曹、卫、邾、鲁、郑、莒、滕、薛、杞、小邾等国攻齐，齐国日显颓势。公元前547年，齐景公即位。他在位58年，致力光复霸业，国内相对稳定，战事相对稀少。公元前490年齐景公病逝后，卿大夫们裹胁公子们再次拉开互相残杀的大幕，齐国断断续续维了近两个世纪的霸业风光不再。之后的近100年，齐国政坛基本上被田氏家族把持。公元前391年，齐国的国相、田氏家族代表人物田和干脆废了国君齐康公，把他放逐到一个海岛上，"食一城，以奉其先祀"，田和自立为国君齐太公，是谓田齐。5年后，周王室承认田和为齐侯。因此，齐国的上半场是姜齐姓吕，下半场是田齐姓田。齐国历史的下半场，争斗比当年姜齐更残酷、更惨烈。田齐第四代国君齐威王以邹忌、田忌、孙膑为佐，纳谏用能、礼贤重士，接续奋斗，国力日渐强大；齐国征燕、攻楚、打秦、灭宋、袭晋，出击韩、赵、魏，打了150多年，齐威王之子齐宣王更是好战善战、武功卓著，打出了天地，也打乱了格局。而早已成竹在胸的秦国，在剿灭五国的同时也悄悄地逼近这个腰缠万贯却阵脚已乱的昔日大国、今日富国。公元前221年，秦兵绕开齐国四十万兵力，突然出现在齐都临淄，齐国上下大惊失色，佐政的后胜是齐废王田建的王后之族弟，收受了秦国巨额贿赂的后胜建议齐王不作抵抗，出城投降。就这样，享国823年的春秋首霸国齐国成为最后一个被秦国灭亡的国家，可谓被劫杀。

无论是被秦国秒杀、淹杀、坑杀，或者怒杀、劫杀，本质上都是自杀，此所谓"灭六国者，六国也，非秦也"。

在说秦是如何灭楚之前，先荡开一笔，说说春秋五霸。其实，齐桓公、秦穆公、宋襄公、晋文公、楚庄王这五位霸主并不是同时出现的。第一个出现的齐桓公到最后一个离场的楚庄王，跨时近百年。五位霸主中，齐桓公主政时间最长，43年；秦穆公次之，39年，而且秦穆公比齐桓公晚到场26年，二人的交集是16年；宋襄公、齐桓公、秦穆公三人只有7年的交集，从公元前650年宋襄公上位到公元前643年齐桓公病逝，春秋天下是属于他们三人的；晋文公与齐桓公没有交集，与宋襄公仅1年交集，而对秦穆公却是感恩戴德直到秦穆公寿终正寝；倒是楚庄王与诸位霸主完全没有交集，独霸春秋时期23年。但庄王之后无庄王，后继乏人。从楚国历史上看，明君虽有，但间隔时间太长。以即位时间计，从楚部族第一个有作为的首领熊渠到第一个敢自称为王的楚武王间隔140多年，从熊通称楚王到第一次挺进中原、把势力推到淮河中游的楚成王间隔78年，从楚成王到以雄韬伟略著称、跻身春秋五霸之列的楚庄王间隔近60年，而再到战国时期外抗三晋威胁、内防群臣作乱，大胆起用魏人吴起改革变法，重新使楚国国富兵强的楚悼王，整整过了211年。明君时有时无，国力弱多强少，一曝十寒。而秦国则有所不同，虽然从春秋霸主秦穆公到秦孝公也过了近300年，但从秦孝公开始，历代君主的霸业梦一天也没有松弛，一任也没有中断，所以才有了秦嬴政的"奋六世之余烈"。

尽管如此，楚国仍然是秦国灭六国之战中最难啃的一块硬骨头。楚地地域辽阔，据江河之堑、峻岭之险，有战场纵深和回旋余地，易守难攻；楚国在秦国磨刀霍霍横扫六国的同时，也在秣马厉兵、备战备荒；与秦嬴政生活在同一时期的楚王是楚顷襄王、楚考烈王、楚幽王、楚哀王、楚王负刍，其中楚考烈王稍有出息，他采取一系列措施应对秦国的挤压与挑衅，国力有所恢复，合纵战略稍显奇效；楚国实行郡县制与分封制并存的制度，使得小诸侯们既可各自为政、工事高垒，又可相互抱团、群起对外。虽然楚人南征北战、西奔东走、血战到底的精神犹在，但终究晚期楚君一代不如一代，昏君乱臣，宫廷内讧，楚材不用、楚材他用、楚人攻楚导致人心涣散；"楚不用吴起而削乱，秦行商君而富强"，改革变法不彻底，制度成果难以为继，导致经济凋敝、粮草不济。公元前278年秦将白起攻破楚国，占领楚都，悲愤于昏君主国、奸臣当道的屈原自沉汨罗，以死明志，以死抗争。不得已楚国只好迁都今河南淮阳，再迁今安徽寿春。公元前223年，秦军老将王翦率60万大军一举攻入楚都寿春，八百年的楚国訇然中塌。楚王一路奔逃，秦军一路紧逼，最终束手就擒，是谓被追杀。但即使如强弩之末、于狂澜既倒，依然发出"楚虽三户，亡秦必楚"的呐喊，像在钢琴键盘上砸出的最后一个重音，回响绕梁，余音不散。

武汉磨山楚城城门

春秋长歌远，战国蹄声疾。战国版图翻到尾声，三个国家板块最值得关注：最大的是楚国、最富的是齐国、最强的是秦国。楚国虽大，但大而不强；齐国虽富，但富而不强。大而不强者被吃，富而不强者被劫，这是人类生存的铁律。公元前221年，"六王毕，四海一"，历经十年艰辛奋斗的秦始皇，终于完成一统天下的帝业，成为中国历史上最伟大的始皇帝。

秦始皇是六国的终结者、春秋战国的终结者，是楚国梦的终结者。秦风凄厉，楚歌哀婉，楚人饮马黄河、牧马中原的梦想灰飞烟灭。秦朝也是自己的终结者，"族秦者，秦也"。虽然楚朝未立、楚国不再，但楚人仍在、楚风依在。双木成林，众木森森，面对强秦暴政，天下唯楚人后代揭竿而起、执木为戈。陈胜、吴广是楚地草民，项羽是楚将之后，刘邦是楚国小吏，楚之"三户"奋起亡秦，一语成谶。

秦承楚风，汉袭秦制，一代翘楚刘邦终成帝业，开创了大汉王朝400多年的宏基伟业。历史不是简单的轮回，而是在螺旋式上升中书写斑斓与辉煌，一个民族在血泊中前进。

楚风烈烈古道边，芳草萋萋碧连天。抬头望，故国星空上的那个"楚"字，依然是中华民族的文化乡愁。